CHARLIE JONAS

Katzencafé

AF185330

Buch

Mit Katzen kennt Leonie sich gar nicht aus, doch aus Zuneigung zu ihrer betagten Nachbarin Frau Siebenschön hat sie angeboten, sich für einige Wochen um deren Stubentiger Mimi zu kümmern. Mimi zeigt sich davon alles andere als begeistert. Empört über ihr neues Zuhause zerkratzt sie die Möbel und tobt durch Leonies Wohnung. Zum Glück hat Leonies Freundin Maxie gerade ein Buchcafé eröffnet, in dem sich auch für Mimi ein Plätzchen findet. So sind alle zufrieden, zumal die Cafégäste Mimi lieben. Turbulent wird es, als sich überraschend Nachwuchs einstellt und plötzlich fünf kleine Kätzchen mit Mama Mimi zwischen Büchern und selbstgebackenen Kuchen herumtollen.

Es ist die Geburtsstunde des Katzencafés …

Autorin

Charlie Jonas ist das Pseudonym einer deutschen Journalistin, die Katzen ganz bezaubernd findet. Sie lebt in Köln in der Nähe des Lenauplatzes, dem Schauplatz ihres Buches. Zu ihrem Roman wurde sie inspiriert durch Besuche im gemütlichen Otis & Clementine's Books and Coffee in Halifax, Kanada: Dort kann man nicht nur Bücher kaufen und Kaffee trinken, sondern auch kleine Katzen adoptieren.

Charlie Jonas

Katzencafé

Roman

GOLDMANN

Sollte diese Publikation Links auf Webseiten Dritter enthalten,
so übernehmen wir für deren Inhalte keine Haftung,
da wir uns diese nicht zu eigen machen, sondern lediglich
auf deren Stand zum Zeitpunkt der Erstveröffentlichung verweisen.

Penguin Random House Verlagsgruppe FSC® N001967

2. Auflage
Taschenbuchausgabe: September 2022
Wilhelm Goldmann Verlag, München,
in der Penguin Random House Verlagsgruppe GmbH,
Neumarkter Straße 28, 81673 München
Copyright © 2020 by Thiele Verlag in der
Thiele & Brandstätter Verlag GmbH, München und Wien
Umschlaggestaltung: UNO Werbeagentur, München,
nach einer Vorlage von Christina Krutz
unter Verwendung einer Illustration von Ebru Sidar/Arcangel
Umschlagmotiv: © Arcangel Images Europe
KN · Herstellung: ik
Satz: GGP Media GmbH, Pößneck
Druck und Einband: GGP Media GmbH, Pößneck
Printed in Germany
ISBN: 978-3-442-49190-2

www.goldmann-verlag.de

1

Es regnete bereits seit Stunden. Susann Siebenschön stand am Fenster und starrte in die hohen grünen Bäume der Eichendorffstraße, die ihr an diesem launischen Apriltag keinen Trost zu geben vermochten. Mit ihr zusammen starrte Mimi. Sie saß – schneeweiß und hoch aufgerichtet wie eine Sphinx – auf dem Fensterbrett und betrachtete mit unverwandtem Blick den silbergrauen Vorhang aus unzähligen kleinen Tropfen.

»Mistwetter«, sagte Susann.

Mimi sagte nichts. Sie war eine Katze, und Katzen reden bekanntlich nicht besonders viel.

»Kann ja sein, dass Köln die schönste Stadt der Welt ist«, fuhr Susann fort. »Aber es regnet eindeutig zu viel hier. Bertold hat das auch immer gesagt. Dass Köln ein altes Regenloch ist.« Sie seufzte bekümmert.

Natürlich war es nicht das Wetter allein. Das Gespräch mit diesem Dr. Kugelmann, einem rotgesichtigen, herzlichen Orthopäden mit festem Händedruck, bei dem sie am Morgen gewesen war, machte ihr zu schaffen.

»Tja, Frau Siebenschön«, hatte er gesagt, während er die Röntgenaufnahmen an die Leuchttafel klatschte und sich dann krachend in seinen Stuhl fallen ließ. »Früher oder später muss da eine neue Hüfte her. Wenn die Beschwerden schlimmer werden, würde ich nicht zu lange warten. Bewegung hilft natürlich immer, was soll ich sagen … Je weniger Gewicht auf den Hüften, desto besser, was?« Er sah sie an, grinste konspirativ und legte die Hände kurz auf seinen Bauch, der sich unter dem weißen Arztkittel wölbte. Susann schaute ein wenig schuldbewusst und war sich plötzlich der zehn Kilo zu viel, die sie seit ein paar Jahren mit sich herumschleppte, überdeutlich bewusst. Sie zog ihren Schal mit dem zarten Blumenmuster zusammen und nahm sich vor, künftig weniger Kuchen zu essen.

Kugelmann lehnte sich zurück und verschränkte wohlwollend die Hände.

»Zugegebenermaßen tut das Wetter in der Kölner Bucht unseren morschen Knochen nicht gerade gut. In wärmeren Gefilden wären Sie eindeutig besser aufgehoben, aber das kann man sich ja nicht immer aussuchen, was?«

Sie schüttelte unglücklich den Kopf.

»Wie alt sind Sie jetzt?« Er warf einen Blick in den Computer. »Dreiundsiebzig? Na, da haben Sie das Leben ja noch vor sich – sozusagen.« Er lachte aufmunternd, während Susann immer tiefer in den Patientensessel rutschte. »Ach, Frau Siebenschön, nun schauen Sie mal nicht so verzagt. So eine Hüft-OP ist doch heute gar kein Ding mehr. Nach ein paar Monaten springen Sie wieder durch die Gegend wie ein munteres Reh.«

Und während Dr. Kugelmann mit leuchtenden Augen die Vorzüge eines Titangelenks pries – Orthopäde blieb eben Orthopäde –, erfasste Susann eine tiefe Niedergeschlagenheit.

»Im Grunde könnte man sogar überlegen, gleich beide Hüften anzugehen – die Arthrose macht ja meistens keine halben Sachen«, überlegte Dr. Kugelmann weiter. »Wir haben mit dieser Methode sehr gute Erfolge. Warten Sie …« Er klickte freudig erregt auf der Tastatur herum und schwenkte den Monitor dann in Susanns Richtung. »Schauen Sie sich dieses Dreiminutenvideo an, Sie werden staunen!«

Susann wurde ganz blass und winkte ab. Irgendwie verlief das Gespräch in eine ungute Richtung, fand sie. »Vielleicht könnte ich ja noch mal eine zweite Meinung …«, hauchte sie.

»Tun Sie das … tun Sie das!« Dr. Kugelmann gab sich jovial, während er ihr eine Informationsbroschüre über den Schreibtisch schob, die sie in ihrer Handtasche verschwinden ließ. »Lassen Sie sich die Sache durch den Kopf gehen – es muss ja nicht gleich nächste Woche sein«, hatte er ihr zum Abschied gesagt, während er ihr fast die Hand zerquetschte und seine blauen Augen unternehmungslustig hinter seiner Brille blitzten. »Ich stehe jedenfalls parat.« Und als er ihr Zögern bemerkte, hinzugefügt: »Besser, Sie freunden sich mit dem Gedanken an. Sie werden eh nicht drum herumkommen.«

Susann Siebenschön floh aus der Praxis. In einem Anfall von Trotz ließ sie den Aufzug links liegen und nahm die Treppe. *Geht doch*, dachte sie und spürte, dass sie überhaupt keine Lust hatte, sich mit dem Gedanken an irgendeinen Titandorn anzufreunden, der in ihren Oberschenkelknochen gerammt werden sollte. Sie beschloss, bei der Bäckerei Schneider vorbeizugehen und sich ein großes Stück Butterkuchen zu kaufen.

Als sie wenig später nach Hause gekommen war, den nassen Regenmantel ausgezogen und den Schirm zum Trocknen in der Diele aufgespannt hatte, wurde sie von dem unwillkürlichen Impuls erfasst, zum Telefonhörer zu greifen und ihre beste Freundin Lo anzurufen. Lo hätte gesagt, dass Orthopäden immer sofort operieren wollen – »Das weiß man doch, das sind Metzger!« –, und dann ein Beispiel aus dem Hut gezaubert von dem Freund eines Freundes, der sich vor ein paar Jahren nach einer ähnlichen Diagnose einer Walking-Gruppe angeschlossen hatte und heute immer noch ganz vergnügt mit der eigenen Hüfte durch den Wald trabte.

»Nur nicht hängen lassen«, hatte Lo immer gesagt und dazu scherzhaft mit dem Zeigefinger gewackelt. »Vom Unglücklichsein ist noch niemand glücklich geworden.«

Und sie hatte ja recht. Es nützte keinem, am wenigsten einem selbst, wenn man das Unglück zu seinem besten Freund machte. Mit einem gedankenverlorenen Lächeln begann Susann über Mimis Fell zu streicheln. Und während das Geräusch des Regens sich mit dem leisen Schnurren der Katze vermischte, dachte sie, dass Lo die seltene Gabe gehabt hatte, die Menschen zum Lachen zu bringen. Das Leben leicht zu machen. Lo war es auch gewesen, die ihr zur Seite gestanden hatte – nach Bertolds überraschendem Tod vor fünf Jahren.

Susann Siebenschön seufzte tief, als sie jetzt wieder an dieses Unglücksjahr dachte, in dem sie mit ihrem Mann wie jedes Jahr im Mai nach Ischia gefahren war, um die Blumenpracht der Vulkaninsel im Mittelmeer, das gute Essen und die heilende Kraft heißer Thermalquellen zu genießen.

Es war eine Reise, von der sie allein zurückkehren sollte. Denn der wanderfreudige Bertold, der acht Jahre älter war als seine Frau, hauchte in diesem Urlaub auf dem Gipfel des Epomeo bei einem Glas Rotwein und einem Teller schmackhafter Bruschette ganz friedlich sein Leben aus.

Susann erinnerte sich noch gut an den Moment, als Bertold seinen Teller zurückschob, sich mit einem wohligen Seufzer zurücklehnte und sagte: »Solche *pomodori* gibt es wirklich nirgendwo sonst auf der Welt.« Er ließ den Blick über die sanfte grüne Landschaft schweifen, die sich bis zum Meer erstreckte, das weit unter ihnen lag. »Nun schau doch nur mal, wie schön das alles ist, Susannchen. Ist es nicht wie im Paradies hier?«

Mit diesen Worten schloss er die Augen, um ein kleines Nickerchen in der Sonne zu machen. Dachte sie. Dass es seine letzten Worte gewesen waren, wurde Susann erst nach einer Viertelstunde klar. Und nachdem sie einige entsetzliche Tage später wieder nach Deutschland zurückgeflogen waren – sie in einem Flugzeug der *Alitalia*, Bertold im Zinksarg –, hatte sich Susann geschworen, nie wieder einen Fuß auf die Insel zu setzen, wo sie mit ihrem Mann so viele wunderbare Urlaube verlebt hatte. Immerhin war Bertold, der viele Jahre als Versicherungsagent gearbeitet hatte, umsichtig genug gewesen, eine Reiseversicherung abzuschließen, die auch den Rücktransport im Todesfall vorsah – ein Segen in dieser misslichen Situation. Und trotz ihres Schmerzes war Susann zutiefst beeindruckt gewesen von der Kompetenz und Freundlichkeit, mit der diese Leute sich um sie und die sterblichen Überreste von Bertold gekümmert hatten.

»Meine Güte, ein Herzanfall auf dem Epomeo – was für ein Alptraum!«, riefen die Freundinnen, als sie die schlimme Nachricht erfuhren und herbeieilten, um Susann zu trösten. »Doch andererseits ... in einem so glücklichen Moment abzutreten – was für ein schöner Tod! ... So etwas wünscht sich doch eigentlich jeder.« Und dann immer wieder: »Es wird schon besser werden mit der Zeit. Das Leben geht weiter ...«

Und tatsächlich ging das Leben weiter – oder besser gesagt: Es ging einfach weiter, denn für Susann waren die Tage, Wochen und Monate ohne ihren treuen Ehemann, der mit ihr stets durch dick und dünn gegangen war, doch ziemlich traurig und auch oft einsam. Manchmal war sie sogar ein bisschen wütend auf Bertold, der sich einfach so aus dem Staub gemacht und sie allein zurückgelassen hatte. Kinder hatten sie keine, was dem Umstand geschuldet war, dass Susann als junge Frau in leichtsinnig dünnen Sommerkleidchen durch doch noch ziemlich kühle Frühsommerabende spaziert war, was zu einigen heftigen Unterleibsentzündungen geführt hatte. Dass sie keine Kinder bekommen konnte, hatte Bertolds Liebe zu seiner Frau jedoch nie geschmälert. »Wir haben doch uns, das ist die Hauptsache«, hatte er immer wieder gesagt. Und das war dann ja gerade das Problem gewesen – dass sie sich nun eben nicht mehr hatten. Das »uns« war weg, Bertold war weg, und jetzt nannte sie keiner mehr »Susannchen« oder las ihr morgens eine lustige oder bemerkenswerte Stelle aus dem *Kölner Stadt-Anzeiger* vor.

Lo hatte ihr in all der Zeit sehr geholfen, Lo war jemand, der die Sachen in Ordnung brachte, und sie hätte, da war sich Susann ganz sicher, auch jetzt einen guten Rat für ihre Freundin mit der schmerzenden Hüfte gehabt.

Doch Lo gab es nicht mehr. Sie war »gegangen«, wie man das nannte, wenn man jenseits der sechzig war und jemand starb. So als ob eine Person einfach nur den Ort wechseln würde.

Natürlich gab es auch andere Freundinnen und Bekannte. Das blieb gar nicht aus, wenn man in einer Stadt wie Köln wohnte, in seinem *Veedel*, wo die Menschen auf der Straße miteinander redeten, wo morgens die Bäckersfrau fragte: »Wie geht's denn heute, Frau Siebenschön, alles klar so weit?« – und das auch wirklich so meinte.

Doch Lo mit ihrem ansteckenden Lachen war Susann immer die Liebste von allen gewesen. »Morgen ist ein neuer Tag«, hatte sie gesagt, wenn dunkle Wolken am Horizont aufzogen und das Leben mal wieder nicht so einfach war. *Morgen ist ein neuer Tag* – das war Los Zauberformel, die sie von Scarlett O'Hara, der unerschrockenen Heldin aus *Vom Winde verweht*, übernommen hatte. Und ja, rein theoretisch konnte an jedem Tag, den man auf diesem Erdenrund verbrachte, etwas Überraschendes und auch Schönes passieren. Wie an jenem Abend wenige Wochen nach Los Tod, als eine kleine weiße Katze mit schillernden grünen Augen plötzlich wie vom Himmel gefallen vor der Tür ihrer Dachterrasse miaute und mit den Pfoten gegen die Scheiben trommelte. Sie schien niemandem zu gehören, und so hatte Susann den überraschenden Gast zunächst in ihr Wohnzimmer und dann auch in ihr Leben gelassen. Das war ein guter Tag gewesen.

Seit etwa einem Jahr leistete ihr Mimi nun schon Gesellschaft und lag nachts am Fußende ihres Doppelbettes, das sich immer noch viel zu groß anfühlte. Natürlich war eine Katze kein Ehemann, und sie konnte auch eine beste Freundin nicht ersetzen, doch Mimi füllte die Wohnung mit Leben, und manchmal hatte Susann den Verdacht, dass die weiße Katze nicht ganz zufällig bei ihr gelandet war, sondern von einer guten Seele geschickt worden war, die ein sehr ansteckendes Lachen hatte.

Während sie so am Fenster ihrer großen Altbauwohnung stand, in den strömenden Regen starrte und über das Leben sinnierte, fragte sich Susann, wann das eigentlich angefangen hatte, dass sie die Tage in gute und schlechte Tage unterteilte. Noch vor ein paar Jahren wäre es ihr nie eingefallen, abends, wenn sie ihr Buch zur Seite legte, das Licht ihrer Nachttischlampe löschte und Bertold einen Kuss gab, so etwas zu sagen wie »Heute war ein guter Tag«. Oder eben auch »Heute war ein schlechter Tag«. War es das Alter, das einen so denken ließ? Die Verluste, die sich häuften? Die Tatsache, dass man nachts schlechter schlief und morgens, wenn man aufwachte, immer öfter seine Knochen spürte? Susann merkte, wie ihr etwas weinerlich zumute wurde. Ihre Hüfte schmerzte wieder, und die Prognose von Dr. Kugelmann bereitete ihr Sorgen. Und wenn man sich Sorgen machte, glaubte man schon daran, dass die Sache schiefging. Susann trat vom Fenster zurück und straffte die Schultern.

Mimi drehte den Kopf und sah sie fragend an.

»Weißt du was, Mimi? Wir machen uns jetzt erst mal einen schönen Kaffee, und dann wollen wir mal sehen, ob es nicht doch noch ein guter Tag werden kann.«

Mimi miaute und sprang von der Fensterbank.

»Nicht hängen lassen, was?«, murmelte Susann, als der Kaffee wenig später durch die Maschine gluckerte und die Küche mit seinem starken tröstlichen Duft erfüllte. »Aber mal im Ernst, was soll ich jetzt tun?«

Sie nahm den Kaffee und den Butterkuchen mit ins Wohnzimmer hinüber, stellte das Tablett auf dem Couchtisch ab und setzte sich auf ihr geblümtes Sofa. Mimi platzierte sich neben sie und blickte sie erwartungsvoll an. Draußen regnete es immer noch, und während Susann vorsichtig an dem heißen Kaffee nippte, blieb ihr Blick an dem silbergerahmten Foto hängen, das auf dem Vertiko stand und Bertold und sie vor einem kleinen Restaurant in der malerischen Bucht von Ischia Porto zeigte. Sie sah das Halbrund der bunt gestrichenen Häuschen, die sich an die Hafenbucht schmiegten, die erdbeerfarbenen Bougainvilleen und die samtblauen Klematis, die üppig am Mauerwerk emporrankten und die hübsch eingedeckten Tische in den Schatten tauchten. Fast meinte sie den ganz besonderen Duft von Blumen, Meer und Holzkohlegrill zu riechen, der einem dort immer entgegenwehte.

Und mit einem Mal erfasste sie der Wunsch zu gehen. Nicht im Sinne von *abtreten*, sondern von *wegfahren*. Noch einmal nach Ischia reisen. Noch einmal im *Hotel Paradiso* wohnen, wo sie stets so freundlich empfangen worden war, wenn sie mit Bertold nach der Überfahrt von Neapel dort ankam. Noch einmal die alten Wege gehen, im Hafen von Forio einen Aperol Sour trinken, von Ischia Porto über die prachtvolle Via Roma nach Ischia Ponte schlendern, vorbei an Eisdielen und hübschen Geschäften, bis hin zum Castello Aragonese, das man über eine schmale steinerne Brücke erreichte, und dort auf einer der Terrassen im Schatten der Olivenbäume einen Cappuccino trinken und die atemberaubende Aussicht über das Meer genießen, das sich bis zum Vesuv erstreckte …

Zum dritten Mal an diesem Tag gab Susann einen tiefen Seufzer von sich, diesmal jedoch war er der schönen Erinnerung geschuldet, in die sich ein Hauch von Melancholie und eine übergroße Sehnsucht mischten. Und je mehr sie sich in den Erinnerungen verlor, desto besser gefiel ihr die Idee, ihren heiligen Schwur von damals zu brechen und noch einmal, ein letztes Mal, nach Ischia zu reisen. Auf ihre Lieblingsinsel. Wo die Sonne im Frühling angenehm warm und das Klima mild und trocken war.

»Vielleicht ist es das letzte Mal, dass ich überhaupt irgendwo hinfahren kann«, murmelte sie. »*Carpe diem*, Susann. Solange es noch möglich ist.«

Sie schaute neben sich, wo ihre Katze sich zufrieden eingerollt hatte.

Doch wohin mit Mimi?

Nachdenklich schob sich Susann Siebenschön die letzte Gabel Butterkuchen in den Mund. Eine Katze unterzubringen war natürlich nicht so einfach. Hunde konnte man in Hundepensionen bringen oder einfach mitnehmen. Katzenpensionen gab es ihres Wissens nicht, und Mimi irgendeinem Catsitter-Dienst anzuvertrauen, den man sich im Internet heraussuchte, kam für sie nicht infrage. Es musste schon eine Person ihres Vertrauens sein, jemand, den sie persönlich kannte. Im Geiste ging sie verschiedene Möglichkeiten durch, verwarf eine nach der anderen, und dann schob sich mit einem Mal das Gesicht einer dunkelhaarigen Frau mit keck aufgesetzter Baskenmütze vor ihr inneres Auge. Dass sie da nicht sofort darauf gekommen war! Leonie Beaumarchais, eine Lehrerin, die seit einiger Zeit ein paar Häuser weiter in der Ottostraße wohnte, schien ihr die ideale Kandidatin zu sein. Natürlich war sie keine wirkliche Freundin, dazu war der Altersunterschied zwischen ihnen ein bisschen zu groß, aber Leonie war ihr von Anfang an sympathisch gewesen, und es hatte doch einige Momente gegeben, wo man sich nahegekommen war und gespürt hatte, dass man ein paar Dinge miteinander teilte.

Anfangs waren sie sich ein paar Mal auf der Straße begegnet, beim Metzger in der Landmannstraße oder im Blumenladen, und Susann war die junge Frau, die stets so apart gekleidet war, sofort aufgefallen. Die neue Nachbarin hatte dieses gewisse Etwas, sie war charmant, und ihr Lächeln war ein wenig feiner als das der meisten Leute hier. Man grüßte sich freundlich, wenn man sich traf, tauschte Belanglosigkeiten aus, wie man das unter Nachbarn so macht, und irgendwann waren die beiden Frauen in dem kleinen Käse- und Weinladen am Ende der Eichendorffstraße, wo sie beide gern einkauften, weil sie guten Käse und einen schönen Rotwein zu schätzen wussten, über der Frage, ob nun der 24 Monate gereifte Comté besser zu dem hausgemachten Bärlauchbrot passte oder doch ein Brie de Meaux, ins Plaudern geraten.

»Beaumarchais? Ist das ein französischer Name?«, hatte Susann interessiert gefragt, als Leonie sich draußen vorstellte und sie noch ein bisschen vor dem Laden stehen geblieben waren.

Und dabei hatte sich herausgestellt, dass die junge Frau mit der Baskenmütze tatsächlich Halbfranzösin war und ihre Kindheit in Paris verbracht hatte. Ihr Vater, ein Franzose, der aus Lyon stammte, arbeitete im Außenministerium. Doch dank einer deutschen Mutter fühlte Leonie sich in beiden Sprachen zu Hause. Tatsächlich sprach sie völlig akzentfrei und unterrichtete seit fast zwei Jahren an einer Schule in Neuehrenfeld Deutsch und Französisch. Als Achtzehnjährige war Leonie mit ihrer Mutter wieder zurück nach Düsseldorf gezogen, wo sie ihr Abitur gemacht und später ihr Studium absolviert hatte. Was aus dem Vater geworden war, erwähnte sie an diesem sonnigen Samstagvormittag mit keiner Silbe. Es war eine merkwürdige kleine Pause entstanden, und Susann hatte natürlich nicht nachgefragt. Schließlich war sie eine diskrete Dame.

»Na, dann noch einen schönen Tag. Hat mich sehr gefreut.«

»Mich auch.«

Sie griffen nach ihren Tüten und stellten fest, dass sie in dieselbe Richtung mussten.

»Ist es Ihnen nicht schwergefallen, von Paris nach ... *Düsseldorf* zu ziehen?« Ausgerechnet Düsseldorf! Wie die meisten Kölner hatte Susann ein tiefsitzendes Vorurteil, was die Landeshauptstadt und ihre Bewohner anging.

Leonie Beaumarchais schüttelte den Kopf, als sie jetzt den Ehrenfeldgürtel überquerten und den ruhigeren Teil der Eichendorffstraße entlanggingen.

»Aber nein! Abgesehen von allem anderen passte das doch sehr gut.« Leonie zog die Augenbrauen hoch. »Wissen Sie, was man in Düsseldorf sagt? Düsseldorf ist Klein-Paris«, erklärte sie dann, und Susann hatte den leisen Verdacht, dass Mademoiselle Beaumarchais mit ihrer kleinen Stupsnase sich offenbar etwas darauf einbildete, aus dem »eleganten« Düsseldorf zu kommen.

»Und wissen Sie, was man in Köln sagt?«

Leonie Beaumarchais legte den Kopf zur Seite und sah sie fragend an.

»Nein? Was sagt man in Köln?«, fragte sie arglos. Offenbar wusste sie nichts über die immerwährende Rivalität zwischen den beiden Städten am Rhein.

»Köln ist ein *Gefühl*«, sagte Susann und konnte den Stolz in ihrer Stimme nicht ganz verbergen.

»Oh!« Leonie lachte ihr helles Lachen. »Ja, das habe ich auch schon bemerkt. Wissen Sie, Frau Siebenschön, inzwischen bin ich fast froh, dass ich in Köln eine Stelle bekommen habe und nicht in Düsseldorf. Aber verraten Sie das bloß nicht meiner Mutter.« Sie zwinkerte Susann verschwörerisch zu. »Köln ist so … lebendig, und die Menschen sind aufgeschlossen und tolerant. Und es hat seine Viertel – genau wie in Paris. Manchmal erinnert mich unser Viertel ans Quartier Latin, wo ich als junges Mädchen gern herumgestreift bin. All die vielen kleinen Geschäfte, das bunte Treiben. Man lebt hier sehr unangestrengt. Und auch wenn es nicht überall so sauber und schön ist, hat Köln doch seinen ganz eigenen Charme.«

Susann Siebenschön nickte begeistert. Das hörte sie natürlich gern. Mademoiselle Beaumarchais gefiel ihr immer besser, und wie sie da neben ihr her spazierte in ihrem leichten sommerlichen Kleid und den roten Spangenschuhen, kam die grazile Frau mit den dunklen Augen ihr mit einem Mal vor wie eine jüngere Version ihrer selbst. Und auch Köln und Paris verband doch letztlich viel mehr, als man zunächst dachte. Wer, wenn nicht der Kölner, beherrschte denn das viel gepriesene *Savoir-vivre*? Und was war im Ernst der Unterschied zwischen *C'est la vie* und *Et is, wie et is* oder zwischen *Chacun à son goût* und *Jede Jeck es anders*. Und dann der Kölner Dom! Der war doch mindestens so großartig wie die Kathedrale von Notre-Dame, und diese war ja nun bedauerlicherweise auch noch vor kurzem abgebrannt, aber der Dom stand unerschütterlich am Rhein und wachte über die Stadt.

Sie verlor sich für einen Moment in diesen äußerst angenehmen Gedanken, als sie Leonie Beaumarchais fragen hörte:

»Und Sie? Wohnen Sie schon lange in Köln?«

»Ich bin hier geboren«, erklärte Susann. »*Home is where my Dom is.*«

Einige Zeit später waren die beiden Frauen sich eines Abends im *Pane e Cioccolata* begegnet, einem kleinen Italiener in der Ottostraße, wo man einfach und schmackhaft essen konnte.

»Na, das ist ja was!«, rief Susann erfreut, als sie Leonie zur Tür hereinkommen sah. »Was machen Sie denn bei meinem Lieblingsitaliener?«

»Es ist auch *mein* Lieblingsitaliener«, erklärte Leonie Beaumarchais. »Das *Pane e Cioccolata* ist sozusagen meine erweiterte Küche, ich wohne gleich gegenüber.«

Sie deutete auf einen mehrstöckigen Altbau auf der anderen Straßenseite.

Susann winkte ihre neue halbfranzösische Bekannte mit einer großzügigen Geste an ihren Tisch.

»Wollen Sie sich nicht zu mir setzen? Oder erwarten Sie noch jemanden?«

»Nein.« Leonie schüttelte den Kopf und strich sich das Haar zurück. »Ich bin ganz allein hier.« Sie nahm Platz und lächelte verlegen. »Ich koche nicht so gern, wissen Sie? Aber ich liebe gutes Essen.«

»Ich doch auch«, rief Frau Siebenschön und strahlte. »Darauf stoßen wir jetzt aber an!«

Sie winkte dem Kellner, noch ein zweites Glas an den Tisch zu bringen und Leonie einzuschenken.

»Auf gute Nachbarschaft und gutes Essen«, sagte Susann.

»A *votre santé*«, sagte Leonie.

An diesem spätsommerlichen Abend, der bis weit nach Mitternacht ging und Susann Siebenschön noch in bester Erinnerung war, hatte sie der jungen Frau erzählt, dass sie nun schon seit einigen Jahren verwitwet war, was ihre Freude am

Kochen doch ziemlich geschmälert hatte. Und die hübsche Leonie hatte ihr anvertraut, dass sie lieber Bücher las, als stundenlang am Herd zu stehen, und überdies nach ein paar unglücklichen Liebesbeziehungen die Nase voll hatte – von Männern im Allgemeinen und Franzosen im Speziellen.

»Das sind solche Lügner, einfach unfassbar! Die wickeln dich um den Finger und flüstern dir *chérie* ins Ohr, während ihnen die nächste Frau schon das Bett warmhält«, hatte sie voller Empörung gesagt, als die beiden zum Nachtisch ihr Tiramisu löffelten. »Da bleibe ich doch lieber allein.« Sie kratzte energisch den letzten Rest der Mascarpone von ihrem Teller. »Bei mir kommt jedenfalls kein Mann mehr über die Türschwelle.«

Da hatte Susann spontan nach Leonies Hand gegriffen.

»Unsinn, meine Liebe, wie können Sie so etwas nur sagen? *Natürlich* werden Sie wieder einen Mann über Ihre Türschwelle lassen. Sie sind doch noch so jung, und nicht alle Männer sind so verlogen, es gibt auch ein paar nette Exemplare, glauben Sie mir.« Sie musste an Bertold denken und seufzte wehmütig.

»Aber offenbar nicht für mich«, sagte Leonie und seufzte auch.

Eine Weile hatten sie geschwiegen, und jede hatte ihren ganz eigenen Gedanken nachgehangen.

»Immerhin habe ich eine kleine Katze … Mimi … da bin ich nicht so allein in der Wohnung«, hatte Susann schließlich gesagt, und Leonie hatte verständnisvoll genickt.

»Das ist doch wunderbar, kleine Katzen sind einfach zu niedlich!«

»Vielleicht sollten Sie sich auch ein Tierchen zulegen.«

»Ja … vielleicht.«

»Aber keinen Hund, der macht zu viel Arbeit.«

»Um Himmels willen, nein!« Leonie musste lachen. »Bloß keinen Hund. Sehe ich so aus, als ob ich drei Mal am Tag mit einem Hund Gassi gehen würde? Ich bin froh, wenn ich am Wochenende mal ausschlafen kann.«

An all das musste Susann denken, als sie jetzt auf ihrem geblümten Sofa saß und Mimi leise neben ihr schnurrte. Der Regen hatte aufgehört, und ihr Herz begann in Vorfreude schneller zu schlagen, denn mit einem Mal erschien alles sonnenklar. Sie würde die Lehrerin ins *Pane e Cioccolata* einladen und sie bitten, Mimi zwei … nein, besser drei Wochen zu hüten. Für ihren letzten Urlaub auf Ischia. Für den vielleicht letzten Urlaub ihres Lebens überhaupt. Notfalls würde sie ein bisschen jammern und ihren »seelenvollen Blick« aufsetzen – diesen Blick, von dem Bertold immer gesagt hatte, wenn sie einen so anschaue, könne man einfach nicht nein sagen.

Leonie Beaumarchais würde ihr diesen Wunsch sicher nicht abschlagen. Die junge Frau war die ideale Besetzung. Sie wohnte nicht weit, sie lebte allein, und sie mochte Katzen.

Und außerdem war sie eine überaus reizende Person. Mimi würde sie mögen.

2

Die überaus reizende Person schob gerade ihr Fahrrad durch die Subbelrather Straße und kannte sich nicht mehr vor Wut.

»Ich glaube es nicht!«, schrie sie erbost in ihr Mobiltelefon, während sie sich das Gerät ans Ohr klemmte und die Schultasche festhielt, die ihr von der Schulter zu rutschen drohte. Mit der anderen Hand balancierte sie ihr Rad in gefährlichen Schlangenlinien über den Bürgersteig. »Du wagst es, bei mir anzurufen und mich so etwas zu fragen? Nach allem, was gewesen ist? Wie unverschämt kann man eigentlich sein? Mach endlich, dass du aus meinem Leben verschwindest, du … du …« Es hagelte ein paar sehr unschöne Bezeichnungen, die man für einen Mann verwenden konnte, *conard* und *salaud* waren noch die harmlosesten, und dass Leonie Beaumarchais ihrem Zorn auf Französisch Ausdruck verlieh, machte die Sache nicht besser.

Ein junger Mann mit unschuldigen braunen Augen und Jogginghose trat aus einem Döner-Laden, verschränkte die Arme und musterte die junge Frau mit der blauen Baskenmütze neugierig.

»*Wallah*, du bist aber sauer, *habibi*«, meinte er. »Immer auf die Fresse, was? Wenn du mit ihm fertig bist, frag mich mal.« Er grinste, und Leonie warf ihm einen vernichtenden Blick zu. Männer waren manchmal … einfach nur furchtbar in ihrer Selbstgefälligkeit.

»*Chérie*? Bist du noch dran?«, quäkte es aus dem Hörer.

»Ja, ich bin noch dran, aber ich lege jetzt auf. Es reicht.«

»Wenn du auflegst, nehme ich den nächsten Zug nach Köln.«

Leonie atmete tief durch, bevor sie antwortete. Dieser Idiot wäre wirklich in der Lage, bei ihr zu Hause aufzukreuzen.

»Untersteh dich!« Sie versuchte ruhig zu bleiben.

»Leonie«, schmeichelte er. »Sei doch nicht so hart. Ich weiß, ich habe damals Mist gebaut, aber du warst so weit weg, und Élodie war, na ja, sie war in Paris, und ich war einfach nur ein einsamer Mann.« Er glaubte den Unsinn, den er da von sich gab, offenbar selbst.

»Jean-Philippe, du hast mich über ein Jahr mit dieser Frau betrogen, und wenn ich es nicht zufällig herausgefunden hätte, hättest du mir nie etwas gesagt. Ich war auch einsam. Ich saß in meinem Zimmerchen in Düsseldorf. Aber im Gegensatz zu dir habe ich Tag und Nacht gelernt. Ich hatte meine Lehrproben und habe Schülern französische Grammatik beigebracht.«

Leonie erinnerte sich noch mit brennenden Wangen an den peinlichsten Moment ihres Lebens. Wie sie einen Tag früher als angekündigt nach Paris zurückgefahren war, voller Vorfreude auf ein langes Wochenende mit Jean-Philippe. Es sollte eine Überraschung sein. Ihr Freund war damals als freier Journalist bei einem Wochenmagazin tätig, mit sehr überschaubaren Arbeitszeiten, die sich aber meist bis spät in den Abend zogen. Da hätte sie schon misstrauisch werden sollen. Und dann lag doch tatsächlich diese Blondine in seinem Bett, Élodie – was war das überhaupt für ein Name! –, und schaute sie mit großen Augen verwundert an.

»Was machen Sie im Bett meines Freundes?«, fragte Leonie scharf.

»Was machen Sie in der Wohnung meines Freundes?«, entgegnete Élodie.

Und als just in diesem Augenblick der Schlüssel im Schloss umgedreht wurde und Jean-Philippe mit einer Flasche Rotwein zur Tür hereinkam und launig »*Chérie*, ich komme, mach dich bereit für den Herrn der Herrlichkeit!« durch die Wohnung rief, war die Katastrophe perfekt und die Beziehung zwischen Leonie und Jean-Philippe sehr schnell Geschichte.

Élodie hingegen war geblieben, eine Weile zumindest, was Leonie besonders geärgert hatte.

»Aber *chérie*! Du kannst mir doch nicht im Ernst noch böse sein. Das ist doch alles schon so lange her«, säuselte Jean-Philippe in ihr Ohr.

»Ja, 824 Tage, um genau zu sein.«

»Sag ich doch.«

»Und nenn mich nicht *cherie*!«

»Alles, was du willst, *ma princesse*. Aber könnte ich nicht doch diese drei Tage bei dir wohnen? Man bekommt in Köln kein einziges Zimmer mehr wegen dieser blöden Messe. Echt nicht. Und du bist die Einzige, die ich dort kenne, und diese Geschichte wäre wichtig für mich. Ich mache mich auch ganz klein.«

Leonie schnaufte empört, was Jean-Philippe offenbar für ein Zeichen hielt, dass er sie rumgekriegt hatte.

»Woher hast du überhaupt meine neue Handynummer?«

»Die hat mir dein Vater gegeben.«

Das war mal wieder typisch für Papa.

»Allmählich wird die Sache lächerlich.«

»Wieso – wir haben uns immer gut verstanden, dein Vater und ich.«

»Warum wundert mich das jetzt nicht?«

Leonie presste die Lippen aufeinander. Auch ihr Vater war so ein gutaussehender Charmeur, der seine Frau mehr als einmal betrogen hatte, weil er einem Paar schöner Augen nicht widerstehen konnte. Dass ihre Mutter ihm immer wieder verziehen hatte, konnte Leonie bis heute nicht verstehen. Selbst als er Maman dann endgültig verlassen und mit der neuen Frau eine neue Familie gegründet hatte, hatte sie noch mit ihm telefoniert – um der alten Zeiten willen. »Es war ja nicht alles schlecht, Leonie, und dein Vater hatte trotz allem immer ein großes Herz.«

»Um der alten Zeiten willen«, setzte Jean-Philippe jetzt nach, und Leonie verspürte einen leichten Brechreiz. »Und wer weiß?«, fantasierte er weiter ins Telefon. »Vielleicht könnten wir die alten Zeiten ja auch wiederaufleben lassen. Ich denke so oft an dich, manchmal träume ich nachts von dir. Dein schöner Mund, deine seidige Haut, das vergisst man nicht so leicht.« Er seufzte, angenehm berauscht von seinen eigenen Worten. »Du hast immer noch einen Platz in meinem Herzen, *chérie*, das weißt du doch. Und natürlich auch in meinem Bett, wenn du magst.«

»In *meinem* Bett, wenn überhaupt. Aber dazu wird es nicht kommen. Der Platz in meinem Bett ist nämlich schon besetzt.«

»Ach … ja?« Jean-Philippe wirkte verunsichert, und Leonie frohlockte. Damit hatte er wohl nicht gerechnet.

»Wer ist denn der Glückliche?«

»Ein Kölner Anwalt«, log Leonie entschlossen. »Wir werden bald heiraten.«

»Wie jetzt? Aber dein Vater sagte doch …«

»Mein Vater hat keine Ahnung von meinem Leben«, gab Leonie zurück. Und das zumindest war nicht gelogen. »Ich fürchte, du musst dir eine andere Schlafstätte suchen, Jean-Philippe. Aber das schaffst du schon. Würdest du mir denn wohl noch einen Wunsch erfüllen?«

»Ich würde dir jeden Wunsch erfüllen, *chérie*«, sagte er hoffnungsvoll.

»Ruf mich nie wieder an.«

Sie legte auf und steckte das Telefon weg. Als sie ihr Fahrrad durch das Gittertor schob und an den Eisenzaun ankettete, der den kleinen Vorgarten des Stadthauses umgab, in dem sie wohnte – zwei Zimmer, ohne Balkon, mehr konnte sie sich im Moment nicht leisten, denn wie alle Großstädte war auch Köln inzwischen sehr teuer geworden –, fragte sie sich, warum nicht wirklich ein netter Anwalt in ihrem Bett lag. Ein netter, seriöser Mann, der nicht log, sobald er den Mund aufmachte. Warum lernte sie immer nur Männer kennen, die sie früher oder später betrogen? War daran ihr Vater schuld? Eine frühkindliche Konditionierung auf nette, betrügerische Männer, ein Muster, dem sie folgte wie eine

Somnambule dem Mond? Gutaussehende Süßholzraspler wie Jean-Philippe. Wie Marcel, der von seiner Ehefrau getrennt lebte und sie als junge Studentin verführte, als sie auf Drängen von Maman dann doch zum runden Geburtstag ihres Vaters gefahren war. Unnötig zu erwähnen, dass Marcel auch bei seiner Frau noch einen Stein im Brett hatte und sich einfach nicht entscheiden konnte, und als Leonie ihm dann die Pistole auf die Brust setzte, entschied er sich natürlich für seine Ex. Selbst der süße Maximilien, ihre erste große Liebe, ein Junge mit dem Gesicht eines Engels, hatte sie schmählich verraten, und als sie ihn mit einem anderen Mädchen aus der Klasse auf einer Parkbank sah, wo er ihr in der Abenddämmerung den Rock hochschob, während er sie heftig küsste, war ihr sechzehnjähriges Herz zum ersten Mal gebrochen, und übriggeblieben war ein Haufen Schutt. Deutsche Männer waren auch nicht besser. Leonie kramte missmutig nach dem Haustürschlüssel. Vielleicht ein bisschen ungeschickter im Lügen. Leonard, einen Studenten mit blonden Locken und einem umwerfenden Lächeln, der seine Handynummer wie Konfetti verteilte, hatte sie jedenfalls ziemlich rasch durchschaut. »Ich hatte ja keine Ahnung, dass du das so eng siehst«, hatte er beim Abschied gemurmelt. »Ich dachte, wir wären mehr so physisch unterwegs.«

Leonie lächelte bitter. Offenbar war das Verlassenwerden ihr Schicksal. Eine Urerfahrung, die sie schon als kleines Mädchen gemacht hatte, als sie in einem Pariser *Monoprix* verloren gegangen war. Eine gefühlte Ewigkeit war sie schluchzend durch die Gänge der Lebensmittelabteilung geirrt, bevor sie schließlich von einer freundlichen Kassiererin angesprochen wurde, die ihren Vater ausrufen ließ. Diese Viertelstunde allein zwischen den riesigen Regalen des Supermarktes hatte einen traumatischen Eindruck bei Leonie hinterlassen. Vielleicht war das auch einer der Gründe, warum sie auch heute noch eine tiefe Abneigung gegen Supermärkte hegte und lieber in kleinen Geschäften einkaufte. Wenn man ihrem Vater glauben mochte, war das ihr französisches Erbe (kein Franzose kauft gern im Supermarkt ein!) – ebenso wie die Liebe zum schönen Leben und eine Passion für hübsche Schuhe. »Ich bin hingerissen – in dir steckt eben doch eine echte Französin«, sagte ihr Vater einmal, als sie ihn in Paris besuchte. Er hielt seine Tochter entzückt ein Stück von sich, um sie zu betrachten. »Du hast mehr von mir, als du glaubst.«

»Das hoffe ich nicht«, hatte Leonie spitz entgegnet, denn die Beziehung zu ihrem Vater war aus besagten Gründen ziemlich ambivalent. Doch wenn sie in den Spiegel schaute, erkannte sie seine samtigen braunen Augen und die winzigen Grübchen, die sich zeigten, wenn sie lachte.

Leonie nahm ihre Schultasche und betrat den Hausflur. Mit einem Mal spürte sie eine große Müdigkeit. Auch ohne Jean-Philippes dreistes Ansinnen war der Tag anstrengend genug gewesen. Die Kleinen aus der 5b stürzten sich auf sie, sobald sie das Klassenzimmer betrat, und wollten ihr alles Mögliche erzählen. Nach dem Wochenende war es immer besonders schlimm. Beim Ballspiel auf dem Pausenhof waren zwei Jungs mit den Köpfen gegeneinandergestoßen, eine Platzwunde, die im Ambulanzzimmer versorgt werden musste, eine Gehirnerschütterung, wegen der die Eltern angerufen werden mussten. Um in der Unterstufe für Ruhe und Ordnung zu sorgen, brauchte es wirklich gute Nerven.

Als das Mobiltelefon wieder in der Tasche ihres Regenmantels vibrierte, spürte sie, wie ihr das Adrenalin erneut durch die Adern schoss. Dieser Typ war wirklich nerviger als hundert Fünftklässler zusammen.

»Meine Güte, was denn noch?«, fauchte sie. »Hatte ich nicht gesagt, ich wünsche keine Anrufe mehr?«

Ein überraschtes Schweigen erfüllte die Leitung.

»Leonie? Sind Sie das?«, fragte Susann Siebenschön zögernd. »Störe ich gerade?«

»Ach, Sie sind's, Frau Siebenschön! Nein, nein, überhaupt nicht.« Leonie riss sich zusammen.

»Oh, das ist gut, meine liebe, liebe Leonie, denn ich habe einen kleinen Anschlag auf Sie vor.« Frau Siebenschön kicherte verlegen. »Hätten Sie wohl Zeit, morgen Abend mit mir ins *Pane e Cioccolata* zu gehen? Ich würde Sie gern einladen. So um halb acht?«

»Ja sicher. Warum nicht?« Leonie musste lächeln über Susann Siebenschöns umständliche Art. Wie hätte sie auch wissen sollen, dass der »kleine Anschlag« ihrer Nachbarin nicht allein aus einer Einladung zum Essen bestand. »Was für eine nette Idee, ich komme gern«, sagte sie noch einmal und ahnte nicht, dass sie damit gerade eine ganz neue Ära in ihrem Leben eingeläutet hatte.

3

Mit zitternden Händen legte Susann Siebenschön den Hörer auf. Sie hatte es getan, sie hatte es *wirklich* getan. Nach dem Anruf bei Leonie Beaumarchais war sie so in Schwung geraten, dass sie ihr altes Adressbüchlein hervorgeholt und die Nummer vom *Hotel Paradiso* gewählt hatte. Zum ersten Mal seit fünf Jahren.

»*Hotel Paradiso, buon giorno*«, meldete sich eine sonore männliche Stimme, die ihr sofort ganz vertraut vorkam.

»Ja, hallo ... hier ist Susann Siebenschön. Aus Köln«, fügte sie sicherheitshalber hinzu. An der Rezeption des *Hotel Paradiso* sprach man Deutsch, was sie immer als sehr angenehm empfunden hatte. »Erinnern Sie sich noch an mich?«

Es entstand eine kleine Pause, bevor die Stimme am anderen Ende der Leitung in Ekstase geriet.

»Neiiiiin! Die Signora Siebenschön!«, rief Massimo in den Hörer. »Natürlich, natürlich erinnern wir uns an Sie. Wie geht es Ihnen, Signora? Wir haben so lange nichts gehört von Ihnen, seit damals ... Ihre arme Mann ... *mamma mia*, was für ein Unglück!« Massimo senkte einen Augenblick ehrfürchtig die Stimme. »Wie lange ist das jetzt schon her?«

»Fünf Jahre«, sagte Susann und dachte an die Weihnachtsgrüße des Hotels, die sie jedes Jahr bekommen hatte.

»Meine Güte, fünf Jahre schon! Wir haben uns immer gefragt, was Sie wohl machen und wie es Ihnen wohl geht im kalten Deutschland – es ist die *Signora Siebenschön*«, unterbrach er sich begeistert, und im Hintergrund waren freudige Stimmen zu hören, »wie *geht* es Ihnen, Signora?«

Susann war ganz gerührt.

»Ach ... jetzt, wo ich mit Ihnen spreche, geht's mir schon viel besser«, erklärte sie wahrheitsgemäß. »Meine Hüfte macht mir ein bisschen zu schaffen, und ich überlege, doch mal wieder nach Ischia zu kommen, auch wenn es ohne Bertold ...«

»*Si*, der arme Bertoldo ...« Massimo seufzte anteilnehmend. »Aber kommen Sie, Signora, kommen Sie, wir würden uns so freuen! Und für die böse Hufte machen wir eine schöne Fangokur, jeden Tag ein bisschen schwimmen in unsere Thermalbecken, abends ein Gläschen Rotwein, *tutto bene*, alles wird gut, Sie werden sehen.«

Das klang *sehr* gut, fand Susann.

»Haben Sie denn überhaupt noch ein Zimmer frei?«

»Wann möchten Sie kommen, Signora Siebenschön? Wann?«

»Ende Mai? Für ... drei Wochen?«

»*Maggio* ... Lassen Sie mich schauen, lassen Sie mich schauen ...« Massimo, der die Angewohnheit hatte, jeden Satz zu wiederholen, wenn er freudig erregt war, schwieg konzentriert, und man hörte das leise Klicken einer Computermaus.

»Hmmm ... hmmm ...«, machte er besorgt. »Ich fürchte, das sieht nicht so gut aus ...« Erneutes Schweigen. Dann: »*Ecco*, wir haben Glück, ich kann Ihnen anbieten ein Zimmer, von der dritte Mai für drei Wochen, später wird es schwierig, dann geht es leider erst wieder in die September … Aber wenn Sie kommen gleich Anfang Mai, haben wir noch eine Zimmer frei. Unsere letzte Doppelzimmer. Die 225 … Es ist sogar eine besonders schöne Eckezimmer mit Meerblick im ersten Stock.«

Susann meinte sich an das Zimmer zu erinnern, von dem man nicht nur das Meer, sondern auch die schöne Poolanlage mit der Königspalme sah.

»Soll ich das für Sie reservieren, Signora? Und mich um die Flüge kümmern? Mit Transfer vom Flughafen Napoli zum Hafen, Fähre und Abholung durch unsere Fahrer in Ischia Porto, wie immer?«

Susann Siebenschön schluckte. Das war ja schon in zwei Wochen, und sie hatte Leonie noch nicht mal gefragt wegen Mimi. Aber das würde sie schließlich gleich morgen Abend tun. Im September lag sie vielleicht schon unter dem Messer. Dies war gewissermaßen ein Notfall, das würde auch Leonie verstehen. Und im Mai gab es auch keine Ferien, da musste eine Lehrerin auf jeden Fall zu Hause sein. So viel Aufwand war es doch auch nicht, zwei Mal am Tag in eine Wohnung zu kommen, eine niedliche Katze zu füttern und ein bisschen mit dieser zu spielen. Sie würde Leonie natürlich etwas dafür geben, das war ja selbstverständlich. Susann holte tief Luft und beschloss, Fakten zu schaffen. »Wenn man erst mal Fakten schafft«, hatte Bertold immer gesagt, »läuft die Sache.«

»Wie immer«, sagte sie beherzt. »Ich nehme das Zimmer.«

Den ganzen nächsten Tag war Susann Siebenschön seltsam aufgeregt. Nach dem Frühstück, das wie jeden Morgen aus

einem Rosinenweckchen mit Butter und einem Käsebröt-
chen bestand, hatte sie aus dem Schlafzimmerschrank ein
paar leichtere Kleider hervorgeholt und alles vor dem Spiegel durchprobiert. Sie war beim Friseur gewesen, um sich
den Ansatz nachfärben zu lassen. Nun fielen die dunklen
Locken wieder seidig über ihre Schultern. Susann war immer
stolz auf ihr dichtes Haar gewesen. Anders als viele Frauen
ihres Alters hatte sie sich dagegen entschieden, die Haare
in einem Rotton zu färben oder sich einen Kurzhaarschnitt
zuzulegen. Dass viele ihrer Bekannten dies so praktisch und
zeitsparend fanden, konnte sie nicht nachvollziehen. Als
Rentnerin hatte man doch eigentlich genügend Zeit, sich
um diese Dinge zu kümmern. Mehr Zeit als je zuvor. Natürlich wurde man in allem etwas langsamer, das schon. Es war
erstaunlich, dass man mit dem Wenigen, was man tun musste, die Tage trotzdem irgendwie füllte. Auch Susann hatte es
sich angewöhnt, nach dem Essen ein kleines Mittagsschläf-
chen auf dem Sofa zu machen. Sobald sie sich hinlegte, kam
Mimi an und kletterte auf sie. Nachdem sie eine Weile mit
den Pfoten auf ihrer Brust herumgetretelt hatte, bevorzugt
in die weiche Stelle unterhalb der Rippenbögen, streckte sie
sich zufrieden aus, und ihr kleiner Körper hob und senkte
sich im Rhythmus von Susanns Atemzügen wie auf einem
Schiff. So schliefen sie oft gemeinsam ein, und wenn Susann
wach wurde, war es schon wieder Zeit für eine Tasse Kaffee,
die nicht selten von einem Stück Kuchen begleitet wurde.
Für Mimi gab es dann ein Leckerli. Doch an diesem Tag war
Susann nicht nach Mittagsschlaf zumute.

Sie beschloss, den Nachmittag für ein paar Telefonate zu

nutzen. Mit einer Handvoll von Bekannten tauschte sie sich regelmäßig aus. Manche waren noch sehr reiselustig, die anderen jammerten lieber über das Wetter oder ihre Krankheiten. Marlene Kürten war letzte Woche vom Elektrorad gefallen und hatte sich den Arm gebrochen. Und Petras Mann war sich beim Rasenmähen über den eigenen Fuß gefahren. Du liebe Zeit! Susann war froh, dass sie weder ein Elektrorad noch einen Garten hatte. Aber es gab auch gute Nachrichten: Marianne Freimanns Tochter hatte ihr zweites Kind bekommen. Ein Mädchen, Notkaiserschnitt, aber es war alles gut gegangen, Mutter und Kind wohlauf.

Susann hörte sich alles geduldig an. Doch wenn sie ehrlich war, schlug sie nur die Zeit tot bis zum Abend. Um sechs zog sie sich um und legte Lippenstift und Rouge auf. Sie fuhr sich mit den Händen noch mal durch die Haare, richtete ihren geblümten Schal und nickte zufrieden, als sie noch einen letzten Blick in den Flurspiegel warf. Es konnte losgehen. Sie nahm den Aufzug und begegnete unten im Treppenhaus Herrn Franzen, ihrem Nachbarn, einem alleinstehenden älteren Herrn, der im Erdgeschoss wohnte und missmutig auf einen Aushang der Hausverwaltung starrte.

»Guten Abend, Herr Franzen«, sagte Susann gutgelaunt und mit lauter Stimme, denn Herr Franzen war ein wenig schwerhörig.

»Jetzt wollen die schon im Mai die Fassade und die Fenster neu machen«, knurrte er statt einer Antwort. »Ich dachte, das sollte erst im August passieren. Na, das wird ja einen schönen Dreck und Lärm geben. Ich hasse Handwerker.« Er blickte düster.

»Wie … die Fassade?« Susann stellte sich neben ihn und las die Ankündigung der Hausverwaltung aufmerksam durch. Dabei wurde ihr ein wenig mulmig zumute. Sie erinnerte sich dunkel, dass auf der letzten Eigentümerversammlung beschlossen worden war, sich der etwas in die Jahre gekommenen Hausfassade anzunehmen. Aber warum gerade jetzt?

»Ach du meine Güte!«, sagte sie und sah den schönen Traum von Ischia zerplatzen wie eine Seifenblase.

Mimi konnte unmöglich in der Wohnung bleiben, wenn die Handwerker ein und aus gingen und vor dem Haus Gerüste hochzogen, auf denen sie von früh bis spät herumturnten, um zu klopfen, zu hämmern und zu spachteln – ganz abgesehen davon, dass die Fenster geöffnet werden mussten, wenn diese gestrichen werden sollten. Susann Siebenschön war einer Ohnmacht nah.

»Aber … das ist ja entsetzlich«, hauchte sie.

Und Herr Franzen, der ihre Worte erstaunlicherweise gehört zu haben schien, nickte mit einem grimmigen Lächeln ob der unerwarteten Bestätigung.

»Sag ich doch. Diese Hausverwaltung macht, was sie will.«

4

Wie es aussieht, werde ich ab nächster Woche eine neue Mitbewohnerin haben«, erklärte Leonie. Sie saß vornübergebeugt auf dem Bett, hatte das Handy ans Ohr geklemmt und lackierte sich gerade die Fußnägel mit ihrem Lieblingsnagellack von Chanel: *Rouge Noir, Nr. 18* – ein Klassiker und immer wieder gut.

»Ach was? Vermietest du jetzt schon Zimmer unter, um dir deine Schuhsammlung zu finanzieren?« spottete Maxie.

Leonie grinste. Maxie, oder besser gesagt *Maximiliane* Sommer, war ihre beste Freundin. Ihre bodenständige, burschikose, leicht aufbrausende Freundin, die so ganz anders war als sie selbst. Unkompliziert, sportlich, mit einem etwas zu großen Mundwerk und einem herzlichen Lachen – das Mädchen, mit dem man Pferde stehlen konnte. Maxie stammte aus Köln, aber mit ihrem hellen, fast weißblonden Haar, das sie meist zu einem nachlässigen Dutt auf dem Hinterkopf zusammenschlang, hätte sie auch ein Kind aus einem der Bullerbü-Romane von Astrid Lindgren sein können. Hätten die beiden nicht vor drei Jahren im gleichen Zug gesessen, dem Sechs-Uhr-Thalys nach Paris nämlich, hätten sich ihre Wege wohl nie gekreuzt, obwohl sie im selben Viertel wohnten. Und das wäre sehr schade gewesen. Denn trotz aller Unterschiede, die es zwischen ihnen gab, war Leonie unglaublich froh, eine Freundin wie Maxie zu haben. Maxie hatte ein goldenes Herz, auch wenn sie niemals wissen würde, was ein *Rouge Noir, Nr. 18* war. Mit solchen Dingen hielt sie sich nicht auf. Dazu war sie viel zu ungeduldig. Die Sammlung der heiligen Chanel-Nagellackfläschchen in Leonies winzigem Bad fand Maxie bestenfalls kurios. Als sie das erste Mal in Leonies Wohnung gewesen war, hatte sie eine Weile fassungslos vor dem deckenhohen Schuhregal in der Diele gestanden.

»Oh mein *Gott!*«, hatte sie verblüfft ausgerufen. »Was willst du denn mit all den Schuhen? Du hast doch nur ein Paar Füße!«

»Ich habe eben gern ein bisschen Auswahl«, hatte Leonie entgegnet.

Ihr selbst hingegen war es unbegreiflich, wie man mit nur fünf Paar Schuhen durchs Leben gehen konnte, ohne einen Mangel zu empfinden. Noch heute dachte Leonie mit leichter Verwunderung daran, wie Maxie diesen lächerlich kleinen Rucksack in die Ablage über den Sitz geworfen hatte, obwohl sie, wie sich im Laufe der dreistündigen Zugfahrt herausstellte, immerhin für ganze vierzehn Tage in Paris sein würde, um die Stadt an der Seine zu erkunden. Leonies riesiger dunkelblauer Rimowa-Koffer hingegen, den sie in das Gepäckfach am Ende des Waggons gerollt hatte, war nur für ein Wochenende gedacht, das sie bei ihrem Vater verbringen wollte.

»Meine Güte, wie kann man nur mit so schwerem Gepäck reisen? Da bricht einem ja der Rücken durch«, hatte Maxie geflucht, als sie ihrer neuen Bekannten an der Gare du Nord half, den schweren Koffer aus dem Zug zu wuchten.

»Ja, ich habe auch fast immer Rückenschmerzen, wenn ich irgendwohin fahre«, gab Leonie zu.

»Wäre es nicht Zeit, daran was zu ändern?«, keuchte Maxie.

»Oh, das hab ich schon. Ich mache seit einem halben Jahr Pilates. Das stärkt die Körpermitte«, sagte Leonie und rückte sich ihre Baskenmütze zurecht. »Der Trick ist, dass man immer den Bauch einzieht, wenn man etwas anhebt.«

»Aha«, hatte Maxie gesagt und die zierliche Leonie gemustert. »Welchen Bauch?«

Diese Zugfahrt von Köln nach Paris war der Beginn ihrer Freundschaft gewesen. Als sie sich voneinander verabschiedeten, hatten sie Adressen und Telefonnummern ausgetauscht, und Leonie, die gerade nach Köln gezogen war, hatte erfreut festgestellt, dass das Mädchen mit dem Rucksack und den hellen blauen Augen gar nicht weit von ihr wohnte – in der Chamissostraße.

Dass Maxie, die mit Büchern nicht sehr viel anfangen konnte – damals arbeitete sie nach einigen abgebrochenen Studiengängen noch als Aushilfe in der Bäckerei –, ausgerechnet in einer Straße wohnte, die nach einem Dichter benannt war, während sie selbst in der Ottostraße ihre Wohnung hatte, fand Leonie ein bisschen ungerecht. Zu ihrem großen Trost hatte sie aber gleich bei einem ihrer ersten Streifzüge durch die Straßen das *Bagatelle* entdeckt – ein charmantes Restaurant mit dunklen Holztischen, wo man französische Gerichte in angenehm kleinen Tapas-Portionen auftischte – und natürlich den Italiener *Pane e Cioccolata*, der vis à vis von ihrer Wohnung lag.

Ebenjener Italiener, in den Susann Siebenschön sie vor einigen Tagen zum Essen eingeladen hatte, um ihr mit hochroten Wangen ein überraschendes Ansinnen vorzutragen.

Erst hatte Leonie gar nicht verstanden, um was es eigentlich ging. Die nette Witwe aus der Eichendorffstraße kam ihr ein wenig wirr vor an diesem Abend. Sie hatte von ihrer Hüfte erzählt, die vielleicht bald operiert werden müsse, von einem hemdsärmeligen Orthopäden und seiner unheilvollen Prognose. Die Vorstellung, dass sie möglicherweise bald schon nie mehr würde verreisen können, hänge wie ein Damoklesschwert über ihr und habe sie wachgerüttelt, erklärte sie und wirkte einigermaßen verzweifelt. Seit dem Tod ihres Mannes sei sie nie mehr verreist, was sie jetzt natürlich bedaure. Einmal, nur ein einziges Mal noch, wolle sie nach Ischia fahren, ihre Lieblingsinsel, ob Leonie das verstehen könne? Und wie unglücklich es sei, dass ausgerechnet jetzt, im Mai, das Haus renoviert werden sollte. Das hätte sie vorher nicht gewusst, sonst hätte sie doch nicht gebucht, und es würde die Sache natürlich unnötig verkomplizieren, denn die kleine Mimi könne doch unmöglich in der Wohnung bleiben, wenn diese lauten Handwerker kämen. »Aber vielleicht ist es für Sie ja auch ganz schön, wenn Sie mal ein bisschen Gesellschaft haben, wo Sie doch so ganz alleine leben. Ich bin mir sicher, Sie und Mimi werden sich bestens verstehen. Ich hoffe, Sie sagen nicht nein.«

Leonie sah Frau Siebenschön an, ohne ein Wort zu verstehen, und bemerkte erschrocken, wie der älteren Dame mit dem langen geblümten Seidenschal die Tränen in die Augen traten. Da hatte sie sich vorgebeugt und Susann mit festem Blick angeschaut.

»Frau Siebenschön, *wozu* soll ich nicht nein sagen?«

»Oh! Habe ich das nicht gesagt? Du meine Güte, entschuldigen Sie, liebe Leonie, Sie sehen ja selbst, ich bin schon völlig durcheinander. Diese ganze Sache nimmt mich irgendwie total mit.« Frau Siebenschön schaute sie mit einem Blick an, der einen Stein hätte erweichen können. »Ich wollte fragen, ob Sie die kleine Mimi nicht zu sich nehmen könnten, wenn ich nach Ischia fahre.«

Leonie hatte ihre Nachbarin überrascht angesehen und eine Weile geschwiegen.

»Leonie? Bist du noch dran? Was ist das für eine neue Mitbewohnerin?« Maxies Stimme katapultierte sie in die Gegenwart zurück.

Leonie drehte den Nagellack zu und betrachtete zufrieden ihre Fußnägel, die in einem dunklen Kirschrot glänzten.

»Das errätst du nie«, sagte sie dann. »Sie heißt Mimi, und sie ist eine Katze. Meine Nachbarin verreist und hat sie mir für drei Wochen aufs Auge gedrückt.«

Maxie schrie entzückt auf. »Eine Katze ... wie süß!«

Ihre Freundin hatte selbst viele Jahre eine Katze gehabt. Die kleine Lula war unglücklicherweise eines Tages bei einem ihrer Ausflüge unter die Reifen eines Umzugstransporters geraten, doch das war lange vor ihrer Zeit gewesen.

»Ja, aber ich habe eigentlich überhaupt keine Ahnung von Katzen. Du weißt, ich hatte als Kind nie ein Tier. Ich habe Querflöte gespielt.«

Leonie seufzte. Um ehrlich zu sein, war sie wenig begeistert gewesen, als Frau Siebenschön an dem Abend beim Italiener endlich mit der Sprache herausrückte. Doch die alte Dame hatte sie irgendwie überrumpelt mit ihrem flehenden Blick und den dramatischen Worten, dass es ihre letzte große Reise sein würde. Bevor das Schicksal in Form eines grässlichen Titangelenks seinen Lauf nahm. Und am Ende hatte Leonie es einfach nicht übers Herz gebracht, der netten Nachbarin, deren Lebensglück nun offenbar von dieser einen Reise abhing, ihren Wunsch abzuschlagen. Zum Abschied hatte Frau Siebenschön, die an diesem Abend ein bisschen zu viel Wein getrunken hatte, selig in ihren Armen gelegen und Leonie versichert, dass sie ihr das niemals vergessen würde. »Sie sind so ein reizendes Mädchen, Leonie«, hatte sie mit schwerer Zunge gesagt. »Und meine kleine Mimi ist auch ganz reizend. Sie werden gut miteinander auskommen.«

Leonie wackelte mit den Zehen und hoffte, dass Frau Siebenschön recht hatte. Sie ließ sich nicht gern aus ihrer gewohnten Tagesroutine herausreißen. Nicht mal durch eine kleine Katze. Vielleicht war sie auf dem besten Weg, etwas eigenartig zu werden.

»Meine Güte, Leonie. Was muss man denn da wissen?« Maxie lachte am anderen Ende der Leitung und verscheuchte ihr Unbehagen. »Sei nicht immer so heikel. Es ist nur eine Katze, oder? Keine Kobra. Das werden drei wunderbare Wochen werden, du wirst sehen. So ein Tier ist immer eine Bereicherung. Und wenn du einen Rat brauchst, kannst du ja mich fragen.«

»Die Katzenversteherin«, sagte Leonie.

»Genau.«

Es war nur eine Katze. Doch als am ersten Sonntag im Mai das Taxi in der Ottostraße vorfuhr, beschlich Leonie dennoch ein seltsames Gefühl. Worauf hatte sie sich da nur eingelassen? Die Worte ihrer Mutter, bei der sie am letzten Wochenende zum Essen gewesen war, hallten ihr noch im Ohr.

»Eine Katze in deiner kleinen Wohnung? Hast du dir das auch gut überlegt, Leonie?«, hatte Mama gesagt, als sie ihr den Teller mit Kaninchenragout in Rotweinsauce auffüllte. Im Gegensatz zu Leonie war ihre Mutter eine begnadete Köchin.

»Nun ja, die Katze ist ja auch eher klein«, hatte Leonie entgegnet.

»Sie wird dir alles zerkratzen«, sagte ihre Mutter, die die Tendenz hatte, stets mit dem Schlimmsten zu rechnen. Darüber hinaus mischte sie sich gern in das Leben ihrer einzigen Tochter ein. »Deine schönen Grange-Möbel. Wer ist denn überhaupt diese Nachbarin? Warum musst ausgerechnet du ihre Katze hüten?« Marie Beaumarchais schüttelte missbilligend den Kopf. »Das hätte ich nicht gemacht.«

»Ich pass schon auf, Mama. Außerdem ist es meine Entscheidung. Das Ragout ist übrigens ganz köstlich.«

Und nun stand Leonie etwas beklommen auf dem Bürgersteig und sah Susann Siebenschön samt Katzentasche, Premiumfutter und Katzenklo aus dem Wagen klettern. Vor ein paar Tagen war sie noch bei der Nachbarin gewesen, um sich ein bisschen mit Mimi anzufreunden. Die weiße Katze mit den schillernden hellgrünen Augen hatte friedlich auf einem Sessel gelegen, sie schläfrig angeblinzelt und sich von ihr streicheln lassen, bevor sie sich unvermittelt aufrichtete, mit einem Satz heruntersprang und mit vornehmen Schritten auf die großzügig bepflanzte Dachterrasse stolzierte. Während Mimi sich an dem knorrigen Olivenbaum ausgiebig die Krallen wetzte, bevor sie in den Mimosensträuchern verschwand, hatte Susann Siebenschön ihr die letzten Instruktionen gegeben und auch die Adresse des Tierarztes – für den Notfall. Aber was sollte schon groß passieren? Es klang alles sehr überschaubar, fand Leonie. Frau Siebenschön hatte einen Piccolo aufgemacht, ihr ein bisschen von Ischia vorgeschwärmt und dann von ihrer Freundin Lo erzählt, die vor zwei Jahren leider gestorben war. Den Umschlag mit dem Geld, den Frau Siebenschön ihr beim Abschied in die Hand drücken wollte, hatte sie abgelehnt. »Nein, wirklich nicht, Frau Siebenschön, das mache ich gern.«

»Dann bringe ich Ihnen etwas Hübsches mit«, hatte Susann Siebenschön gesagt.

Es versprach ein strahlend schöner Tag zu werden, das Licht fiel durch die grünen Blätter der Bäume, die Luft war frisch und klar, und ihre Nachbarin segelte mit wehendem Schal und geschminkten Lippen auf sie zu. Die Vorfreude auf das große Abenteuer ließ sie mit einem Mal zehn Jahre jünger aussehen.

»Meine Güte, ich bin *so was* von aufgeregt«, rief Frau Siebenschön. »Ich hoffe nur, ich habe nichts vergessen.«

Sie setzte die Katzentasche auf dem Bürgersteig ab. Mimi miaute leise.

»Ist ja gut, Mimilein ... ist ja gut.« Frau Siebenschön wandte sich an Leonie. »Sie merkt natürlich, dass was los ist. Katzen spüren das.«

Leonie nickte.

»Also, meine Liebe, tausend Dank noch mal. Sie werden das schon gut schaffen. Es sind ja nur drei Wochen, dann komme ich wieder. Wir telefonieren heute Abend. Und schicken Sie mir doch ab und zu ein Foto von meinem kleinen Liebling, ja? Ich muss los, das Flugzeug wartet nicht. Ciao, Mimi, sei schön brav!«

Susann Siebenschön stieg in das wartende Taxi, ließ ihr Fenster herunter und winkte Leonie zum Abschied zu.

»Et hät noch immer jot jejange«, rief sie aufgekratzt.

»Et hät noch immer – *was*?« Leonie sah dem Taxi mit Frau Siebenschöns winkender Hand nach, bis der Wagen um die Ecke verschwunden war.

Mimi miaute lauter.

Leonie hob die Katzentasche an, durch deren Fadengitter sich ein kleiner, harter Schädel zu zwängen drohte.

»Ganz ruhig, Mimi, ganz ruhig!«, sagte sie und versuchte sich selbst ein bisschen Mut zu machen. »Na, dann wollen wir mal!«

Eine Viertelstunde später hatte sie das ganze Mimi-Equipment in ihre Wohnung im zweiten Stock gebracht und verteilt. Das Katzenklo stand im Bad, die Schälchen für Wasser und Futter hatte sie gefüllt und in die Küche gestellt, die nur aus einer Zeile bestand. Sie trug die Katzentasche ins Wohnzimmer, stellte sie auf den Teppich und zog vorsichtig den Reißverschluss auf. Mimi gab keinen Mucks von sich. Offenbar hatte sie beschlossen, dass es sicherer wäre, sich erst einmal totzustellen. Doch nach ein paar Minuten überwog die Neugier, und ein kleiner Kopf mit gespitzten Ohren tauchte auf. Vorsichtig kletterte Mimi aus ihrer Katzentasche und sah sich aufmerksam um. Sie schnupperte am Sofa und an dem kleinen Beistelltisch, dann ging sie zum Esstisch hinüber und rieb sich an den Stühlen. Wenig später streifte sie gar nicht mehr so scheu durch die ihr unbekannte Wohnung. Sie verschwand für eine Weile unter dem Bett in Leonies Schlafzimmer, dann kam sie, mit ein paar Wollflusen bedeckt, wieder hervor und stolzierte zur Küche. Sie registrierte die beiden Näpfe, fraß jedoch nichts, sondern trank nur ein bisschen Wasser, bevor sie mit einem Satz auf die Spüle sprang und neugierig den Hahn beäugte, aus dem es tropfte.

Hübsch war sie ja, die kleine Mimi mit ihrem schneeweißen Fell und den auffallend grünen Augen. Leonie beobachtete schmunzelnd, wie die Katze versuchte, mit der Pfote die Wassertropfen zu fangen. Es sah wirklich zu niedlich aus. Immer wieder schoss Mimis kleine Tatze nach vorn, dann war sie des Spiels müde, sprang anmutig von der Spüle und kehrte auf ihren Samtpfoten ins Wohnzimmer zurück. Leonie folgte ihr und setzte sich aufs Sofa.

»Na, Mimi«, sagte sie leise, als die Katze sich jetzt in einiger Entfernung auf den Teppich hockte und sie anstarrte. »Gefällt es dir bei mir?«

Mimi streckte sich und schloss für einen Moment die Augen, dann kam sie näher und rieb ihr Köpfchen an Leonies seidenbestrumpften Beinen. Leonie beugte sich zu ihr und streichelte vorsichtig über ihr weiches Fell. Mimi begann leise zu schnurren, und Leonie hatte mit einem Mal äußerst angenehme Visionen von einer Katze, die ihr morgens beim Frühstück Gesellschaft leistete, sie freudig empfing, wenn sie nachmittags von der Schule kam, und sich abends auf dem Sofa an sie schmiegte, während sie sich zusammen einen Film anschauten.

»Ihre Mimi ist wirklich ganz entzückend, sie liegt schon neben mir auf dem Sofa und schnurrt«, sagte sie, als Susann Siebenschön gegen sechs Uhr anrief, um mitzuteilen, dass sie wohlbehalten auf Ischia angekommen war. Die Stimme ihrer Nachbarin klang ein wenig blechern und schrill, was wohl an dem veralteten Tastenhandy lag, das sie immer noch benutzte. »Machen Sie sich keine Sorgen, Frau Siebenschön, hier läuft alles bestens. Und wie ist es bei Ihnen?«

»Wie im Paradies«, schrie Frau Siebenschön in den Hörer. Sie gehörte offenbar zu den Menschen, die dachten, man müsse die Entfernung zwischen zwei Ländern mit der nötigen Lautstärke überbrücken. »Ich bin so froh, dass ich gefahren bin.«

»Na, dann genießen Sie Ihre Ferien.«

»Das werde ich, liebe Leonie. Ich rufe bald wieder an ...« Es knackte und knisterte in der Leitung, und die Verbindung brach für einen Moment ab. »Und schicken Sie mir unbedingt ab und zu eine SMS und ein Foto von Mimi, ja? Dann bin ich beruhigt. Bis ganz bald, ich muss jetzt zum Abendessen, die Kellner warten schon auf mich. *Ciao, ciao!*«

Leonie legte lächelnd das Telefon zur Seite und wandte sich wieder ihrer neuen Mitbewohnerin zu. Sie schenkte sich ein Glas Rotwein ein, knabberte an ein paar Käsestangen, nahm ein Buch zur Hand und genoss die friedliche Zweisamkeit mit Katze.

In diesem glücklichen Moment wusste sie noch nicht, dass aufregende Zeiten auf sie warteten. Statt eines zauberhaftpoussierlichen Intermezzos würde jeder Tag auf seine ganz eigene Art und Weise schrecklich werden.

Und auch Frau Siebenschön würde noch lange nicht aus Ischia zurückkehren.

Als Susann Siebenschön an diesem Abend glücklich in ihr Bett sank, zogen die Bilder des aufregenden Tages noch einmal an ihr vorüber. Es war schon seltsam gewesen, die Reise ohne Bertold anzutreten, der sonst immer alles so umsichtig vorbereitet und sich um ihren Koffer gekümmert hatte. Beim Sicherheitscheck am Flughafen Köln-Bonn hatte sie erst einmal ihre Bordkarte in einem dieser grauen Behältnisse liegen gelassen, in die man das Handgepäck tun musste, und war nicht wenig erstaunt, als sie wenig später ihren Namen hörte, der durch die Abflughalle schallte.

»Ach du meine Güte«, sagte sie, als der Mann von der Abfertigung ihr die Bordkarte wieder zurückgab. »Wissen Sie, ich reise seit fünf Jahren das erste Mal wieder ... allein«, setzte sie hinzu. »Aber am Flughafen in Neapel werde ich Gott sei Dank abgeholt.«

»Na dann, gute Reise«, sagte der Security-Mann.

Der Flug war ruhig gewesen. Wie immer hatte sich Susann einen Tomatensaft mit Pfeffer und Salz bestellt, ein Getränk, das gleichermaßen erfrischte und beruhigte, und sich eine Weile bemüht, mit ihrem Sitznachbarn, der mit dumpfem Blick aus dem Fenster starrte (Susann hatte den Gangplatz, der Mittelplatz war erfreulicherweise frei geblieben), ins Gespräch zu kommen. Doch der junge Mann, der die ganze Zeit über seine riesigen Kopfhörer aufhatte, nickte nur einmal kurz in ihre Richtung. Er schien nicht sonderlich interessiert an Susanns Lebensgeschichte oder überhaupt an einem Gespräch.

»Ich fahre übrigens nach Ischia weiter, mit der Fähre«, versuchte sie es noch einmal. »Und Sie?«

»Ich nicht«, sagte der junge Mann. Er stellte die Musik lauter und schloss die Augen.

Was waren denn das für Manieren?! Susann beschloss, den unhöflichen Sitznachbarn mit Missachtung zu strafen, und konzentrierte sich stattdessen auf die Stewardess, die ihr mit einem Lächeln einen weiteren Tomatensaft brachte. Und später dann auch noch eine Ray-Ban-Sonnenbrille (ihre alte hatte sie nicht mehr gefunden) und das Eau de Toilette von *Diorella*, das im Bordmagazin angeboten wurde und das sie sich sofort aufsprühte. Immer wenn sie mit Bertold geflogen war, hatte er ihr erst mal ein Parfüm gekauft, das war der Anfang jeder Reise, und mit dieser schönen Tradition wollte sie auch als Witwe nicht brechen.

Als Susann knappe drei Stunden später den Gepäckwagen durch die Türen von Napoli-Capodichino schob, duftete sie wie ein Maiglöckchen und trug die neue Sonnenbrille, die, wie sie fand, sehr italienisch aussah. Sie hielt nach einem Schild mit ihrem Namen Ausschau, und da stand auch schon, wie immer zuverlässig, eine junge Frau mit langen Haaren, die ein großes Pappschild mit der Aufschrift *Siebenschön* in die Höhe hielt und ihr freundlich entgegenlächelte. Die schwarze, vollklimatisierte Limousine eines Fahrers, die bereits vor dem Flughafen wartete, hatte sie an die Fähre gebracht, auf der Überfahrt hatte sie eine Orangina getrunken, und dann kam schon Procida in Sicht, eine kleine Insel, die Ischia vorgelagert war. Und als sie kurze Zeit später in Ischia Porto abgeholt wurde und der Van des Hotels in atemberaubendem Tempo die steilen Kurven nach Forio hochächzte – links die Ausläufer des Epomeo, rechts das glitzernde Meer, vorbei an kleinen Orten, blühendem Buschwerk und leuchtenden Blumen –, ließ Susann ihr Fenster herunter und atmete ganz tief die würzige, frühlingswarme Luft ein.

Das Schönste aber war der herzliche Empfang an der Hotelrezeption gewesen.

Massimo und seine Frau waren auf sie zugeeilt und hatten ihr immer wieder die Hände geschüttelt. »Die Signora Siebenschön!«, hatte Massimo ausgerufen. »Wie schön, wie sieben Mal schön! Wir freuen uns so besonders sehr, dass Sie wieder da sind.« Und seine Frau, die aparte Christina mit dem dunklen Pagenkopf, hatte gleich ihre Wünsche notiert.

Fangopackung am Morgen, Massage vor dem Abendessen und frisches Mineralwasser aufs Zimmer, wie immer?

»Wie immer,« hatte Susann glücklich geseufzt.

Natürlich war es nicht wie immer, aber es war doch sehr schön.

Luigi, ihren Lieblingskellner von früher, gab es jedenfalls immer noch. Er bediente sie abends bei Tisch, machte seine Witzchen und schwatzte ihr am Ende noch ein Stück Mandeltorte zum Dessert auf.

»Oh, Luigi, ich weiß nicht, vielleicht sollte ich nur etwas Obst nehmen. Ich muss ein bisschen auf meine Linie achten.« Sie lachte.

»Aber nein, Signora, Sie sinde wunderschön wie immer. Kommen Sie, probieren Sie eine winzige Stückchen von der hausgemachten Torte. Sie haben jetzt Urlaub.«

Ja, ich habe jetzt Urlaub, dachte Susann, als sie die Nachttischlampe ausknipste und berauscht von so viel Freundlichkeit und zwei Glas ischiatischem Rotwein, den Luigi für sie ausgewählt hatte, in einen tiefen, wohligen Schlaf glitt.

Eintausendfünfhundertsiebenundneunzig Kilometer weiter nördlich sah die Lage nicht ganz so entspannt aus.

5

An Schlaf war offenbar nicht zu denken. Es war weit nach Mitternacht, und Mimi, die süße kleine Mimi randalierte schon seit einer Stunde vor der Schlafzimmertür. Leonie zog sich stöhnend das Kopfkissen über die Ohren, aber sie hörte natürlich trotzdem das empörte Scharren und Miauen. Mimi begehrte Einlass, daran bestand kein Zweifel.

Dabei hatte Leonie ihr doch ein wunderbares Schlafkörbchen in die Diele gestellt, gleich vor ihr kostbares Schuhregal, und es mit einer kuscheligen Decke und einer kleinen Fellmaus ausgestattet.

Doch die Katze schien sich weder für das eine noch für das andere zu interessieren.

»Pass auf, Mimi, du schläfst hier, in *deinem* Körbchen«, hatte sie mehr als einmal gesagt und die Katze, die an der Schlafzimmertür kratzte, immer wieder in die Diele zurückgetragen, bevor sie selbst im Schlafzimmer verschwand und die Tür energisch hinter sich zumachte. Sie würde sich doch von so einem kleinen Wesen nicht auf der Nase herumtanzen lassen. Schließlich war sie Pädagogin, und sie wusste, dass nichts wichtiger war, als klare Regeln aufzustellen. Klare Regeln! Das galt für Kinder und sicher auch für Katzen. Man musste sie erziehen, so einfach war das. Die Frage, wo Mimi eigentlich nächtigte, wenn sie bei Frau Siebenschön war, oder ob sie eventuell ein psychotisches Verhältnis zu geschlossenen Türen hatte, hatte Leonie leider vergessen zu stellen. Besser gesagt waren ihr Überlegungen dieser Art gar nicht erst in den Sinn gekommen.

Sie lauschte in die Dunkelheit. Das Kratzen hatte aufgehört. Leonie lächelte zufrieden und kuschelte sich in ihre Daunendecke ein. Mimi hatte es endlich kapiert. Nun herrschte Ruhe im Karton.

Leonie schloss beglückt die Augen und war gerade dabei einzuschlafen, als sie von einem gewaltigen Rumms aufgeschreckt wurde. Die Tür sprang auf. Mit einem triumphierenden Miauen enterte Mimi das Schlafzimmer. Sie hatte es tatsächlich geschafft, auf die Klinke zu springen und diese herunterzuziehen. Das war ja unglaublich! Sie würde die Tür jetzt abschließen, beschloss Leonie, nein, sie hatte ja gar keinen Schlüssel, fiel ihr dann ein. Der hatte von Anfang an gefehlt.

Mimi kam leise schnurrend näher. Zufrieden tigerte sie vor dem Bett auf und ab, und Leonie erinnerte sich plötzlich daran, gehört zu haben, dass Katzen nachtaktiv waren. Sie konnten auch im Dunkeln alles sehen. Vielleicht schlief Mimi um diese Uhrzeit ja überhaupt nie, sondern spazierte im Mondschein über Frau Siebenschöns große Dachterrasse.

Leonie seufzte und merkte, wie ihr Widerstand etwas erlahmte. Was soll's, dann blieb die Tür eben auf, und die Katze konnte ihre nächtlichen Rundgänge machen. Sie jedenfalls würde jetzt schlafen. Sie *musste* jetzt schlafen. Morgen war Montag, und der Unterricht begann pünktlich um acht Uhr.

Leonie klopfte sich das Kopfkissen zurecht und drehte sich zur Wand. Einen Moment später sprang Mimi ansatzlos in die Höhe und landete auf allen vieren am Fußende des Bettes.

Leonie fuhr hoch. »Meine Güte, was bist du nur für ein Quälgeist«, rief sie. »So geht das aber nicht ... runter jetzt!« Sie schubste die Katze mit dem Fuß von der Matratze und ließ sich wieder ins Kissen zurückfallen. Drei Sekunden später landete Mimi mit einem Wildkatzensprung erneut auf ihrem Bett.

»Das wollen wir doch mal sehen«, sagte Leonie und schubste die Katze entschlossen herunter.

Mimi hielt das Ganze offenbar für ein neues Spiel. Sie miaute begeistert und sprang mühelos wieder hoch. Mit vorsichtigen Schritten stakste sie über die Daunendecke Richtung Kopfende – wie ein kleiner weißer Tiger, der mit traumwandlerischer Sicherheit über Wolken wandelte. Leise schnurrend kam sie näher, stupste Leonie kurz an und ließ sich dann auf dem Kopfkissen ihrer neuen Katzenmutter nieder.

»Mon Dieu, ich *fass* es nicht!«

Mimi rutschte noch näher an Leonies Gesicht und drückte ihr den kleinen Schädel gegen den Hals.

»So kann ich nicht schlafen«, rief Leonie verzweifelt. »Versteh das doch!«

Sie warf Mimi aus dem Bett, und im nächsten Moment saß diese wieder auf der Decke.

Allmählich kam Leonie sich vor wie in dem Märchen vom Froschkönig. Nur dass sich die Katze mit Sicherheit nicht in einen Prinzen verwandeln würde, wenn sie sie gegen die Wand warf. Diese sture Beharrlichkeit war wirklich beeindruckend, doch Leonie wollte einfach nur schlafen. Nach einer weiteren Stunde kam sie zu der Erkenntnis, dass sie sich in einen Kampf begeben hatte, den sie nicht gewinnen konnte. Jedenfalls nicht in dieser Nacht. Mit der Zeit würde Mimi sich schon einleben. Es ist sicher die Umstellung, tröstete sich Leonie. Wahrscheinlich fühlte sich Mimi einsam ohne Frau Siebenschön, da durfte man nicht so streng sein. Die ersten Vögel zwitscherten schon, als Leonie schließlich erschöpft einschlief – mit Mimi, die sich ihren Platz am Fußende des Bettes erobert hatte.

Noch bevor der Wecker am nächsten Morgen um halb sieben klingelte, spürte Leonie vorsichtige Tapser auf ihrer Wange. Sie murmelte schläfrig ein paar Worte, noch halb im Traum fragte sie sich verwundert, wer dieser Mann in ihrem Bett war, der sie so zärtlich berührte. Dann schlug sie die Augen auf – und blickte direkt in hellgrüne Katzenaugen.

»Mimi«, seufzte Leonie.

»Miau«, machte Mimi. Sie stupste Leonie an, sprang vom Bett und drehte auffordernd den Kopf zu ihr um. Wieder miaute sie.

»Was ist denn, du kleine Nervtüte?« Leonie erhob sich gähnend und ging hinter der Katze her, die in die Küche vorauslief. Beide Näpfe waren leer, offenbar hielt die Katze ihren privaten Ramadan ab und nahm nur nachts Nahrung zu sich. Abends waren die Näpfe jedenfalls noch voll gewesen. Leonie füllte die Schälchen wieder auf, was Mimi mit zufriedenem Blick beäugte, dann jedoch fraß sie gar nicht, und Leonie schoss für einen Moment die Frage durch den Kopf, wer hier eigentlich wen erzog. Während Mimi in die Diele ging und sich dort brav in ihr Körbchen legte, machte Leonie sich eine große Tasse Milchkaffee. Sie fühlte sich völlig zerschlagen und dachte mit Schrecken an die lebhaften Schüler aus der 6a, die sie in der ersten Stunde hatte. Eine Doppelstunde Deutsch. Vielleicht sollte sie einfach ein Diktat schreiben lassen und danach irgendwas mit Gruppenarbeit, zu etwas anderem sah sie sich heute nicht in der Lage.

»Bis später, Mimi«, rief sie, als sie kurz darauf die Wohnungstür hinter sich zuzog. »Stell keinen Unsinn an, hörst du?«

Mimi antwortete nicht. Sie lag wie eine Schnecke zusammengerollt in ihrem Körbchen und ruhte sich aus.

Leonie stand im Schatten der alten Kastanie am äußersten Rand des Schulhofs. Die Doppelstunde war glimpflicher abgelaufen, als sie gedacht hatte. Die Kinder hatten natürlich gemeckert wegen des Diktats. »Das ist so gemein, Frau Beaumarchais, wieso denn schon wieder ein Diktat, wir haben doch erst letzte Woche eins geschrieben!« Doch Leonie hatte nur die Augenbrauen hochgezogen und gesagt: »Genau, und ihr macht immer noch dieselben blöden Fehler, deswegen üben wir das jetzt noch mal.« Dann hatte sie mit stoischer Miene und leichten Kopfschmerzen die Blätter ausgeteilt.

An diesem Tag hatte sie Pausenaufsicht. Während sie in ihren Apfel biss und den Blick pro forma über den Schulhof schweifen ließ, drang eine schrille Stimme an ihr Ohr.

Leonie zuckte zusammen und fasste sich unwillkürlich an die Stirn, hinter welcher der Schmerz lauerte.

»Frau Beaumarchais, Frau Beaumarchais, kommen Sie schnell!«

Maja, ein lebhaftes Mädchen mit roten Haaren, die in der sechsten Klasse den Ton angab und sich manchmal mit Pippi Langstrumpf verwechselte, kam auf sie zugerannt.

»Frau Beaumarchais, der Max hat die Emma geschubst, und Emma hat zurückgeschubst, aber ganz doll, und jetzt ist das Handy vom Max kaputt. Kommen Sie schnell!«

»Ich komme ja, aber bitte *schrei* nicht so, Maja!«

Leonie schleuderte den Rest des Apfels in die Holunderbüsche, die hinter dem Schulhof wucherten, und ging zu der kleinen Schülergruppe, die sich um die Streithähne gebildet hatte. Max hielt ihr heulend sein Smartphone entgegen, dessen Oberfläche zersprungen war, und Emma hockte auf dem Boden und heulte auch.

Ein Junge fing an zu reden, und dann schrien plötzlich alle durcheinander.

Leonie Beaumarchais seufzte. Sie liebte ihren Beruf, er konnte *unglaublich* erfüllend sein, aber manchmal, an Tagen wie diesem, an denen man nicht ganz so auf der Höhe war, wünschte sie sich einfach nur in ein stilles Büro bei der Finanzverwaltung, wo der größtmöglich anzunehmende Lärm in dem gelegentlichen Zischen einer Espressomaschine bestand.

Sie blickte die Kinder scharf an, und dann sagte sie den Satz, den jeder Lehrer wohl zigmal in seinem Leben sagt: »Was ist hier eigentlich los?!«

Eine halbe Stunde später war alles geklärt, und Leonie beglückwünschte sich im Stillen für ihre integrativen

Fähigkeiten. Max und Emma hatten sich die Hand gegeben und sich gegenseitig entschuldigt. Darauf hatte sie bestanden. Das Seminar zur Streitschlichtung, das sie im letzten Monat zusammen mit vier weiteren Kolleginnen absolviert hatte, war doch nicht ganz umsonst gewesen. (Nun gut, bei Jean-Philippe hatte die Streitschlichtung zugegebenermaßen nicht so gut funktioniert, aber der war ja auch wirklich das Letzte!)

Leonie holte die Unterlagen aus ihrem Fach im Lehrerzimmer und packte dann ihre Tasche zusammen. Max war ein kleiner Angeber, der von zu Hause voll ausgerüstet war mit der neuesten Technik und andere Kinder gern verspottete. Wenn sie ehrlich war, ließ sie die Sache mit dem kaputten Handy ziemlich kalt. Die Schüler aus der Unterstufe hatten sowieso Handyverbot, und so hatte Leonie das Smartphone erst einmal mit dem Hinweis einkassiert, dass er das gar nicht mit in die Schule hätte bringen dürfen. »In den Unterricht, in den Unterricht«, hatte Max empört geschrien. »In meiner Pause kann ich ja wohl machen, was ich will.«

»Träum weiter«, hatte Leonie gesagt.

»Das ist Freiheitsberaubung«, protestierte Max.

»Ja, ja.« Leonie ließ sich nicht provozieren. »Wieso hast du Emma überhaupt geschubst?«

»Die *bitch* hat gesagt, mein neues Smartphone macht mich auch nicht schlauer.«

»Aber vorher hast du gesagt, sie soll nicht so blöd gucken«, warf Maja ein.

Leonie unterdrückte ein Grinsen. Max war in der Tat

nicht die hellste Kerze auf der Torte, wohingegen die stille Emma eine ziemlich gute Schülerin war.

»*Bitch* sagen wir hier nicht, mein Freund, dafür kannst du dich gleich mal entschuldigen.«

»Wie jetzt? *Ich* soll mich entschuldigen? Die blöde Kuh hat mein Handy kaputtgemacht.«

»Genau«, riefen einige Mitschüler und bauten sich hinter Max auf.

»Aber nicht extra« stieß Emma schluchzend hervor. Sie saß auf dem Boden und hielt sich die Hände vors Gesicht.

»So … jetzt beruhigen wir uns alle erst mal wieder«, hatte Leonie gesagt.

Deeskalation war alles. »Und ihr beide kommt mit mir ins Sekretariat.«

Leonie machte ihre Schultasche zu und verließ das Lehrerzimmer.

Irgendeiner würde natürlich für die Reparatur des Smartphones aufkommen müssen. Sicher gab es eine Haftpflichtversicherung. Sie würde Emmas Eltern anrufen – oder besser gesagt, Emmas Vater. Aber das kaputte Smartphone war nicht das eigentliche Problem. Leonie machte sich Sorgen um Emma. Nicht wegen ihrer schulischen Leistungen, Emma war eine aufgeweckte Schülerin und schrieb gute Noten, aber die Kleine kam ihr ein bisschen zu verschlossen vor. In der Pause stand sie oft verloren in einer Ecke des Schulhofs und sah den anderen beim Spielen zu. Leonie war Emmas Klassenlehrerin, und sie hatte schon öfter versucht, das scheue Mädchen zum Mitmachen zu bewegen. »Ach nein, das passt schon, ich male lieber«, sagte Emma dann immer, hockte sich an die Mauer und zog einen Block aus der Tasche.

Von einer Kollegin wusste Leonie, dass Emmas Eltern seit einiger Zeit geschieden waren. Emma wohnte bei ihrem Vater. Ihre Mutter, die bei einer Hilfsorganisation arbeitete, hatte sich offenbar in einen Arzt verliebt, den sie oft monatelang bei seinen Einsätzen in Kenia begleitete. Leonie hatte Emma irgendwie ins Herz geschlossen. In dem ernsthaften Mädchen steckte so viel mehr als ihre Verschlossenheit, da war sie sich ganz sicher.

An diesem Tag hatte es noch eine kleine Aufregung gegeben, als Emma nach dem Streit auf dem Pausenhof plötzlich in der nächsten Stunde fehlte.

»Wisst ihr, wo Emma ist?« Leonie hatte die anderen Kinder befragt und schließlich von einer Mitschülerin erfahren, dass Emma sich manchmal in dem maroden Baumhaus in der alten Kastanie versteckte, um ihre Ruhe zu haben. Tatsächlich saß Emma dort oben und malte ganz gedankenverloren auf ihrem Block herum.

»Emma? Willst du nicht mal runterkommen, die Stunde hat angefangen, alle warten auf dich«, hatte Leonie gesagt.

Die Kleine hatte den Kopf geschüttelt.

»Keiner wartet auf mich, und die anderen finden mich sowieso blöd«, hatte sie gesagt, während sie weiter auf ihrem Block malte und die langen blonden Haare ihr ins Gesicht fielen.

»So ein Unsinn. Keiner findet dich blöd.«

Emma blickte auf und sah sie unglücklich an. »Alle haben zu Max gehalten.«

Leonie gab es einen Stich ins Herz. »Zeig mir mal, was du da gemalt hast«, sagte sie.

Zögernd reichte Emma ihr den Block. Das Bild zeigte eine Art Pippi Langstrumpf auf einem weißen Pferd, aber das Mädchen hatte rote Locken, die ihr fast bis zur Taille reichten und sah unverkennbar aus wie Maja.

»Das ist toll«, sagte Leonie. »Soll das Pippi Langstrumpf sein? Oder doch eher Maja?«

Ein Lächeln huschte über Emmas Gesicht.

»Beides … glaub ich.« Sie zuckte mit den Schultern. »Ich wäre gern so wie Maja«, seufzte sie sehnsüchtig.

Leonie kam eine Idee. »Weißt du was, Emma? Wir gehen jetzt in die Klasse zurück, und wenn die Schule aus ist, schenkst du Maja das Bild. Ich wette, sie wird sich total darüber freuen. Denn weißt du – Maja wäre gern so wie Pippi Langstrumpf.« Sie zwinkerte Emma zu. »Du siehst – jeder von uns wäre gern mal ein bisschen so wie jemand anders, das ist ganz normal.«

Schließlich hatte Emma sich aus dem Baumhaus herauslocken lassen. Und Maja hatte später das Bild entgegengenommen und gesagt: »Wie cool! Ich wusste gar nicht, dass du so gut malen kannst.«

Das war immerhin schon mal ein kleiner Erfolg. Trotzdem beschloss Leonie, ein Auge auf Emma zu haben.

6

Als Leonie an diesem Nachmittag die Tür zu ihrer Wohnung öffnete, hatte sie gleich das ungute Gefühl, dass etwas passiert war. Ein feiner Geruch von Ammoniak stieg ihr in die Nase. Sie streifte die Schuhe in der Diele ab und betrat das Wohnzimmer, wo sich ihr ein Bild der Verwüstung bot. Das zarte Stoffrollo, das normalerweise vor dem Erkerfenster hing, wo der Esstisch stand, war heruntergerissen und baumelte an einer Seite in der Verankerung. Die Blumenvase, die noch am Morgen auf dem Tisch gestanden hatte, war umgekippt und gefährlich nah an den Rand der Holzplatte gerollt. Auf dem Parkett schwammen in schönster Eintracht gelbe Osterglocken und tiefblaue Hyazinthen in einem kleinen See.

Aus dem Schlafzimmer drang aufgeregtes Miauen.

Fassungslos stellte Leonie ihre Tasche ab, bevor sie mit energischen Schritten auf die Quelle des Unheils zusteuerte.

In den Schlafzimmervorhängen schaukelte Mimi und starrte sie vorwurfsvoll aus ihren grünen Augen an.

Du kannst mich doch nicht im Ernst den ganzen Tag hier allein lassen, schien ihr Blick zu sagen.

Leonie ließ sich aufs Bett sinken und sprang gleich wieder auf, als sie ihre zierlichen roten Spangenschuhe sah, die mitten im Zimmer lagen und eine seltsam dunkle Verfärbung aufwiesen. Sie hob einen der Schuhe auf und roch misstrauisch daran. Ein feuchter, stechender Geruch stieg ihr in die Nase.

»Igitt, das ist ja widerlich!«, rief sie aus. »Warum gehst du nicht auf deinen Katzentopf? Ich dachte, du wärst stubenrein?«

Leonie hob die Schuhe mit spitzen Fingern an und schnupperte an dem Leder. Der Geruch nach Katzenpipi würde nie mehr rausgehen, das war klar.

»Mimi, was machst du denn nur? Das waren meine Lieblingsschuhe!«

Mimi ließ von den Vorhängen ab und sprang mit einem Satz auf den Schreibtisch, der vor dem Fenster stand. Ein Papierstapel hatte offenbar ihr Interesse geweckt, und sie machte sich daran, das oberste Blatt in kleine Fetzen zu reißen.

»He … bist du verrückt geworden, das sind die Klassenarbeiten der 5b!«, schrie Leonie entsetzt und scheuchte die Katze herunter, die sich jetzt wie verrückt auf dem Teppich vor dem Bett hin und her rollte und ab und zu in einem erstaunlichen Winkel den Kopf nach ihr verdrehte und sie auffordernd ansah.

Leonie schüttelte den Kopf. Es sah so komisch aus, dass sie trotz allem lachen musste.

Mimi war außer Rand und Band, so viel stand fest. Offenbar fehlte ihr der Auslauf, den Frau Siebenschöns großzügige Dachterrasse sonst bot.

Leonie scheuchte Mimi aus dem Schlafzimmer. Die nächste Stunde war sie damit beschäftigt, das Chaos in der Wohnung zu beseitigen. Sie warf die roten Schuhe mit einem bedauernden Blick in den Mülleimer. Sie trug die Vase in die Küche, sammelte die Blumen vom Boden ein und wischte die Wasserlache auf. Dann kletterte sie auf den Esstisch, um das heruntergerissene Stoffrollo wieder zu richten. Mimi saß aufrecht an der anderen Seite des Wohnzimmers und betrachtete alles mit konzentriertem Blick.

Als Leonie wenig später mit einer Tasse Kaffee auf das Sofa zusteuerte und sich erschöpft neben sie setzte, schlug Mimi aufgeregt mit dem Schwanz hin und her.

Leonie deutete das leider falsch. »Na, du kleine Wildkatze?«, meinte sie versöhnlich. »Ja, ja … jetzt habe ich endlich Zeit für dich.«

Sie streckte die Hand aus, um Mimi zu streicheln, und bekam sofort einen Hieb mit der Tatze.

»He, was soll das? Bist du verrückt geworden?«

Als Antwort biss Mimi ihr mit ihren spitzen kleinen Zähnen kurz in die Hand und sprang dann vom Sofa. Mit hochgerecktem Schwanz stolzierte sie zur Essecke hinüber und zog sich unter den Tisch zurück, während Leonie den blutigen Kratzer auf ihrem Handrücken begutachtete.

»Also, das war jetzt nicht sehr nett von dir«, sagte Leonie einigermaßen beleidigt. »Du hast ganz schön scharfe Krallen, weißt du das?«

Mimi saß da und leckte sich ausgiebig die Pfoten, als ob sie das alles nichts anginge.

»Na schön, dann eben nicht«, sagte Leonie und nahm sich den *Kölner Stadt-Anzeiger*, den sie an diesem Morgen nicht wie sonst gelesen hatte. Sie streckte sich längs auf dem Sofa aus, nutzte die Armlehne als Kopfstütze und blätterte gleich zum Kulturteil. Wenige Minuten später war sie in eine Buchbesprechung vertieft und bemerkte nicht, wie Mimi sich anschlich und die ausgebreitete Zeitung neugierig musterte.

Ansatzlos sprang sie auf das Sofa und kletterte auf Leonies Bauch. Von dort aus robbte sie höher, bis sie ihren kleinen Schädel unter der Zeitung durchquetschte und Leonie mit großen Augen fragend ansah.

»Jetzt sag nicht, du liest auch den *Stadt-Anzeiger*«, meinte Leonie.

Mimi rieb den Kopf am Papier, drehte sich ein paar Mal um sich selbst und legte sich dann schwer auf Leonie. Sie fing leise an zu schnurren, und Leonie merkte plötzlich, wie auch sie ganz schläfrig wurde. Tag eins mit Katze war aufregend genug gewesen.

Sie ließ die Zeitung sinken und schloss für einen Moment die Augen.

Als sie wieder aufwachte, war es draußen bereits dunkel. Mimi lag immer noch auf ihr, und ein Pling ihres Mobiltelefons kündigte an, dass eine SMS eingegangen war.

Leonie richtete sich vorsichtig auf, während Mimi sich an ihr festkrallte, und angelte nach dem Telefon, das auf dem Couchtisch lag. Sie klickte die Nachricht an.

Liebe Leonie, wie ist die Lage in Köln? Geht alles gut mit Mimi? Ich hatte einen wundervollen Tag. Herzliche Grüße aus Ischia von Ihrer Susann Siebenschön.

PS Mir ist noch etwas eingefallen: Könnten Sie bitte noch Katzengras für Mimi kaufen? Mille Grazie!

Leonie überlegte einen Moment, was sie antworten sollte. Schließlich schrieb sie:

Hier ist alles bestens. Mimi geht es gut, sie hat heute schon die ganze Wohnung erforscht, und wir haben nachmittags zusammen Zeitung gelesen und anschießend ein Schläfchen gemacht. Foto anbei. Das Katzengras kaufe ich gern. Liebe Grüße, und noch viel Spaß auf Ischia, Leonie.

Sie stand auf und machte ein Foto von Mimi, die so friedlich auf dem gestreiften Sofa neben der Zeitung lag, als könnte sie kein Wässerchen trüben. Dann rief sie ihre Freundin Maxie an.

»Die Katze hat meine ganze Wohnung verwüstet«, sagte sie.

Maxie lachte. »Oh, là, là – ich sehe, es kommt Leben in die Bude. Na, macht nichts, bei dir ist es sowieso immer viel zu ordentlich.«

Leonie schnaubte. »*Zu ordentlich?* Was soll das denn heißen?«, gab sie empört zurück.

»Nun bleib mal locker, Leonie. Das Tier muss sich doch erst mal eingewöhnen.«

»Ich habe die ganze Nacht kein Auge zugetan. Mimi wollte nicht in ihrem Körbchen schlafen.«

»Eine Katze ist eben kein Hund. Die entscheidet selbst, wo sie schläft.«

»*Falls* sie schläft«, seufzte Leonie. »Außerdem hat sie mich gekratzt.«

»Dann hast du sie vielleicht im falschen Moment angefasst.«

»Aber sie hat mit dem Schwanz gewedelt.«

»Oh Mann, Leonie. Du hast echt keine Ahnung, was? Katzen *wedeln* nicht mit dem Schwanz. Und wenn sie es tun, bedeutet das in der Regel nichts Gutes.«

»Ja, das habe ich wohl gemerkt«, entgegnete Leonie. »Sag mal, wo bekomme ich eigentlich Katzengras?«

An diesem Abend suchte sich Mimi einen neuen Schlafplatz. Sie hatte den Stoffsack mit den Wintersachen entdeckt, der auf Leonies Kleiderschrank lag. Nachdem sie vom Schreibtisch aus auf den Schrank gesprungen war, thronte sie dort oben wie ein Wächter und starrte unverwandt auf Leonie herab, die bereits im Bett lag. Das Buch auf ihrem Nachttisch blieb an diesem Abend unberührt. Leonie war zu müde zum Lesen. Sie gähnte, stellte ihren kleinen Reisewecker und blickte misstrauisch nach oben.

»Gute Nacht, Mimi! Heute lässt du mich aber schlafen, ja?«

Um drei war die Nacht zu Ende. Als Mimi vom Kleiderschrank sprang und zwei Meter durch die Luft segelte, bevor sie mit einem gewaltigen Satz mitten auf dem Bett landete, fuhr Leonie mit einem entsetzten Schrei hoch. Im ersten Moment wusste sie gar nicht, was los war, dann spürte sie Pfoten auf der Bettdecke, die sich vorsichtig näherten.

»Mimi! Wie kannst du mich nur so erschrecken!«, schrie Leonie, und die Katze erschrak auch, sprang aufgescheucht vom Bett und fegte durchs Zimmer. Leonies Herz klopfte.

»Na toll, jetzt bin ich hellwach.«

Mimi maunzte vorwurfsvoll.

»So geht das aber wirklich nicht«, jammerte Leonie. »Wie soll ich denn morgens die Kinder unterrichten, wenn ich nie mehr schlafen kann?«

Sie lag noch eine ganze Weile wach, während Mimi sich warm und schwer auf ihre Füße sinken ließ. Gegen fünf glitt Leonie endlich in einen unruhigen Traum, in dem riesige weiße Katzen in Gardinen schaukelten und die ganze Wohnung von meterhohem Gras überwuchert war.

7

Wenige Tage später war Leonie Beaumarchais mit den Nerven am Ende. Ihre Hoffnung, dass Mimi sich irgendwann in ihr neues Zuhause einfügen würde und eine friedliche Koexistenz möglich war, schwand jeden Tag mehr. Sie hatte wirklich alles versucht. Aber Mimi schien nach wie vor empört darüber, dass man sie in einer Zweizimmerwohnung ohne Balkon gefangen hielt. Die wenigen Stunden des harmonischen Miteinanders, die es ab und zu auch gab, konnten nicht darüber hinwegtäuschen, dass die Katze mit ihrer Pensionswirtin äußerst unzufrieden war.

Am zweiten Tag hatte Leonie Katzengras gekauft, wie Frau Siebenschön es ihr aufgetragen hatte, und überdies versucht, Mimi mit kleinen Leckerlis aus der Tierhandlung unter dem Esstisch hervorzulocken. Doch Mimi hatte nur gefaucht und misstrauisch an der Tüte geschnuppert. Später hatte sie sich dann das halbe Brathähnchen stibitzt, das Leonie sich vom Metzger mitgebracht und für einen Moment auf der Anrichte abgelegt hatte. Die Überreste von dem, was eigentlich ihr Abendessen hätte sein sollen, fand Leonie dann auf dem Küchenboden. Mimi saß da und leckte sich zufrieden das Maul, während Leonie missmutig ein trockenes Brot mit Käse aß. Nachts hatte die Katze erneut in der Küche herumgewütet und es irgendwie geschafft, die

Leckerli-Tüten aufzureißen. Leonie war morgens als Erstes auf nackten Füßen in die *Dreamies* getreten, auf die alle Katzen, wie man ihr in der Tierhandlung versichert hatte, »voll abfuhren«.

An Tag drei hatte Mimi Unmengen von Katzengras gefressen und kurze Zeit später beängstigende Laute von sich gegeben, bevor sie einen klumpigen Knödel aus Trockenfutter und Haaren auf dem Berberteppich ausgewürgt hatte. In Panik wählte Leonie die Nummer des Tierarztes.

»Kann ich vorbeikommen, ich glaube, meine Katze hat sich vergiftet!«, stieß sie atemlos hervor und schilderte, was geschehen war.

Doch der freundliche Herr am anderen Ende der Leitung versicherte ihr, dass es durchaus normal sei, dass Katzen auf den Teppich kotzten. Deswegen bräuchten sie ja das Katzengras, um all die Haare, die sie beim Sichputzen hinunterschluckten, wieder loszuwerden.

»Aha«, hatte Leonie gesagt und war sich ziemlich blöd vorgekommen.

Als sie am vierten Tag nach Hause kam, lag die angebrochene Rotweinflasche umgestoßen auf dem Couchtisch. Ihre schönen Kunstbände von Cézanne und Sorolla waren nun in tiefes Purpur getaucht, die Seiten aufgequollen und für immer verklebt.

Tag fünf war offensichtlich für ein neues Hobby genutzt worden: Mimi hatte das teure französische Sofa für sich entdeckt, das ihre Mutter ihr zum Einzug geschenkt hatte.

»Oh nein!«, schrie Leonie, als sie die Katze dabei erwischte, wie sie hingebungsvoll an dem Leinenstoff kratzte.

»Ich habe es dir gleich gesagt«, sagte ihre Mutter. »Katzen gehören nicht in eine kleine Stadtwohnung.«

»Du solltest Mimi einen Kratzbaum kaufen«, meinte Maxie.

Das Leben mit Katze war aufregend und zeitintensiv. So hatte Leonie sich das nun wirklich nicht vorgestellt. Seufzend hatte sie sich am nächsten Tag erneut auf den Weg in die Tierhandlung gemacht und einen großen Kratzbaum gekauft, den sie auf ihrem Fahrrad in einem lebensgefährlichen Manöver in die Ottostraße transportierte und der nun im Wohnzimmer stand und ihre kleine Wohnung maximal verschandelte. Leonie hasste das beigefarbene Ungetüm aus Sisal und Fellimitat. Mimi hingegen liebte es – jedoch mehr als Abenteuerspielplatz und Aussichtsposten, ansonsten zog sie es weiterhin vor, ihre Krallen an den Polstermöbeln zu schärfen.

Am nächsten Tag – es war Tag sechs nach der neuen Zeitrechnung – war Mimi verschwunden, als sie nach Hause kam. Und statt Klassenarbeiten zu korrigieren, hatte Leonie stundenlang nach ihr gesucht. Sie schaute unter die Grange-Kommode, sie rückte das Sofa ab, sie kroch unter das Bett und stöberte zwischen Pullovern und Kleidern im Kleiderschrank. Immer wieder rief sie nach Mimi und raschelte mit der Trockenfuttertüte. Und sie merkte, wie sie allmählich in Panik geriet. Sie rief ihre Freundin, die Katzenversteherin, an.

»Mimi ist verschwunden.« Ihre Stimme drohte überzuschnappen.

»Tja«, sagte Maxie. »Katzen verstecken sich eben gerne. Keine Sorge. Sie wird schon irgendwo sein.«

»Aber *wo*? Ich habe schon überall gesucht.« Leonie war außer sich. »Dieses Tier raubt mir wirklich den letzten Nerv. Was sag ich nur Frau Siebenschön?«

»Gar nichts. Glaub mir, die taucht schon wieder auf«, sagte Maxie. »Beruhige dich.«

Das aber war leichter gesagt als getan. Ein zweites und ein drittes Mal ging Leonie jeden Winkel in ihrer kleinen Wohnung ab. Sie warf einen Blick in die Katzentoilette, sie legte sich vor die Höhle unten im Kratzbaum und spähte hinein, sie zog die Bücher aus ihrem Regal, um zu sehen, ob Mimi sich dahinter versteckt hatte. Am Ende kletterte sie im Schlafzimmer auf den Schreibtischstuhl, um nachzusehen, ob auf dem Kleiderschrank zwischen ihren Wintersachen vielleicht eine weiße Katze lag, die sie zum Narren hielt. Doch auch dort war Mimi nicht. Sie war nirgendwo.

»Das gibt's doch nicht!« Leonie stand mitten im Schlafzimmer und lauschte angestrengt. Sie hörte keinen Mucks. Mimi konnte sich doch nicht in Luft aufgelöst haben wie die Grinsekatze aus *Alice im Wunderland*.

Erschöpft ließ sich Leonie auf ihr Bett sinken, über das wie jeden Tag die Decke mit dem zarten Rosenmuster gebreitet war. Leonie hasste ungemachte Betten. Ungemachte Betten waren der Anfang vom Ende und führten unweigerlich ins Chaos. Und Leonie hatte Angst vor dem Chaos. Eine aufgeräumte Wohnung, in der die Dinge an ihrem Platz waren, gab ihr das gute Gefühl, auch alles andere in ihrem Leben bewältigen zu können. Und in dieser wunderbaren Ordnung hatte nun ein kleines unberechenbares Wesen das Kommando übernommen und alles durcheinandergewirbelt.

Leonie starrte unglücklich aus dem Fenster. Was sollte sie jetzt tun? Konnte es sein, dass Mimi irgendwie aus der Wohnung entwischt war? Ihr war nicht entgangen, dass die Katze in den letzten Tagen stets direkt hinter der Wohnungstür lauerte, wenn sie aus der Schule kam. Glücklicherweise war Mimi nicht in der Lage, die schwere Wohnungstür zu öffnen, die keine Klinke, sondern einen Knauf hatte, aber es interessierte sie offenbar brennend, was jenseits dieser Tür lag.

Leonie schüttelte ratlos den Kopf. »Wo steckt dieses kleine Biest denn nur?«

Am Morgen hatte Mimi noch ganz friedlich auf der höchsten Plattform ihres Kratzbaums gelegen. Dafür gab es sogar einen Beweis, denn Leonie hatte mit dem Handy ein Foto für Frau Siebenschön gemacht und es ihr geschickt. Und durch das Oberlicht des Schlafzimmerfensters, das auf Kippe stand, konnte eine Katze unmöglich entkommen, da hätte sie schon Flügel haben müssen.

Leonie lehnte sich nachdenklich zurück und stützte sich mit den Händen auf der Tagesdecke ab. Im nächsten Moment stießen ihre Finger gegen etwas Weiches, Warmes. Es bewegte sich träge, und Leonie stieß einen spitzen Schrei aus.

»Mimi!« Sie schlug die Tagesdecke zurück und starrte auf die Katze, die es sich augenscheinlich in ihrem Bett gemütlich gemacht hatte und sie nun irritiert anschaute, als wollte sie sagen: *Was soll das Geschrei?*

Am Abend kam eine SMS von Frau Siebenschön.

Was für ein süßes Foto! Wann haben Sie denn den Kratz-baum gekauft? Das ist ja rührend. Den bezahle ich Ihnen na-türlich. Danke, dass Sie sich so gut um Mimi kümmern, liebe Leonie. Ich bin froh, dass sie beide so prima zurechtkommen. Aber Mimi ist ja auch sehr pflegeleicht. Ich genieße meine Zeit auf Ischia. Die Fango tut meinen Knochen gut, und heute habe ich einen langen Spaziergang von Forio nach Lacco Ameno ge-macht. Dort gibt es den berühmten Tuffsteinpilz, kennen Sie den? Ich schicke Ihnen mal eine Postkarte. Tanti saluti! Susann Siebenschön.

Und Leonie schrieb zurück:

Nein, vom Tuffsteinpilz habe ich noch nichts gehört. Aber ich war ja auch noch nie auf Ischia. Freut mich, dass Sie so eine gute Zeit haben, liebe Frau Siebenschön. Mimi hat auch sehr viel Spaß hier. Heute haben wir – an dieser Stelle überlegte Leonie einen Moment *– ein bisschen Verstecken gespielt. Sie werden nie raten, wo ich Mimi schließlich gefunden habe. Foto anbei! Liebe Grüße, Leonie.*

Am siebten Tag hatte Mimi ihre Vorliebe für Nagellack ent-deckt. Als Leonie die Wohnungstür öffnete, strich ihr die Katze freundlich schnurrend um die Beine. Ihr Näschen hatte einen glänzenden kirschroten Klecks. Leonie erstarr-te und stürzte ins Bad, wo sämtliche Nagellackfläschchen auf dem Boden verstreut waren, einige hatten den Sturz aus dem Regal überlebt, andere lagen zerbrochen auf den alten Fliesen.

Leise fluchend kehrte Leonie die Scherben auf und kam zu dem Schluss, dass Mimi und sie einfach nicht das perfekte Team waren.

Und so brachte jeder Tag eine neue Überraschung. Die Nächte waren kurz und wenig erholsam. Mimi war unberechenbar, und es war nicht zu übersehen, dass sie weder von ihrer Katzensitterin noch von ihrem neuen Zuhause besonders angetan war. Auch Leonie war inzwischen alles andere als begeistert. Höchst begeistert war nur Frau Siebenschön, die geradezu überzuschnappen schien vor Glück und von ihren fabelhaften Ferien schwärmte. Leonie beschloss, gute Miene zum bösen Spiel zu machen, und schickte launige SMS und lustige Schnappschüsse von Mimi, um Frau Siebenschön den Urlaub nicht zu verderben. Doch sie zählte die Tage bis zu deren Rückkehr. Es wurde wirklich Zeit, dass die alte Dame aus dem Urlaub zurückkehrte.

Doch die kryptische SMS, die Susann Siebenschön neulich von ihrem Seniorentelefon mit den extra großen Tasten verschickt hatte, ließ nichts Gutes ahnen:

Es ist etwas ganz und gar Unvorstellbares passiert, ein Wunder! Ich überlege, meinen Urlaub noch etwas zu verlängern, natürlich nur, wenn es Ihnen nichts ausmacht, liebe Leonie. Aber Mimi ist ja bei Ihnen in den besten Händen.

8

Susann Siebenschön fühlte sich großartig. Wie ein ent-
fesselter Heißluftballon schwebte sie am blauen Himmel
Ischias entlang, jeder Tag war auf seine Weise schön und
entfaltete seinen ganz eigenen Zauber.

Am ersten Tag ihrer Ferien war sie vom Hotel aus nach
Forio hinunterspaziert und hatte am späten Mittag auf dem
Platz vor der weißen Kirche einen Caprese-Salat bestellt und
sich dazu ein Glas Weißwein genehmigt. In den Mittagstun-
den Wein zu trinken war für sie ein untrügliches Zeichen
dafür, dass man sich im Urlaub befand. Zu Hause machte sie
so etwas nie. Nachdem sie eine Weile auf dem Platz gesessen, die Füße von sich gestreckt und die Leute beobachtet
hatte – es waren noch nicht viele Touristen unterwegs –,
machten die ersten Geschäfte auf, und Susann kaufte sich
in einem der Souvenirläden eine Tüte mit dicken, runden
Zitronenbonbons, die beim Lutschen im Mund irgendwann
angenehm zerplatzten. Sie nahm die Gewürzmischungen in
die Hand, die in großen Weidenkörben angeboten wurden
– transparente Päckchen mit verheißungsvollen Namen wie
Spaghetti Epomeo oder *Pomodoro piccante* –, und schnupperte
an den gelben, zitronenförmigen Seifen, die so köstlich dufteten, das man fast Lust bekam hineinzubeißen. Später hatte
sie sich ein Eis gekauft, war die Hauptstraße von Forio ent-
langgebummelt, hatte sich in ihrem Lieblingscafé an einen

der kleinen Tische gesetzt und einen Cappuccino getrunken. Die Sonne schien angenehm warm, und Susann hatte ihr Telefon zur Hand genommen und Marianne angerufen.

»Rate mal, wo ich bin?«, hatte sie triumphierend gefragt, als ihre Bekannte den Hörer abhob.

Im Hintergrund war Babygeschrei zu hören. Marianne passte gerade auf das Baby ihrer Tochter auf und klang ein wenig überfordert. Die überraschte Reaktion ihrer Bekannten hatte Susann gutgetan. »Beneidenswert«, hatte Marianne geseufzt, und Susann hatte zufrieden genickt. Es war ein gutes Gefühl, auch einmal diejenige zu sein, die etwas Schönes zu berichten hatte. Dann hatte sie ihre Katzensitterin angerufen. Mit Mimi war alles in Ordnung, und Leonie schien ganz begeistert von ihrer neuen Mitbewohnerin zu sein. In Köln regnete es.

Susann zahlte und schlenderte zum Hafen hinunter. Bis der Hotel-Van sie vor der Villa Carolina abholen würde, war noch etwas Zeit. In einer hübschen Boutique kaufte sie sich ein langes Blumenkleid und einen großen Strohhut, ließ sich ein paar Komplimente des Verkäufers gefallen und setzte sich anschließend mit ihren Tüten in die kleine Bar am Hafen, um einen Aperol Sour zu trinken. Der Himmel verfärbte sich in rosaroten Tönen, während ein paar Autos an der palmengesäumten Uferpromenade vorbeifuhren und weiter hinten die weißen Boote friedlich am Kai schaukelten. Susann hob das bauchige Glas mit dem erfrischenden *aperitivo* an ihre Lippen und dachte einen Moment an Bertold, mit dem sie oft hier gesessen hatte. Sie nahm einen Schluck und seufzte über die Ungerechtigkeit des Lebens. Dann setzte sie das Glas ab und ermahnte sich selbst, jetzt nicht in Melancholie zu verfallen. *Was fott es, es fott*, sagte man in Köln und akzeptierte damit das Unausweichliche. Ein Ort konnte ja nichts dafür, wenn etwas Schreckliches geschah. Forio war zauberhaft wie immer. Susann ließ den Blick über den kleinen Hafen schweifen, der jetzt über und über in Rosa getaucht war, und beschloss, sich an dem Bild zu freuen, das sich ihr bot. Es war trotz allem schön, hier zu sitzen. Sehr schön sogar. Und während sie gedankenverloren immer wieder in das Schüsselchen mit den Erdnüssen griff, das erfreulicherweise zum Aperitif gereicht worden war, spürte sie, wie sie von einer nahezu heiteren Ruhe erfüllt wurde.

Nach einigen Tagen hatte Susann Siebenschön ihren Rhythmus gefunden. Das eine Mal machte sie einen Ruhetag am Hotel. Dann legte sie sich nach ihren morgendlichen Anwendungen und einem ausgiebigen Frühstück auf der Terrasse mit ihrem Buch auf eine der blauen Liegen, schwamm im kühlen Pool oder aalte sich zusammen mit ein paar anderen Hotelgästen in dem grünlichen Wasser des heißen Thermalbeckens. Mittags ließ sie sich von Luigi, der draußen die Bar bediente, einen kleinen Snack servieren und schaute – je nach Stand der Sonne – entweder auf das Meer, das weiter unten in der Ferne glitzerte, oder auf den Epomeo, der in samtigem Grün direkt hinter den prachtvollen Gärten des Hotels aufzuragen schien und dessen majestätische Kraft sie seltsam beruhigte.

Am nächsten Tag unternahm sie dann wieder einen Ausflug. Sie hatte einen langen Spaziergang nach Lacco Ameno gemacht, war durch bewaldete Hügel und Kiefernwälder, die an der Maria von Zaro, einer kleinen Wallfahrtsstätte, an der die Einheimischen Blumen und Briefe ablegten, vorbeiführten, gewandert. Und als sie schließlich das alte Steintor erreichte und über die gewundene Straße in den Ort hinunterging, hatte sie an der Promenade ein Eis gegessen und wieder einmal den riesigen Tuffsteinpilz bestaunt, der sich so unvermittelt aus dem Meer erhob.

Sie war mit dem Bus in das elegante Sant' Angelo gefahren und hatte sich zum Maronti-Strand übersetzen lassen. Auf Ischia machte ihr selbst das Busfahren Spaß, weil es so einfach war. Es gab im Prinzip nur zwei Linien. Die eine Linie fuhr rechts herum um die Insel, die andere links herum – was das anging, war Ischia so simpel gestrickt wie Lummerland –, und Susann, die nicht den allerbesten Orientierungssinn besaß, fühlte sich immer auf der sicheren Seite. In der schicken Boutique der Apollo-Gärten, einem riesigen Thermalbad mit eigenem Strandzugang, das am äußersten Ende der Bucht von Forio lag, hatte sie sich in einem Anfall von Verwegenheit sogar einen neuen Badeanzug im Leopardenmuster gekauft, den sie zwei Tage später an ihrer Lieblingsbucht ausprobierte. Der kleine Strand der Cava Cabana lag so versteckt, dass hier kaum Touristen hinkamen. Die meisten Gäste bevorzugten sowieso die Apollo-Therme mit ihren vielen Thermalbecken. Doch Susann liebte diese kleine Bucht, wo man unter der Woche fast allein war und noch im November schwimmen konnte. Das Wetter auf Ischia, hatte ihr Christina aus dem *Paradiso* einmal erzählt, sei sehr speziell und anders als auf dem Festland. Anfang November, wenn das *Hotel Paradiso* wie die meisten anderen Hotels schloss, begann für die Einheimischen der Nachsommer auf der Insel. In dem kleinen Strandrestaurant, das ein paar Stufen hoch direkt über dem Meer schwebte, konnte man sich umsonst Liegestühle ausleihen, wenn man dort etwas aß. Und man aß gerne dort, denn die *Spaghetti vongole* oder die *Spaghetti pomodori* waren einfach köstlich und schmeckten nach Sommer.

Wieder einmal stellte Susann fest, dass Italien einfach ein wunderbar sinnliches Land war. Sie selbst fühlte sich auch schon ganz sinnlich. Und dann passierte am Ende der ersten Woche etwas, mit dem sie nie im Leben gerechnet hätte.

Susann Siebenschön verliebte sich.

Giorgio Pasini war der Besitzer eines kleinen Antiquitätenladens auf der Via Roma, die Ischia Porto mit Ischia Ponte verbindet. An diesem Tag, der wieder einer ihrer Ausflugstage war, hatte Susann beschlossen, mit dem Bus nach Ischia Porto zu fahren, dem Hauptstädtchen der Insel. Hier war sie erst vor wenigen Tagen mit der Fähre aus Napoli angekommen, es schien ihr schon Wochen her zu sein. Ischia Porto lag am anderen Ende der Insel, und Susann hatte sich gleich nach dem Frühstück aufgemacht, um im Ort anzukommen, bevor die Geschäfte und Läden über die Mittagszeit schlossen, die im Süden bekanntlich sehr viel länger dauert als in deutschen Landen. Wohlgemut flatterte sie mit ihrem neuen Blumenkleid und dem Strohhut die breite Via Roma entlang, wo keine Autos fahren durften. Sie schaute in die hübschen Schaufensterauslagen mit den Schuhen und Taschen, probierte ein paar silberne Sandalen an und zog dann weiter in Richtung Ischia Ponte. Ihr Ziel war das Castello Aragonese, eine Sarazenerfestung, die wie eine kleine Stadt am Ende einer schmalen Steinbrücke aufragte, welche mitten durch das Meer zu führen schien. Tatsächlich verlief die Brücke knapp über dem Meer, doch sie war so niedrig gebaut, dass, wenn ein Wind aufkam, die Gischt meterhoch über die Steinbrüstung spritzte und die Kleider der Touristen durchnässte. Dorthin lenkte Susann ihre Schritte.

Früher hatte man das Castello, das heute auch ein kleines Museum mit Gemälden und ganz oben ein Kloster beherbergte, zu Fuß erklimmen müssen – über gewundene Steintreppen und ummauerte schmale Wege, die immer wieder den Blick auf das tiefblaue Meer freigaben. Dann war ein Aufzug eingebaut worden, der den Besucher mühelos in wenigen Sekunden nach oben katapultierte, wo ihn zwei Cafés und ein paar weitläufige Aussichtsterrassen erwarteten. Man konnte Stunden hier verbringen. Obwohl die Hüfte ihr in den letzten Tagen kaum noch Beschwerden bereitet hatte – wahrscheinlich war es das Serotonin, das ihr Körper glückstrunken ausschüttete –, war Susann doch sehr froh, dass es diese komfortable Möglichkeit gab, auf das Castell zu gelangen. Sie hatte ein paar Postkarten gekauft, die sie in dem schattigen Café unter den Olivenbäumen schreiben wollte.

Doch dazu sollte es nicht kommen. Jedenfalls nicht an diesem Tag.

Der Weg über die Via Roma dauerte eine ganze Weile, die

Sonne stieg, allmählich wurde es heiß, die ersten Geschäfte schlossen zur Siesta, und auch Susanns Schritt verlangsamte sich ein wenig. Und als sie jetzt gemächlich am Schaufenster eines Antiquitätenladens vorbeischlenderte, entdeckte sie ein winziges Ölgemälde vom Castello Aragonese. Sie blieb stehen und war im nächsten Augenblick bereits verliebt in das kleine Bild, das in einem prächtigen goldenen Rahmen steckte.

Susann stieß die Tür auf und trat unter dem Gebimmel eines hellen Glöckchens in den Laden. Drinnen war es kühl und schummrig wie in Ali Babas Höhle, auf engstem Raum stapelten sich die Antiquitäten, die vorherrschende Farbe war Gold. Alte Bilder, Leuchter, schimmernde Bettelarmbänder und Ringe in Glasvitrinen, kleine Marmortischchen mit allerlei Schalen und Tiegeln, Statuen von Liebenden und Büsten von römischen Frühlingsgöttinnen mit anmutigen Gesichtern. Susann war bezaubert. Vorsichtig glitt sie an den Preziosen entlang und entdeckte erst dann den Besitzer des Ladens, der hinter einer Holztheke hervortrat und sie mit einem sanften *buon giorno* begrüßte.

Giorgio Pasini war ein älterer, nicht allzu großer Herr mit gutgeschnittenen Gesichtszügen und immer noch vollem grauen Haar. Er sprach ein einigermaßen verständliches Deutsch, und unter buschigen Augenbrauen blickten Susann die freundlichsten Augen an, in die sie jemals geschaut hatte. Ein warmes Leuchten schien von ihnen auszugehen, und wenn er lächelte – und das tat er gerade –, bildeten sich kleine Fältchen um seine Augenwinkel, die ein heiteres Gemüt erahnen ließen.

Der Besitzer des Ladens sah sie an und fragte nach ihren Wünschen, und Susann wurde sich mit einem Mal bewusst, dass sie ein bisschen zu lange in diese freundlichen Augen geschaut hatte. Sie räusperte sich und fragte nach dem Ölbild, das sie in der Auslage gesehen hatte.

Giorgio Pasini bewegte sich geschmeidig wie ein Panther durch seinen übervollen Laden und nahm das kleine Gemälde von dem dunkelblauen Samtstoff im Fenster. Er erklärte, dass es aus der neapolitanischen Schule stamme, etwas über hundert Jahre alt sei, und lobte Susann für ihren guten Geschmack. Dann nannte er einen Preis, der ihr nicht zu hoch erschien für ein solch exquisites Bild, das zudem noch ihr geliebtes Castello Aragonese zeigte.

»Es ist wunderschön«, sagte sie. »Ich kaufe es.«

Signor Pasini lächelte wieder sein goldenes Lächeln, und Susann merkte, wie ihr die Knie ein bisschen weich wurden. Sie war wie verzaubert – von diesem Lächeln, von dem kleinen Laden und natürlich von dem Bild, das sie mit klopfendem Herzen auf die Ladentheke legte.

»Ist es … eine Geschenk?«, fragte Signor Pasini, während er das Bild umsichtig in Seidenpapier einschlug.

Susann schaute auf seine überaus gepflegten Hände und nickte. »Ja … Nein. Ich meine, ja – also … ich schenke es mir selbst«, erklärte sie und errötete wie ein junges Mädchen, was man, wie sie hoffte, im Halbdunkel des Ladens nicht sah.

Signor Pasini nickte, dann wickelte er das kleine Gemälde in einen Bogen weinrotes Geschenkpapier, das er geschickt zusammenfaltete und mit einem goldenen Aufkleber und einer kleinen Visitenkarte versah. Er steckte alles in eine Papiertüte und reichte sie Susann.

»Sinde Sie das erste Mal auf Ischia, *bella signora*?«, fragte er dann, und *la bella signora* lächelte geschmeichelt und antwortete, dass sie schon oft, sehr oft sogar auf Ischia gewesen sei und sich gleich beim ersten Mal verliebt habe in das Castello Aragonese.

»Ich werde mir das Bild über meinen Nachttisch hängen, wenn ich wieder zu Hause bin. Zur Erinnerung«, erklärte sie. »Dann habe ich immer ein Stück Ischia bei mir.«

Signor Pasini nickte lächelnd. »Und – wartet zu Hause jemand auf Sie?«, erkundigte er sich angelegentlich.

»Oh ja«, sagte Susann und bemerkte, wie seine Miene sich verdüsterte. Oder bildete sie sich das nur ein? »Aber nur meine Katze.«

Sie lachten beide, und Susann stellte überrascht fest, dass sie dabei war, mit diesem fremden Mann zu flirten. Susann, werd' jetzt nicht kindisch, ermahnte sie sich. Aber es fühlte sich so gut an, sie kam sich mit einem Mal vor wie in einer dieser alten Hollywood-Komödien, wie in *Ein Herz und eine Krone*, und auch wenn sie natürlich ein wenig älter war als die bezaubernde Audrey Hepburn und sich überdies nie die Haare kurz schneiden lassen würde, spürte sie doch plötzlich jene Sorglosigkeit, wie man sie vielleicht empfand, wenn man hinter Gregory Peck auf der Vespa saß, durch die Gegend tuckerte und sich den Fahrtwind ins Gesicht blasen ließ. Alles war unbeschwert und nur dem Moment geschuldet.

Sie bezahlte das Bild, und der Besitzer der kleinen Wunderhöhle beschloss, dass er für heute genug verdient hätte und es Zeit sei, seinen Laden für die Mittagspause zu schließen. Draußen fragte er, ob die *bella signora* ihm vielleicht die Ehre erweisen würde, mit ihm auf ein Glas Wein in ein Restaurant am Strand zu gehen – »nur wenige Schritte von hier entfernt« –, von dem aus man einen wunderbaren Blick auf das Castello habe.

Susann kicherte. *Die Ehre erweisen!* So etwas hatte sie schon lange nicht mehr gehört. Das klang wirklich sehr nach den Fifties. Sie nickte entzückt. Wenig später saßen sie in der Sonne, auf einer Veranda über dem Meer, und prosteten sich zu.

»Auf das schöne Bild und seine noch schönere Besitzerin«, meinte Giorgio galant. »Möge es Ihnen viel Freude bereiten und Sie immer an diesen Tag erinnern.«

Die Gläser stießen mit einem hellen Klang gegeneinander, der Susann an das Engelsgeläute der Ladenglocke denken ließ. Sie schaute auf die alte Sarazenerfestung, die unweit von ihr in der Mittagssonne aufragte, und bedauerte es keinen Augenblick, dass sie an diesem Tag wohl nicht mehr auf die Terrasse des Castellos kommen würde, um ihre Postkarten zu schreiben. Die Stunden flogen nur so dahin. Giorgio war ein amüsanter Erzähler, was nicht nur an seinem drolligen italienischen Akzent lag. Aus einem Glas Wein wurden zwei, und dann bestellte der Antiquitätenhändler eine mit Basilikum gefüllte Dorade für sie beide. Er habe heute schließlich »das Geschäft seines Lebens gemacht«, scherzte er.

»Wie? Ist sonst so wenig los in Ihrem Laden?« Susann

lachte auch und lehnte sich in ihrem Stuhl zurück. Sie hatte sich schon lange nicht mehr so beschwingt gefühlt. Der Weißwein funkelte in den Gläsern, die Dorade schmeckte ausgezeichnet, und der Italiener mit den dunklen Augen und dem sympathischen Lächeln hatte es ihr angetan. Sie war völlig aus der Zeit gefallen. Der Nachmittag senkte sich friedlich über das Meer und ließ die Schatten des Castellos allmählich länger werden. Und als Giorgio nach dem Essen darauf bestand, sie mit seinem roten Fiat Cinquecento nach Forio zurückzufahren, ihr vor dem Eingang des *Hotel Paradiso* die Hand küsste und fragte »Darf ich Sie am Samstage einladen zu einem *concerto* in die *Jardinieri Mortella, mia bella SSussanna?*«, sagte sie nicht nein.

9

Der Tag begann wie immer in den letzten Tagen, nämlich unausgeschlafen. Leonie schlug nach dem Wecker, der an ihrem Ohr schrillte. Dann taumelte sie in die Küche, um sich einen Kaffee zu kochen und Mimis Näpfe mit Futter und Wasser zu füllen. Sie hatte noch bis spät in die Nacht an den Französischarbeiten der Klasse 10 gesessen – einem Aufsatz zu Eric Emanuel Schmitts *Monsieur Ibrahim und die Blumen des Koran*. Der Notenspiegel würde nicht besonders gut ausfallen, obwohl sie die Klasse ausführlich auf die zentralen Fragestellungen des Textes vorbereitet hatte. Die Schüler hörten einfach nicht hin. Das konzentrierte Zuhören war offenbar zwischen Bildchenposten auf Instagram und dem Inhalieren von Netflix-Serien verlorengegangen. Bei den Klausuren hielten sich einige für besonders schlau und laberten irgendeinen grandiosen Unsinn, um Worte zu schinden und in der Hoffnung »Viel hilft viel« ihren Fehlerindex zu senken, der auf die Anzahl der Wörter bezogen war.

Manchmal beneidete Leonie die Kollegen, die Sport oder Musik unterrichteten. Gleich zwei Korrekturfächer zu studieren war nicht die beste aller Ideen gewesen, auch wenn es immer wieder kurze Momente des Glücks gab, wie neulich in der 12, als ein Mädchen einen umwerfenden Essay zur deutschen Romantik und ihrer Bedeutung für die Jugend von heute geschrieben hatte. Das waren dann die Sternstunden einer Gymnasiallehrerin.

Als Leonie endlich mit den Korrekturen fertig war, war es halb eins. Dann konnte sie nicht einschlafen, weil Mimi beschlossen hatte, wie ein Pferd durch die Wohnung zu galoppieren. Es war kaum zu glauben, dass ein kleines Wesen so viel Lärm machen konnte. Mimi war total aufgedreht, und Leonie stellte sich die Frage, ob es bei Katzen vielleicht auch so etwas wie ADHS gab. Anschließend hatte der kleine Unruhegeist versucht, den Kleiderschrank aufzubekommen, und wie wahnsinnig daran herumgekratzt. Offenbar vermutete Mimi hinter der Schranktür die unendlichen Wälder von *Narnia*. Leonie hatte schließlich entnervt ein Kissen nach ihr geworfen und »Ruhe jetzt!« gezischt. Danach war es tatsächlich für eine Weile still gewesen. Mimi war zum Bett ihrer Herrin zurückgekehrt und schlief sofort auf deren Füßen ein, während ein greller Vollmond ins Zimmer schien und die Person, zu der die Füße gehörten, sich noch Stunden herumwälzte und schließlich drei Baldriantabletten schluckte.

Jetzt saß Leonie an dem kleinen Klapptisch in ihrer Küche und rührte verschlafen in dem Milchkaffee. In letzter Zeit kam sie morgens immer schlechter aus den Federn. Sie hatte es sich angewöhnt, noch eine Weile liegenzubleiben, nachdem der Wecker geklingelt hatte, und die Zeitung las sie auch nicht mehr. Seufzend zog sie einen Haferkeks aus der Packung und tunkte ihn in den Kaffee. Ein Blick auf die Uhr sagte ihr, dass es Zeit wurde aufzubrechen. Sie spülte die Tasse ab und zog sich eine blaue Strickjacke über ihr gestreiftes

Kleid. Dann nahm sie ihre Tasche und ging in die Diele, wo Mimi schon vor der Wohnungstür saß und ein anklagendes Miauen von sich gab.

Leonie hätte es wissen müssen, aber an diesem Morgen war sie einfach zu müde.

In dem Moment, als sie die Tür aufschloss und diese dann zu sich zog, schoss Mimi wie ein Pfeil an ihr vorbei.

Leonie ließ die Tasche fallen und stürzte in den Hausflur.

»Nein, Mimi, nicht! Was machst du denn da? Komm sofort zurück!«

Doch Mimi dachte nicht daran zurückzukommen. Sie stand unter den Briefkästen und schnupperte interessiert an einem Stapel Werbebroschüren, der darunter lag.

»Mimi, *hierher* jetzt!«, befahl Leonie.

Die Katze blieb unbeeindruckt.

Als Leonie drohend auf sie zuging, um sie in die Wohnung zurückzuscheuchen, raste Mimi an ihr vorbei und lief die Kellertreppe hinunter.

Leonie fluchte leise und setzte ihr nach.

Unten machte sie das Licht an und sah etwas Weißes rechts um die Ecke biegen und den langen Flur entlangsausen, der die Kellerabteile der einzelnen Wohnungen beherbergte. Die Holzgittertüren waren mit Vorhängeschlössern versehen. Doch das konnte eine Katze nicht aufhalten. Mimi quetschte sich unter einer der Holztüren hindurch – es war die, auf der »Whg. 3. OG, re« stand – und verschwand zwischen Regalen, Kartons und altem Kinderspielzeug.

In der Wohnung im dritten Obergeschoss rechts wohnte Herr Likowski. Er war Oberarzt in der Kinderklinik Amsterdamer Straße, verließ das Haus stets in aller Herrgottsfrühe und kam spätabends zurück. Frau Likowski war mit dem halbwüchsigen Sohn vor ein paar Monaten ausgezogen – wegen der langen Arbeitszeiten ihres Mannes, die ihren Zorn erregten, aber sicher nicht nur deswegen. Leonie, die in der Wohnung unter den Likowskis wohnte, hatte nicht nur das seelenlose Hämmern des Likowski-Sprösslings auf dem Klavier ertragen müssen, der offenbar jeden Nachmittag zu Mozart gezwungen wurde und seinen Unmut darüber an den Tasten ausließ, sondern auch die bisweilen ziemlich lautstarken nächtlichen Auseinandersetzungen des Ehepaars. Sie war sehr froh gewesen, als sowohl das eine als auch das andere aufhörte. Nun war sie es nicht. Ohne Schlüssel würde es schwierig werden.

Leonie hockte sich vor das Kellerabteil und spähte durch die Stäbe. Als ihre Augen sich an das dort herrschende Zwielicht gewöhnt hatten, entdeckte sie Mimi, die unter einem kaputten Fahrrad saß und sie mit glitzernden Augen aus ihrem Versteck beobachtete.

»Raus da jetzt, Mimi! Ich muss doch los!« Leonie rüttelte am Holzgitter. Es war Viertel vor acht. Wenn diese Katze jetzt die übergroße Gnade hätte, aus dem Kellerverschlag herauszukommen, könnte sie es gerade noch pünktlich in die Schule schaffen.

Mimi kniff die Augen zusammen und rührte sich nicht. Zeit spielte in ihrem Leben keine Rolle.

Leonie beschloss, ihre Taktik zu ändern. Wie die Hexe aus *Hänsel und Gretel* streckte sie ihre Hand durch die Stäbe und wackelte mit den Fingern, um die Ausreißerin anzulocken.

»Komm, Mimilein, komm!«, flötete sie mit hoher Stimme.

Tatsächlich ließ sich die Katze erweichen und kam vorsichtig näher, doch als Leonie sie packen wollte, entwand sie sich fauchend ihrem Griff, und Leonie ratschte mit der Hand am Holzgitter vorbei.

»Au! Verdammt!« Leonie besah sich ihren Zeigefinger, in dem nun ein Splitter steckte. Sie versuchte ihn herauszuziehen, als das Licht ausging.

Verdammte Zeitschaltuhr! Fluchend richtete Leonie sich auf und tastete sich an der Wand entlang. Als ihre Hand endlich gegen den Schalter stieß, drückte sie darauf, und für weitere drei Minuten war der Keller wieder in gleißendes Licht getaucht.

Leonie atmete erleichtert durch.

Doch Mimi saß nicht mehr in dem Kellerabteil der Whg. 3. OG, re.

Aufgeregt lief Leonie zur Kellertreppe zurück und schaute in die andere Richtung. Am Ende des Flurs, der nach links führte, befanden sich der Fahrradraum, der Heizungsraum und der Müllkeller. Die Eisentür des Müllkellers stand offen. Vielleicht hatte gerade jemand seinen Müll heruntergebracht. War Mimi etwa dorthin gelaufen? Leonie hörte ein leises Maunzen, das aus Richtung der Mülltonnen zu kommen schien, und sprintete den Flur entlang. In der Regel war die Außentür des Müllkellers zu, nur mittwochs nicht, da kam die Müllabfuhr und rollte die Tonnen über die Steinstufen hoch und hinaus auf die Straße.

Leonie spürte, wie ihr Herz einen Salto schlug.

Heute *war* Mittwoch!

Als sie den Keller mit den Mülltonnen erreichte, stand Mimi bereits an der offen stehenden Eisentür, die nach draußen führte, und starrte mit begehrlichen Blicken in die Freiheit.

»Nein, Mimi, *nicht!*«

Mit einem Satz war Leonie bei ihr. Die Katze entwischte mühelos und sprang behände die Treppe zur Straße hinauf. Leonie stolperte hinterher, rutschte auf der obersten Steinstufe ab und knallte auf die Knie. Sie rappelte sich auf und sah gerade noch, wie Mimi unter einem parkenden Volvo verschwand. Eine Sekunde später fuhr dröhnend der Müllwagen vor, und die Männer der Kölner Abfallbetriebe in ihren orangefarbenen Overalls zogen unter lautem Getöse die Tonnen über den Bürgersteig.

Eine Stunde später saß Leonie völlig aufgelöst bei Frau Hase, die auch im zweiten Stock wohnte, und wartete auf den Schlüsseldienst. Ihr rechtes Knie war aufgeschürft, und auf dem himmelblauen Kleid waren Schmutzstreifen, die von dem Bürgersteig der Ottostraße herrührten, auf dem sie bäuchlings herumgerutscht war, um unter den schwarzen Volvo zu gelangen. Mimi, die reglos unter dem Wagen hockte, hatte alle weiteren Ausflugspläne in dem Augenblick verworfen, als die Männer der Kölner Müllabfuhr scheppernd ihre Tonnen über das Trottoir schleiften. Sie hatte Leonie vorwurfsvoll aus dem Halbdunkel angestarrt und sich keinen Millimeter von der Stelle bewegt. Die Welt da draußen war laut und gefährlich. Leonie robbte immer weiter unter den Wagen. Am Ende war es ihr irgendwie gelungen, die sich sträubende Katze unter dem Wagen hervorzuziehen. Sie hatte Mimi so fest an sich gedrückt, dass diese ihren Widerstand schließlich aufgab und nur noch leise knurrte.

Nun rieb die Katze sich an Frau Hases Stuhl, als wäre nichts gewesen, und nur der buschige Schwanz zeigte, dass auch sie noch aufgeregt war.

Leonie trank einen Schluck Wasser aus dem Glas, das ihre Nachbarin ihr hingestellt hatte.

»Tut mir echt leid, mit der Tür«, sagte Frau Hase nun schon zum dritten Mal. »Ich habe ja nicht ahnen können, dass Sie noch da sind.«

Leonie nickte. Ihr war immer noch ein wenig schlecht. Die wilde Verfolgungsjagd, der Sturz auf der Treppe, das würdelose Herumkriechen auf der Straße unter den amüsierten Blicken der Müllmänner, die lachend Beifall klatschten, als Leonie mit Mimi im Haus verschwand.

Als sie dann die Treppe hochkam, sah sie, wie Frau Hase von gegenüber vor ihrer Wohnung stand und die angelehnte Tür mit gerunzelter Stirn beäugte, bevor sie diese dann entschlossen zuzog.

»Oh nein, Frau Hase, was machen Sie denn da? Mein Schlüssel steckt doch noch von innen.« Leonie stand mit Mimi im Arm da und merkte, wie ihr schwindelig wurde. »Jetzt komme ich nicht mehr rein.«

»Ach du liebes bisschen«, stammelte Frau Hase und raufte sich ihre grauen Löckchen. »Frau Beaumarchais! Sie sind ja noch da. Ich dachte, ich dachte …«

Wie hätte Roswitha Hase auch ahnen können, dass die Tür ihrer Nachbarin nicht zufällig offen stand. Zumal die alten, schweren Türen manchmal nicht richtig einrasteten, wenn man sie nicht energisch zudrückte. Frau Hase war verwirrt, als sie die angelehnte Tür ihrer Nachbarin bemerkte. Sie hatte bei Leonie geklingelt, dann hatte sie nach ihr gerufen und im Treppenhaus nachgeschaut, aber als keine Antwort kam, war sie davon ausgegangen, dass die junge Lehrerin zur Arbeit gegangen war, ohne zu ahnen, dass ihre Tür jetzt jedem Einbrecher offen stand.

»Das ist mir selbst auch schon passiert«, erklärte Frau Hase treuherzig und schenkte Leonie schuldbewusst Wasser nach. »Seitdem schließe ich immer zwei Mal ab, auch wenn ich nur in den Keller gehe. Das sollten Sie auch machen, Frau Beaumarchais. Sonst zahlt nämlich keine Versicherung, wissen Sie das eigentlich?«

Frau Hase war so ängstlich, wie ihr Name es vermuten ließ.

Leonie starrte ihre Nachbarin stumm an, dann fiel ihr Blick auf die leise tickende Wanduhr im Wohnzimmer. Und die zeigte, dass es bereits zwanzig Minuten nach neun war.

»Nein!«, rief Leonie und schlug sich die Hände gegen die Stirn.

»Doch, doch so ist es«, wiederholte Frau Hase und nickte.

»Ich muss in der Schule anrufen«, sagte Leonie. »Kann ich Ihr Telefon benutzen, bitte?«

»Aber natürlich, das ist ja wohl das Mindeste«, sagte Frau Hase.

»Frau Beaumarchais?! Endlich! Wo bleiben Sie denn? Wir haben schon drei Mal bei Ihnen angerufen.« Die Stimme von Frau Meier aus dem Sekretariat klang vorwurfsvoll.

»Ja, ich … äh … hab mich leider ausgesperrt, weil die Katze, also, eigentlich die Katze meiner Nachbarin, die gerade auf Ischia Urlaub macht, weggelaufen ist, und dann hat meine andere Nachbarin, also die ohne Katze, meine Tür zugemacht, weil sie dachte, ich sei schon in der Schule, und das Handy war ja noch in meiner Tasche, und die stand im Flur, also in meinem Flur, nicht im Hausflur … Aber jedenfalls – ich habe die Katze wieder eingefangen, und jetzt warte ich mit der Katze meiner Nachbarin bei der anderen Nachbarin, also der, die bei mir im Haus wohnt …« Leonie verstummte und merkte selbst, dass es ein wenig irre klang.

»Und … Sie warten jetzt noch auf eine … *andere* Nachbarin?« Frau Meier versuchte mitzukommen.

»Nein, nein. Wir warten auf den Schlüsseldienst. Damit ich in die Wohnung kann. Also in meine Wohnung.«

»Aha«, sagte Frau Meier vorsichtig. »Aber Sie kommen doch noch zur Schule, oder?«

Nachdem der Schlüsseldienst wieder gegangen war – es war ein teurer Spaß geworden, weil der Schüssel von innen steckte und das ganze Schloss ausgebaut werden musste –, hatte sich Leonie umgezogen und ihr Knie verarztet. Mimi ruhte, erschöpft von ihrem großen Abenteuer, derweil auf dem Kratzbaum im Wohnzimmer. Vermutlich tankte sie schon Kraft für die Nacht.

Als Leonie mit schmerzendem Knie und leichtem Schwindel zum zweiten Mal an diesem Morgen auf die Straße trat, wo der schwarze Volvo immer noch parkte, fühlte sie sich plötzlich einem Nervenzusammenbruch nahe. Und sie hatte nur einen Gedanken.

Das alles musste ein Ende haben.

Und zwar so rasch wie möglich.

10

An ihrem sechsundzwanzigsten Geburtstag hatte Maxie Sommer Bilanz gezogen. Und die war nicht besonders erfreulich ausgefallen. Es war ein ganz normaler Tag im März gewesen. Ein Mittwoch. Unspektakulär. Graue Wolken am Himmel. Ihre Eltern hatten morgens angerufen, ein paar Freunde hatten sich gemeldet. Abends hatte Leonie sie ins *Bagatelle* eingeladen.

Damals arbeitete Maxie, die eigentlich Maximiliane hieß, was sie selbst ganz furchtbar fand, noch in einer Filiale der Bäckereikette *Backfrisch* auf der Venloer Straße. Nicht dass es unbedingt ihr Traum vom Glück gewesen wäre, industriegefertigte Brote und Kuchen zu verkaufen. Aber irgendwie war einiges in ihrem Leben schiefgelaufen. Sie hatte schon so vieles angefangen und wieder aufgehört und konnte auf eine beeindruckende Karriere als Studienabbrecherin zurückblicken.

Nach dem Abitur hatte sie halbherzig zwei Semester Betriebswirtschaft in Bonn studiert. Mit BWL konnte man ja so einiges anfangen und war, auch was die Verdienstmöglichkeiten anging, auf der sicheren Seite. Ihre Eltern zeigten sich angetan und fanden die Entscheidung »sehr vernünftig«. Doch recht bald hatte sich herausgestellt, dass die lebhafte Maxie nicht für die BWL geschaffen war – oder die Betriebswirtschaftslehre eben nicht für sie, ganz wie man es sehen wollte. In den Vorlesungen langweilte Maxie sich zu Tode, das Studium fand sie ziemlich trocken, und das Seminar über Buchführung war ihr ein Graus. Es gab durchaus Kommilitonen, die von diesem Studium absolut begeistert waren. Zum Beispiel ihr damaliger Freund Leo, der sich auf Zahlen und Marketingmodelle stürzte wie die alten Damen auf den Streuselkuchen, den sie später in der Bäckerei verkaufen sollte. Das hatte Maxie zu denken gegeben. Sie hatte mit BWL aufgehört. Auch die Beziehung zu Leo war kurze Zeit später in die Brüche gegangen.

Und so hatte Maxie sich mit neuem Elan für ein Studium der Geschichte eingeschrieben – ein Fach, das sie in der Schule immer sehr spannend gefunden hatte –, war aber schon im zweiten Semester an dem Quellenübersetzungskurs in alter Geschichte gescheitert, der für den Bachelor leider unerlässlich war. Maxie hatte nie Latein gehabt, bei dem Test, den die Universität verlangte, hatte sie sich mithilfe einer netten Studienkollegin durchgemogelt, aber das half ihr natürlich nichts, als in Professor Altmanns überschaubarem Seminar dann die Reihe an sie kam und sie beim besten Willen nicht in der Lage war, Ciceros Reden zu übersetzen. Maxie war mit hochrotem Kopf aufgestanden, hatte sich entschuldigt und den Seminarraum verlassen. Und das war's dann gewesen *mit la belle histoire*, wie es Frau Raschke, ihre Lieblingslehrerin, die auch Französisch unterrichtete, immer zu nennen pflegte.

An der Kölner Sporthochschule hatte sie schließlich angefangen, Sport zu studieren. Das war schon mehr nach ihrem Geschmack, sie war gleichermaßen begabt im Bodenturnen und in der Leichtathletik, eine gute Läuferin, und sie hatte ein hervorragendes Ballgefühl. Doch dann war dieser dumme Unfall im Leistungsfach Ski in den Tiroler Bergen passiert. Jemand, der nicht mehr rechtzeitig abbremsen konnte, war in sie reingerauscht, als sie am Lift anstand. Maxie war gestürzt, die Bindung hatte sich durch den langsamen Fall nicht gelöst, und als sie das schneppernde Geräusch hörte, das aus dem Innersten ihres verdrehten Knies kam und wie ein Weckglasgummiband klang, das zerriss, wusste Maxie sofort, dass es etwas Ernstes war.

»Unhappy Triad« lautete die Diagnose, eine in der Tat sehr unglückselige Kombination aus Kreuzbandriss, Miniskusanriss und Anriss des Innenbandes. Fast ein Jahr war Maxie auf Krücken durch die Uni gehumpelt, hatte sportmedizinische Vorlesungen zur Ernährungswissenschaft und Anatomie belegt – das Standardwerk aus dem Thieme Verlag stand heute noch in ihrem Regal –, doch mit dem praktischen Teil des Sportstudiums war es erst mal für eine Weile vorbei gewesen. Und als dann noch Gert Haberland, ein in die Jahre gekommener Professor der Sportwissenschaften mit einer Vorliebe für hübsche blonde Studentinnen, angefangen hatte, ihr Tag und Nacht nachzustellen, hatte Maxie ihr Sportstudium geschmissen.

Nachdem sie eines Abends im Fernsehen einen packenden Dokumentarfilm über Heinrich Schliemann und den Schatz des Priamos gesehen hatte, gab es neue Hoffnung. Plötzlich glaubte sie, für die Archäologie geschaffen zu sein. Herumzureisen, draußen an der frischen Luft zu arbeiten und mit einem netten Team von Forschern Schätze zu heben, die von Bedeutung für die Menschheit waren, schien ihr sehr verlockend. Doch dann war sie nicht einmal zu der ersten Vorlesung gegangen, weil ihre Lieblingstante krank wurde und Maxie sich um sie kümmern wollte. Wochenlang pflegte sie Tante Paula, die sich nur allmählich von einer schweren Lungenentzündung erholte.

Während ihre Eltern, die das Herumtingeln ihrer jüngsten Tochter mit zunehmendem Unwillen betrachteten, irgendwann die Geduld verloren und ihre Zahlungen einstellten, so dass Maxie nun wirklich auf den Aushilfsjob in der Bäckerei angewiesen war, hatte Tante Paula immer an sie geglaubt.

Paula Witzel, eine Dame alter Schule, die auch im fortgeschrittenen Alter Wert auf eine korrekte Anrede legte (»*Fräulein* Witzel bitte!«) und zeit ihres Lebens Broschen trug, hatte viele Jahre als Sekretärin bei einem Professor gearbeitet, der die Verhaltensweisen von Fledermäusen erforschte. Fräulein Paula hatte nie einen Mann gehabt – oder wenn doch, wusste Maxie jedenfalls nichts davon. Erst als sie nach dem Tod der Tante eine stattliche Anzahl von Fachbüchern zu Fledermäusen und Coronaviren in deren Regalen fand – in einigen steckten ein paar glühende Liebesbriefe –, war ihr der Gedanke gekommen, dass die Beziehung, die ihre Tante zu dem Professor hatte, vielleicht doch nicht nur platonischer Natur gewesen war.

Paula Witzel war sehr gebildet. Sie hatte eine umfangreiche Bibliothek und liebte die Literatur, ja man konnte sagen, dass Bücher und Kuchen ihre große Leidenschaft waren – sah man mal von dem Fledermausforscher ab, der viele Jahre vor ihr das Zeitliche gesegnet hatte. Wie oft hatte Maxie im

Wohnzimmer ihrer Tante gesessen und sich mit einem Stück selbstgebackener Mirabellentorte oder einem Marmorkuchen »mit guter Butter« trösten lassen, wenn sie mal wieder die Flinte ins Korn warf.

»Gräm dich nicht, mein Kind. Du wirst schon etwas finden, was zu dir passt. Da bin ich mir ganz sicher«, hatte Tante Paula stets gesagt. »Vielleicht bist du einfach nicht für ein Studium gemacht. Du bist eben eher praktisch veranlagt, daran ist doch nichts verkehrt. Und du hast so viele Talente.«

»Ja? Welche denn?«, hatte Maxie verdrossen gefragt.

»Nun, du kannst gut mit Menschen umgehen und mit Tieren, du bist mutig und freundlich, und überdies hast du auf jeden Fall ein großes verkäuferisches Talent. Außerdem magst du Kuchen – genau wie ich.«

»Na toll«, sagte Maxie und fragte sich, welcher Beruf bei solchen Qualifikationen wohl infrage kommen sollte.

Und so war es vielleicht nicht besonders verwunderlich, dass ihr am Ende nur die Arbeit bei *Backfrisch* geblieben war – aus dem Aushilfsjob war eine Vollzeitstelle geworden. Und nun arbeitete sie bereits seit drei Jahren dort.

Als an diesem sechsundzwanzigsten Geburtstag, der inzwischen über ein Jahr zurücklag, ihr Chef, Stefan Kürten, mit strahlender Miene auf sie zukam, ihr eine *Backfrisch*-Torte überreichte und feierlich erklärte: »Sie leisten hier gute Arbeit, Frau Sommer. Wenn Sie so weitermachen, könnten Sie eines Tages selbst eine Filiale von *Backfrisch* leiten – na, sind das nicht tolle Aussichten?«, war es Maxie wie Schuppen von den Augen gefallen. Das war nicht das Leben, das sie sich vorgestellt hatte. So konnte und wollte sie nicht weitermachen.

Aber was sollte sie stattdessen tun? Was fing man an mit einem abgebrochenen BWL-Studium, einem abgebrochenen Geschichtsstudium, einem abgebrochenen Sportstudium und einem nicht einmal angefangenen Archäologiestudium?

Auch hier sollte Tante Paula ihr die Antwort geben – wenn auch auf sehr ungewöhnliche Weise.

Denn drei Monate später, wenige Tage nach ihrem dreiundneunzigsten Geburtstag, starb Fräulein Paula Witzel. Die Zugehfrau fand sie früh am Morgen in ihrem Lieblingssessel. Der Fernseher lief noch – es war der Kultursender Arte –, offenbar war die alte Dame vor der Literaturverfilmung von *Was vom Tage übrigblieb* eingeschlafen und nicht mehr aufgewacht. Ob sie den Film bis zum Schluss angeschaut hatte, konnte niemand sagen, aber da es einer ihrer Lieblingsfilme war, durfte man davon ausgehen, dass sie das Ende kannte. Jedenfalls war sie tadellos gekleidet wie immer, und an ihrer Bluse steckte eine weiße Kamee.

Paula Witzel hatte stets äußerst bescheiden gelebt. Sie bekam keine große Rente, und in der letzten Dekade ihres Lebens aß sie nur noch Kartoffelpüree mit Kalbsleberwurst und Apfelmus – und natürlich Kuchen. Um so überraschter war Maxie gewesen, als sie erfuhr, dass die Tante ihr nicht nur Tausende von Büchern und ihr altes Backbuch mit handschriftlichen Kuchenrezepten hinterlassen hatte, sondern auch eine hübsche Summe Geldes, die sie offenbar über die Jahre angespart hatte. Der Notar überreichte ihr den Umschlag mit dem Geld zusammen mit einem Brief. Maxie hatte ihn wieder und wieder gelesen. *Mach was draus,* hatte Tante Paula geschrieben. *Ich weiß, dass du es kannst, meine liebe Maxie.*

Und Maxie hatte ihre Chance erkannt und mit beiden Händen zugegriffen. Mit dem Geld ihrer Tante konnte sie ihr eigenes kleines Café aufmachen und dafür den etwas heruntergekommenen Laden unter ihrer Wohnung pachten, der schon länger leer stand, weil der Vorbesitzer, der dort lange Jahre eine Kneipe betrieben hatte, nun als Rentner die Sonne im Süden Frankreichs genoss. Maxie schluckte ein wenig, als sie die Vorstellungen des Vermieters hörte. Doch sie konnte, was den Pachtpreis anging, noch etwas nachverhandeln. Wenn das Café erst einmal lief, hätte sie nicht nur ihr Auskommen, sondern auch eine Arbeit, die ihr wirklich Spaß machen würde.

Kurze Zeit später war Maxie schon mitten in den Renovierungsarbeiten. Sie strich die Wände des Cafés lindgrün, weil Grün ihre Lieblingsfarbe war, sie hängte ein paar Bilder auf und stattete den fast quadratischen Raum, an dessen Seite noch die alte Theke des Vorbesitzers stand, mit den Möbeln aus dem Haushalt ihrer verstorbenen Tante aus. Selbst ihre beiden Geschirre, das Silberbesteck und die Sammeltassen mit den Rosen fanden ihre Verwendung. Den Rest erbeutete Maxie auf Streifzügen über die Flohmärkte. Lediglich die italienische Kaffeemaschine – ein sündhaft teures Teil, das auf der Theke silbern glänzte –, hatte sie neu gekauft. Und drei fröhliche bunt gestreifte Sonnenschirme, die sie in dem lauschigen Innenhof aufstellte, über den das Ladenlokal zu ihrem Entzücken verfügte. Die hohen roten Backsteinmauern waren von Efeu und Wein berankt, eine schlanke Birke wuchs aus einem Beet in der Ecke, und Maxie stellte noch ein paar Töpfe mit Hortensien und Heliotrop dazu. Natürlich war alles ein bisschen zusammengewürfelt und hatte nicht die coole Optik mancher Cafés, die mit langen Holztischen und riesigen schwarzen Industrielampen aufwarteten, wie es heute angesagt war. Aber es war unglaublich gemütlich. Man hatte das Gefühl, im Wohnzimmer seiner Lieblingstante zu sitzen. Und genau so sollte es auch sein.

Zum Andenken an ihre Tante nannte Maxie ihr Café *Fräulein Paula.* Sie war sich sicher, dass Tante Paula sehr glücklich darüber gewesen wäre. Das alte blaue Rezeptbuch stellte Maxie in das Regal über die Theke und hängte daneben eine Fotografie in einem ovalen Wurzelholzrahmen auf, die Fräulein Witzel als junge Frau zeigte. Maxie nahm sich vor, alle Rezepte von Tante Paula für ihre künftigen Gäste nachzubacken und die Kuchen in der hohen Glasvitrine zu präsentieren, die sie in einem Trödelladen gefunden hatte.

Und dank des Antiquariats, das die Tante ihr hinterlassen hatte, würde aus dem neuen Café in der Chamissostraße sogar eine Art Buchcafé werden. Maxie, die selbst keine große Leserin war, hatte die Absicht, die Bücher ihrer Tante nach und nach für kleines Geld zu verkaufen. Es gab nur drei Preiskategorien – ein Euro, zwei Euro und drei Euro –, und auch die Unbekümmertheit, mit der Maxie die Bücher nach ihrem Ermessen in den Regalen sortierte, hätte jeden Buchhändler zur Verzweiflung gebracht oder doch zumindest schmunzeln lassen. Da gab es *Bücher für verzweifelte*

Verliebte, Bücher für Menschen mit Fernweh, Bücher zum Verschenken, Bücher für schlaue Köpfe, Bücher für Gartenfreunde, Bücher mit Happy End und sogar *Bücher für Fledermausforscher*.

Stolz betrachtete Maxie ihr Werk und war von sich selbst begeistert. Und als ihr siebenundzwanzigster Geburtstag kam, hatte sie ihre Freundin Leonie zu einem Probekuchenessen in ihr Café eingeladen, an dessen Scheiben von innen noch Zeitungspapier klebte. Leonie hatte sich wohlwollend alles angeschaut und »charmant, charmant« gesagt. Dann war sie kopfschüttelnd vor den Regalen stehen geblieben und hatte über die kunterbunte Sortierung gespottet. *»Bücher für Fledermausforscher?«*, hatte sie erstaunt gefragt. »Wer soll denn das lesen?« Doch dann hatte sie ein Buch aus dem Regal *Für verzweifelte Verliebte* gezogen. Es war Milan Kunderas *Die unerträgliche Leichtigkeit des Seins*. »Deine Tante hatte einen guten Geschmack – kann ich das haben? Das wollte ich immer schon mal lesen.« Leonie hatte darauf bestanden, den Euro, den das Buch kosten sollte, zu bezahlen. »Das ist dein Glückseuro«, sagte sie und legte das Geldstück auf die Vitrine mit den ersten Kuchen, die Maxie nach den Rezepten ihrer Tante gebacken hatte. »Oh, là, là, was sind das denn für Kalorienbomben, willst du deine Gäste umbringen?«, hatte sie gelästert und ihre niedliche kleine Nase gerümpft, während sie Mamorkuchen, Mirabellentorte und Stachelbeerbaiser beäugte. »Also, unter feiner Patisserie stelle ich mir etwas anderes vor.«

»Es sind eben einfach ehrliche, gute Kuchen«, hatte Maxie entgegnet. »Kein Pariser Schnickschnack. Du wirst sehen, die Leute mögen das. Ich habe mir überlegt, dass ich neben Croissants, Toasts und kleinen Frühstücksbroten immer drei verschiedene Kuchen anbieten werde. Meine Tante hat jeden Tag Kuchen gegessen und ist immerhin dreiundneunzig Jahre alt geworden«, schloss sie triumphierend.

»Das ist erstaunlich«, hatte Leonie entgegnet, die sich zum Kaffee höchstens mal ein winziges Zitronentörtchen oder eine Praline von Leonidas gönnte. Misstrauisch beäugte sie das riesige Stück Kuchen, das Maxie ihr auf einem zierlichen Teller mit Veilchenmuster servierte. Doch als sie den ersten Bissen nahm, musste sie zugeben, dass der altmodische Mirabellenkuchen mit Vanillecreme durchaus nicht zu verachten war, auch wenn sie nach der Hälfte kapitulierte und die silberne Kuchengabel mit einem anmutigen Seufzer sinken ließ. »Das war leider sehr gut«, sagte sie, und Maxie grinste.

Sechs Wochen, nachdem Maxie Sommer das *Fräulein Paula* eröffnet hatte, stand ihre Freundin mit der Baskenmütze am Sonntagnachmittag kurz nach Ladenschluss vor dem Café. Sie schaute suchend durch das große Fenster und sah irgendwie unglücklich aus. Auf ihrem Knie klebte ein großes Pflaster. Und in der Hand hielt sie eine braune Tasche, in der sich seltsamerweise etwas zu bewegen schien.

11

Kannst du sie nicht nehmen? Es ist ja nicht für lange, nur bis meine Nachbarin zurückkommt – und du liebst doch Katzen!«

Leonie hatte ihr alles erzählt. Sie wirkte wirklich ziemlich verzweifelt. Bei der dramatischen Schilderung von Mimis Flucht hatte Maxie sich auf die Lippen gebissen, um nicht laut zu lachen, aber Leonie hatte es trotzdem bemerkt.

»Das ist nicht lustig, Maxie! Ich bin allmählich wirklich fix und fertig. Ich schlafe keine Nacht, jeden Tag gibt es neue Überraschungen, nach Mimis letzter Eskapade habe ich auch noch dreihundert Euro für ein neues Türschloss bezahlen müssen, und mein Knie tut immer noch höllisch weh«, jammerte sie. »Ich humpele sogar, hier schau mal.« Sie machte demonstrativ ein paar ungelenke Schritte.

»Möchtest du eine Zimtschnecke?«, fragte Maxie und wischte die Vitrine mit einem Ledertuch ab. »Oder ein Stück Marmorkuchen mit guter Butter?«

»Nein, weder noch.« Leonie schüttelte den Kopf und ließ sich auf ein Sesselchen sinken. »Bitte, Maxie! Du bist doch meine Freundin. Es geht einfach nicht mit Mimi und mir. Du musst mir helfen.«

»Tja also … ich weiß nicht …«

Maxie schaute nachdenklich zu der weißen Katze hinüber, die inzwischen aus ihrer Tasche herausgeklettert war und sich nach einem kurzen Rundgang durch das Café ganz friedlich auf Tante Paulas altes blaues Samtsofa gelegt hatte.

»Du tust ja gerade so, als sei sie Godzilla. So schlimm sieht sie doch gar nicht aus.«

»Ja, ja«, entgegnete Leonie ungeduldig. »Mag sein. Aber sie ist eben nicht gern bei mir. Und aus Protest stellt sie allen möglichen Unsinn an.«

»Aber wieso denn nur?«

»Ich habe keine Ahnung, Maxie. Vielleicht ist ihr meine Wohnung zu klein. Vielleicht mag sie mein Rosenparfüm nicht oder meine Lavendel-Handcreme. Nein, die hasst sie wirklich, sie springt immer ganz angewidert weg, wenn ich sie benutze.« Leonie betrachtete ihre gepflegten Hände und seufzte unglücklich. »Vielleicht ist sie es auch einfach nicht gewöhnt, tagsüber allein zu sein. Sie langweilt sich, sie wird manisch, sie will weg, das merke ich ganz deutlich. Und wenn sie noch mal ausreißt, bekomme ich einen Herzinfarkt.«

»Wäre es denn nicht einfacher, wenn du deiner Nachbarin Bescheid sagst?«

»Frau Siebenschön? Unmöglich. Die denkt doch, alles sei in bester Ordnung. Ich möchte der alten Frau nicht ihren letzten Urlaub verderben, das kann ich ihr einfach nicht antun, sie ist so glücklich, wieder mal auf Ischia zu sein. Außerdem ist das doch total beschämend, wenn sie ihren Urlaub abbrechen muss, nur weil ich das mit Mimi nicht auf die Reihe kriege.«

»Aber wenn ich dich richtig verstanden habe, sind es doch sowieso nur noch zehn Tage bis zu ihrer Rückkehr. Meinst du nicht, dass du das schaffen kannst?«

Leonie schüttelte den Kopf und sah sie mit düsterem Blick an.

»In zehn Tagen kannst du mich in der Nervenheilanstalt besuchen. Diese Katze macht mich noch ganz kirre. Gestern habe ich stundenlang meinen Fahrradschlüssel gesucht, dabei hatte ich das Fahrrad gar nicht abgeschlossen. Verstehst du? Ich kann froh sein, dass es nicht geklaut worden ist. Hast du einen Café crème für mich?«

Während die Espressomaschine auf der Theke brodelte und zischte, ließ Leonie ihren Kopf theatralisch in die Hände sinken.

»He, jetzt sei nicht so eine Drama-Queen. Wir finden schon eine Lösung.« Maxie stellte ihrer Freundin eine Rosentasse mit Milchkaffee hin und setzte sich zu ihr.

Sie schwiegen eine Weile, und Mimi, die irgendwie zu spüren schien, dass über sie verhandelt wurde, sprang mit einem anmutigen Satz vom Sofa und tigerte auf leisen Pfoten zu dem Tischchen, an dem die beiden Freundinnen saßen.

Sie rieb sich an Maxies hellblauer Jeans, stupste sie auffordernd mit dem Kopf an und maunzte leise.

»Na, du bist ja eine ganz Süße!«, sagte Maxie erfreut.

Leonie stöhnte.

Mimi schnurrte.

Wenig später saß sie auf dem Schoß der Cafébesitzerin und stieß unter den irritierten Blicken von Leonie ihr Köpfchen ein paar Mal in Maxies Achselhöhe.

»Schnüffelt die etwa deinen Achselschweiß?«, entfuhr es Leonie. »Dieses Tier ist wirklich sehr sonderbar.«

»Lass sie doch. Sie mag meinen Geruch. Außerdem habe ich keinen Achselschweiß. Ich rieche einfach nur gut … auch ohne Rosenparfüm«, erklärte Maxie selbstbewusst. »Vielleicht ist ihr der Geruch von Vanille und Schokolade lieber.«

Die Katze kuschelte sich wie ein Baby in ihren Arm.

Maxie streichelte sie entzückt. Mimi hob den Kopf und sah sie ergeben an. Ihre Pupillen wurden mit einem Mal riesengroß.

Es war Liebe auf den ersten Blick.

»Ich weiß gar nicht, was du willst. Die ist doch zum Fressen«, meinte Maxie. Sie merkte, wie sie auf dem besten Weg war, ihr Herz an die weiße Katze mit den grünen Augen zu verlieren.

»Ja, bei dir vielleicht, sie mag dich eben. Aber du bist ja auch die Katzenversteherin von uns beiden«, schmeichelte Leonie. »Bitte lass mich nicht hängen, Maxie. Ich kann einfach nicht mehr. Bei dir hat Mimi den ganzen Tag Unterhaltung, das wird ihr gefallen. Und außerdem könnte sie nach Herzenslust im Innenhof herumspazieren.« Leonie sah sie erwartungsvoll an. »Ich sehe dir doch an, dass du schon ganz verliebt in sie bist. Das ist eine Win-win-Situation für uns alle. Eine Win-win-win-Situation sozusagen.«

Maxie grinste. »Also schön, du wirst ja eh keine Ruhe geben. Probieren wir es einfach aus.« Sie überlegte einen Moment. »Morgen hat das Café sowieso geschlossen, da werden wir sehen, wie es Mimi hier gefällt.«

»Perfekt. Ich sehe *jetzt* schon, dass es ihr hier ausnehmend gut gefällt.« Leonie geriet in Euphorie bei dem Gedanken, ihr Bett bald wieder für sich alleine zu haben.

»Aber was willst du Frau Siebenschön sagen?«, wandte Maxie ein.

Ihre Freundin lächelte versonnen. »Gar nichts. Warum sollte ich sie unnötig beunruhigen? Mimi wird bei dir eine wunderbare Zeit verbringen, und wenn Frau Siebenschön aus Ischia zurückkommt, werde ich ihr ihren kleinen Liebling wieder zurückbringen, und alles ist in Butter.« Sie schnitt eine Grimasse. »Oder auch in *guter Butter*, wie du immer sagst. Glaub mir, es ist der perfekte Plan.«

Obwohl sich sehr bald schon herausstellen sollte, dass Leonies Plan nicht ganz so perfekt war, wie sie zunächst gedacht hatte, hatte sie doch in einem recht: Mimi schien sich in dem zimmergroßen Café mit dem bepflanzten Innenhof gleich wohlzufühlen. Sie wurde zunehmend friedlicher, strich um die Hortensienbüsche im Innenhof, hockte vor dem Backofen in der kleinen Küche und sah interessiert zu, wie der Käsekuchen höher und höher stieg. Sie begleitete Maxie in die Wohnung über dem Café und lief zusammen mit ihr wieder die Treppe hinunter, sie legte sich auf die Fensterbank und schaute träge auf die Straße, offensichtlich jedoch ohne das Bedürfnis zu verspüren, einen Ausflug in die weite Welt rund um den Lenauplatz zu machen. Wahrscheinlich waren ihr die lärmenden Müllmänner der Ottostraße noch in traumatischer Erinnerung geblieben.

Schon nach wenigen Tagen war das kleine Buchcafé zu Mimis höchstpersönlichem Revier geworden, das sie mehrmals am Tag abschritt, bevor sie sich zu einem Schläfchen auf dem blauen Sofa niederließ – ihrem Lieblingsplatz. Die ersten Nächte schlief sie oben bei Maxie in der Wohnung, doch manchmal blieb sie am Abend auch einfach unten im Laden. Als es wärmer wurde, ließ Maxie das kleine vergitterte Fenster neben der Tür zum Hof abends aufstehen, und Mimi schlüpfte durch die Stäbe, wann immer ihr nach Nachtluft und Mondschein zumute war. Zufrieden hockte sie dann in den Hortensienbüschen oder zupfte am Efeu, der die Backsteinmauer emporrankte. In einer Nacht allerdings – die beiden Freundinnen hatten in Maxies Wohnung über dem Café zusammen einen Film angeschaut – hatte es Geschrei und Gefauche im Innenhof gegeben, als plötzlich eine große schwarze Katze hoch oben auf der Mauer herumspazierte. Mimi hatte ihr kleines Königreich mit Zähnen und Klauen verteidigt, und die schwarze Katze war schließlich verschwunden.

Abgesehen von diesem Zwischenfall zeigte Mimi sich jedoch ganz handzahm, sie wich Maxie kaum von der Seite, war zunehmend verschmust, und Leonie staunte einmal mehr über die Unergründlichkeit von Katzen, die ihr wohl stets ein Rätsel bleiben würde.

So blieb Mimi im Café, und Leonie atmete auf. Sie konnte endlich wieder schlafen, und Maxie, die seit dem tragischen Unglück, das der kleinen Lula widerfahren war, nie mehr eine Katze besessen hatte, war restlos begeistert über den niedlichen Zuwachs. Und mindestens ebenso begeistert waren die großen und kleinen Gäste, die sich bald einfanden und stets gerne mit Mimi spielten, während sie ihren Kaffee tranken, in den Regalen nach der passenden Lektüre stöberten und natürlich die guten »ehrlichen« Kuchen aßen, die Maxie ihnen servierte. Doch Mimi war die Attraktion im *Fräulein Paula*, sie gehörte zum Café wie dessen blonde Betreiberin. Und sie saß da wie eine Königin und sonnte sich in der allgemeinen Aufmerksamkeit.

Die Tage vergingen, und Leonie schickte fleißig Fotos und Nachrichten an Frau Siebenschön, wann immer diese nach Mimi fragte. Die Fotos hatte sie in weiser Voraussicht schon vorher gemacht. Sie zeigten Mimi auf dem französischen Sofa beim Fernsehen, Mimi beim Trinken aus der Blumenvase, Mimi vor dem Futternapf in der Küche, Mimi in ihrem Körbchen im Flur, Mimi mit einem Wollknäuel spielend, Mimi auf dem Esstisch liegend, Mimi beim Lesen des *Kölner Stadt-Anzeigers*. Dann machte Leonie noch ein paar hübsche Selfies von sich und Mimi und kam sich vor wie bei der Fotosession aus dem Film *Green Card*, wo Gérard Depardieu und Andie MacDowell vor der amerikanischen Einwanderungsbehörde als glücklich verheiratetes Ehepaar posieren müssen. Frau Siebenschön zeigte sich entzückt von diesem harmonischen Miteinander von Mensch und Tier.

Ich bin so froh, dass Sie beide sich so großartig verstehen. Das macht alles leichter, schrieb sie.

Und Leonie übertrieb vielleicht ein bisschen, als sie zurückschrieb:

Jeder Tag mit Mimi ist eine Freude. Ich habe mich so sehr an sie gewöhnt und werde ganz traurig sein, wenn sie nicht mehr neben mir auf dem Sofa liegt.

Wie schön, antwortete Frau Siebenschön, und Leonie starrte ein wenig verdutzt auf ihr Display. Die alte Dame kam ihr etwas unkonzentriert vor. Aber Hauptsache, sie schöpfte keinen Verdacht.

Frau Siebenschön ahnte natürlich nicht im Entferntesten, dass Mimi ihr Zuhause vorübergehend gewechselt hatte, und Leonie hatte auch nicht vor, es ihr zu erzählen. Bald würde ihre Nachbarin aus Ischia zurückkommen, und dann hätte diese Scharade sowieso ein Ende. Bis dahin würde wohl alles gutgehen mit der Katze. Und während Leonie die Rückkehr ihrer Nachbarin herbeisehnte, damit die Dinge wieder ihre Ordnung bekamen, wurde Maxies Herz immer schwerer bei dem Gedanken, dass sie Mimi bald wieder würde abgeben müssen.

Doch dann erhielt Leonie eines Abends eine SMS aus Ischia, die etwas weniger kryptisch war als die früheren und alle Pläne über den Haufen warf.

Ich habe gute Neuigkeiten für Sie, liebe Leonie. Ich hatte es ja schon angedeutet, dass etwas passiert ist …

Leonie runzelte die Stirn. Was war passiert? Sie erinnerte sich dunkel an »das Wunder«, als sie jetzt weiterlas.

Ich habe einen interessanten Italiener kennengelernt und mich tatsächlich noch einmal verliebt. Und das in meinem Alter! Wer hätte das gedacht? Aber wie heißt es so schön: Alte Scheunen brennen lichterloh … Und ich brenne, Leonie, ich brenne …

Leonie nickte fassungslos. Frau Siebenschön hatte offenbar den Verstand verloren. Rasch überflog sie das Ende der SMS.

Giorgio ist ein wunderbarer Mann. Er hat mir Ischia noch einmal von einer ganz neuen Seite gezeigt. Es gibt hier noch so viel zu entdecken. Nächstes Wochenende wollen wir mit seinem Boot nach Procida gefahren (Postkarte folgt!). Er will mich gar nicht mehr gehen lassen. Ich habe mich also entschlossen, meinen Urlaub um drei Wochen zu verlängern. Mit anderen Worten: Mimi kann noch eine Weile bei Ihnen bleiben und Ihnen Gesellschaft leisten. Sie müssen also nicht traurig sein. Na, was sagen Sie jetzt? Mille baci, Susann Siebenschön.

Leonie sagte eine Weile erst mal gar nichts, so überrascht war sie. Wie es aussah, war ihre Nachbarin völlig außer Rand und Band und hatte sich mit einem italienischen Fischer eingelassen, der sie durch die Gegend schipperte, wenn bei Capri die rote Sonne im Meer versank – oder eben bei Ischia. Oder bei Procida. Sie ging in die Küche und machte sich eine Flasche Wein auf. Dann riss sie sich zusammen und überlegte.

Was machte es schon, wenn Mimi ein paar Wochen länger bei Maxie im Café blieb? Der Katze ging es ja sehr gut dort. Sie schien äußerst zufrieden, lag auf ihrem blauen Sofa oder strich um die Tische und ließ sich von den Gästen streicheln. Und abends bekam sie von Maxie ihr Leckerchen. Ihr Fell glänzte, weil sie jeden Morgen ein Schüsselchen mit Quark aufschleckte, und sie war deutlich rundlicher geworden. »Du solltest ihr nicht so viel geben, sie wird noch ganz dick«, hatte Leonie vor kurzem noch gesagt, als sie wieder einmal auf einen Milchkaffee im *Fräulein Paula* vorbeigekommen war. Doch Maxie wollte davon nichts wissen und hatte ihren kleinen Liebling sofort in Schutz genommen. »Nur weil du immer auf deine schlanke Linie achtest, müssen die anderen nicht hungern.« Sie hatte die laut schnurrende Mimi gestreichelt. »Ja, meine Süße, du bist die schönste Katze der Welt, hör nicht auf die böse Frau«, hatte sie gesagt und Leonie frech angegrinst.

Leonie trank einen Schluck Wein und lächelte, während sie Maxies Nummer in ihrem Telefon aufrief. Ihre Freundin nämlich würde sich *wirklich* freuen über weitere drei Wochen mit Mimi.

»Hurra!«, rief Maxie erwartungsgemäß, als Leonie ihr die Neuigkeiten verkündete. »Das ist ja wunderbar! Von mir aus kann deine Frau Siebenschön für immer auf Ischia bleiben.«

»Nun, das wird sie sicher nicht«, entgegnete Leonie spitz. »Irgendwann wird sie wohl wieder zur Vernunft kommen.«

Dann legte sie auf, um Frau Siebenschön zu antworten.

Das sind ja ganz wundervolle Neuigkeiten, liebe Frau Siebenschön! Ja, wer hätte das gedacht? Das Leben steckt wirklich voller Überraschungen. Was gibt es Schöneres als die Liebe?! Und ja – wie gut, dass Mimi noch ein bisschen bleiben kann. Sie fühlt sich im Moment nämlich sehr wohl und hat ganz viel Spaß. Liebe Grüße aus Köln, Leonie.

12

Susann Siebenschön hätte es nie für möglich gehalten, dass sie sich noch einmal in ihrem Leben verlieben könnte. Ein süßer Rausch hatte sie erfasst, und immer, wenn sie Giorgio Pasinis roten Fiat vorfahren sah, schlug ihr Herz eine freudige Kapriole.

Versonnen betrachtete sie das kleine Ölgemälde vom Castello Aragonese, das sie auf die grüne Holzkommode gestellt hatte, die ihrem Bett gegenüberstand. Sie nahm einen Schluck Rotwein – sie hatte sich ihr noch halbvolles Glas nach dem Abendessen mit aufs Zimmer genommen – und lächelte sich im Spiegel zu, der über der Kommode hing. Wie sehr sich alles verändert hatte, seit sie bei ihrem Spaziergang über die Via Roma das Bild im Schaufenster von Giorgio Pasinis Antiquitätenladen entdeckt hatte. Es war die sprichwörtliche Blume gewesen, die man pflücken soll, wenn man sie am Wegesrand sieht.

Am Ende der ersten Urlaubswoche war Giorgio mit ihr in den Mortella-Gärten gewesen. Die hatte Susann immer schon einmal besuchen wollen, doch Bertold wanderte lieber in der Natur, als sich in botanischen Gärten zu verlustieren, und so war es nie dazu gekommen, obwohl *La Mortella* gar nicht weit weg vom *Hotel Paradiso* lag.

La Mortella bedeutete »Ort der Myrten«, hatte ihr Giorgio erklärt, als sie an jenem Sonntagnachmittag das Kassenhäuschen am Eingang des Parks passierten. Susann hatte »Ort der Mythen« verstanden, aber das wäre auch sehr passend gewesen für diesen tropischen Zaubergarten, den einst ein englisches Ehepaar, das unmittelbar nach dem Zweiten Weltkrieg nach Ischia gekommen war, auf dieser Anhöhe hoch über der Bucht von Forio geschaffen hatte. Sir William Walton war ein englischer Komponist von eher geringerer Bedeutung. Doch was er hier zusammen mit seiner Frau Susana – einer blutjungen Schönheit, die aus Argentinien stammte und in die er sich auf einer Reise nach Buenos Aires unsterblich verliebte –, vollbracht hatte, war ein kleines Wunder. Und auch der Geist dieser großen Liebe wehte dem Besucher, der die gewundenen Wege immer weiter hochstieg – atemlos von so viel Schönheit und Tausenden von Treppenstufen – entgegen, sobald er diesen Garten Eden betrat.

Als sie an der Seite von Giorgio Pasini die verwunschenen Pfade entlangging, war Susann überwältigt von der unglaublichen Pracht aus bizarren Bäumen, hohen Palmen, exotischen Pflanzen und leuchtenden Blumen, die das Ehepaar Walton über die Jahrzehnte aus aller Welt zusammengetragen hatte. Wie verzaubert stand sie eine Weile in dem goldenen Sonnentempel, wo ein ewiger Brunnen plätscherte und an den Wänden Zeichnungen aus der griechischen Mythologie verblassten. Sie verweilte zusammen mit Giorgio auf einer Bank bei den Seerosenteichen und war zutiefst ergriffen von dem pyramidenförmigen Felsen, den Susana für ihren Mann William hatte errichten lassen, um diesem ein ewiges Denkmal zu setzen. Sie tranken in dem auf halber Höhe gelegenen schattigen Teehaus einen Earl Grey aus blauen Tassen, eine leichte Brise wehte, und sie lauschten einem Viola-Konzert des Komponisten, das hier in Endlosschleife gespielt wurde. Und als sie später zum Nympheum weitergingen, einer grünen Laube, in dem ein flacher Brunnen den blauen Himmel spiegelte, deutete Giorgio auf die Inschrift, die rund um den Brunnen zu lesen war:

This green arbour is dedicated to Susana, who loved tenderly, worked with passion and believed in immortality.

»Diese grüne Laubhaus iste Ssussanna gewidmet, die zärtlich liebte, mit der Leidenschaft arbeitete und glaubte an die Unsterblichkeit«, übersetzte er, und seine Augen lächelten. Und dann hatte er nach ihrer Hand gegriffen, und sie waren weiter aufgestiegen. In diesem Paradies fernab der Welt waren sie umhergewandert wie zwei Schlafwandler. Und bevor am frühen Abend das Konzert begann – vorgetragen von Studenten der Musikakademie aus Neapel, die auf einer kleinen Arena unter freiem Himmel spielten – hatte Giorgio ihr seinen Lieblingsplatz hoch oben in den Gärten gezeigt. Eine chinesische Pagode mit zwei geschnitzten Lehnstühlen, wo sie Hand in Hand schweigend nebeneinandersaßen und hinunter auf das Meer blickten, das sich silbern verfärbte und unter ihnen glitzerte wie ein einziger unendlicher Spiegel.

Das war ein guter Tag gewesen, hatte Susann gedacht, als Giorgio sie abends wieder vor dem Hotel absetzte und sie ein bisschen verträumt die Treppe zu ihrem Zimmer hinaufstieg. Ein sehr guter Tag sogar.

Und das Beste war, dass noch viele gute Tage folgten. Denn ihr neuer italienischer Kavalier – seit vielen Jahren Witwer wie sie – wurde es nicht müde, ihr die schönsten Plätze auf der Insel zu zeigen. Vor allem aber hatte er ihr eine Lebensfreude zurückgegeben, die sie in den letzten Jahren so nie mehr verspürt hatte.

Sie waren in das Eiscafé in der Via Roma gegangen wie zwei Schüler und hatten mit roten Wangen vor ihren Eisbechern mit den bunten Schirmchen gesessen, während sie sich Geschichten aus ihrem Leben erzählten. Er hatte in seinen Schatullen zusammen mit ihr nach einem hübschen goldenen Bettelarmband gesucht, das sie Leonie mitbringen wollte. Sie hatten einen Campari getrunken, und dann noch einen – das hatte Susann ewig schon nicht mehr gemacht –, und dann hatte Giorgio eine Schallplatte aufgelegt, die Tür aufgemacht, und sie hatten zu den sehnsuchtsvollen Klängen von Astor Piazzola vor seinem Laden einen Tango getanzt. Mitten auf der Straße!

»Aber Giorgio!«, hatte Susann lachend ausgerufen, als er sie mit sicherem Griff über die Pflastersteine wirbelte. »Das geht doch nicht.«

»Aber warum denn nicht?«, sagte Giorgio, der mindestens zwei Köpfe kleiner war als der hünenhafte Bertold, und seine lächelnden Augen schwammen direkt vor ihrem Gesicht. »Alles geht, *tutto è possibile, mia bella Ssussanna*.« Da hatte Susann Siebenschön sich die silbernen Sandalen von den Füßen gerissen – sie waren neu und drückten ein wenig – und sich der Führung dieses wendigen Mannes überlassen, für den nichts unmöglich schien.

Am Wochenende darauf hatte er sie zu einem Mittagessen nach Sant'Angelo eingeladen, in ein verstecktes Restaurant, von dessen Terrasse aus man über den malerischen Fischerort und das Meer blickte, aus dem das Felsmassiv La Roia aufragte, als hätte ein Riese es dorthin geworfen.

Am Ortseingang wurden sie von einem winzigen Elektrogefährt abgeholt, das ihnen den steilen Anstieg ersparte. Zu zweit hatten sie eng beieinander hinten in dem Wägelchen gesessen, mit dem Rücken zum Fahrer, der in halsbrecherischer Fahrt den steilen Weg nach Barano d'Ischia nahm, und Susann hatte sich in den Kurven kichernd und kreischend an Giorgio festgeklammert.

Das Restaurant war ein Traum. Die überdachte Terrasse, die mit zartblauen Kacheln gefliest war und dem wolkenlosen Himmel Konkurrenz zu machen schien, wurde durch ein altes Holzgeländer begrenzt, über das prächtige Oleanderbüsche und zyklamfarbene Bougainvilleen wucherten. Tiefgrüne Blätter von Bananenstauden und Palmen wehten in der Mittagsbrise. Alte Stühle mit geflochtener Rückenlehne und weiß eingedeckte Tische warteten auf die Gäste. Dahinter das Meer.

Susann trat an das Geländer, ließ den Blick schweifen und versuchte all das Schöne in sich aufzunehmen. Sie machte einen tiefen Atemzug und schloss für einen Moment die Augen, bevor Giorgio sie auf die überdachte Terrasse zurückgeleitete.

Über Stunden hatte sie dort lachend und schwatzend mit seinen Freunden und Verwandten an einem langen Tisch im Schatten gesessen, kühlen Weißwein getrunken, Melone mit Schinken und Spaghetti mit Meeresfrüchten gegessen, Rigatoni mit Wildschweinragout und das wohl beste Tiramisu ihres Lebens. Immer wieder war der noch junge Koch mit riesigen Kochtöpfen und gefüllten Platten aus der Küche getreten und von der ausgelassenen Gästeschar unter fröhlichen Rufen beklatscht worden. Der Nachmittag endete mit einem starken Espresso, den man nach dem reichhaltigen Essen auch gut gebrauchen konnte. Gegen halb fünf löste sich die Gesellschaft auf, und Giorgio hatte Susann ein paar Stufen nach unten geführt, auf eine kleine, verschwiegene Terrasse, wo ein paar Liegen unter Bäumen warteten, die zu einer Siesta einluden. Schläfrig hatte Susann sich ausgestreckt und, bevor sie einschlief, noch gedacht, dass das *dolce far niente* doch eine wunderbare Erfindung war.

Und als sie am Abend über den schmalen Weg Hand in Hand nach Sant'Angelo zurückgeschlendert waren und das Farbenspiel der Sonne bewunderten, die sich allmählich verfärbte und Himmel und Meer in ein flammendes rotes Licht tauchte, hatte Giorgio sie sanft an sich gezogen und geküsst.

Und nun wollte er mit ihr das Wochenende auf Procida verbringen, jenem Inselchen, das Ischia vorgelagert und auf dem einst der Film *Il postino – Der Postbote* gedreht worden war. Es war das Wochenende, an dem Susanns Urlaub auf Ischia eigentlich enden sollte und sie in ihren Flieger nach Deutschland hätte steigen müssen. Sie war hin- und hergerissen. Eigentlich wollte sie nicht, dass es endete. Noch nicht jedenfalls. Diese glücklichen Tage, sie waren einfach zu schön.

»Signora Siebenschön, *buon giorno, buon giorno!* Sie sehen jeden Tag jünger aus!«, rief ihr Massimo jeden Morgen zu, wenn sie zum Frühstück ging. »Liegte das etwa an unsere gute Fango?« Der Chef des Hotels zwinkerte ihr verschwörerisch zu, und Susann zwinkerte zurück.

Tatsächlich fühlte sie sich blendend. Selbst die Schmerzen in ihrer Hüfte waren wie weggeblasen – und Susann konnte nicht sagen, ob es die Fangopackungen waren oder das Hagebuttenpulver, das Giorgio ihr gegen die Arthrose gegeben hatte (*ein altes Hausrezept meiner Mamma*, versicherte er ihr) und das sie sich nun jeden Morgen in den Joghurt rührte, die warme Sonne oder dieses erwartungsvolle Herzklopfen, das sie immer erfasste, wenn sie das kleine rote Auto erspähte, das den gewundenen Weg zum Hotel hochgesaust kam.

»Kannste du nicht noch ein bisschen bleiben, Ssussana? Was willste du zu Hause, hier ist es doch viel schöner«, hatte Giorgio gesagt. »Wir nehmen meine Boot und fahren nach Procida. Ich möchte dir die Bar von *Il postino* zeigen und mit dir unten am Hafen Spaghetti mit Seeigel essen, eine Spezialität, die bekommte man nur noch dort! Ich kenne eine süße Hotel – jeder von uns bekommt seine eigene Zimmer, keine Ssorge, ich bin eine Gentleman, aber vielleicht, wenn du möchtest, wir könnten uns besuchen.«

Er lächelte charmant, und Susanns dreiundsiebzigjähriges Herz begann heftig zu klopfen bei dem Gedanken, dass der Antiquitätenhändler mit den sanften braunen Augen abends leise an ihre Zimmertür klopfen würde. Sie musste sich dringend ein neues Nachthemd kaufen. Irgendwas mit einer schönen Spitze.

»Was ist? Was denkste du gerade?«

Susann wurde rot.

»Nichts. Ich … ich … überlege …«

»Bitte, sag ja. Ich lade dich ein.«

»Ach, Giorgio, du kannst mich doch nicht immer einladen«, meinte Susann verlegen.

»Doch, ich kann«, hatte er entgegnet. »Ich bin Italiener, ich habe eine große Herz.«

Und dann legte der kleine Mann mit dem großen Herzen in einer erhabenen Geste seine Hand an die Brust, und Susann wusste, sie würde nicht widerstehen können.

Am Ende hatte sie ihren Urlaub um drei Wochen verlängert, und dass ihr Zimmer weiterhin verfügbar war – das betagte Ehepaar, das es eigentlich für diesen Zeitraum gebucht hatte, musste aus gesundheitlichen Gründen die Reise stornieren –, erschien ihr wie ein Zeichen.

Irgendwann würde sie wieder nach Deutschland zurückmüssen, natürlich, allein schon wegen Mimi. Doch nun lagen erst einmal drei weitere sonnendurchtränkte, aufregende Wochen vor ihr. Weiter wollte sie nicht denken.

Susann trat ans Fenster und sog die milde Abendluft ein. Es war immer noch warm. Eine schmale Mondsichel stand über den Hügeln von Forio und beschien den Torre Torone, der in der Ferne aufragte. Der Duft nach Zitronen und Rosmarin wehte ihr entgegen, als sie sich jetzt weit nach draußen lehnte und in die Nacht blickte. Mit einem Mal fühlte sie sich ganz leicht.

Es war Frühling auf Ischia. Und Frühling in ihrem Herzen.

Während Frau Siebenschön also weiterhin unter italienischer Sonne auf amourösen Pfaden wandelte und den
unvermeidlichen Abschied von Giorgio Pasini immer weiter
hinauszögerte, waren allerdings auch in dem kleinen Café
unweit des Lenauplatzes einige bemerkenswerte Dinge passiert.

13

Mimi hatte Nachwuchs bekommen.

Wie gebannt hockte Leonie zusammen mit ihrer Freundin vor dem alten Garderobenschrank, der im Flur von Maxies Wohnung stand, und betrachtete die winzigen Kätzchen, die Mimi hingebungsvoll ableckte. Die ganze Katzenschar lagerte auf einer karierten Decke, die unten im Kleiderschrank lag.

»Das gibt's ja nicht«, sagte Leonie, während ein hellgraues Kätzchen in dem Versuch, auf seine Mutter zu klettern, abrutschte und sanft auf seinen Geschwistern landete.

Es war Sonntagabend, und Leonie hatte es sich gerade mit einem Buch auf dem Sofa gemütlich gemacht, als das Telefon klingelte.

»Es gibt eine Überraschung«, hatte Maxie aufgeregt in den Hörer gerufen. »Komm schnell!«

»Eine Überraschung?«, hatte Leonie gefragt, aber da hatte Maxie schon aufgelegt.

Es klang, als hätte jemand im Café eingebrochen, oder nein – eher so, als hätte Maxie gerade im Lotto gewonnen. Aber doch auch irgendwie anders. Jedenfalls schien es dringend zu sein. Leonie hatte seufzend *Die unerträgliche Leichtigkeit des Seins* zur Seite gelegt und war mit ihrem Fahrrad in die Chamissostraße geradelt. Und nun saß sie zusammen mit ihrer Freundin auf dem alten Steinfußboden und betrachtete fasziniert und ein wenig fassungslos die Familienszene im Kleiderschrank. Fünf Kätzchen maunzten leise, machten ihre ersten tapsigen Schritte und ließen sich dann wieder auf ihre Mutter fallen.

»Ist das nicht niedlich?«, sagte Maxie gerührt. »Hast du jemals so etwas Süßes gesehen, Leonie?«

Leonie schüttelte den Kopf.

»Ich auch nicht«, erklärte Maxie ehrfürchtig. »Mimi war heute den ganzen Tag über verschwunden, aber ich habe mir erst nichts dabei gedacht, denn manchmal versteckt sie sich ja gern, wie du weißt.«

»Oh ja.« Leonie nickte. Sie erinnerte sich noch gut an die aufregende Suchaktion in ihrer Wohnung.

»Irgendwann habe ich dann in allen Schränken nachgeschaut … Und sie hier gefunden. Zusammen mit ihren Kleinen. Ich hatte ja keine Ahnung …«

»Ich habe schon die ganze Zeit gesagt, dass sie mir dicker vorkommt. Und jetzt haben wir die Bescherung. Wer ist denn der Vater?«

»Keine Ahnung.« Maxie schien an solchen Nebensächlichkeiten nicht interessiert. Sie betrachtete hingerissen, wie Mimi ein getigertes Kätzchen, das aus dem Schrank zu purzeln drohte, vorsichtig mit dem Maul am Nacken packte und zurückbeförderte.

Leonie musste an die Nacht denken, als die schwarze Katze im Innenhof des Cafés aufgetaucht war und die Anwohner durch ihr klagendes Geschrei aus dem Schlaf gerissen hatte.

»Vielleicht war die schwarze Katze doch ein Kater«, mutmaßte sie.

Maxie überlegte einen Moment, dann schüttelte sie den Kopf.

»Nein, das kann nicht sein. So schnell bekommen Katzen nun auch keine Jungen«, erklärte sie. »Ich glaube eher, dass Mimi schon von einem Kater beglückt wurde, als sie noch auf der Dachterrasse deiner Nachbarin herumsprang.«

Leonie spürte, wie ihr heiß und kalt wurde. Frau Siebenschön! Die Sache wurde immer komplizierter. Sie wusste nicht, wie sie der alten Dame *das* noch erklären sollte. Sie legte die Hände an die Schläfen und stöhnte.

»*Mon Dieu!* Was sage ich nur Frau Siebenschön?«, jammerte sie. »Die wird doch aus allen Wolken fallen, wenn sie zurückkommt.«

»Ja, *wenn* sie zurückkommt. Noch ist es ja nicht so weit«, entgegnete Maxie ungerührt. »Vielleicht bleibt deine Frau Siebenschön auch noch länger bei ihrem italienischen Verehrer. Nun lass sie noch ein bisschen auf ihrer Wolke sieben schweben. Jetzt ist es eh zu spät. Und wenn sie wiederkommt, wirst du ihr eben reinen Wein einschenken müssen.«

Bei diesem unerfreulichen Gedanken brach Leonie schon jetzt der Angstschweiß aus.

»Und statt einer Katze bekommt sie dann sechs Katzen zurück, oder was? Sie wird außer sich sein. Sie weiß ja nicht mal, dass Mimi gar nicht mehr bei mir wohnt. Ich habe ihr doch all diese Fotos geschickt.«

Leonie nagte an ihrer Unterlippe und starrte auf den kleinen Zoo vor ihren Augen. Zwei getigerte Kätzchen, ein weißes mit schwarzen Pfoten und schwarzer Brust, ein bläulichhellgraues und ein ganz weißes rangelten gerade um den besten Platz bei ihrer Mama.

»Das wird sich schon finden.« Maxie schien an dem Thema »Wie sag ich's Frau Siebenschön?« nicht sonderlich interessiert. »Schau mal, wie toll sich Mimi um ihre Jungen kümmert«, meinte sie jetzt. Sie klang so stolz, als wäre sie selbst das Oberhaupt der Katzenfamilie.

Leonie schwieg einen Moment. Dann richtete sie sich auf. Der Steinfußboden wurde allmählich etwas unbequem.

»Und jetzt?«, fragte sie, während sie ihren Rock glattstrich.

»Wie – *und jetzt?*«

»Ich meine, was machen wir mit all den Katzen?«

»Na, die bleiben erst mal hier.«

»Du meinst – im Café?«

»Ja, warum denn nicht?« Maxie lächelte selig. »Sie müssen sowieso erst einmal bei ihrer Mutter sein. Die Kätzchen stören doch keinen. Und später können wir immer noch überlegen, ob wir sie verschenken. Also nicht alle natürlich.« Ihre Augen bekamen einen verträumten Glanz. »Ich war mal in Venedig in einer Buchhandlung, in der ganz viele Katzen herumsprangen. Sie lagen friedlich in den Regalen und auf den Bücherstapeln. Das war entzückend. Wusstest du eigentlich, dass Katzen eine besondere Beziehung zu Büchern haben?«

»Nein, wusste ich nicht.« Leonie zog die Augenbrauen hoch.

»Doch, doch. Bücher wirken auf Katzen offenbar sehr beruhigend.«

»Ach ja? Den Eindruck hatte ich ganz und gar nicht.« Leonie zuckte mit den Schultern und dachte daran, wie Mimi eines Tages ihre kostbare Dünndruckausgabe von Proust aus dem Regal gerissen und ein paar der hauchdünnen Seiten zerfetzt hatte. »Aber vielleicht stehen bei mir ja einfach die falschen Bücher im Regal. Sicher finden Katzen Bücher für Fledermausforscher spannender als Marcel Proust.«

»Könnte sein«, entgegnete Maxie trocken. »Katzen sind sehr wissbegierig. Und dieser langweilige Proust hockte doch, wenn ich mich richtig erinnere, zeit seines Lebens nur zu Hause. Was soll dabei schon rauskommen?«

»Literatur?«, spottete Leonie.

»Eben. Literatur wird maßlos überschätzt.« Maxie streckte die Hand aus und schob sanft eins der getigerten Kätzchen auf die Decke zurück. »Literatur kann man nicht streicheln. Kleine Katzen schon.«

Was das anging, sollte ihre Freundin recht behalten. In den folgenden Wochen war es nicht zu übersehen, dass die muntere kleine Katzenschar, die bald im *Fräulein Paula* Einzug hielt, den Büchern, die in den Regalen auf ihre Leser warteten, eindeutig den Rang ablief. Maxie fand das nicht weiter schlimm. Sie platzte fast vor Stolz und schien die Entzückensschreie und Niedlichkeitsbekundungen der Gäste direkt auf sich zu beziehen, während sie mit hochroten Wangen hinter der Theke stand und Cappuccino, Espresso, Kakao mit Zimt und Zucker oder auf Wunsch auch einen altmodischen Filterkaffee zubereitete. Mit ihrer schwungvollen runden Handschrift schrieb sie jeden Morgen die drei *Kuchen des*

Tages auf die längliche Schiefertafel, die an der Wand neben dem Fenster hing. Offenbar hatte es sich im Viertel herumgesprochen, dass man im *Fräulein Paula* nicht nur kaffeetisieren konnte wie zu Großmutters Zeiten, sondern dass es dort auch niedliche kleine Katzen gab, die man streicheln und bestaunen konnte. Wenn Leonie im Café vorbeikam, war es meistens gut besucht. Neue Gesichter tauchten auf, die sie zuvor noch nie gesehen hatte.

Einer der neuen Stammgäste war Herr Franzen, ein alleinstehender älterer Herr, der an seinem Lieblingsplatz am Fenster gerne eine große Tasse Filterkaffee trank und dazu ein Stück Stachelbeertorte aß, während er die Tageszeitung las und offensichtlich viel Spaß mit den kleinen Katzen hatte, die an ihm hingen wie die Kletten und Wollfäden aus seinem Pullover zogen. Herr Franzen war ein wenig schwerhörig, und als Leonie einmal aus Versehen gegen seinen Tisch stieß, als sie einer Katze auswich, und um Entschuldigung bat, blickte er einen Moment fragend auf, räumte dann umständlich seine Jacke von dem anderen Stuhl und meinte: »Ja sicher, setzen Sie sich nur.«

Anschließend hatte er ihr erzählt, dass er gerade auf der Flucht sei vor den Renovierungsarbeiten in seinem Haus in der Eichendorffstraße. »Ich hasse Handwerker«, hatte er mürrisch erklärt, und Leonie hatte sich einen Moment besorgt gefragt, ob Herr Franzen möglicherweise im selben Haus wohnte wie Frau Siebenschön.

Ein anderer neuer Gast, den Leonie immer wieder im *Fräulein Paula* bemerkte und der ihr – warum auch immer – von Anfang an ein Dorn im Auge war, war ein lässiger junger Typ, der den ganzen Tag mit seinem aufgeklappten Mac-Book in einer Ecke des Cafés saß, ab und zu etwas schrieb und ansonsten ihrer Freundin schöne Augen machte. Er hatte seine langen blonden Haare mit einem Bleistift, der an beiden Seiten herausragte wie bei einer japanischen Geisha, zu einem Knoten zusammengezwirbelt und kam sich offenbar unglaublich cool und sexy vor.

»Sag mal, wer *ist* das?«, flüsterte Leonie, als sie an der Theke bei Maxie stand, die gerade ein großzügig bemessenes Stück Zitronenkuchen abschnitt und auf einen Teller legte.

»Das ist Florian«, gab Maxie leise zurück und lächelte.

»Und was macht er hier den lieben langen Tag? Ich meine – außer mit dir zu flirten? Ist er Schriftsteller, oder was?«

»Er schreibt an seiner Masterarbeit in Umweltwissenschaften«, entgegnete Maxie und gab einen Klecks Sahne zum Kuchen.

»Und das tut er im *Café*?«

»Ja, warum denn nicht, Leonie? Manchmal kannst du echt spießig sein. Der ist doch total süß. Hast du seine Augen gesehen?«

»Ja, habe ich.« Leonies Blick wanderte wieder zu der Ecke, wo der Typ mit dem Bleistift-Dutt sich in seinem Sessel zufrieden aalte. Dann sah er zu ihnen herüber. Offenbar hatte er Leonies strengen Blick bemerkt. Er grinste überlegen und zwinkerte ihr dann zu, als ob er ein Geheimnis mit ihr teilen würde. Leonie sog empört die Luft ein. »Der hat schöne Augen und macht schöne Augen, glaub mir das«, warnte sie ihre Freundin. Doch die lachte nur und fragte Leonie, ob sie etwa eifersüchtig sei.

»Wegen der Katzen kommt er jedenfalls nicht«, gab Leonie zurück, und Maxie verdrehte die Augen.

»Nein, er kommt wegen meines Zitronenkuchens, wenn du es genau wissen willst«, sagte sie und schnappte sich den Teller mit dem Kuchen.

Die meisten Gäste jedoch kamen tatsächlich wegen der Katzen, und bald schon musste Maxie einen Studenten einstellen, der ihr stundenweise aushalf. Anthony, der aus Manchester stammte und mit seinen roten Haaren aussah wie der jüngere Bruder von Prinz Harry, war ein Student in der Orientierungsphase und brauchte Geld. Maxie mochte ihn sofort. Anthony war zwanzig, liebenswert und ein bisschen schräg. Er hatte keine Angst vor starken Farben, trug Ringelsocken von Paul Smith, und auf seinen roten, orangen oder grünen T-Shirts standen Sprüche wie *Be nice or go away* oder *I pretend to be normal.* Leonie, die sich öfter mit ihm am Tresen unterhielt, fand, dass er über diesen typisch britischen Humor verfügte, den man nicht auf Anhieb verstand. Der Engländer mochte Kuchen *und* Katzen. »*Yeah, I like cakes and cats*«, erklärte er und grinste. »*But cakes are even more delicious.*«

Vor allem aber mochte er seine neue Chefin, der er mit bewundernden Blicken nachsah, wenn sie zwischen den Tischen hin- und herschwebte, für jeden ein gutes Wort hatte und eine Lebensfreude versprühte, die einfach ansteckend war. Sie war perfekt für ihr Café, fand Leonie.

Leonie wusste, dass Maxie einige unruhige Jahre hinter sich hatte, in denen sie oft ins Trudeln gekommen war und nicht so recht wusste, was sie aus ihrem Leben machen sollte. Mit allem, was sie probiert hatte, war sie aus dem einen oder anderen Grund gescheitert. Umso mehr freute Leonie sich, dass ihre beste Freundin nun endlich ihre Bestimmung gefunden zu haben schien. Maxie ging völlig auf in ihrer Arbeit, sie entwickelte eine unglaubliche Energie, nichts war ihr zu viel, und dass ihr kleiner Laden nach einem etwas zähen Beginn mit einem Mal anfing zu florieren, verlieh ihr Flügel.

»Mimi hat mir Glück gebracht«, sagte sie manchmal zu Leonie. »Wie gut, dass du sie hergebracht hast. Vielleicht ist es Schicksal, dass sie dir damals deine roten Schuhe ruiniert hat, vielleicht sollte es einfach so sein, dass sie zu mir kommt. In mein Café.« Dann schauten die beiden Freundinnen zu der weißen Katze hinüber, die auf dem Samtsofa lag wie eine Sphinx und ihnen mit einem Mal ein bisschen mysteriös vorkam.

Dank Mimi und ihren Jungen war das kleine Buchcafé in der Chamissostraße auf dem besten Weg, sich in ein Katzencafé zu verwandeln. Die fünf Kätzchen, die unter den wachsamen Augen ihrer Mutter maunzend durch das Café stolperten, auf Fensterbänken, Sesseln und in Bücherregalen lagerten, waren einfach allerliebst, das musste selbst Leonie zugeben. Keiner konnte sich so viel Charme entziehen.

Besonders die kleine Emma, die inzwischen auch von dem »Katzencafé« gehört hatte, konnte gar nicht genug bekommen von den süßen Kätzchen. Fast jeden Tag kam sie nach der Schule ins *Fräulein Paula*, um einen Kakao mit Zimt zu trinken und mit Mimis Nachwuchs zu spielen. Oft genug traf Leonie ihre schüchterne Schülerin im Café an und freute sich, wie lebhaft und glücklich Emma mit einem Mal wirkte. Die Kleine alberte ausgelassen herum, und ihre langen blonden Haare flogen, wenn sie im Innenhof des Cafés herumturnte und die Kätzchen zu irgendwelchen Kunststücken verleitete. Vor allem die silbergraue Katze hatte es dem Mädchen angetan. An manchen Tagen blieb Emma Stunden im Café. Ganz selbstvergessen saß sie dann inmitten der Katzen, während das Café, das um achtzehn Uhr zumachte, sich allmählich leerte.

»Musst du denn gar nicht nach Hause, Emma?«, fragte Leonie eines Abends, als die letzten Gäste gingen und Maxie in der Küche das Geschirr in die Spülmaschine räumte, weil Anthony seinen freien Tag hatte.

»Oh, bei mir zu Hause ist sowieso keiner«, meinte Emma. »Meine Oma ist gerade in Kur wegen ihrer Magengeschwüre, und Papa muss heute länger arbeiten, der kommt erst um acht. Dann gehen wir zum Inder und essen ein Bananencurry.« Emma zog sich das graue Kätzchen auf den Schoß. »Kann ich nicht noch ein bisschen bleiben, Frau Bo-marschä … bitteee«, sagte sie begierig.

»Das entscheide nicht ich«, entgegnete Leonie lächelnd. »Da musst du schon die Chefin fragen.«

Maxie, die aus der Küche gekommen war und angefangen hatte, die Tische abzuwischen, schenkte Emma einen amüsierten Blick. »Klar kannst du noch bleiben«, meinte sie. »Wir kennen uns ja schon.«

»Die ist ja wirklich herzig«, meinte sie leise zu Leonie, während Emma beglückt das hellgraue Kätzchen streichelte.

»Wie heißt die hier eigentlich?«, fragte sie dann. »Und all die anderen?«

Leonie und Maxie sahen sich überrascht an. Sie hatten den Katzenkindern noch gar keine Namen gegeben.

»Das ist ja wirklich unverzeihlich«, meinte Maxie. Dann hockte sie sich vor Emma auf den Boden. »Sag, hast du vielleicht Lust, uns zu helfen, die passenden Namen zu finden?«

Emmas Augen strahlten.

Eine Stunde später waren alle Kätzchen getauft. Es hatte großen Spaß gemacht. Leonie hatte einen Namen beigesteuert, Maxie einen weiteren und Emma die restlichen drei. Sie hatten diskutiert und viel gelacht. Und am Ende hießen die Katzen *Neruda* (wie der Autor des marmorierten Gedichtbandes von *Zwanzig Liebesgedichte und ein Lied der Verzweiflung*, den Leonie mit geschlossenen Augen aus dem Regal *Für unglückliche Verliebte* gezogen hatte), *Tiramisu* für die schwarz-weiße Katze war Maxies Wahl gewesen, *Tiger* (Emmas Vorschlag für den anderen getigerten Kater), *Aphrodite* (weil sie mit ihrem schneeweißen Fell die Hübscheste war) und *Lavendel*. Bei dem bläulich grauen Kater hatte Emma besonders lange überlegt. Schließlich hatte sie gemeint, die Farbe erinnere sie an die riesigen Lavendelfelder in Frankreich, wo sie einmal in den Sommerferien gewesen seien, »als Mama noch bei uns lebte«.

»Heute ist Mama die meiste Zeit in Afrika mit ihrem neuen Mann und hilft schwarzen Kindern, damit die nicht verhungern und in die Schule gehen können, und Papa und ich sind allein«, erklärte sie ein wenig bekümmert.

Einen Augenblick hatten Leonie und Maxie betroffen geschwiegen. Dann hatte Leonie gesagt: »Lavendel ist wirklich ein ganz besonders schöner Name, Emma.«

Nachdem Maxie der Kleinen noch ein Stück Marmor-kuchen in die Hand gedrückt hatte – für den Weg –, war Emma dann losgezogen.

»Bis morgen, Maxie, bis morgen in der Schule, Frau Bo-mar-schä«, hatte sie gerufen und sich noch ein paar Mal auf der Straße umgedreht, um zu winken, bevor sie den Weg zur Straßenbahnhaltestelle einschlug.

»Wollen wir noch ein Eis essen gehen?«, fragte Leonie, nach-dem Emma gegangen war. Sie hatte plötzlich gar keine Lust mehr, die Arbeiten der Abiturienten zu korrigieren. Der Abend war lau und lud dazu ein, noch etwas zu unterneh-men.

»Geht leider nicht« sagte Maxie, band sich die Schürze ab und zog sich mit einer beiläufigen Bewegung das Gummi-band aus dem Haar. Die hellblonden Haare fielen in weichen Wellen über ihre Schultern, als käme sie gerade vom Strand. Leonie schaute ihrer Freundin zu, wie sie sich mit den Fin-gern durch die Haare fuhr, und dachte wieder einmal, dass Maxie wirklich umwerfend aussehen konnte, wenn sie das Haar mal offen trug. Jetzt erst fiel ihr auf, dass sie ein blaues Baumwollkleid mit einem reizvollen Ausschnitt und vielen kleinen Knöpfen trug, das ihre wohlproportionierte Figur lo-cker umspielte.

»Oha. Hast du noch was vor?«

»Hmhm«, machte Maxie. Sie stellte sich vor den Spiegel hinter der Theke und tupfte sich etwas rosafarbenen Gloss auf die Lippen. »Ich bin verabredet.« Sie grinste etwas ver-legen.

»Mit wem? Habe ich etwas verpasst?«

Maxie schwieg.

»Nein, oder?!«, sagte Leonie. »Jetzt sag nicht, es ist dieser fürchterliche Typ mit dem Bleistift-Dutt.«

Maxie hielt in der Bewegung inne, und ihre Blicke begegneten sich im Spiegel. »Tja, ich fürchte, es ist genau der. Er heißt übrigens Florian.«

»Das weiß ich, Maxie, aber ich habe einfach kein gutes Gefühl, was diesen Mann angeht. Der sieht einfach zu gut aus und hält sich selbst für das schärfste Messer in der Schublade. Da läuten bei mir alle Alarmglocken.«

»Ja?«, gab Maxie zurück. »Also, bei mir läutet da nichts. Du siehst mal wieder Gespenster, Leonie. Und schließlich muss er doch mir gefallen.« Maxie drehte sich um und lächelte gereizt. »Glaub mir, ich bin schon ein großes Mädchen – keine deiner Schülerinnen, die du nach Herzenslust erziehen kannst.«

Leonie spürte einen kleinen Stich.

Als sie sich wenige Minuten später von Maxie verabschiedet hatte und langsam unter den grünen Bäumen der Eichendorffstraße herging, konnte sie nicht genau sagen, was diesen Stich verursacht hatte. Lag es an ihrer spontanen Abneigung dem Bleistiftmann gegenüber, ein zugegebenermaßen irrationales Gefühl, über das ihre beste Freundin sich einfach so hinwegsetzte? War sie vielleicht wirklich ein bisschen eifersüchtig, wie Maxie sagte? Oder lag es daran, dass sie das Gefühl hatte, alle hätten etwas vor und nur sie säße zu Hause mit einem Stapel Klausuren, der zu korrigieren war?

Als Leonie unten im Flur den Briefkasten öffnete, fiel ihr zusammen mit der Telefonrechnung eine Postkarte entgegen, auf der *Saluti di Procida* stand. Sie zeigte eine Reihe bunter Häuschen an einem Hafen, darüber einen steil aufragenden Felsen und ein Stück blauen Himmels. Leonie drehte die Postkarte um, die fast zwei Wochen für ihren Weg nach Köln gebraucht hatte. Sie war eng beschrieben, und Leonie erkannte sofort die nach rechts geneigte Handschrift.

Es war bereits die dritte Postkarte, die Frau Siebenschön ihr aus Italien schickte – die erste zeigte das Castello Aragonese, die zweite den bizarren Tuffsteinpilz von Lacco Ameno, und diese dritte hier war nun offenbar Zeugnis eines traumhaft schönen Wochenendes, das ihre euphorisierte Nachbarin mit dem Capri-Fischer aus Ischia verbracht hatte.

Liebe Leonie,

ich sitze gerade draußen vor einer kleinen Bar am Hafen von Procida, wo der wunderbare Film Der Postmann *gedreht wurde – kennen Sie den? Gleich werde ich mit Giorgio in ein Restaurant gehen und zum ersten Mal in meinem Leben Spaghetti ai ricci di mare essen. Ich hatte ganz vergessen, wie aufregend es sein kann, Dinge zum ersten Mal zu tun. Oder an Orte zu fahren, die man noch nicht kennt. Und Procida ist auf seine ganz eigene Weise aufregend für mich. Mal schauen, was der Abend noch bringt …*
Ich hoffe, es geht Ihnen gut, und Sie genießen Ihre letzten Wochen mit Mimi.

Tanti saluti, bis ganz bald, und nochmals vielen Dank für alles,
Susann Siebenschön.

Leonie nahm die Postkarte und heftete sie zu den anderen beiden an die Pinnwand in der Küche. *Mal schauen, was der Abend noch bringt,* hatte ihre Nachbarin geschrieben. Die drei Pünktchen, die danach folgten, ließen aufregende Dinge erahnen. Selbst die alte Dame hat mehr Spaß als ich, dachte sie. Wie es aussieht, haben alle mehr Spaß. Leonie merkte, wie ihre Stimmung in den Keller rauschte. Warum nur fühlte sie sich mit einem Mal so einsam und von allen guten Geistern verlassen? Sie lebte doch gern allein. Alles war ordentlich und schön, so wie sie es liebte. Kein Chaos, niemand, der ihr wohltemperiertes Leben durcheinanderbrachte.

Leonie seufzte. An diesem Abend hätte sie sich fast gefreut, wenn Mimi bei ihr gewesen wäre. Doch die Wohnung war leer. Mimi hatte ein besseres Domizil gefunden. Sie führte ein abwechslungsreiches Leben und bekam ein Maximum an Zuwendung. Und überdies hatte sie jetzt ihre eigene kleine Familie.

Was sind das nur für blöde Stimmungsschwankungen, dachte Leonie und knallte den Stapel mit den Klausuren auf ihren Schreibtisch. Sie würde jetzt arbeiten. Die Arbeit war das, worauf man sich immer verlassen konnte. Alles andere hatte man leider nicht in der Hand. Leonie knipste die Schreibtischlampe an und fing an, die erste Klausur zu lesen. In diesem Jahr war das Thema des Deutschabiturs die deutsche Romantik.

Wenig später war Leonie ganz vertieft in mehr oder weniger gelungene Interpretationen von Joseph von Eichendorffs Gedicht *Sehnsucht.* Und als sie Stunden später ihren

Rotstift beiseitelegte, verspürte auch sie eine unbestimmte Sehnsucht nach jener prächtigen Sommernacht, in die zwei muntere Wandergesellen hinauszogen und die für das lyrische Ich doch unerreichbar war. Eine zauberische Sommernacht mit Palästen im Mondenschein, Mädchen, die am Fenster warteten, und Brunnen, die verschlafen rauschten.

Am Samstag darauf beschloss Leonie nach dem Wochenendeinkauf, der bei ihr nie besonders üppig ausfiel – sie kam mit einem dünnen Stoffbeutel aus, den sie stets in der Handtasche bei sich trug –, im *Fräulein Paula* vorbeizugehen. Sie war in dem Gemüseladen am Lenauplatz gewesen und hatte Chicoree, Tomaten und Obstsalat gekauft, den die Inhaber jeden Tag frisch zubereiteten, dann ein frisches Baguette in der Bäckerei geholt und ein bisschen Käse und Wildschweinsalami im Käselädchen. Dazu den portugiesischen Rotwein, den ihr der Besitzer ans Herz gelegt hatte und der nicht einmal besonders teuer war. Sie hatte beim Kiosk auf dem Lenauplatz eine französische *Elle* gekauft und in der Apotheke ein paar Kopfschmerztabletten. Und nun schlenderte sie etwas zögernd zur Chamissostraße hinüber, wo sich Maxies Café befand.

Seit ihrem kleinen Disput waren ein paar Tage vergangen, in denen sich die Freundinnen nicht gesprochen hatten.

Leonie spähte durch das große Fenster, in dem sich auf einem dunkelgrünen Kissen die kleine Aphrodite rekelte. Anthony stand in einem feuerroten T-Shirt hinter der

Theke und bediente die Espressomaschine, und Maxie kam gerade mit einem Tablett Erdbeertörtchen aus der Küche.

Der alte Herr Franzen saß zeitunglesend in seinem Lieblingssessel, Mimi lag zusammen mit Neruda und Tiger auf dem Sofa und ließ sich gnädig von zwei jungen Frauen das Fell kraulen, die dort ihr Rührei mit Schnittlauch verspeisten. Der Bleistiftmann war glücklicherweise nicht zu sehen. Leonie atmete auf und betrat das Café.

Maxie sah sie sofort und winkte erfreut. Sie schien ihr nichts nachzutragen.

»Na, Leonie? Alles klar? Möchtest du einen Kaffee? Geht aufs Haus.«

Leonie lächelte. »Wenn du immer alles umsonst hergibst, kommst du nie auf einen grünen Zweig, meine Liebe.«

»Hört, hört! Die Frau mit dem erhobenen Zeigefinger spricht wieder zu mir«, erwiderte Maxie in gespielter Verzweiflung und stemmte die Hände in die Hüften. »Den Zeigefinger kannst du gleich wieder wegstecken, liebe Freundin. Und jetzt lass dir einen Kaffee schenken. Sonst werde ich wirklich sauer.«

Leonie lachte verlegen. »Na gut. Dann also gern einen Kaffee mit viel Milch«, sagte sie.

»Und dazu ein frisch belegtes Erdbeertörtchen.«

Leonie nickte ergeben. Widerspruch war zwecklos, und das Erdbeertörtchen, das Maxie vor sie hinstellte, sah verlockend aus. Sie ließ ihren Beutel mit den Einkäufen hinter der Theke verschwinden und sah zu, wie Anthony ihren Milchkaffee zubereitete.

She's the boss stand heute auf seinem T-Shirt. Wen er damit wohl meinte? Leonie lächelte.

»Du hast dich gar nicht mehr gemeldet«, sagte Maxie, während sie die Kuchen in die Vitrine räumte.

»Ja, ich weiß.« Leonie zuckte mit den Schultern. »Ich stecke mitten in den Abiturklausuren und musste Tag und Nacht korrigieren.«

»Ach so. Und ich dachte schon, es sei wegen Flo.«

»Flo? Ach, du meinst Florian.« Leonie merkte, wie sie rot wurde. Dass ihr das immer noch passierte, war ihr unglaublich peinlich, was natürlich zur Folge hatte, dass ihr Gesicht sich jetzt noch mehr verfärbte und sie bestimmt aussah wie die Erdbeeren auf ihrem Törtchen.

»Nein, nein. Tut mir leid, dass ich letztes Mal so überreagiert habe«, versicherte sie hastig. »Wie war denn euer Abend eigentlich?« Sie hoffte inständig, dass der Abend ein Reinfall gewesen war. Immerhin hing »Flo« heute nicht im Café herum.

»Gar nicht so übel«, meinte Maxie.

Doch bevor sie mehr erzählen konnte, wurde die Tür aufgestoßen, und Emma stürzte herein. Im Schlepptau hatte sie einen Mann, der ihr mit ernster Miene folgte.

»Schau mal, Papa«, plapperte Emma aufgeregt und zog ihren Vater zu den Katzen, die überall im Raum verstreut waren. »Sind die nicht schrecklich süß? Und *ich* durfte die Namen aussuchen. Neruda, Tiramisu, Tiger, Aphrodite und Lavendel.« Emma ratterte die Namen der fünf Kätzchen wie ein Mantra herunter.

Leonie tauschte mit Maxie einen amüsierten Blick, während Emmas Vater zerstreut nickte und sich dann an einen freien Tisch setzte.

»Das ist übrigens Paul Felmy, Emmas Vater – der, der von seiner Frau verlassen wurde«, raunte Leonie ihrer Freundin zu. Sie hatte damals, nach der Sache mit dem kaputten Handy, kurz mit Felmy telefoniert, und er hatte sofort zugesagt, dass seine Haftpflichtversicherung den Schaden übernehmen würde, doch gesehen hatte sie ihn noch nie. Die meisten Eltern rannten ihr die Bude ein, wenn es um Gespräche über ihre Sprösslinge und deren Noten ging, die im Übrigen stets in Zweifel gezogen und für ungerecht befunden wurden – Eltern konnten da sehr anstrengend sein, und dass eine schlechte Benotung einfach mal hingenommen wurde wie vielleicht in früheren Zeiten, als ein Lehrer noch eine Respektsperson war und sich das Universum nicht ausschließlich um den Nachwuchs drehte, war eher selten geworden. Doch Felmy war noch nie zu einer ihrer Sprechstunden erschienen. Nun ja, Emmas Noten ließen ja auch nichts zu wünschen übrig. Und dieser Felmy hatte offenbar auch nicht gerade viel Zeit.

»Oh, und die große weiße Katze da drüben, das ist die Mama. Sie heißt Mimi«, erklärte Emma jetzt mit lauter Stimme. Der geballte Enthusiasmus seiner kleinen Tochter übertrug sich offenbar nicht auf den Mann mit den dunklen Haaren, der zum Lachen wahrscheinlich in den Keller ging. Leonie bemerkte Felmys gequälten Gesichtsausdruck und hätte am liebsten gerufen: »Nun freu dich doch mal, deine kleine Tochter zeigt dir gerade etwas, das für sie wichtig ist.«

Kein Wunder, dass Emma ihre Nachmittage lieber im Katzencafé verbrachte als mit diesem Trauerkloß. Doch Emma war nicht zu bremsen in ihrer Begeisterung. Ihre Führung schien noch nicht zu Ende zu sein. Die Kleine blickte sich suchend um, als Maxie jetzt auf den Tisch des neuen Gastes zusteuerte, der einen schwarzen Kaffee für sich und einen Kakao für seine Tochter bestellte.

»Hallo Maxie«, sagte Emma und übernahm die Vorstellung. »Das ist Maxie, ihr gehört das Café. Und sie backt ganz tolle Kuchen.«

Felmy nickte zerstreut.

»Mögen Sie vielleicht noch ein frisches Erdbeertörtchen zum Kaffee?«, fragte Maxie.

»Ach danke, das muss nicht sein«, entgegnete Felmy und sah auf seine Uhr.

»Aber *ich* will ein frisches Erdbeertörtchen«, rief Emma. Sie rutschte auf ihrem Stuhl hin und her und verdrehte den Kopf in alle Richtungen. »Wo steckt denn nur Lavendel?«, rief sie ungeduldig. »Ich sehe ihn gar nicht.«

»Oh, der kleine Schlingel hat sich bestimmt wieder versteckt«, entgegnete Maxie. »Du kannst ja mal in den Bücherregalen schauen.«

Emma sprang auf, ging auf die andere Seite des Cafés und kroch an den unteren Bücherreihen entlang. In dem Regal *Bücher für schlaue Köpfe* fand sie schließlich, was sie suchte. Der kleine Kater hatte es sich auf einer Gesamtausgabe von Descartes gemütlich gemacht, und das silbrig bläuliche Grau seines Fells verschmolz fast mit dem Leineneinband der Bücher. Emma lockte den Kater mit ihrer hellen Stimme aus seinem Versteck. Dann nahm sie Lavendel vorsichtig auf den Arm und trug ihn zu ihrem Vater zurück.

»Von allen Kätzchen habe ich Lavendel am liebsten. Er versteht alles, was ich sage. Denn er ist unglaublich schlau.«

Emma setzte sich wieder, und Lavendel kuschelte sich auf ihren Schoß. Leonie, die alles mit angehört hatte, verzog belustigt den Mund. Ein Kater, der auf Descartes ruhte, *musste* schlau sein.

Immerhin reagierte der Ritter von der traurigen Gestalt jetzt endlich auch mal und verzog den Mund.

»So, so«, sagte Felmy. »Das passt ja gut, dass du dir so ein schlaues Kätzchen ausgesucht hast, mein Schatz. Und der Name ist wirklich originell.« Er lächelte seiner Tochter zu, und in diesem kurzen Augenblick, der wie ein Wetterleuchten über sein Gesicht zog und seine Miene aufhellte, sah Paul Felmy dann doch ganz nett aus, fand Leonie.

Als er später an die Theke kam, um zu bezahlen, entdeckte Emma ihre Lehrerin, die dort noch immer stand und ihren Milchkaffee trank.

»Und, schau mal, Papa, das ist meine Klassenlehrerin Frau Bo-mar-schä. Das ist ein französischer Name«, erklärte sie überflüssigerweise.

Paul Felmy nickte höflich in Leonies Richtung und presste ein »Ja, ich glaube, wir hatten schon mal am Telefon das Vergnügen … freut mich« heraus. Dann blickte er wieder auf die Uhr. »Jetzt müssen wir aber los, Emma, ich habe noch jede Menge Arbeit auf dem Schreibtisch!«

»Tschüss, ihr Kätzchen … tschüss, Frau Bo-mar-schä!«, rief Emma und winkte ihrer Lehrerin zu. Leonie winkte gerührt zurück und sah den beiden nach, während sie zu dem blauen Sofa hinüberging, das gerade frei geworden war. Nur Mimi hielt hier die Stellung, und als Leonie ihr gedankenverloren über das Fell strich und darauf wartete, dass Maxie einen Moment Zeit für sie hatte, begann die Königin des Katzencafés wohlig zu schnurren.

Manchmal konnte Leonie gar nicht mehr verstehen, dass Mimi sie dermaßen auf die Palme gebracht hatte. Als ihr Mobiltelefon leise surrte, dachte sie, es sei ihre Mutter, mit der sie am nächsten Tag zum Essen verabredet war. Diesmal wollte Leonie sie einladen, ins *Bagatelle*, das würde Mama gefallen.

Doch es war Frau Siebenschön, die wieder einmal eine SMS abgesondert hatte, am frühen Nachmittag – das war ungewöhnlich, denn wenn überhaupt, meldete sich ihre nun dauerverliebte Nachbarin in den frühen Abendstunden. Wobei sie sich in den letzten beiden Wochen kaum noch bei ihr gemeldet hatte. Offenbar war sie zu beschäftigt damit, zusammen mit ihrem italienischen Don Giovanni Dinge das erste Mal zu tun. Leonie schaute auf das Display.

Liebe Leonie, wie geht es Ihnen? Wie geht es meiner lieben Mimi? Sicher vermisst sie mich schon ganz schrecklich …

Leonie blickte auf Mimi hinunter. Diese Katze vermisste niemanden. Sie fühlte sich pudelwohl. Oder besser gesagt katzenwohl.

Sie las weiter, und ihre Augenbrauen schossen in die Höhe.

Allmählich bekomme ich ein ganz schlechtes Gewissen. Es ist nur so: Eigentlich wollte ich ja am nächsten Wochenende zurückkommen, aber nun hat sich herausgestellt, dass Giorgio im Juli Geburtstag hat … und … na ja, den würde ich natürlich gern noch mit ihm zusammen feiern. Giorgio wäre sehr unglücklich, wenn ich an diesem Tag nicht bei ihm sein könnte. Das verstehen Sie sicher, liebe Leonie?

Leonie nickte. Sie verstand alles.

Meinen Sie, ich könnte meinen Urlaub noch einmal verlängern? Aber wirklich nur, wenn es Ihnen nichts ausmacht. Ich will Ihre Großzügigkeit nicht überstrapazieren. Wenn es nicht geht, fliege ich selbstverständlich am nächsten Sonntag nach Hause …
     Sehr herzlich und sehr gespannt wartet auf Antwort, Ihre Susann Siebenschön.

Leonie legte den Kopf in den Nacken und begann zu lachen. Sie lachte so laut, dass die anderen Gäste zu ihr herüberschauten und Mimi fluchtartig das Sofa verließ. Als sie sich wieder beruhigt hatte, schrieb sie folgende Nachricht zurück:

Liebe Frau Siebenschön, seien Sie unbesorgt. Ohne Ihnen zu nahe treten zu wollen, glaube ich nicht, dass Mimi Sie gerade besonders vermisst. Oder wenn, dann doch nur ein ganz kleines bisschen. Sie hat hier ein tolles, abwechslungsreiches Leben und macht einen äußerst zufriedenen Eindruck auf mich. Ich denke,

Ihre Katze bekommt im Moment mindestens genauso viel Liebe
und Zuwendung wie Sie.

Bitte verlängern Sie!

Bis bald und herzliche Grüße aus Köln, Leonie.

»Was ist diese Frau – Millionärin?«, fragte Maxie kurze Zeit
später, als das Café leerer wurde und sie sich für einen Moment zu Leonie auf das Sofa setzte. »Hat sie so viel Zaster,
dass sie pausenlos ihren Urlaub verlängern kann?«

»Keine Ahnung«, meinte Leonie, die sich darüber noch
gar keine Gedanken gemacht hatte. Sie ließ sich, erleichtert
darüber, dass »der Tag der Wahrheit« noch einmal aufge-
schoben worden war, im Sofa zurücksinken. »Arm ist sie
jedenfalls nicht. Vielleicht ist sie auch schon mit ihrem
Fischer in die Hütte gezogen, wer weiß?« Sie zuckte mit
den Schultern. »Schon komisch, wo die Liebe hinfällt. Frau
Siebenschön ist doch eine gebildete Frau. Was soll das werden? *Salz auf unserer Haut?* Sie hat eine wunderbare Dach-
terrassenwohnung in der Eichendorffstraße und eine gute
Rente. Hoffentlich nimmt ihr Gigolo sie am Ende nicht
aus wie eine Weihnachtsgans. Immerhin ist sie eine reiche
Witwe.«

»Wie kommst du eigentlich darauf, dass dieser Mann ein
Fischer ist?«

»Na ja, sie hat doch geschrieben, dass dieser Giorgio sie
ständig mit seinem Boot durch die Gegend schippert, da
hatte ich gleich so einen alten Fischerkahn vor Augen.«

»Du steckst doch immer wieder voller Vorurteile, meine
liebe Leonie. Was ist denn das für ein Klischee? Vielleicht

ist der Kahn ja eine Yacht, und Giorgio ist so eine Art italienischer Onassis.« Maxies Augen funkelten.

»Und das soll jetzt kein Klischee sein, oder wie?«

Maxie lachte. »Wie auch immer«, sagte sie dann. »Ich bin jedenfalls um jeden Tag froh, den Mimi noch hier sein kann.« Sie schaute auf die Katze hinunter und kraulte ihr den Nacken. Mimi streckte sich behaglich und legte den Kopf auf die ausgestreckten Pfoten. »Du bleibst bei mir, nicht wahr, Mimilein? Und Frau Siebenschön soll schön auf Ischia bleiben. Zusammen mit ihrem Liebhaber. Dann wären wir alle glücklich.«

»Das wird wohl nicht passieren.« Leonie lächelte, während die kleine Aphrodite mit einem ungeschickten Satz auf das Sofa sprang und sich auf ihre Mutter legte. »Und jetzt erzähl mir mal lieber von deinem Liebhaber.«

14

»Was ist denn eigentlich mit diesem Katzencafé in Neuehrenfeld? Könnte man da nicht eine Geschichte
draus machen?«, fragte Burger.

Sie saßen in der Redaktionskonferenz, es war schwül, und
der Lokalchef des *Kölner Stadt-Anzeigers* schaute etwas aufsässig in die Runde, bevor sein Blick an Henry Brenner hän-
genblieb. »Was ist damit, Brenner?«, insistierte er. »Irgendwie müssen wir das Sommerloch ja füllen.«

Henry Brenner, der gerade mit seinen Gedanken ganz wo-
anders war, nämlich bei dem neuen Rennrad, das er sich am
Vortag gekauft hatte – ein Peugeot UO-9 »Super Sport« aus
dem Jahr 1979 –, zuckte zusammen.

Das verträumte Lächeln verschwand auf einmal von seinen Lippen.

»Ja?«, sagte er.

»Brenner, Sie sind nicht bei der Sache«, rügte ihn der
Chef. »Hören Sie mir überhaupt zu?«

»Nein«, sagte Brenner wahrheitsgemäß.

»Das sollten Sie aber, denn alles andere wäre In-sub-or-
di-na-tion, kapiert?«

Robert Burger bildete sich viel ein auf seinen elaborierten
Wortschatz.

Und *Insubordination* war gerade eines seiner neuen Lieb-
lingswörter.

Brenner nickte stumm, und der Traum aus leichtem Aluminium und blinkenden Felgen zerfloss wie eine von Dalís Uhren.

»Mein Gott, Brenner! Was ist denn heute Morgen los mit Ihnen? Jetzt schauen Sie mich nicht an wie Shaun das Schaf, sondern sagen Sie mir lieber, was Sie über dieses neue Katzencafé am Lenauplatz wissen.«

Einige aus der Runde, die sich an diesem Morgen wie an jedem Morgen zur Redaktionsbesprechung eingefunden hatte, lachten.

»Äh … nichts«, erwiderte Henry Brenner. »Katzencafé? Nie gehört …« Er strich sich eine widerspenstige dunkelblonde Locke aus der Stirn und sah seinen Chef ratlos an.

Robert Burger wurde ungeduldig. »Das fällt in Ihr Ressort, mein Lieber. Ich kann doch wohl erwarten, dass sich mein Lokalreporter für die Dinge interessiert, die in seinen Vierteln abgehen, oder? Wofür bezahle ich Sie eigentlich?« Seine Hand wirbelte unwirsch durch die Luft und klatschte dann auf die Tischplatte.

Henry Brenner merkte, wie er sauer wurde. Erstens bezahlte ihn der Chef ja nun nicht aus der eigenen Tasche, und zweitens kannte Henry seine Viertel in Köln bestens und hatte schon so manche originelle Story geliefert. Hatte er nicht gerade erst vor einer Woche diese Supergeschichte über den mafiosen Restaurantbesitzer aufgetan, in dessen überteuertem Laden Geld gewaschen wurde? Doch so war das Zeitungsgeschäft eben. Heute geschrieben, morgen vergessen. Nichts ist so alt wie die Zeitung von gestern, alter Journalistenspruch, dachte Henry missmutig. Und in den schnelllebigen Zeiten des Internets schrieb man immer auf der Überholspur, denn die Meldungen veralteten sozusagen im Minutentakt. Immerhin, eine gute Geschichte blieb eine gute Geschichte. Auch wenn sie irgendwann im Altpapier landete. Vielleicht sollte er ein Buch schreiben.

Henry sah, wie Burger sich entnervt mit einem Stofftaschentuch den Schweiß von der Stirn tupfte. Wie immer saß der Lokalchef in untadeliger Kleidung an dem großen Tisch des hohen Glasgebäudes, das den *Kölner Stadt-Anzeiger* beherbergte und auf das an diesem Tag unerbittlich die Sonne knallte.

Burger schnaufte. »Kann mal jemand ein Fenster aufmachen, bitte?«, sagte er gereizt. »Oder muss ich das auch noch selbst machen?« Geduld gehörte nicht zu den Stärken des großen Mannes mit den riesigen Händen und dem rötlich blonden Haar.

Jemand stand auf und öffnete das Fenster. Heiße Luft strömte herein. Die Klimaanlage war verreckt. Das schwüle Wetter machte alle ganz gereizt.

»Was soll denn das sein – ein *Katzencafé*? Gehen Katzen jetzt schon Kaffee trinken?« Brenner hatte zu seiner alten Form zurückgefunden.

»Haha, sehr witzig, Brenner. Meine Frau hat davon gehört, beim Friseur. Offenbar redet schon ganz Neuehrenfeld von diesem altmodischen Omacafé. Warum wissen Sie nichts darüber? In dem Café springen angeblich sechs Katzen herum, die Leute finden es toll. Ich mag ja Hunde lieber, aber egal! Kümmern Sie sich darum, Brenner. Das scheint mir eine originelle Geschichte zu sein.«

»Von Katzencafés habe ich auch schon gehört«, warf Brenners Kollegin Katja Sieger aus der Kultur ein. »Das scheint jetzt ein neuer Trend zu sein. Kommt aus Japan«, fügte sie besserwisserisch hinzu. »Die heißen dort *Neko-Cafés. Neko* gleich *Katze.*« Sie lächelte triumphierend in die Runde. »In München gibt's aber auch schon so was, den *Katzentempel.* Meine Bekannte von der AZ war da mal auf einer Lesung mit einer englischen Bestsellerautorin.« Sie überlegte einen Moment und wickelte sich eine lange blonde Haarsträhne um den Finger. »Und in Düsseldorf gab's doch dieses *Katz-Café?* Aber die haben wieder zugemacht, soweit ich weiß. Klingt jedenfalls sehr interessant …« Sie lächelte Robert Burger an, während sie weiterplapperte.

Meine Güte, litt diese Frau an Logorrhoe, oder was? Brenner verdrehte innerlich die Augen, um nicht zu schreien. Das beherrschte er nach Hunderten von Redaktionskonferenzen perfekt.

»Eine Frau und *sechs* Katzen? Da werden meine schlimmsten Alpträume wahr«, erklärte er, als Katja Sieger endlich zum Ende ihrer Ausführungen gekommen war. »Wahrscheinlich riecht es dort überall nach Katzenpisse, und eine bucklige Alte liest aus dem Kaffeesatz.« Er lächelte süffisant. »Vielleicht möchte ja die Kollegin Sieger die Geschichte übernehmen«, meinte er dann. »Wo sie doch so katzenaffin zu sein scheint.«

»Nein, nein, ich bleibe bei meiner Kultur«, sagte Katja Sieger rasch. »Also, wenn dort eine Lesung stattfindet, bin ich natürlich dabei, aber ansonsten …«

Ansonsten blieb die Geschichte an Henry Brenner hängen, auch wenn er noch so sehr innerlich die Augen verdrehte.

»Wollen wir nicht lieber eine Geschichte über das *Le Moissonnier* machen?«, fragte Brenner. Er schätzte das französische Sternerestaurant mit seinen Belle-Époque-Kugellampen, wo man mittags zu einem raisonablen Preis ein leichtes Dreigängemenü zu sich nehmen konnte. »Wussten Sie eigentlich, dass schon Michael Caine dort gespeist hat?« Brenner schätzte auch Michael Caine. Er fand, dass der englische Schauspieler im Alter immer besser und eleganter wurde. »Die haben kleine Schilder über den Plätzen angebracht, wo berühmte Leute gesessen haben. Das wäre doch eine hübsche Geschichte.«

Er sah den Lokalchef hoffnungsvoll an. Die Idee war genial und so viel besser, als über ein vermieftes kleines Café mit Hunderten von Katzen zu schreiben. Ein *Katzencafé* – was war das überhaupt für eine abgefahrene Idee? Wer kam denn auf so etwas? Kein Wunder, dass das in Japan Trend war. Die japanische Kultur war Brenner fremd, und vieles kam ihm seltsam vor. Wenn man nur darüber nachdachte, dass diese Menschen stundenlang Tee zubereiteten und scharf darauf waren, hochgiftige Kugelfische zu essen. Nun gut, er musste ja nicht alles verstehen. Andere Länder, andere Sitten. Wahrscheinlich waren Katzenviecher in einem Café dort der besondere Kick. Vielleicht senkte es die Selbstmordrate, die in Japan höher war als überall sonst auf der Welt. Aber in Köln würde sich so etwas nie und nimmer durchsetzen. Dieses Café war jetzt schon zum Untergang verurteilt.

Das *Le Moissonnier* hingegen ... Brenner dachte mit großem Wohlbehagen an die getrüffelten Scampi-Ravioli an Champagnerschaum, die er noch vor einem Monat dort gegessen hatte.

»Nein, nein, nicht schon wieder das *Moissonnier*.« Robert Burger schüttelte den Kopf, sein Gesicht hatte allmählich den Farbton einer Tomate angenommen. »Ich durchschaue Sie, Brenner, Sie wollen nur wieder schön essen gehen. Aber das Katzencafé am Lenauplatz ist die bessere Story, glauben Sie mir. Das habe ich im Urin.«

Brenner verzog angeekelt das Gesicht.

»Außerdem haben wir bereits die Kolumne des Küchenchefs vom *Le Moissonnier* im Blatt. Wir müssen auch mal was für die kleinen Betreiber in der Gastro tun.«

Zustimmendes Gemurmel von allen Seiten.

»Ja, das sehe ich genauso«, trompetete Katja Sieger. »Es sollte viel mehr von diesen kleinen, unabhängigen Cafés und Restaurants geben, die die Menschen mit so viel Herzblut und Engagement betreiben.«

Herzblut und Engagement. Brenner kamen gleich die Tränen. Die Sieger war so eine richtige Phrasendreschmaschine. Und Burger schien das nicht zu bemerken, weil er geblendet war von ihren blonden Haaren und den langen Beinen, die sie nicht gerade versteckte unter ihren kurzen Röcken. Auch jetzt rekelte sie sich wieder auf dem Stuhl und fuhr ihre Tentakeln aus.

»Und wir können alle etwas dafür tun. So sehe *ich* das jedenfalls.« Sie verschränkte in einer pathetischen Geste die Arme vor ihrer makellos weißen Bluse mit dem Bubikragen.

Brenner hätte dieser falschen Schlange am liebsten den Hals umgedreht. Sah er das etwa nicht so? Wer bestellte denn *nicht* bei Amazon, um den Einzelhandel zu stärken? Und schrieb die besten Geschichten über junge Unternehmen aus allen Kölner Vierteln? Er doch wohl. Er. Henry Brenner. Bester Reporter aller Zeiten. Na ja, nach Egon Erwin Kisch vielleicht.

»Also schön, ich schau's mir mal an. Vielleicht kann man ja was draus machen.«

»*Man* nicht, aber *Sie* schon, Brenner. Wunderbar.« Robert Burger lehnte sich nach vorn und schob ihm einen Zettel rüber. »Ich habe schon mal vorgearbeitet, hier ist die Telefonnummer von dem Café.« Er zwinkerte seinem Lokalreporter zu. Dem besten Pferd im Stall.

Nachdem Henry Brenner in der Kantine sein Mittagessen eingenommen hatte – was dort kredenzt wurde, war keine Offenbarung und nicht ganz mit der Küche aus dem *Moissonnier* zu vergleichen, aber es füllte doch den Magen, vor allem, wenn man viel Kaffee trank –, ging er noch ein paar Schritte nach draußen, um sich die Beine zu vertreten. Er schlürfte den heißen schwarzen Kaffee aus dem Pfandbecher – man achtete im Unternehmen auf die Umwelt – und dachte darüber nach, dass er seinen Kaffeekonsum dringend drosseln musste. Vor allem, weil zum Kaffee eben die Zigaretten so hervorragend passten. *Coffee and Cigarettes*, das eine ging nicht ohne das andere, es war die perfekte Symbiose.

Wie hatte Papa immer so schön gesagt, wenn er seine geliebten Gauloises bleu aus der Packung holte und seine Frau ihm einen strafenden Blick zuwarf? »Keine Sorge, Schatz. Die Dosis macht das Gift.« Da sollte er recht behalten. Denn dummerweise hatte sein Vater das Nikotin über Jahre in einer Dosis zu sich genommen, die am Ende tatsächlich tödlich gewesen war. Seitdem riss Henry immer als Erstes die unappetitlichen Bilder von den Zigarettenschachteln ab, die er am Kiosk kaufte. Aber auf Dauer war das natürlich auch keine Lösung. Er musste beides auf ein verträgliches Maß reduzieren – den Kaffee *und* die Zigaretten. In letzter Zeit meldete sich der Magen öfter. Totale Übersäuerung vermutlich. Vielleicht sollte er auf diese E-Zigaretten umsteigen, aber das kam ihm irgendwie so unecht vor. Wie die Leute mit ihren Metallspitzen dasaßen und rumdampften, das sah irgendwie affig aus, fand er. Und es hatte so gar nichts mit der charmanten Grandezza zu tun, mit der die Audrey Hepburn in *Frühstück bei Tiffany* ihre Zigarettenspitze zu halten pflegte.

Im April war Henry dreißig geworden, die Drei vor der Null hatte ihm zu denken gegeben, und er hatte sich vorgenommen, ab jetzt gesünder zu leben, wenigstens ein bisschen. Schließlich hatte er noch Großes vor.

Henry riss eine neue Schachtel auf und schüttelte sich eine Zigarette heraus. Am Wochenende würde er mit seinem neuen Peugeot-Rad am Rhein entlangsausen – wenn er Sport machte, würde er automatisch weniger rauchen. Und irgendwann vielleicht nur noch eine Genusszigarette nach dem Essen. So war der Plan.

Henry zündete sich die Zigarette an und nahm einen tiefen Zug. Er stieß den Rauch aus und kramte dann den Zettel hervor, den Burger ihm gegeben hatte. Entschlossen tippte er die Nummer ein.

Das Freizeichen ertönte, aber niemand schien da zu sein.

Henry wollte das Telefon gerade wieder wegstecken, als sich eine Stimme am anderen Ende der Leitung meldete.

»Hier *Fräulein Paula*?«

Die Stimme klang jung, englisch und … männlich. Was war denn *das*?

Henry Brenner verschluckte sich fast an dem Rauch, den er gerade eingeatmet hatte. Das schien in der Tat ein ungewöhnliches Café zu sein. Sofort formierte sich vor seinem geistigen Auge eine Art Conchita Wurst, auf deren Schulter eine schwarze Katze hockte. Wie bei der *Crazy Cat Woman* aus den *Simpsons*, die ihre Probleme damit löste, eine ihrer vielen Katzen durch die Gegend zu schleudern. Nun ja, Katzencafés, Transen – Köln war eine liberale Stadt. Hier konnte jeder auf seine Art glücklich werden. Gott sei Dank.

»Wer ist da? *Fräulein* Paula?« Henry zog die Augenbrauen hoch und lächelte sardonisch. Er war sich nicht sicher, ob dem Chef diese Geschichte noch immer so gut gefallen würde.

»*Nope*, Sie sprechen mit Anthony. Die Chefin ist gerade nicht da, aber das Café heißt *Fräulein Paula*.«

»Aha«, sagte Henry und verdrehte innerlich die Augen. Die Alte mit den Katzen hieß *Fräulein Paula*. Sie war also irgendwas zwischen achtzig und scheintot und vermutlich halb taub. Das konnte ja heiter werden.

»Spreche ich denn da nicht mit dem *Katzencafé*«, fragte Brenner.

»Doch, doch, Katzen gibt es hier genug. Jetzt sagen die Leute Katzencafé, aber eigentlich heißt das Café *Fräulein Paula*. Nach Tante Paula.«

»Okaaay …«, sagte Brenner gedehnt. »Ich verstehe.«

»Was kann ich für Sie tun?«, wollte Anthony jetzt wissen. »Möchten Sie einen Tisch reservieren?«

»Äh … nein«, entgegnete Brenner. »Keinen Tisch. Ich würde gern einen Termin mit … der Chefin ausmachen.«

»Warum?«, fragte Anthony, und seine Stimme klang plötzlich misstrauisch. »Wer ist denn da überhaupt?«

»Henry Brenner, vom *Kölner Stadt-Anzeiger*. Wir möchten eine Geschichte über das *Katzencafé* bringen.«

15

Morgens um sieben war die Welt noch in Ordnung. Maxie liebte diese frühen Stunden, die allein ihr gehörten. Sie lief an den Schrebergärten vorbei, die kurz hinter dem Lenauplatz anfingen. Es roch nach frisch gemähtem Gras, die Luft war noch klar, eine pechschwarze Katze strich an einem Zaun entlang. Am Ende des schmalen asphaltierten Wegs, der unter hohen Bäumen und an einer langgestreckten Wiese vorbeiführte und vor einer Häuserzeile zu enden schien, bog sie nach rechts, lief an Ligusterhecken und Schneeballbüschen vorbei, die einen feinen süßlichen Geruch verströmten und sich in den Himmel zu ranken schienen, dann wieder nach links. Sie überquerte eine kleine Straße, um erneut auf einen schmalen Fußweg zu gelangen, und dann öffnete sich der riesige Park vor ihren Augen. Wie jeden Morgen lag er friedlich da, von allem unberührt. Tautropfen schimmerten auf dem Gras. *Little Central Park* hatte Maxie ihn getauft. Zwar war sie noch nie in New York gewesen, aber mit seiner weitläufigen Wiese, die sich in der Mitte erstreckte, den alten Bäumen und den hohen Häusern, die in einiger Entfernung hinter dem Grün aufragten, erinnerte sie die Anlage an den New Yorker Park, wie sie ihn aus Filmen oder von Fotos kannte. Wenn man es genau nahm, waren es drei Parks, die, durch Straßen getrennt, ineinander übergingen. Der letzte hatte mit seiner steinernen

Pforte, hinter der ein abgetrenntes Areal lag, das Maxie an den verwilderten Garten einer alten Schlossanlage erinnerte, etwas ganz Verwunschenes.

Maxie atmete tief ein, während sie locker weitertrabte. Die frische Luft füllte ihre Lunge. An dem kleinen Spielplatz, der im Grunde nur aus einer Schaukel und einer Rutsche bestand, nahm sie einen der sich verzweigenden Wege, die um den Park führten. Der tägliche Dauerlauf war noch ein Überbleibsel aus ihrem kurzen Sportstudium. Glücklicherweise spielte das Knie seit ein paar Jahren wieder mit.

Maxie blickte auf die schimmernde Wiese. So früh am Morgen war der Park noch ganz leer, ein paar Hunde tollten in einiger Entfernung übers Gras, gefolgt von ihren Besitzern, ein älterer Mann in schwarzem T-Shirt stand unter einer riesigen Eiche und machte Tai-Chi. Fasziniert beobachte Maxie seine fließenden Bewegungen, bevor sie auf einen der Nebenwege abbog, die sich durch die Büsche schlängelten. Nach einer Weile spürte sie die Laufbewegung ihrer Beine nicht mehr, locker trabte sie über den erdigen Boden, während sie ihren Gedanken nachhing.

Gestern, als sie nach der Mittagspause, die sie für ihre halbjährliche professionelle Zahnreinigung bei dem freundlichen Dr. Lilienberg genutzt hatte, wieder ins Café zurückkam – mit strahlend weißen Zähnen, die sich glatt und vollkommen anfühlten –, hatte Anthony ihr vom Anruf dieses Journalisten erzählt. Brenner hieß er, und offenbar wollte er einen Artikel über ihr Café schreiben. Maxie hatte sich ein wenig gewundert – das Café war klein, und Besuch von der Presse hatte es noch nicht gegeben. Jedenfalls hatte dieser

Brenner seinen Besuch für den nächsten Dienstag angekündigt, um neun, eine Stunde bevor das Café öffnete. Wenn die ersten Gäste kamen, wollte er noch ein paar Fotos machen.

»Von mir aus«, hatte Maxie mäßig begeistert gesagt, als Anthony ihr den avisierten Termin nannte. Immerhin hatte sie dann am Montag Zeit, das Café noch etwas herzurichten. Sie war ein bisschen aufgeregt bei dem Gedanken, dass der *Kölner Stadt-Anzeiger* über ihr Café berichten wollte. »Aber warum hat er sich gerade das *Fräulein Paula* ausgesucht?«

»Warum denn nicht – ist doch voll *nice*«, hatte Anthony entgegnet. »Dein Café ist eben *cool*.« Er schenkte seiner Chefin einen bewundernden Blick.

»Na ja, cool würde ich das jetzt nicht nennen«, sagte Maxie achselzuckend und deutete auf die plüschige Einrichtung.

»*Believe me, it's extraordinary.*« Anthony, auf dessen T-Shirt heute *I hate hate* stand, schob ihr einen Espresso mit viel Zucker hinüber. »Es ist wegen der Katzen«, meinte er dann. »Das ist ungewöhnlich.«

»Hmmm«, machte Maxie und trank ihren Espresso in einem Zug aus. Dabei musste sie kurz an Leonie denken, die einmal zu ihr gesagt hatte, sie kippe den *petit noir* wie ein Hafenarbeiter aus Marseille. Sie stellte die winzige Tasse ab und lächelte Anthony zu. »Und ich dachte schon, die Qualität meiner Kuchen hätte sich in Köln herumgesprochen.«

Maxie war nicht besonders eitel, aber auf ihre selbstgebackenen Kuchen – *handmade with love* –, wie auf dem kleinen Schild an der Glasvitrine zu lesen stand – bildete sie sich schon etwas ein.

»Deine Kuchen sind gottvoll, *darling*«, erklärte Anthony. »A *piece from heaven*. Ich könnte sterben für deine *cinnamon rolls*. Und das wird bald halb Köln tun.«

»Oh, das hoffe ich nicht, wer soll dann noch zum Kaffeetrinken herkommen?«, witzelte Maxie.

»*I mean it*. Wenn wir erst mal in der Zeitung stehen, brummt der Laden. Es werden so viele Leute kommen, dass du superviel zu tun hast und den lieben Anthony«, legte die Hand auf seine Brust, »*that's me, you know*, Tag und Nacht brauchst.«

Anthony hatte ihr zugezwinkert, und Maxie hatte gelacht. Sie mochte den jungen rothaarigen Engländer, der ihr den Hof machte, ohne jemals aufdringlich zu werden, und immer wieder zu verstehen gab, dass er seine hübsche blonde Chefin äußerst attraktiv fand.

Maxie lief an einer verwaisten Parkbank vorbei und überlegte, welche drei Kuchen sie für den kommenden Dienstag backen wollte. Auf jeden Fall Zimtschnecken. Die hatte sie neulich zum ersten Mal ausprobiert, und sie waren ein voller Erfolg gewesen. Eigentlich hatte sie das Backen mit Hefe immer gescheut, damit kannte sie sich nicht aus, und Tante Paula riet in ihrem Rezeptbuch dringend dazu, nur frische Hefe zu verwenden. Maxie hatte sich also herangewagt und nicht schlecht gestaunt, wie bilderbuchmäßig der Teig um mehr als das Doppelte aufgegangen war, als sie ihn aus der mit einem Handtuch zugedeckten Schüssel befreit hatte, die man eine halbe Stunde bei niedriger Temperatur im Ofen warmstellen musste. Mit mehlbestäubten Händen hatte sie den Teig noch einmal durchgeknetet und energisch auf die

Holzplatte geklatscht, um ihn anschließend mit dem Nudelholz auszurollen. Sie hatte die perfekt quadratische Fläche mit Butter, Zucker und Zimt bestrichen, ein paar Rosinen darübergestreut, das Ganze dann zu einer Rolle geformt und in einzelne Stücke geschnitten, die sie auf dem gebutterten Backblech so verteilte, dass die Schnittstellen nach oben zeigten. Die nach Zimt und Hefe duftenden Schnecken waren ihr sozusagen noch warm aus den Händen gerissen worden. Sie schmeckten köstlich.

Ja, sie würde Zimtschnecken machen, dann noch etwas mit Obst – vielleicht einen Mirabellenkuchen mit Vanillecreme? – und natürlich den Zitronenkuchen mit Safran, den Florian so gern mochte.

Florian oder Flo, wie sie ihn neuerdings nannte …

Maxie lief weiter ihre Runden und dachte an den smarten Masterstudenten, dessen Augen ein so intensives Grün hatten wie die von Mimi und der ihr ebenso den Hof machte wie Anthony. Sie strich sich lächelnd eine Haarsträhne nach oben, die ihr beim Laufen aus dem Haarband gerutscht war, und steckte sie wieder fest. Über mangelnde Aufmerksamkeit konnte sie sich jedenfalls nicht beklagen. Seit sie das Café aufgemacht hatte, bekam sie Zuwendung von allen Seiten. Vielleicht brachte das die Arbeit mit sich, wenn man siebenundzwanzig Jahre alt war und ein Café führte. Man kam einfach mit vielen Leuten zusammen, und Maxie machte es Spaß, mit Menschen umzugehen. Freundliche Worte flogen hin und her, wenn sie ihren Gästen Kaffee und Kuchen servierte, es wurde über das Wetter gesprochen, über die süßen Katzen, den leckeren Kuchen, kleine Dinge des Alltags. Die

Stimmung im Café war gut, die Gäste fühlten sich wohl, sie liebten es, mit ihr zu parlieren und zu scherzen. Und manchmal wurde auch ein kleiner Flirt daraus, der Maxie durch den Tag schweben ließ. Anthony verehrte sie, und sie ließ es sich gefallen, es war ein harmloses Spiel, das beiden Spaß machte. Maxie fand Anthony total süß, aber er war natürlich zu jung, um ernsthaft für sie infrage zu kommen. Und dann gab es da noch Florian, dessen Avancen weniger harmlos waren.

Florian Gerber hatte sie vom ersten Moment an, als er sich mit seinem MacBook in einer Ecke des Cafés niederließ, im Visier gehabt. Er war lässig auf eine provozierende Weise und warf ihr ständig diese *George-Clooney-Nespresso-was-sonst*-Blicke zu, obwohl er mit seinen blonden Haaren und den hellen Augen eher wie ein Surfer aussah, der am Strand von Santa Barbara auf die perfekte Welle wartete. Grinsend belauerte er Maxie aus seinem Sessel heraus, er hob vielsagend die Augenbrauen, wann immer sie zu ihm hinüberschaute, und jeder Satz, der aus seinem Mund kam, verwandelte sich in eine Zweideutigkeit, die Maxie verwirrte. Mit gesenkter Stimme machte er ihr Komplimente, und wenn sie ihn in die Schranken wies, grinste er nur nachsichtig und sah sie von schräg unten an, so als wollte er sagen: *Komm, du willst es doch auch.*

Am Anfang hatte Maxi gelacht und war kopfschüttelnd weggegangen, wenn Florian beispielsweise in seinen Zitronenkuchen biss, den sie ihm an den Tisch gebracht hatte, und ihr zuraunte, dass er noch ein paar andere aufregende Dinge kenne, die man mit Zitronen machen könne. Doch der Masterstudent ließ einfach nicht locker, er kam fast jeden Tag ins Café, und mit seiner Arbeit, die er offenbar vorhatte, komplett an seinem Tischchen in der Ecke zu schreiben, schien es ihm nicht so eilig zu sein. Es stimmte schon, was Leonie sagte, dieser Mann wusste um seine Wirkung. Andererseits *war* er eben auch sehr attraktiv mit seiner lässigen Art und seinem durchtrainierten Körper, den er gern in enganliegenden Shirts präsentierte. Maxie konnte nicht verhehlen, dass er einen gewissen Reiz auf sie ausübte, und wenn er seine Denkerpose einnahm und sie über die gefalteten Hände hinweg mit Blicken verfolgte, hatte sie manchmal das Gefühl, er sehe ihr direkt bis auf die Unterwäsche.

Letzte Woche hatte er offenbar beschlossen, dass sie jetzt fällig war. Er hatte den Moment genutzt und sie schlichtweg überrumpelt. Es war kurz nach sechs gewesen, das Café war gerade am Schließen, Anthony war bereits gegangen, und Maxie räumte noch ein paar Tische ab, während Florian als letzter Gast seine Sachen zusammenpackte. Als Maxie sich mit einem Stapel Teller in der Hand umdrehte, stand er plötzlich direkt hinter ihr, und ehe sie noch wusste, wie ihr geschah, küsste er sie. Im nächsten Augenblick hatte er seine Hand in ihre Jeans geschoben.

»He, Moment mal«, sagte Maxie. Sie wand sich mit dem Tellerstapel unter ihm durch. »Du bist ganz schön frech, mein Lieber, weißt du das eigentlich?«

»Klar weiß ich das. Ich bin schon so geboren«, hatte er geantwortet und seine Hände in einer entwaffnenden Geste ausgebreitet. »Aber der Kuss war doch nicht schlecht, das musst du zugeben. Ich wusste, dass wir gut zusammenpassen.« Er grinste. »Und was machen wir jetzt?« Er zog sie mit Blicken aus, und Maxie spürte zu ihrem Ärger, wie ihr das Blut in die Wangen stieg. »Gehen wir zu dir nach oben, oder lassen wir die Rollläden runter und treiben es gleich hier auf dem großen Samtsofa?«

»Du bist echt unmöglich, Florian«, hatte sie erwidert, um Haltung bemüht, den Stapel mit den Tellern noch immer in der Hand.

»Warum? Nur weil ich ausspreche, was ich denke?« Seine Augen flackerten. »Du bist sehr attraktiv, Maxie. Und ich will dich. Ich will dich mehr als alles andere. Du bist meine Traumfrau. Am liebsten würde ich es auf allen Tischen deines Cafés mit dir treiben.«

»*Florian!* Also wirklich!«

»Sag einfach Flo zu mir. Alle meine Freunde nennen mich Flo«, hatte er lächelnd gesagt und sie wieder an sich gezogen. Als er sie erneut küsste, ließ Maxie den Stapel mit den Tellern fallen. Sie schlugen scheppernd auf dem Boden auf, zwei Rosenteller zerbrachen.

»Meine Güte, jetzt sieh nur, was du gemacht hast, du Blödmann! Tante Paulas schönes Geschirr.« Maxie wurde ärgerlich.

Flo ließ sich nicht aus dem Konzept bringen. »Ist nur Porzellan«, meinte er, während er ihr half, die Scherben aufzusammeln. »Außerdem bringen Scherben doch Glück.« Er hockte vor ihr, gefährlich nah schon wieder, und reichte ihr den letzten Teller. »Also?«

»Also … was? Hast du einen Knall? Weder noch, natür-

lich. Du gehst jetzt nach Hause, und ich gehe nach oben –
und zwar *allein*.«

»Du verpasst was«, hatte er gesagt.

»Das wüsste ich aber«, hatte sie entgegnet und ihn zur
Tür hinausgeschoben.

Am nächsten Tag hatte er wieder im Café gesessen und sie
mit Blicken verfolgt.

»Ich hab nur von dir geträumt«, sagte er leise, als sie an
seinem Tisch vorbeikam. »Sei nicht so grausam.«

Drei Tage später hatte er sie zum Essen eingeladen. Er
kam mit einer langstieligen roten Rose und vielen Kompli-
menten. Sie tranken Wein, und er sagte, er wisse nicht mehr,
was er tue, weil sie ihm dermaßen den Kopf verdrehe. Ihr
Widerstand befeuere ihn nur noch mehr.

Nach dem Essen hatte er sie noch nach Hause begleitet.
Vor der Haustür küsste er sie, es war unvermeidlich. Er hatte ihr am Hals einen Knutschfleck gemacht, und sie hatte
mit einem erregten Lachen aufgeschrien, die Schulter hochgezogen und gefragt, ob er ein Vampir sei. »Natürlich, was
dachtest du denn?«, hatte er gemurmelt und sich für einen
Moment wieder an ihrem Hals festgesaugt.

Und dann waren sie doch nach oben gegangen. Auf einen
letzten Kaffee, zu dem es natürlich nicht mehr gekommen
war. Schon im Flur hatte er ihr das blaue Kleid aufgeknöpft.

Maxie lächelte und spürte, wie ihr bei dem Gedanken an
diese Nacht ein wohliger Schauder über den Rücken fuhr.
Sie wusste immer noch nicht so recht, was sie von Florian
halten sollte. Er war ein kundiger Liebhaber und schien un-

ermüdlich. Es hatte ihr gefallen, ja, das hatte es. Früh am Morgen, als sie erschöpft ins Kissen fiel, war Flo aufgestanden und nach Hause gegangen, weil er, wie er sagte, nicht gut schlief, wenn jemand neben ihm lag. »Keine Sorge, wir sehen uns!«, hatte er gesagt, als Maxie ihn etwas enttäuscht angesehen hatte. Das Einschlafen in den Armen des anderen und der erste Kaffee am Morgen waren doch gerade das Schönste nach einer Liebesnacht. »Bis später, Traumfrau.«

Als sie die Tür ins Schloss fallen hörte, hatte sie sich noch einmal umgedreht und sich in ihre Bettdecke gekuschelt. Es war das erste Mal seit langem, dass sie wieder mit einem Mann zusammen gewesen war, und sie fiel sofort in einen tiefen, traumlosen Schlaf.

Ganz in ihre Gedanken vertieft trabte Maxie den kleinen Pfad entlang und umrundete gerade einen dichten Kirschlorbeerbusch, als ein mit Headset telefonierender Radfahrer in hohem Tempo ihren Weg kreuzte und sie fast über den Haufen fuhr.

Maxie sprang erschrocken zurück. Sie konnte gerade noch ausweichen und trat im Affekt nach dem Hinterreifen des silbernen Sportrads. Sie verfehlte es, rutschte im feuchten Gras aus und landete unsanft auf der Wiese.

»He, du Idiot! Kannst du nicht aufpassen?«, schrie sie dem Radfahrer hinterher.

Auch dieser geriet kurz ins Schlingern, dann stoppte er ab und drehte sich zu ihr um. »Hallooo? Was soll das Geschrei?«, rief er. »Sie sind doch plötzlich aus dem Gebüsch rausgeschossen und mir in meine Bahn gerannt, ohne zu gucken.«

»Ach ja?«, gab Maxie aufgebracht zurück. Ihre blauen Augen funkelten angriffslustig. »In *deine* Bahn? Dann gehört der ganze Park wohl dir, oder was?« Sie hasste diese Kampfradler mit ihren windschnittigen Angeberhelmen, die glaubten, jede Straße und Grünfläche zum Areal für ihre ganz persönliche Tour de France machen zu müssen.

»Nun mal langsam, meine Teuerste. Der Park gehört ja wohl auch nicht Ihnen.« Der Mann mit dem schwarzen Helm lehnte auf seinem Lenker und musterte sie von oben herab. »Seit wann duzen wir uns eigentlich?«, meinte er dann. »Oder kennen wir uns etwa?«

Er lächelte süffisant, und Maxie, die immer noch auf dem Boden saß und gegen die Sonne blinzelte, spürte, wie die Wut ihr die Hitze ins Gesicht trieb. Was bildete dieser Kerl sich eigentlich ein?

»Das will ich nicht hoffen«, schoss sie zurück. »Egobratzen, die sich so unglaublich wichtig nehmen, dass sie auch noch auf dem Rad in ihr Headset quaken müssen, finde ich nämlich zum Kotzen.«

»Na, dann fahre ich mal besser weiter, bevor es damit losgeht«, meinte der Radler ungerührt. »Auf hysterische Frauen, die sich im Park übergeben, stehe *ich* nämlich nicht. Schönen Tag noch.« Mit diesen Worten schwang er sich in den Sattel und war wenig später unter den Bäumen verschwunden.

Maxie war für einen Moment sprachlos über so viel Unverschämtheit. Sie rappelte sich auf und klopfte sich die Erde von der Hose. Ihr Herz hämmerte, ihr Hintern schmerzte. Sicher würde sie einen großen blauen Fleck bekommen.

»Nicht zu fassen«, murmelte sie, während sie erbost zu den Bäumen schaute, hinter denen der Radler verschwunden war. »Telefoniert auf dem Rad, überfährt einen fast und entschuldigt sich nicht mal!«

Sie stieß noch ein paar Verwünschungen aus, dann lief sie weiter und beruhigte sich allmählich. Als sie den Park eine halbe Stunde später verließ und den Lenauplatz überquerte, wo jetzt schon ein paar Rentner auf den Bänken saßen und miteinander parlierten, hatte sie den ärgerlichen Zwischenfall fast vergessen.

16

Den ganzen Tag über hatte Leonie schon Kopfschmerzen gehabt. In dieser Woche hatten die mündlichen Abiturprüfungen stattgefunden, was nicht, wie die meisten Schüler glaubten, nur für sie selbst anstrengend und aufregend war, sondern auch für die Lehrer. Glücklicherweise war alles gut gelaufen. Nur zwei Schüler würden in die Nachprüfung am Ende der Sommerferien gehen müssen, doch die Chancen standen gut, dass auch diese Wackelkandidaten es letztlich noch schafften.

Für Leonie war es nun bereits das dritte Mal, dass sie eine Abiturklasse gehabt hatte, allmählich entwickelte sie eine Routine darin, ihre Fragen so zu stellen, dass die Schüler sie möglichst gut beantworten konnten. Nach den Prüfungen schien ein gigantischer Seufzer durch das gesamte Schulgebäude zu gehen. Die Abiturienten standen in Grüppchen in der Sonne, lachten und redeten ausgelassen durcheinander, die Jungen boxten sich freundschaftlich in die Seite, die Mädchen fielen sich hysterisch schreiend um den Hals, sobald eine von ihnen aus dem Prüfungsraum kam. Alle waren froh, dass es vorbei war, und jetzt redete man nur noch über den bevorstehenden Abiball in der *Wolkenburg* und die gemeinsame Abschlussfahrt nach Loretta del Mar, wo man zehn Tage lang die Nächte durchmachen würde, ein Muss. Zu ihrem großen Erstaunen hatte Leonie erfahren, dass es mittlerweile Reisebüros gab, die sich auf Abiturfahrten mit Disco und Nightlife spezialisiert hatten.

Leonie nahm zwei Aspirin, als sie jetzt das Lehrerzimmer betrat, um ihre Sachen zu holen. Schon morgens war es unerträglich schwül gewesen, und während die glücklichen Abiturienten irgendwo im Rheinpark abhingen und chillten und die Schüler der Mittelstufe lethargisch in den Klassenräumen auf ihren Stühlen hingen und kaum noch zu einem Wortbeitrag zu motivieren waren, flippten die Kleinen regelrecht aus. Papierflieger und Schwämme waren durch die Luft geflogen, als Leonie den Kunstraum betrat, wo die Klasse 6b schon in einem großen Pulk versammelt war. Irgendjemand hatte eine Wasserpistole dabei und spritzte durch die Gegend.

»Frau Beaumarchais, Frau Beaumarchais, wir wollen hitzefrei, bitte geben Sie uns hitzefrei!«, hatten alle geschrien und waren um sie herumgetanzt wie die Wilden.

Leonie bekam einen starren Blick. Sie wusste nicht, warum Kinder immer dermaßen schreien mussten. Selbst wenn sie sich in den Pausen miteinander unterhielten, taten sie dies in der Regel schreienderweise. Es hörte sich so an, als ob sie sich ständig zankten, aber dem war gar nicht so.

»Ruhe jetzt!«, hatte sie gerufen und die aufgestellte Hand nach vorne gestreckt wie ein Verkehrspolizist. »Ihr müsst leider noch ein bisschen malen, hitzefrei gibt es erst ab fünfunddreißig Grad.« Eine Schülerin fragte, ob sie sich dann wenigstens ein Eis holen könnten bei dem Eismann, der mit seinem Wägelchen seinen Posten vor dem Schulgebäude bezogen hatte. »Au ja! Ein Eis ... ein Eis! Wir verdursten, Frau

Beaumarchais!«, hatten alle geschrien, doch Leonie hatte energisch den Kopf geschüttelt und ungerührt die Malblöcke verteilt, die mit den Namen der Schülerinnen und Schüler versehen waren und immer im Kunstraum blieben.

Eigentlich hätte Leonie an diesem Tag nur bis zwei Uhr Schule gehabt, doch dann hatte sie die Kollegin Baumann vertreten müssen, die Kunst unterrichtete und sich mit einer Magen-Darm-Grippe entschuldigt hatte. Frau Baumann, die sich für eine überaus progressive Pädagogin hielt, machte mit der Unterstufe »Befreiungsunterricht«, wie sie das nannte. Einmal hatte sie einen Staubsauger mitgebracht, mit dessen Hilfe die Schüler Plastikschläuche aufblasen konnten, mit denen sie »etwas Kreatives« machen sollten. Die meisten Schüler waren mit den aufgeblasenen Plastikschläuchen jauchzend nach draußen gelaufen und so lange darauf herumgesprungen, bis diese zerplatzten. Die leeren Plastikhüllen lagen überall auf dem Schulhof verstreut und sahen aus wie die Kondome eines Riesen. Ein anderes Mal sollten die Kinder aus Ton Männer und Frauen formen, Hauptsache nackt und mit klar erkennbaren Geschlechtsmerkmalen, um etwaige Hemmungen abzubauen. Leonie hatte sich gefragt, welche Hemmungen das denn sein sollten – sie fand die meisten Schülerinnen und Schüler der Unterstufe auch so schon ziemlich enthemmt.

Im letzten Sommer hatte Paloma Baumann (Leonie war sich manchmal nicht sicher, ob dies ihr wirklicher Vorname war, die Baumann war eine glühende Picasso-Verehrerin) dann sogar von der Schulleiterin die Erlaubnis bekommen, mit den Schülern den Innenhof der Schule anzusprayen.

Frau Oberstudiendirektorin Dr. Helene Krause wollte sich wohl nicht nachsagen lassen, konservativ und gestrig zu sein, und so leuchteten draußen auf dem Pausenhof nach einem erfolgreichen Projektwochenende Graffiti in psychedelisch-grellen Farben an den Wänden und Pfeilern, bei deren Anblick allein Leonie schon Kopfschmerzen bekam. Immerhin war damals sogar jemand von der Zeitung gekommen, hatte ein paar Fotos gemacht und den fortschrittlichen Unterricht von Paloma Baumann in den höchsten Tönen gelobt.

Als die so wunderbar enthemmten und befreiten Kleinen sich jetzt alle wieder einigermaßen beruhigt hatten und mit gebeugten Köpfen über ihren Blöcken saßen und mit Wasserfarben herumspritzten – glücklicherweise stand diesmal kein »Befreiungsunterricht« auf dem Programm, es sollten in dieser Doppelstunde nur Blumen und Kohlköpfe gemalt werden –, war Leonie aufgefallen, dass Emma fehlte. Die Kleine war an diesem Tag offenbar gar nicht zur Schule gekommen, wie ihr Maja erzählte, die sich inzwischen ein bisschen mit der schüchternen Emma angefreundet hatte. Vielleicht hatte dieser Magen-Darm-Virus auch sie erwischt.

Leonie spürte, wie die Kopfschmerzen allmählich nachließen. Sie schob ihr Fahrrad vom Parkplatz auf die Straße. Eigentlich hatte sie sich nach der Schule gleich etwas hinlegen wollen, doch nun beschloss sie, doch noch auf einen Sprung bei ihrer Freundin Maxie vorbeizuschauen, die sie ein paar Tage nicht gesehen hatte. Denn Maxie, so schien es, war derzeit überaus beschäftigt.

Als Leonie das Café betrat, spürte sie gleich, dass etwas passiert war. Im *Fräulein Paula* herrschte an diesem Nachmittag große Aufregung. Lavendel war verschwunden. Als Maxie am Morgen den Laden aufgeschlossen hatte, war die kleine silbergraue Katze nicht mehr da gewesen. Zusammen mit Anthony hatte sie überall gesucht, inzwischen kannte sie alle Verstecke des kleinen Katers, doch dieser schien sich in Luft aufgelöst zu haben. Später hatten auch die anderen Stammgäste im Café nach dem grauen Kätzchen Ausschau gehalten. Herr Franzen kniete ächzend vor dem blauen Sofa, und selbst dieser unsägliche Flo schien sich an der Suche zu beteiligen und hatte tatsächlich seinen Aussichtsposten in dem Sessel in der Ecke des Cafés verlassen. Etwas halbherzig schritt er draußen im Innenhof die Büsche ab, hob ein paar Zweige hoch und starrte mit gerunzelter Stirn am berankten Mauerwerk hoch, bevor er sich seine Frisur mit dem unvermeidlichen Bleistift erneut richtete. Auch Mimi hatte ihr Sofa verlassen und tigerte mit buschigem Schwanz durch das Café. Ob sie Lavendel tatsächlich vermisste? *Können Katzen überhaupt trauern*, fragte sich Leonie. Oder war es die angespannte Stimmung im Café, die Mimi so unruhig werden ließ?

Maxie stand mit besorgter Miene an der Theke. Sie war nervös. Leonie bemerkte sofort den Knutschfleck an ihrem Hals, den die Freundin mit einem kleinen geblümten Tuch, das sie sich umgebunden hatte, zu kaschieren versuchte. Sie zog die Augenbrauen hoch, verkniff sich dann aber eine Bemerkung, als Maxie sie jetzt unglücklich anschaute.

»Ich kann einfach nicht glauben, dass Lavendel weggelaufen sein soll. Gestern habe ich doch hier unten alles abgeschlossen, wie soll er denn rausgekommen sein? Und der Innenhof ist sicher, die Mauern dort sind viel zu hoch für eine kleine Katze.«

»Vielleicht steckt er in einem der Regale«, schlug Leonie vor. »Habt ihr schon hinter dem Proust nachgeschaut?« Sie lächelte aufmunternd, doch Maxie schüttelte den Kopf.

»Nein, da ist er nicht. Wir haben schon sämtliche Bücher rausgezogen, keine Spur von Lavendel.«

»Und in der Küche?«

»Auch nicht, ich habe jeden Winkel abgesucht. So groß ist die Küche ja nun nicht. In meiner Verzweiflung habe ich sogar im Backofen nachgeschaut.« Maxie runzelte die Stirn. »Nicht dass Lavendel doch rausgelaufen ist auf die Straße, als die Tür für einen Moment aufstand. Nicht dass er …« Maxie schlug sich erschrocken die Hand vor den Mund, und Leonie wusste, dass sie an das tragische Schicksal der kleinen Lula dachte.

»Auf keinen Fall«, beruhigte sie die Freundin. »Keines der Kätzchen hat je das Café verlassen. Und wenn es doch so sein sollte, was ich nicht glaube, muss das ja nicht bedeuten … Ich meine … Wann hast du Lavendel denn zuletzt gesehen?«

Maxie zuckte die Achseln. »Ich weiß nicht genau. Doch, gestern am späten Nachmittag. Da hat Emma noch mit ihm draußen im Innenhof gespielt.« Maxie überlegte einen Moment. »Wo ist Emma eigentlich heute? Ich habe sie noch gar nicht gesehen. Sie hätte bestimmt noch eine Idee, wo Lavendel stecken kann.«

»Emma ist krank«, sagte Leonie. »Sie war heute nicht in der Schule, bei uns grassiert gerade so ein blödes

Magen-Darm-Virus.« Sie verzog kurz das Gesicht und ließ dann den Blick durch das Café schweifen. »Sind die anderen Kätzchen denn alle da?«, fragte sie, nur um etwas zu sagen.

Maxie nickte. »Ja, das schon. Aber ausgerechnet Lavendel ...« Sie schaute bekümmert drein. »Emma wird außer sich sein, wenn sie erfährt, dass ihre Lieblingskatze verschwunden ist.«

»Oje, ja, das wird sie«, meinte Leonie. »Aber vielleicht taucht Lavendel ja vorher doch wieder auf. Der kommt schon wieder, keine Sorge. Ich schaue jetzt auch noch mal, ich bin ja geübt im Katzensuchen.«

Eine Stunde später verließ Leonie das Café. Lavendel blieb verschwunden, und Maxie hatte mit trauriger Miene alles zugesperrt. Dann war sie mit Florian nach oben in ihre Wohnung verschwunden.

Mit gemischten Gefühlen radelte Leonie die Eichendorffstraße entlang. Immer noch konnte sie sich nicht an den Gedanken gewöhnen, dass Maxie jetzt offenbar mit Florian zusammen war. An einem solchen Tag wäre sie es gewesen, die mit Maxie in ihre Wohnung gegangen wäre. Sie hätten noch ein Glas Wein zusammen getrunken und geredet, oder Maxie hätte etwas Leckeres gekocht. Nun besprach sie ihre Dinge mit dem Bleistiftmann. Und selbst wenn sie sie eben gefragt hätte, ob sie auch noch mit nach oben kommen wollte – was sie nicht getan hatte –, wäre Leonie sowieso nicht mitgegangen. Was konnte man schon Persönliches reden, wenn dieser Florian dabeihockte? Leonie hatte nach wie vor kein gutes Gefühl bei dem Masterstudenten, der, wie sie erfahren hatte, genauso alt war wie sie selbst.

Ansonsten hielt Maxie sich ziemlich bedeckt, was Florian anging. Ihre impulsive Freundin hatte natürlich gleich gespürt, dass Leonie nicht ganz so begeistert war von dieser neuen Verbindung.

»Ist es denn was Ernstes?«, hatte Leonie gefragt, und Maxie hatte nach ihrem Dutt gegriffen und irgendwelche Haarsträhnen herumgezwirbelt, wie sie es immer machte, wenn sie Zeit zum Überlegen brauchte.

»Er hat einfach nicht lockergelassen.« Sie lächelte. »Flo kann sehr beharrlich sein, weißt du? Für ihn bin ich die Traumfrau, sagt er. Und bis jetzt verstehen wir uns ganz gut. Schau'n wir mal, was daraus wird.«

»Und du – bist du denn in ihn verliebt?«

»Könnte sein«, hatte Maxie geantwortet und gegrinst, wobei sie mit einem Mal über und über rot geworden war. »Ich komm ja kaum noch zum Nachdenken.«

Bisher hatte Leonie den blonden Jüngling mehr oder weniger übersehen, wenn sie ins Café gekommen war. Florian hatte immer wieder zu ihr herübergeschielt, wenn sie mit Maxie oder Anthony zusammenstand, und sobald sich ihre Blicke zufällig kreuzten, hatte er die Augenbrauen hochgezogen und verschwörerisch gelächelt.

Leonie stellte ihr Rad ab und ging ins Haus. Als sie den dunklen Flur entlangging, dachte sie, dass es unklug von ihr war, gegen Florian zu opponieren. Damit würde sie Maxie nur in Verlegenheit bringen, und diese würde ihr am Ende gar nichts mehr erzählen. Vielleicht hatte sie ja auch unrecht mit ihren Vorbehalten, und Florian war trotz allem ein netter Kerl. Leonie nahm sich vor, in Zukunft ein wenig freundlicher zu ihm zu sein. Doch wenn sie ehrlich war, hoffte sie immer noch, dass die Sache sich bald von selbst erledigte. Das Ehepaar aus dem ersten Stock kam ihr entgegen, sie grüßte freundlich.

Im Briefkasten fand sie ein paar Flyer von einem Pizzaservice und eine weitere Postkarte von Frau Siebenschön im Glück. Kleine bunte Häuschen, die wie Trauben an einem felsigen Berg hingen, davor ein spektakulärer Sonnenuntergang, der das Meer rosa verfärbte. *Grüße aus Positano.* In den Gefilden, in denen ihre Nachbarin sich derzeit bewegte, gehörten kleine bunte Häuschen wohl zur Landschaft. Sie überflog die Zeilen, während sie die Treppe hochstieg. In der Diele streifte sie die Sandalen von den Füßen, ging barfuß in die Küche und heftete die Karte an die Pinnwand zu den anderen.

Sie hatte keine Lust auf Wein. Stattdessen beschloss sie, sich einen Tee zu kochen und ein paar Scheiben von dem guten Bärlauchbrot zu rösten, auf das sie den letzten Rest ihrer Ziegenkäserolle tat. In der Keramikschüssel, die auf der Anrichte stand, lagen noch ein paar blaue Trauben. Die legte sie auch noch auf ihren Teller und verzog sich mit diesem und einem dampfenden Becher grünen Tees auf das Sofa.

Heute würde sie nichts mehr für die Schule tun. Nur noch ein bisschen lesen. Sie stand noch einmal auf, um alle Fenster aufzureißen und etwas Luft in die Wohnung zu lassen. Es gab ein bisschen Durchzug, das war angenehm. Leonie stand am Fenster und ließ sich die warme Brise ins Gesicht wehen. Draußen war es immer noch schwül. Sie schaute in den

Himmel, der milchig weiß geworden war, die Sonne hatte die Farbe von blasser Butter angenommen. Sicherlich würde es noch ein Gewitter geben, jedenfalls hoffte sie darauf. Dieses drückende Wetter war unerträglich.

Sie nahm ihr Handy und checkte die Nachrichten. Der Pilateskurs fiel nächste Woche aus. Eine Kollegin aus der Schule lud zum Sommerfest in den Garten ein. Eine alte Schulfreundin aus Paris fragte an, ob sie sich mal wiedersehen wollten. Papa schickte Fotos von einem großen Haus mit türkisfarbenen Schlagläden, das er in Ramatuelle gemietet hatte, wo er, wie jedes Jahr, mit seiner neuen Familie den ganzen Sommer verbringen würde. Das Haus lag in einem Pinienwäldchen oberhalb vom Meer, und Papa lud sie ein, in ihren Ferien dazuzukommen, er hätte Mama auch schon gefragt. Lucas und Clémence würden sich so freuen, ihre große Schwester mal wieder zu sehen, es sei dort ganz zauberhaft und das alte Haus groß genug für sie alle, schrieb er enthusiastisch. Der hatte vielleicht Nerven!

Leonie musste unwillkürlich lächeln. Papa war es immer am liebsten, wenn er alle seine Schäfchen zusammenhatte, er litt unter dem, was ihre Mutter mal als »Guter-Hirte«-Syndrom bezeichnet hatte. Aber Menschen waren nun mal keine Schafe. Oder doch?

Leonie las weiter. »Du kannst auch gern eine Freundin mitbringen«, schrieb er. »Oder deinen Freund. *Smiley*. Das Haus ist wirklich riesig, da finden alle ihr Plätzchen, und es wäre doch total lustig.«

Papa dachte offenbar, sie wäre wieder mit Jean-Philippe zusammen. Aber da konnte er lange warten. Leonie seufzte nachsichtig. Großzügig war er ja, ihr Vater. Aber sie hatte derzeit nun mal keinen Freund, und daran würde sich auch so schnell nichts ändern. Und was ihre Freundin anging, würde diese im Sommer wohl Besseres zu tun haben, als Leonie in die Ferienresidenz der Familie Beaumarchais nach Südfrankreich zu begleiten. Obwohl Papa sicher nichts dagegen gehabt hätte, wenn Maxie auch noch Flo mitgebracht hätte. Er liebte es, alle an einem großen Tisch zu versammeln. Das Kochen und die Organisation überließ er gern den Frauen, er ging höchstens mal auf den Markt und schleppte dann »wunderbaren Käse und frische Feigen« an, ein paar Flaschen Rosé aus Bandol oder »die beste Dorade, die ihr jemals gegessen habt«. Ansonsten war er für die Honneurs zuständig und unterhielt die ganze Bande mit Anekdoten aus seinem bunten Leben. Wenn ihr Vater erzählte, hingen alle an seinen Lippen. Zu dumm, dass er eine so gestrenge älteste Tochter hatte.

Während Leonie sich die letzte Scheibe Brot mit Ziegenkäse in den Mund schob, musste sie an Papas entsetztes Gesicht denken, als sie ihm erzählt hatte, dass sie Lehrerin werden wollte. »Bist du sicher, dass das das Richtige für dich ist, *ma petite*?«, hatte er gesagt. »Du bist so hübsch und intelligent, du könntest *alles* werden. Wäre ein Posten an der Botschaft nicht interessanter? Oder irgendetwas mit Mode? Versteh mich nicht falsch, ich liebe Kinder, aber sich Tag für Tag mit den Rangen fremder Leute abzugeben stelle ich mir doch sehr anstrengend vor.«

Papa hatte recht gehabt. Es *war* anstrengend. Trotzdem hätte Leonie keinen anderen Beruf gewollt.

Sie tippte noch eine Weile auf ihrem Smartphone herum, dann überlegte sie, ihre Mutter anzurufen. Was die wohl von den Frankreichplänen ihres Ex-Mannes hielt? Aber Mama war ja auch so ein gutmütiges Schaf. Sie klingelte bei ihr an, doch es meldete sich nur der Anrufbeantworter. Dann fiel ihr ein, dass ihre Mutter heute mit einer Freundin im Theater war.

Davor wollten die beiden Damen noch etwas über die Königsallee flanieren, die an Sommerabenden noch den Charme von früher hatte – mit der Standuhr neben dem alten Kiosk mit dem hübschen grünen Pavillondach, wo Mama sich als junges Mädchen mit ihren Verehrern verabredet hatte, und den Steinbrücken mit den Wasserspeiern, die über die Düssel führten.

Leonie legte das Telefon beiseite und streckte sich ermattet auf dem Sofa aus. Es war sieben Uhr, der Abend versprach nicht besonders aufregend zu werden. Es sollte ihr recht sein. Der Tag war anstrengend genug gewesen. Sie dachte kurz an Lavendel und hoffte, dass sich die kleine Katze bald wieder einfinden würde. Hoffentlich nicht unter dem Reifen eines Lastwagens. Dann schloss sie für einen Moment die Augen.

Als eine halbe Stunde später das Telefon klingelte, fuhr sie verwirrt hoch. Sie war tatsächlich eingeschlafen, und ihr erster Gedanke war, dass Maxie anrief, um ihr zu sagen, dass Lavendel wiederaufgetaucht sei. Doch die Nummer auf dem Display war ihr unbekannt. Und als sie sich meldete, war ein aufgeregter Mann am anderen Ende der Leitung.

Er entschuldigte sich für die Störung, nannte seinen Namen, und Leonie brauchte einen Moment, um zu realisieren, dass es sich um Paul Felmy handelte, Emmas Vater. Seine Stimme klang belegt, und eine unterschwellige Angst schwappte durch den Hörer.

»Es ist wegen Emma«, sagte er.

»Herr Felmy, was ist los?« Leonie hatte plötzlich ein ganz ungutes Gefühl. »Geht es Emma nicht gut?«

»Ich weiß es nicht«, entgegnete er. »Meine Tochter ist heute nach der Schule offenbar nicht nach Hause gekommen. Als ich um halb sieben aus der Kanzlei kam, war sie nicht da. Und sie ist immer noch nicht da. Ich mache mir große Sorgen. Sie sind doch ihre Klassenlehrerin. Ich hatte noch Ihre Nummer und wollte nachfragen, ob Emma heute Morgen überhaupt in der Schule war?«

»Ja, ist sie denn nicht krank?«, fragte Leonie verwirrt. »Ihre Freundin Maja meinte, sie sei krank.«

»Nein«, entgegnete Felmy. Er stöhnte auf. »Oh mein Gott! Hoffentlich macht sie keine Dummheiten.«

»Aber wieso? Was ist denn nur passiert?«

Emmas Vater schien völlig außer sich zu sein.

»Es ist wegen dieser verdammten Katze. Wir hatten einen Streit.«

Jetzt saß Leonie kerzengerade auf dem Sofa. »Sie meinen Lavendel?«

»Ja, ich glaube, so hieß die Katze, die Emma gestern hier angeschleppt hat.«

Und dann erzählte Felmy ihr, dass Emma ein Kätzchen in ihrem Kleiderschrank versteckt hatte, das sie unbedingt behalten wollte. Emma war am Abend zuvor auffällig früh auf

184

ihrem Zimmer verschwunden. In der Nacht hätte er dann ein leises Miauen gehört und seine Tochter zur Rede gestellt, die auf dem Bett saß und mit der Katze spielte. Erst hatte Emma behauptet, das Kätzlein sei ihr auf dem Nachhauseweg zugelaufen und sie habe es gerettet. Erst nach und nach rückte sie mit der ganzen Geschichte heraus. Wie es aussah, war es Emma gewesen, die Lavendel aus dem Katzencafé entführt hatte. Offenbar hatte sie das Kätzchen, mit dem sie am Nachmittag eine Weile im Innenhof gespielt hatte, in einem unbeobachteten Moment in ihrem Turnbeutel versteckt und war dann nach draußen gegangen. Emma betrachtete Lavendel als ihre Katze und wollte sie unbedingt behalten.

»Ich werde mich auch gut um Lavendel kümmern, versprochen«, hatte sie dem entgeisterten Vater gesagt.

Paul Felmy hatte fürchterlich mit seiner Tochter geschimpft. »Darum geht es doch nicht, Emma. Bist du verrückt geworden? Du kannst doch nicht einfach eine Katze stehlen. Das ist ja ungeheuerlich, gleich morgen bringst du das Tier wieder zurück und entschuldigst dich, hast du mich verstanden?«

Emma hatte geweint und getobt. »Aber ich bin immer so allein, ich will Lavendel behalten«, hatte sie geschluchzt.

»Nein, Emma, das geht nicht, und ich lasse mich auch nicht erpressen«, hatte Felmy gesagt und die Tür zum Kinderzimmer hinter sich zugezogen. Und damit war die Diskussion für ihn beendet gewesen.

Nun tat es ihm leid, und er machte sich riesige Vorwürfe.

»Ich hätte nicht so hart sein dürfen«, sagte er. »Aber seit Marie ... Ich meine, seit Emmas Mutter uns verlassen hat, ist es für uns beide nicht so einfach. Ich versuche, der beste Vater für Emma zu sein, aber es gelingt mir nicht immer. Ich muss ja auch arbeiten und weiß oft nicht, wie ich allem gerecht werden soll. Meine Mutter hilft, so gut sie kann, aber sie ist im Moment nicht da. Emma ist doch alles, was ich noch habe.« Leonie hörte, wie seine Stimme zu kippen drohte. »Und nun ist sie weg, und ich bin schuld. Wenn ihr etwas passiert, werde ich doch meines Lebens nicht mehr froh …«

Leonie vernahm die Panik in seiner Stimme und spürte, wie es ihr selbst eng in der Kehle wurde. War Emma tatsächlich weggelaufen?

»Machen Sie sich nicht solche Sorgen, Herr Felmy. Ihrer Tochter passiert ganz sicher nichts. Es ist doch noch gar nicht so spät. Bestimmt kommt sie bald nach Hause. Sie hat vielleicht einfach nur Angst, dass Sie mit ihr schimpfen, weil sie die Katze nicht ins Café zurückgebracht hat.« Denn das hatte Emma jedenfalls nicht getan. Leonie überlegte einen Moment. »Haben Sie denn mal versucht, Emma anzurufen?«, fragte sie dann. »Sie hat doch sicher ein Handy, nehme ich an.« Wenn man so außer sich vor Sorge war wie dieser Vater, fielen einem manchmal ja die einfachsten Dinge nicht ein.

»Natürlich habe ich das«, meinte Felmy. »Aber sie ist nicht drangegangen. Und eben habe ich gesehen, dass sie ihr Handy gar nicht mitgenommen hat.«

Das klang nicht gut. »Gibt es denn irgendwelche Freundinnen, bei denen sie noch sein könnte? Oder Nachbarn?«

»Emma hat nicht viele Freundinnen. Und bei dieser Maja habe ich sofort angerufen, da ist sie nicht. Und Maja wusste auch nichts von einer Katze. Bei unseren Nachbarn habe ich auch schon gefragt.«

Sie schwiegen beide etwas ratlos.

»Hat Emma denn einen Schlüssel?«

»Ja klar. Den hat sie auch noch nie vergessen oder verloren. Sie ist sehr ordentlich, was das angeht. Eigentlich hat bisher immer alles sehr gut geklappt. Seit sie ins Gymnasium geht, fährt sie ja auch jeden Tag mit der Straßenbahn zur Schule.«

Leonie nickte. Im Gegensatz zu so manch anderen Schülern aus ihrer Klasse, wo schon im Schulranzen ein unglaubliches Chaos herrschte, war Emma extrem gut sortiert. Vielleicht brauchte sie dieses gewisse Maß an Ordnung, weil ihr kleines Leben ein bisschen durcheinandergerüttelt worden war.

»Und was ist mit ihrer Mutter? Könnte sie vielleicht dorthin gegangen sein?«

»Das glaube ich nicht. Meine Frau – ich meine … meine Ex-Frau«, verbesserte Felmy sich rasch, »ist erst vor zwei Tagen aus Kenia zurückgekommen. Emma sollte sie eigentlich am nächsten Wochenende besuchen. Außerdem wohnt Marie in Bonn. Dorthin ist Emma sicher nicht gefahren. Ich bin mir nicht mal sicher, ob sie überhaupt weiß, dass ihre Mutter schon wieder aus Afrika zurück ist.«

»Wollen Sie sie denn nicht trotzdem mal anrufen?«, fragte Leonie vorsichtig. »Es wäre immerhin eine Möglichkeit.«

Felmy zögerte. »Ehrlich gesagt würde ich meine Ex-Frau

zu diesem Zeitpunkt lieber noch raushalten. Marie macht mir auch so schon genug Vorwürfe. Es ist … schwierig. Wenn sie erfährt, dass Emma weg ist, geht das sofort wieder los mit den Schuldzuweisungen. Sie wird einen Aufstand machen. Das kann ich jetzt am allerwenigsten gebrauchen.« Er seufzte. »Sie hält leider nicht viel von mir als Vater«, erklärte er dann unglücklich.

Die Beziehung zu seiner Ex-Frau war offenbar ein sensibler Punkt. Leonie beschloss, Felmy nicht weiter zu bedrängen. Sie fragte sich nur, wie man jemanden mit Vorwürfen überhäufen konnte, wenn man selbst die Familie verlassen hatte und die meiste Zeit des Jahres in Kenia hockte, um anderen Kindern zu helfen. Beziehungen von Erwachsenen konnten furchtbar kompliziert sein. Und die Leidtragenden waren immer die Kinder.

Felmy deutete ihr Schweigen falsch. »Entschuldigen Sie, Frau Beaumarchais«, sagte er jetzt. »Ich will Sie nicht mit meinen familiären Problemen belästigen, wir kennen uns ja kaum. Es ist nur … Emma spricht immer so nett von Ihnen, ich glaube, Sie sind eine richtige Vertrauensperson für Sie. Ich … ich hatte einfach gehofft, dass Sie mir vielleicht irgendwie weiterhelfen könnten … Verzeihen Sie, bitte … Aber ich weiß einfach nicht, was ich machen soll …«

Er verstummte, und für einen Moment hatte Leonie Angst, dass Felmy gleich in Tränen ausbrechen würde. Wenn Männer weinten, stand die Sache wirklich schlimm. Hilflosigkeit bei Männern machte sie fassungslos. Leonie lauschte in das erstickte Schweigen am anderen Ende der Leitung und spürte, wie ihr Herz überquoll vor Mitleid.

»Aber Herr Felmy, was reden Sie denn da? Das ist doch völlig in Ordnung, dass Sie mich anrufen und mir die ganze Situation ein bisschen erklären. Ich bin immerhin Emmas Klassenlehrerin, und Ihre Tochter liegt auch mir am Herzen. Natürlich helfe ich Ihnen. Wissen Sie was?« Sie war nicht umsonst eine fähige Pädagogin. »Sie kommen jetzt bei mir vorbei, und dann überlegen wir gemeinsam weiter und suchen nach Emma. Und wir finden sie ganz bestimmt.«

Sie nannte Felmy ihre Adresse, und er bedankte sich erleichtert.

»Ich bin in zehn Minuten da.«

Nachdem er aufgelegt hatte, rief Leonie bei Maxie an. Ihre Freundin ging nicht ans Telefon. Sie versuchte es noch einmal, ließ wieder und wieder durchklingeln, und schließlich nahm Maxie dann doch ab.

»Ja … Leonie? Was ist denn?« Sie klang atemlos, und im Hintergrund hörte man Florian etwas murmeln. »Flo … *nicht*, jetzt lass mich doch mal eben!« Ihre Freundin kicherte, und man hörte Geräusche wie von einem Handgemenge. Offenbar hatte sie die beiden Turteltauben gerade gestört.

»Ich weiß jetzt, wo Lavendel steckt«, sagte Leonie. »Er ist bei Emma, aber das Dumme ist, dass Emma nun auch noch verschwunden ist.«

17

Es wurde ein dramatischer Abend.
Als Paul Felmy völlig aufgelöst und verschwitzt bei Leonie klingelte – er war mit dem Auto aus dem Belgischen Viertel gekommen und eine gefühlte Ewigkeit herumgekreist, bis er schließlich einen Parkplatz in der Nähe der Ottostraße gefunden hatte –, schlug Leonie ihm vor, zusammen ins *Katzencafé* zu gehen, um sich dort mit ihrer Freundin Maxie zu beraten. Zudem konnte es ja gut sein, dass Emma, wenn es dunkel würde, doch noch dort auftauchte, um das gestohlene Kätzchen zurückzubringen. Emma wusste, dass Maxie direkt über dem Café wohnte. Gemeinsam überlegten sie, wo sie hingegangen sein könnte. Wohin ging ein zehnjähriges Mädchen, das ein Katze dabeihatte?

Sie saßen zusammen und diskutierten. Paul Felmy war ganz blass um die Nase. Er hatte noch seinen Anzug und ein weißes Hemd an, das er in der Kanzlei getragen hatte. Seine Krawatte war verrutscht, und irgendwann riss er sie sich vom Hals und zog auch das blaue Jackett aus. Nervös wippte er mit dem Fuß. »Können wir nicht endlich zu suchen anfangen, anstatt noch länger hier rumzusitzen und zu reden? In einer Stunde wird es dunkel«, mahnte er.

Leonie nickte. »Es geht sofort los, aber wir sollten uns aufteilen«, sagte sie beruhigend. Maxie hatte vor Schreck etwas Marmorkuchen auf den Tisch gestellt, den keiner anrührte. Dann hatte sie Anthony angerufen, der gerade mit ein paar Freunden vor dem Kiosk auf dem Lenauplatz stand und ein Bier trank. Sie hatte ihm kurz erzählt, dass Emma verschwunden war, und Anthony war gleich gekommen, um bei der Suche zu helfen. Es waren ja nur ein paar Schritte bis zur Chamissostraße.

»Der Mann vom Kiosk hat gesagt, er hätte am späten Nachmittag ein blondes Mädchen mit einer Katzentasche über den Lenauplatz gehen sehen«, rief Anthony, als er das Café betrat.

»Dann muss sie also doch hier gewesen sein«, kombinierte Leonie. »Vielleicht wollte sie Lavendel erst zurückbringen und hat es sich dann wieder anders überlegt. Aber woher hat sie überhaupt die Katzentasche? Egal, wir sollten jetzt los.«

Rasch übernahm Leonie die Einteilung des kleinen Suchtrupps. Es machte keinen Sinn, wenn alle einfach so losstürzten. Gerade in Krisen musste man einen kühlen Kopf bewahren. Strategie war alles.

Sie wies die anderen an, in der unmittelbaren Umgebung der Chamissostraße alle Wege abzugehen und Passanten nach Emma zu fragen, während sie selbst zur Sicherheit noch einmal in den Keller des Hauses gehen und bei den Nachbarn klingeln wollte.

Beide Aktionen waren nicht von Erfolg gekrönt. Niemand hatte ein blondes Mädchen mit Katze gesehen.

Paul Felmy wurde zunehmend panischer. »Wo kann sie nur sein? Wo kann sie denn nur sein?«, fragte er immer wieder und fuhr sich durch die dunklen Haare, die schon ganz zerzaust waren. »Gott, wenn ihr etwas zugestoßen ist!«

Leonie drückte beruhigend seinen Arm und sah ihn mit festem Blick an. »Wir finden Emma, Herr Felmy. Das verspreche ich Ihnen.« Sie hoffte nur, dass sie ihr Versprechen auch würde halten können. »Jetzt nehmen wir uns die Parks vor«, meinte sie dann. »Wir beide suchen in der Parkanlage hinter dem Lenauplatz, und Maxie und Florian, ihr geht den Blücherpark ab. Vielleicht hat Emma sich in einem der Schrebergärten versteckt. Anthony, du bleibst im Café und hältst die Stellung. Anschließend treffen wir uns wieder hier.«

Sie schwärmten aus.

Während Leonie mit eiligen Schritten neben Paul Felmy durch den Park in Richtung Spielplatz strebte, sie in jeden der kleinen Schrebergärten schauten und immer wieder Emmas Namen riefen, verblasste die Sonne an einem dunstigen Himmel.

Als sie dort ankamen, schwang die Schaukel leise hin und her, doch der Spielplatz war leer. »Hier ist sie jedenfalls nicht«, sagte Leonie überflüssigerweise. Sie hatte das Gefühl, reden zu müssen, damit Felmy nicht durchdrehte. Es war immer noch unglaublich drückend. Leonie sah, wie Felmy sich die Schweißtropfen von der Stirn wischte. Auch ihr klebte das dünne Sommerkleid am Körper, als sie jetzt abbogen und einen schmalen Trampelpfad entlangliefen, der ins Dickicht führte.

»Emma?!«, rief sie laut. Und auch Felmy rief immer wieder nach seiner Tochter. Es klang zunehmend verzweifelt. Manchmal blieben sie stehen, weil sie meinten, ein Geräusch gehört zu haben. Aber dann war es doch nur ein Vogel, der aufflatterte, oder ein Eichhörnchen, das flink an einem Baumstamm hochkletterte. Sie liefen weiter. Allmählich senkte sich die Dämmerung über den Park. Bäume und Büsche verloren ihre Farben und wurden im schwindenden Licht zu unheimlichen Schatten. Als sie den dritten Park erreichten, klingelte Leonies Telefon. Sie riss es hervor und spürte, wie ihr Herz anfing zu hämmern.

Es war Maxie.

»Habt ihr sie?«, rief Leonie in den Hörer und sah, wie Paul Felmys Augen sich weiteten.

»Nein«, entgegnete Maxie enttäuscht. »Ich hatte gehofft, ihr hättet sie gefunden. Hier scheint sie nicht zu sein, wir machen uns jetzt auf den Weg zurück.«

Es war bereits dunkel, als sie wieder im Café ankamen. Anthony erwartete sie mit besorgter Miene. Die Mutlosigkeit ließ sie verstummen.

Leonie schluckte. »Ich glaube, wir müssen jetzt doch die Polizei einschalten, Herr Felmy«, sagte sie leise. »Haben Sie vielleicht ein Foto von Emma auf Ihrem Handy?«

Felmy nickte und schlug sich die Hände vors Gesicht.

Sie telefonierten mit der Polizei und schilderten, was passiert war. Die Beamten nahmen die Daten auf und blieben ansonsten recht gelassen. Es war nicht das erste Mal, dass Kinder abends nicht rechtzeitig zu Hause auftauchten. Und in den meisten Fällen gab es dafür einen ganz banalen Grund.

»Alles klar so weit. Die Polizei hat die Daten aufgenommen und macht eine Suchmeldung über Funk.« Leonie nickte Maxie halbwegs erleichtert zu. »Könntest du vielleicht mal in den Notaufnahmen anrufen?«

Während Maxie anfing zu telefonieren und Anthony für sie alle einen Kaffee machte, ging Leonie zu Paul Felmy, der völlig zusammengesunken auf einem Thonetstuhl saß. Sie stellte ihm einen doppelten Espresso hin und legte kurz den Arm um seine Schulter.

»Hier trinken Sie das, Herr Felmy, das wird Ihnen guttun. Schwarz, nicht wahr?« Leonie war selbst ganz erstaunt, dass sie das behalten hatte. »Die Polizei findet Emma bestimmt ganz schnell, weit kann sie ja nicht gekommen sein.«

Paul Felmy nickte ein paar Mal und trank mechanisch seinen Kaffee.

»Ja, bestimmt«, wiederholte er tonlos.

Leonie sagte es nicht gern, aber schließlich sagte sie es doch.

»Und vielleicht wäre es doch gut, wenn Sie Emmas Mutter jetzt informieren würden.«

Felmy presste die Lippen aufeinander und nickte wieder. Dann stand er auf und trat mit seinem Mobiltelefon vor das Café.

Leonie sah durch die Scheibe, wie er erregt auf dem Bürgersteig auf und ab ging und immer wieder beschwichtigend mit den Händen gestikulierte. »Nein, so war es *nicht*«, hörte sie ihn ein paar Mal erregt sagen. »Jetzt hör mir doch mal zu, Marie!«

Florian stand mit unbehaglicher Miene am Tresen. Dieses kleine Drama passte offenbar nicht in sein hedonistisches Lebenskonzept. Nachdem er seinen Cappuccino ausgetrunken hatte, warf er einen Blick in Maxies Richtung, die immer noch mit den Notaufnahmen der Krankenhäuser telefonierte, und zuckte mit den Schultern. »Tja, ich glaube, ich mach mich dann mal vom Acker«, meinte er. »Wie es aussieht, kann ich hier eh nichts mehr tun. Aber ihr macht das echt super.«

Er winkte zu Maxie hinüber und lächelte Leonie entwaffnend an, die nur die Augenbrauen hochzog. Sie hatte nichts anderes erwartet.

»Also, ein Mädchen namens Emma ist heute Abend nirgendwo eingeliefert worden. Das ist doch schon mal was«, sagte Maxie. »Das bedeutet jedenfalls, dass Emma keinen Unfall hatte.«

Das war zwar eine gute Neuigkeit, aber so richtig zu freuen schien sich niemand darüber.

Nur Mimi kam schnurrend herbeigelaufen und rieb auffordernd ihren Kopf an Maxies Beinen. Sicher war sie erstaunt über all die Menschen, die zu einer Uhrzeit im Café saßen, wo ihr kleines Reich normalerweise nur ihr gehörte.

»Ja, Mimi, ist ja gut.« Maxie streichelte der weißen Katze zerstreut über das Fell. »Was für eine Aufregung – für nichts!«, murmelte sie betroffen. »Emma hätte Lavendel doch haben können. Ich wollte sowieso ein paar von den Kätzchen verschenken.«

Keiner sagte ein Wort.

»Diese Warterei macht mich noch wahnsinnig«, rief Felmy plötzlich und sprang auf. Er stolperte fast über Aphrodite und Neruda, die sich vor seinen Stuhl gelegt hatten. »Man muss doch irgendetwas *tun*.« Er kritzelte seine Handynummer auf ein Stück Papier und drückte es Leonie in die Hand. »Hier, rufen Sie mich an, wenn es etwas Neues gibt. Ich fahre jetzt noch mal nach Hause zurück und schaue nach, ob Emma inzwischen vielleicht dort angekommen ist.«

»Wollen Sie nicht lieber vorher anrufen?«, meinte Leonie noch, aber da war Paul Felmy schon zur Tür herausgestürzt.

Nach einer Weile kam er wieder ins Café zurück. Als er eintrat, sahen alle auf, aber er schüttelte nur den Kopf und ließ sich schwer in das blaue Sofa fallen. Mimi sprang erschrocken herunter und fixierte den Störenfried aus sicherer Entfernung mit ihren hellgrünen Augen. Das war ihr Sofa, aber woher sollte Paul Felmy das wissen.

»Möchte jemand noch einen Kaffee?«, fragte Anthony.

Keep calm and drink a coffee stand heute auf seinem apfelgrünen T-Shirt. Das passende Motto für diesen Tag. Der junge Engländer gähnte verhalten.

»Lieber ein Glas Wasser«, sagte Leonie. »Mir ist eh schon ganz heiß. Sie nahm ihren Notizblock und fächelte sich etwas Luft zu.« Obwohl es bereits halb elf war, schien die Luft überhaupt nicht abzukühlen. Leonie stieß die Tür auf und schaute in Richtung Lenauplatz. In der Ferne zuckte ein Blitz über den Himmel, und man hörte leises Donnergrollen. *Emma, wo steckst du nur*, fragte sie wortlos in die Dunkelheit. Hoffentlich war das Mädchen irgendwo in Sicherheit. Leonie ließ die Tür offen stehen. Dann ging sie zum Sofa zurück und setzte sich neben Felmy, der mit düsterer Miene vor sich hin starrte.

Dieses gemeinsame Warten machte eigentlich nicht viel Sinn, sie konnten gerade sowieso nichts tun, aber irgendwie wollte keiner diesen Vater, der vor Angst nicht mehr ein noch aus wusste, allein lassen.

»Die Polizei wird sie schon finden«, sagte Leonie noch einmal. »So ein Mädchen löst sich ja nicht einfach in Luft auf. Ich wette, Emma hat doch in einem der Gartenhäuschen einen Unterschlupf gefunden und schläft schon längst.«

Etwas anderes wollte sie sich einfach nicht vorstellen.

»Das gibt noch ein heftiges Gewitter«, meinte Maxie. Sie trat an die Tür und blickte in den Himmel. Draußen frischte mit einem Mal ein Wind auf.

Und dann fegte wie aufs Stichwort jemand ins *Fräulein Paula*, der die Besitzerin des Cafés fast über den Haufen rannte.

Marie Felmy war eine auffallende Erscheinung. Ihre schulterlangen roten Locken wehten um sie herum wie ein loderndes Feuer, als sie jetzt wie eine Furie auf Paul Felmy losstürmte.

»Wo ist Emma? Wo ist meine Tochter?«, rief sie. »Ist sie inzwischen gefunden worden?«

Felmy war zusammengezuckt, als er seine aufgebrachte Ex-Frau sah. Er schüttelte den Kopf und breitete in einer entschuldigenden Geste die Arme aus.

»Die Polizei sucht noch.«

»*Die Polizei sucht noch?*« Die Rothaarige schien Felmy mit Blicken zu erdolchen. Ihre dunklen Augen waren wie blankpolierte Knöpfe. »Das darf ja wohl alles nicht wahr sein. Ich fasse es nicht! Wie kann Emma denn *überhaupt* einfach so verschwinden? Du bist wirklich total unfähig, Paul. Kannst du nicht besser auf die Kleine aufpassen? Wahrscheinlich war sie wieder den ganzen Tag allein. Du bist schuld, wenn ihr etwas passiert, du ganz allein. Was bist du nur für ein Vater?!«

Alle schwiegen, erschrocken über diese Tirade.

Felmy saß wie ein geprügelter Hund auf dem Sofa und versuchte nicht mal, sich zu verteidigen.

Leonie, die einen ausgeprägten Gerechtigkeitssinn hatte, fühlte sich auf den Plan gerufen.

»Frau Felmy, bitte beruhigen Sie sich! Emma ist verschwunden, ja. Aber niemand ist hier an irgendwas schuld. Ihr Mann hat *gearbeitet*«, sagte sie. Diese Frau tat ja gerade so, als ob Felmy nur in der Hängematte schaukelte und Bier tränke. »Und als er nach Hause kam, war Emma weg. Und da hat er auch erst erfahren, dass Emma morgens gar nicht in der Schule gewesen ist. Er macht sich genau so viel Sorgen wie Sie. Mindestens«, fügte sie hinzu.

Marie Felmy wirbelte herum. »Ach ja? Und Sie sind bitte *wer*?« Sie musterte Leonie von oben bis unten.

»Ich bin Leonie Beaumarchais, Emmas Lehrerin«, gab Leonie zurück. »Die Sache ist die: Emma hat heimlich eines von den Katzenjungen aus dem Café entführt, und weil sie Angst hatte, dass sie es wieder hergeben muss, ist sie zusammen mit Lavendel weggelaufen, verstehen Sie? Da kann Ihr Mann doch nichts dafür.«

»Mein *Ex-Mann*, meinen Sie. Lavendel – was ist denn das für ein alberner Name für eine Katze? Na ja, auch egal.«

Marie Felmy schüttelte gereizt den Kopf, und die Locken flogen um ihr apartes Gesicht mit den feinen Augenbrauen. »Paul, kannst du dieser, dieser … *Lehrerin* bitte sagen, dass Sie sich aus unseren Privatangelegenheiten raushalten soll? Die geht mit gerade echt auf die Nerven.«

Leonie stieß einen empörten Laut aus. Sie war so perplex, dass ihr nicht die passende Antwort einfiel. Doch da erhob sich ihre Freundin und stellte sich wie der Anführer einer Straßengang neben sie. Maxie verschränkte die Arme vor der Brust, und ihre Augen funkelten gefährlich.

»Und könnten *Sie* bitte aufhören, hier so rumzuschreien«, sagte sie mit schneidender Stimme. »Ich werde nämlich nicht zulassen, dass Sie meine Freundin beleidigen. Wenn Sie sich nicht benehmen können, muss ich Sie bitten zu gehen.«

»Muss ich mir das bieten lassen, Paul? Es geht um *meine* Tochter«, zischte Marie und sah ihren Ex-Mann auffordernd an.

Maxie ließ sich nicht beeindrucken. »Ja, das haben wir bereits vernommen, Frau Felmy. Sie waren ja laut genug, und wir sind nicht schwerhörig.«

»Wer *sind* diese Leute? Paul, nun sitz nicht da wie ein Ölgötze. Jetzt sag doch mal was!«

Felmy versuchte die Wogen zu glätten. »Bitte reg dich doch nicht so auf, Liebes. Das sind alles Freunde von Emma. Wir suchen schon seit Stunden nach ihr.«

»Das ist ja allerhand. Und warum erfahre ich erst jetzt davon?«, wütete Marie weiter, und Leonie verstand plötzlich genau, warum Felmy seine Ex-Frau nicht sofort angerufen hatte. Diese Person ging ja hoch wie eine Handgranate. Und unfair war sie auch noch. Warum wies Felmy sie nicht in ihre Schranken? Leonie schenkte ihm ein aufmunterndes Lächeln. *Lassen Sie sich das nicht gefallen*, sagte ihr Blick.

Doch Felmy schlug nur die Augen nieder. »Tut mir leid, Marie«, murmelte er.

»Tut dir leid, tut dir leid. Das kannst du dir sparen, du Idiot. Davon kommt Emma auch nicht zurück. Du hättest dich einfach besser um sie kümmern sollen, dann wäre sie auch nicht weggelaufen.«

»Frau Felmy, es reicht. Hören Sie sofort auf, Ihren Mann zu beschimpfen.«

»Ex-Mann, ich sagte es bereits«, entgegnete Marie Felmy und verzog spöttisch den Mund. »Wie ich sehe, hast du eine eifrige Verteidigerin gefunden. Eine *Lehrerin*. Süß!« Dann wandte sie sich wieder an Leonie. »Und Sie können sich Ihre Weisheiten bitte für die Schule aufsparen. Was wissen Sie denn schon? Sie wissen *gar nichts.*«

»Ich weiß genug«, erklärte Leonie mit Nachdruck. »Immerhin ist Ihr Mann – pardon, Ihr *Ex-Mann* – wenigstens für Emma da, während Sie …«

Felmy winkte ab. »Ist schon gut, Frau Beaumarchais«, sagte er müde. »Bemühen Sie sich nicht. Wir regeln das wirklich besser unter uns. Komm, Marie.« Er nahm seine Ex-Frau beim Arm und schob sie sanft durch die Tür.

Leonie sah den beiden nach, als sie zusammen die Straße hintergingen. Felmy redete auf seine Ex-Frau ein, und Marie Felmy schien sich allmählich wieder zu beruhigen, ihre Stimme wurde leiser und leiser, bis Leonie sie gar nicht mehr hörte. Was für eine unangenehme Person. Aber sie schien – Ex-Frau hin oder her – immer noch große Macht über Emmas Vater zu haben.

»*Good Lord*, das war ja mal eine Furie«, meinte Anthony, der das Spektakel vom Tresen aus beobachtet hatte. »*But very sexy, indeed.*«

Er rollte mit den Augen, und alle lachten. Die Anspannung fiel für einen Augenblick von ihnen ab.

»Danke für deine Unterstützung, Maxie«, sagte Leonie.

»Kein Ding, du weißt doch, auf dich lasse ich nichts kommen«, entgegnete Maxie und zwinkerte ihr zu. »Wir sind schließlich Freundinnen.«

Plötzlich war die alte Vertrautheit wieder da, und für einen Moment war alles wie immer.

Als Paul Felmy zwanzig Minuten später allein ins Café zurückkam, entschuldigte er sich für den Zwischenfall. »Marie meint das nicht so«, sagte er. »Sie ist einfach sehr aufgeregt wegen Emma. Und dazu völlig überreizt, weil sie erst gerade aus Kenia zurückgekommen ist. Der Jetlag, wahrscheinlich. Ich habe ihr gesagt, sie soll besser bei mir in der Wohnung warten, bevor hier noch die Messer gezückt werden. Sobald Emma auftaucht, gebe ich ihr Bescheid.«

Leonie nickte leicht pikiert. Sie hatte den Eindruck, dass Marie es *genau so* gemeint hatte.

»Nun, ich finde, dass Ihre Ex-Frau ein wenig übers Ziel hinausschießt«, meinte sie in belehrendem Ton. »Sie sollten sich nicht alles gefallen lassen.«

»Ich weiß«, entgegnete Felmy und lächelte schief. »Aber im Moment stehen meine Karten wohl eher schlecht.«

Kurz vor Mitternacht kam der Anruf von der Polizei. Ein blondes Mädchen war vor der Wurstbraterei im Hauptbahnhof aufgegriffen worden. Sie hatte zwar keine Katze dabei, aber sie hieß Emma. Die Kleine war offenbar völlig durch den Wind, sie schluchzte unverständliches Zeug, und außer ihrem Vornamen hatte sie noch nicht viel gesagt. »Wir nehmen sie jetzt erst mal mit auf die Wache«, hatte der Beamte von der Bundespolizei gemeint. »Da können Sie sie abholen.«

»Ich bin sofort da«, rief Felmy in den Hörer. Er sprang auf, griff nach seinen Autoschlüsseln und stürzte aus dem Café.

»*Thank God, it's over!*«, seufzte Anthony und sprach aus, was alle dachten.

»Warten Sie, ich komme mit«, rief Leonie. Sie eilte Emmas Vater hinterher, während die anderen erleichtert ihre Sachen zusammenpackten.

»Meine Güte, ausgerechnet der Hauptbahnhof, das ist ja entsetzlich«, stöhnte Felmy, als sie wenig später in seinem dunkelblauen Saab saßen. »Da treibt sich nachts doch immer ein fürchterliches Volk rum.« Bei dem Gedanken, dass seine zarte Tochter zwischen Obdachlosen und Drogendealern herumspazierte, schien ihm jetzt noch schlecht zu werden. Er war ganz blass.

Leonie nickte. »Zum Glück ist ja nichts passiert. Emma hat einen guten Schutzengel gehabt.« Was wohl aus der Katze geworden war? Leonie ließ ihr Fenster herunter, und ein warmer Luftzug wirbelte ihre Haare durcheinander.

Felmy jagte den Ring entlang, den Blick starr nach vorne gerichtet. Die nächtliche Stadt flog an ihnen vorbei.

»Achtung, hier ist Tempo dreißig«, warnte Leonie, als Felmy in halsbrecherischem Tempo an einem Radfahrer vorbeiraste, der ohne Licht den Kaiser-Wilhelm-Ring in Richtung Rhein fuhr.

»Mir egal«, knurrte er.

Leonie lehnte sich im Sitz zurück und warf einen verstohlenen Blick zur Seite.

Der Ritter von der traurigen Gestalt, der noch eben vor seiner Ex-Frau gekuscht hatte, sah mit einem Mal höchst entschlossen aus. Seine feingliedrigen Hände hielten das Lenkrad fest umschlossen. Mit hochkonzentrierter Miene saß er in seinem Sitz, aufs Äußerste angespannt. Wie ein Puma vor dem Sprung, schoss es ihr durch den Kopf. So war Felmy sicher, wenn er vor Gericht seine Plädoyers hielt.

Das Handy klingelte ein paar Mal, aber er schien es nicht wahrzunehmen. Und auch Leonie sagte kein Wort. Um diese Uhrzeit konnte es ja nur diese durchgeknallte Ex-Frau sein.

Wenige Minuten später kamen sie vor dem Hauptbahnhof zum Stehen. Sie hasteten durch die Eingangshalle, doch als sie in das Büro der Bundespolizei stürmten, erwartete sie eine böse Überraschung.

Auf einem Plastikstuhl saß ein Mädchen, dem die langen blonden Haare wie eine Gardine vor das verschmierte Gesicht fielen. Sie schaukelte unschlüssig mit den Beinen, und in den Händen hielt sie einen Pappbecher mit Orangensaft.

Aber es war nicht Emma, die hier auf ihre Eltern wartete.

Der Polizeibeamte kam ihnen entgegen und entschuldigte sich für die Verwirrung. Der Name des Mädchens sei Emily Becker, nicht Emma Felmy.

»Wir haben es eben selbst erst herausgefunden, sorry«, sagte er. »Ich hatte noch versucht, bei Ihnen anzurufen, aber da waren Sie wohl schon unterwegs.«

»Das gibt's doch nicht!«, schrie Felmy völlig außer sich. Er war kurz davor auszurasten, und Leonie fasste unwillkürlich nach seiner Hand.

»Es tut mir wirklich leid«, wiederholte der Beamte. »Als die Kleine sagte, sie hieße Emma, dachten wir natürlich, es sei Ihre Tochter. Nun sind Sie beide ganz umsonst hergekommen. So was Blödes.«

Er sah sie mitleidig an. Offenbar dachte er, dass sie Emmas Eltern seien.

Felmys Kiefer arbeiteten, als er jetzt versuchte, sich zur Ruhe zu zwingen.

»Sobald wir etwas hören, melden wir uns«, sagte der Beamte. »Am besten, Sie gehen nach Hause. Es macht keinen Sinn, wenn Sie sich die ganze Nacht um die Ohren schlagen. Versuchen Sie, ruhig zu bleiben, schlafen Sie ein bisschen, auch wenn's schwerfällt. Wir finden Ihre Tochter. Neunzig Prozent aller Ausreißer kehren am Ende wohlbehalten zurück.«

Als sie wieder im Auto saßen, ließ Felmy den Oberkörper aufs Lenkrad sinken. Seine Schultern bebten.

Leonie spürte, wie sich ihr Herz zusammenzog.

Vorsichtig legte sie Felmy die Hand auf die Schulter. »Bitte, Herr Felmy«, sagte sie und rüttelte ihn sanft. »Herr Felmy? Paul?«, fragte sie, und dann noch einmal: »He, Paul! Es wird alles gut. Emma ist doch noch gar nicht so lange weg. Wir finden sie.«

Felmy schüttelte den Kopf, ohne sie anzusehen. Ein harter Schluchzer entrang sich seiner Brust.

»Oh Gott! Was habe ich nur getan? Hätte ich ihr doch nur erlaubt, diese verdammte Katze zu behalten«, stieß er hervor. »Dann wäre sie niemals weggelaufen.«

»Ach, Paul ... Paul ...« Leonie legte bestürzt den Arm um den weinenden Mann und hielt ihn fest. Sie saßen in dem dunklen Auto wie in einem Kokon, der nichts mehr mit der Welt zu tun hatte. »Das können Sie doch immer noch.«

Ein krachender Donnerschlag zerriss die Luft.

Leonie sah über Felmys Schulter hinweg nach draußen, wo der angestrahlte Dom hoch aufragte. Eine grelle Lichtreklame am Bahnhofsgebäude begann unruhig zu flackern. Dann schlugen die ersten harten Tropfen auf dem Autodach auf.

Es regnete ... endlich!

»Vielleicht wäre es wirklich schön für Emma, ein kleines Tier zu haben, das da ist, wenn sie nach Hause kommt, und um das sie sich kümmern kann«, meinte Leonie sanft. »Dann ist sie nicht so allein, wenn Sie noch arbeiten müssen. Das besprechen Sie später mit ihr, gleich, wenn sie zurückkommt.«

Paul Felmy nickte und schaute sie unglücklich an. »Ja.« Sie sah, wie sich sein Gesicht in einer schmerzlichen Grimasse verzog. »*Wenn* sie zurückkommt.« Er fuhr sich durch die dunklen Haare und rang um Fassung. »Entschuldigung. Mein Gott, ich bin so verzweifelt. Marie hat recht, ich bin ein schlechter Vater.«

»So ein Unsinn«, sagte Leonie. »Lassen Sie sich nichts einreden, Paul. Sie sind ein guter Vater. Und dass Emma die

Trennung vielleicht noch nicht ganz verkraftet hat, liegt bestimmt nicht an Ihnen. Aber auch das wird sich mit der Zeit legen, glauben Sie mir. Kinder richten sich auf neue Situationen ein, da sind sie oft besser als wir Erwachsenen. Emma ist zwar etwas verschlossen, aber sie ist auf einem guten Weg. Sie ist ein wirklich nettes Mädchen, und sie wird das schon packen, ich bin mir sicher. Man muss positiv denken.«

Paul Felmy nickte. »Ja, das muss man wohl.« Er seufzte tief und starrte in den Regen, der gegen die Windschutzscheibe prasselte. »Hoffen wir mal, dass alles gut wird ...«

Er startete den Wagen, und die Scheibenwischer gingen hektisch hin und her.

»Danke, dass Sie mitgekommen sind, Leonie.« Er sah sie an und hob die dunklen Augenbrauen. »Ist es überhaupt in Ordnung, wenn ich Leonie sage?«

»Ja, natürlich.« Leonie lächelte. »Und ich bin gerne mitgekommen. Das ist doch selbstverständlich.«

»Nein, nein«, er schüttelte den Kopf und ließ den Wagen langsam anrollen. »Selbstverständlich ist das nicht. Darf ich Sie wenigstens nach Hause bringen?«

Schweigend fuhren sie durch den Regen, der nun unaufhaltsam vom Himmel rauschte. Die Fahrbahn verschwamm. Sie kamen nur langsam voran, man konnte kaum etwas sehen.

Leonie merkte, wie eine große Müdigkeit sie überkam. Sie schloss für einen Moment die Augen. Sofort tauchte Emmas herzförmiges Gesicht vor ihr auf. Sie sah die Kleine vor sich, wie sie im Café mit Lavendel spielte, und hörte ihr silberhelles Lachen. Der Umgang mit der kleinen Katze tat ihr gut. Überhaupt war alles so viel besser geworden, seit Emma sich mit Maja angefreundet hatte, die in der 6b so beliebt war. Seit dem Pippi-Langstrumpf-Bild damals segelte Emma glücklich in Majas Windschatten, und manchmal trat sie auch aus diesem heraus und machte ihr eigenes Ding. Lächelnd musste Leonie daran denken, wie sie Emma damals nach dem Streit auf dem Schulhof in dem alten Baumhaus gefunden hatte, wo sie sich versteckt hatte und malte, als ginge sie die ganze Welt da draußen nichts an.

Sie riss die Augen auf. Plötzlich war sie hellwach.

»Paul!«, rief sie und sah aufgeregt zu dem bleichen Mann hinüber, der gedankenverloren seinen Wagen durch den Regen steuerte. »Ich glaube, ich weiß, wo Emma ist.«

Der Weg zur Schule, die am Rand von Ehrenfeld lag, war nicht weit. Leonie dirigierte Paul Felmy durch die engen Straßen, Wasser spritzte auf, als sie durch tiefe Pfützen fuhren.

»Hier ist es!«

Sie hielten vor dem Schulgebäude an, vor dem eine einsame Straßenlaterne leuchtete. Sekunden später liefen sie durch den strömenden Regen zum Haupteingang.

Leonie war so aufgeregt, dass ihr der Schlüssel aus der Hand fiel. Sie bückten sich beide gleichzeitig danach und stießen fast mit den Köpfen zusammen. Für einen Augenblick war Felmys Gesicht ganz nah. Sie schauten sich an, und Leonie spürte, wie ihr Herz einen Moment aussetzte, als Paul Felmys dunkle Augen sie so unvermittelt anblickten.

Sie griff nach dem Schlüsselbund und richtete sich rasch auf, um die Tür aufzuschließen.

Kurz darauf überquerten sie den Schulhof. Leonie, die vorauslief und kaum etwas sah, trat in eine tiefe Pfütze und fluchte leise. Sie rannte weiter, gefolgt von Felmy, und deutete auf den riesigen Baum, der sich am Ende des Schulhofs erhob.

Als sie außer Atem vor der Steinmauer ankamen, legte Leonie den Finger an die Lippen und bedeutete Felmy zu warten. Sie standen beieinander unter den weit verzweigten Ästen der alten Kastanie, durch deren Blätter der Regen tropfte, und lauschten.

Da hörten sie ein leises Miauen über sich und eine kindliche Stimme, die ein paar Worte murmelte.

»Emma!«, rief Paul Felmy.

Oben im Baumhaus bewegte sich etwas. Ein Zweig wurde zurückgeschoben, und dann tauchte Emmas blasses Gesichtchen im Blattwerk auf. Sie hielt Lavendel fest an sich gedrückt und spähte nach unten.

»Papa?!« Sie lächelte erleichtert, dann fing sie an zu weinen. »Papa«, schluchzte sie.

Paul Felmy zog sich behände an den Stufen der Holzleiter hoch, die am Stamm der Kastanie befestigt war. Leonie sah, wie er in das Baumhaus kletterte und seine Tochter in die Arme schloss.

»Ach, Emma«, sagte er nur, und in diesen beiden Worten lag seine ganze Liebe.

»Ach, Papa«, sagte Emma.

Und dann sagten die beiden eine lange Zeit nichts mehr,

während der Regen unaufhörlich auf das Blätterdach rauschte. Selbst Lavendel hatte aufgehört zu miauen. Es wurde still.

»Alles in Ordnung da oben?«, rief Leonie nach ein paar Minuten. Die nassen Kleider klebten ihr am Körper, und ihre Riemchensandalen waren völlig durchweicht. Aber was machte das schon, es war ja warm.

»Frau Bo-mar-schä!«, rief Emma und sah erstaunt herunter. »Sie sind ja auch da.«

Ein gewaltiger Donner zerriss die Luft. Leonie zuckte zusammen.

»Kommen Sie schnell rauf, Frau Bo-mar-schä, sonst werden Sie ganz nass!«

»Ich bin schon ganz nass«, sagte Leonie. Sie zog sich die Sandalen von den Füßen und stieg barfuß die Leiter zum Baumhaus hoch.

Hier oben war es dunkel wie in einer Höhle und erstaunlich trocken. Leonie ließ sich auf den grob zusammengezimmerten Holzbrettern nieder und zog die Beine an. So hockten sie eine ganze Weile nebeneinander im Baumhaus, Paul, Emma mit Lavendel auf dem Schoß und sie selbst, während das Gewitter über ihnen tobte, und waren einfach nur froh und dankbar, dass dieser Alptraum ein Ende gefunden hatte.

Allmählich zog das Unwetter vorüber, und ein großer Frieden senkte sich über das Versteck in der alten Kastanie. Sie lauschten dem Geräusch des Regens, der allmählich nachließ, und saßen so vertraut beieinander, als würden sie sich schon Jahre kennen.

So ein Baumhaus kann richtig gemütlich sein, stellte Leonie überrascht fest. Kein Wunder, dass Emma es zu ihrem Lieblingsplatz erkoren hatte. Sie schaute zu dem Mädchen hinüber, das unentwegt Lavendel streichelte.

»Meine Güte, Emma. Du hast uns einen ganz schönen Schrecken eingejagt, weißt du das eigentlich?«, sagte sie. »Einfach so wegzulaufen.«

Emma senkte den Kopf. »Ich wusste nicht, was ich tun sollte«, erklärte sie kleinlaut. »Ich *wollte* Lavendel ja zurückbringen, aber ich konnte es einfach nicht.« Ihre Augen füllten sich wieder mit Tränen. »Also habe ich von meinem Geld beim *Fressnapf* auf der Subbelrather Straße etwas Futter für Lavendel gekauft und eine Katzentasche, und dann bin ich wieder hierhergekommen, weil ich nachdenken wollte. Aber dann kam das Gewitter, und ich hatte Angst.«

»Alles ist gut, Emma«, sagte Paul Felmy. Er zog ihren Kopf an seine Brust und strich ihr zärtlich über das Haar. »Aber ich bin vor Sorge fast gestorben. Du musst mir in die Hand versprechen, dass du nie mehr wegläufst, ja? Es gibt im Leben manchmal Probleme. Das ist ganz normal. Und man kann für jedes Problem eine Lösung finden. Aber Weglaufen ist nie eine Lösung, verstehst du?«

Emma nickte und kuschelte sich an ihren Vater.

»Bist du mir noch böse?«, fragte sie leise.

»Ach, Emma, natürlich nicht. Ich habe dich unendlich lieb. Und auch wenn wir uns mal streiten, habe ich dich lieb. Ich habe dich immer lieb, verstehst du? Immer. Immer. Immer.«

Leonie spürte, wie ihre Augen feucht wurden.

»Ich habe dich auch immer, immer, immer lieb, Papa«, sagte Emma.

Lavendel miaute, und Emma drückte das Kätzchen an sich.

»Und Lavendel habe ich auch lieb. Kann ich ihn nicht doch behalten?«

Paul Felmy blickte mit einem ergebenen Seufzer zu Leonie hinüber. Sie lächelten sich an wie zwei Verbündete.

»Von mir aus, du kleine Nervensäge«, meinte Felmy. »Wenn Frau Sommer nichts dagegen hat, habe ich es auch nicht. Aber jetzt müssen wir erst mal Mama Bescheid sagen, dass du wieder da bist. Sie ist zu Hause und wartet auf uns.«

Nachdem Felmy seine Ex-Frau angerufen hatte, machten sie sich auf den Weg. Emma saß mit der Katzentasche auf dem Rücksitz des Saabs. Eigentlich hätte die kleine Ausreißerin todmüde sein müssen, doch sie plapperte unentwegt, überglücklich, dass sie Lavendel behalten durfte und dass ihre Mama aus Afrika zurückgekehrt war und zu Hause auf sie wartete.

Auch Leonie war glücklich, natürlich war sie das, doch nachdem Paul Felmy sie vor ihrem Haus abgesetzt und sich noch einmal bei ihr bedankt hatte, stand sie etwas verloren auf dem Bürgersteig und blickte dem dunkelblauen Wagen nach, der in Richtung Ehrenfeldgürtel verschwand.

Das große Abenteuer hatte ein gutes Ende genommen, doch jetzt wurde ihr ganz seltsam zumute bei dem Gedanken, dass der Anwalt mit den sanften dunklen Augen mit seiner Tochter zu der rothaarigen Frau zurückkehrte, die in seiner Wohnung auf ihn wartete.

Mit einem Mal fühlte sie sich ausgegrenzt, obwohl es dazu, wenn man es genau nahm, überhaupt keine Veranlassung gab.

Felmy war der Vater ihrer Schülerin. Mehr nicht. Sie kannte diesen Mann kaum. Und dass er mit seiner Tochter nun zu deren Mutter fuhr, war normal und richtig.

Und dennoch kam es Leonie falsch vor.

All diese aufregenden Stunden, die sie miteinander geteilt hatten – von dem ersten besorgten Anruf Felmys bis hin zu der gemeinsamen Suche im Park, dem bangen Warten im Café, der halsbrecherischen Fahrt über den Ring, der Verzweiflung, als es doch nicht Emma war, die bei der Bahnhofspolizei wartete, dem intensiven Blick aus Felmys Augen, als sie den Schlüssel fallen ließ, dem strömenden Regen, durch den sie mit hämmernden Herzen über den Schulhof gerannt waren, dem Moment, als sie Emma im Baumhaus gefunden hatten und dort in der Intimität der Nacht erschöpft und glücklich zusammengesessen hatten, während der *Sumatra Rain* auf die Blätter rauschte – all das gab ihr das Gefühl, Paul Felmy ganz nahe gekommen zu sein.

Normalerweise brauchte es eine Weile, bis man einen Menschen wirklich kannte. Manchmal konnte das Jahre dauern. Erst nach und nach zeigten sich die Wesenszüge, die Vorlieben, die Ängste und Sehnsüchte. Doch unter besonderen Umständen, in jenen existenziellen Momenten unseres Daseins, wenn die Schutzwälle, mit denen sich jeder so sorgsam umgab, erschüttert wurden, sich Risse im Mauerwerk auftaten, durch die man plötzlich auf den Grund einer

Seele sah und das Wesen einer Person erkannte in seiner ganzen Verletzlichkeit und Unverstelltheit, konnten alle Gesetze der menschlichen Annäherung außer Kraft geraten. Und man flog mit Lichtgeschwindigkeit direkt in ein Herz.

»Wir sehen uns, ich melde mich bei Ihnen«, hatte Paul Felmy leise gesagt, als er sich im Halbdunkel des Wagens zu ihr umwandte. »Ich weiß gar nicht, was ich ohne Sie gemacht hätte, Leonie. Sie sind mein guter Engel.« Er hatte sie angesehen und ihre Hand genommen, und beides war ein wenig zu lang gewesen, als dass es ohne jede Bedeutung hätte sein können.

Gedankenverloren stand Leonie noch eine Weile auf der menschenleeren Straße, als ob sie auf diese Weise die Verbindung halten könnte zu allem, was an diesem Abend passiert war. Im *Pane e Cioccolata* waren schon lange die Lichter aus.

Nach dem Gewitter war die Luft angenehm klar. Alles Schwüle war verflogen. Leonie atmete tief ein und blickte in den Nachthimmel.

Egal was noch kam, sie wusste, dass sie einen existenziellen Moment mit Emmas Vater geteilt hatte. Und dass sie diese Nacht niemals vergessen würde.

Paul Felmy wäre vielleicht ein Mann gewesen, den sie über ihre Türschwelle gelassen hätte, wie Frau Siebenschön es damals so treffend prophezeit hatte, als sie das erste Mal zusammen beim Italiener saßen. Doch Leonie war sich nicht sicher, welche Rolle die rothaarige Marie noch im Leben von Emmas Vater spielte.

18

Susann Siebenschön hatte von all dem keine Ahnung. Weder wusste sie von den Herzensverwirrungen ihrer reizenden Katzensitterin, die schon lange nicht mehr ihre Katzensitterin war, noch dass Mimi inzwischen Mutter von fünf Kätzchen geworden war, von denen eines Lavendel hieß, und dass die ganze Katzentruppe zur Attraktion eines Cafés am Lenauplatz geworden war. Sie wusste nur, dass die Tage mit Giorgio Pasini herrlich waren und dass sie miteinander so manche aufregende Stunde teilten.

Sie hatten einen Ausflug an die Amalfi-Küste gemacht, mit einem dieser altmodischen Ausflugsdampfer, waren in Positano vor Anker gegangen und hatten sich in dem Gewirr der engen Gässchen, die steil nach oben führten, aufs Schönste verloren. Susann hatte sich eines dieser weißen Baumwollkleider mit Lochstickerei gekauft, wie sie seit Jahrzehnten in Positano Mode waren, und als sie zögernd aus der Umkleidekabine trat, die nur durch eine helle Stoffbahn vom Rest der vollgestopften Boutique abgetrennt war, hatte Giorgio sie so bewundernd angesehen, dass ihre Zweifel, ob so ein Kleid für eine Frau ihres Alters denn wohl passend wäre, sich sofort in Luft auflösten. In diesen Ferien schien einfach alles möglich.

Am späten Nachmittag hatten sie sich auf die Terrasse des *Le Sirenuse* gesetzt, eines alten, vornehmen Hotels, das es schon in den fünfziger Jahren gegeben hatte, als Positano noch ein Fischerdörfchen war, abgeschieden von der Welt und ohne nennenswerte Zugangsstraße, ein Eldorado für Künstler und Bohemiens, mit einsamen Buchten und verschwiegenen Plätzen. Dort hatten sie einen eisgekühlten Spritz getrunken und den atemberaubenden Ausblick aufs Meer genossen. Sie hatten die Zeit völlig vergessen. Irgendwann war Giorgio aufgestanden und an den Rand der Terrasse getreten. Er hatte zum Hafen hinuntergesehen, wo gerade ein weißer Ausflugsdampfer ablegte, und gesagt: »*Mamma mia*, ich fürchte, das war unser Boot.«

»Ach du meine Güte«, hatte Susann gerufen. Sie war aufgesprungen und hatte sich neben Giorgio gestellt und ihren großen Strohhut mit beiden Händen festgehalten, damit er nicht davonflog.

»Und was machen wir jetzt?«

»Jetzt bleiben wir hier.«

Giorgio hatte es irgendwie geschafft, ihnen ein Zimmer im *Sirenuse* zu organisieren. Es war ein winziges Doppelzimmer mit Meerblick, das Bett füllte fast den ganzen Raum aus, und der Preis, den Giorgio vor ihr zu verbergen suchte und den sie dann doch herausbekam, verschlug Susann den Atem, aber es war jeden Cent wert. Als sie nachts leise, um Giorgio nicht zu wecken, ans Fenster trat und über die Bucht schaute, hinüber zu dem Felsmassiv, wo Hunderte von Lichtern die kleinen Häuschen, die dort am Hang klebten, erleuchteten und alles in ein goldenes Licht tauchten, dachte sie, dass sie noch nie in ihrem Leben etwas so Schönes gesehen hatte.

Sie stand am Fenster und vergaß die Zeit. Solche unbeschwerten Wochen hatte sie seit ihrer Hochzeitsreise mit Bertold nicht mehr erlebt. Und egal was noch passierte und wie diese ganze Sache endete – denn irgendwann würde sie wohl leider enden müssen –, sie bereute nichts, nicht eine Minute. Das war ein Geschenk, das das Leben ihr noch einmal machte.

Im *Hotel Paradiso* hatte sie nicht Bescheid geben müssen. Denn auch wenn sie es Leonie nicht erzählt hatte, war es doch so, dass sie dort gar nicht mehr wohnte. Als sie das dritte Mal ihren Aufenthalt verlängern wollte, hatte Massimo sorgenvoll den Kopf geschüttelt und mit gerunzelten Brauen in den Computer gestarrt. »Oh, Signora Siebenschön, ich fürchte … ich fürchte, ich kann nichts machen.« Es war Hochsaison auf Ischia, und im Paradiso Therme war beim besten Willen kein Zimmer mehr frei, nur noch unten, im Paradiso Garden. Dort aber waren die Familien mit den lärmenden Kindern, und man musste zum Abendessen immer den steilen Weg nach oben kraxeln, der ins Hauptgebäude führte. Dorthin wollte Susann nicht umziehen.

Unglücklich hatte sie überlegt, was sie tun sollte. Und dann hatte Giorgio sie gefragt, ob sie nicht für den Rest der Ferien in seinem Haus wohnen wolle, das in den bewaldeten Hängen oberhalb von Ischia Porto lag.

Susann hatte zunächst gezögert, aber dann kam sie sich selbst etwas albern vor. Schließlich war doch Giorgio Pasini der Grund, weshalb sie ihren Urlaub immer wieder verlängerte.

»Es sind doch nur noch ein paar Tage, Ssussanna, *amore mia*. Komm zu mir, ich würde mich so freuen. Meine Haus iste keine Palast, aber es gibte eine Gästezimmer mit eigene Bad. Du hast dort deine Ruhe und kannste tun und lassen, was du willst. Ich gehe vormittags in den Antiquitätenladen, in der Siesta können wir uns sehen, und abends kommst du nach Ischia Ponte, und wir gehen auf das Castello und schauen bis nach Napoli. Bitte sag ja!«

Sie hatte gelacht, und dann hatte sie tatsächlich ja gesagt. Und es nicht bereut.

Natürlich gab es kleinere Missverständnisse und Streitigkeiten, wie sie unter Liebenden vorkommen, aber im Großen und Ganzen und in Anbetracht der Tatsache, dass jeder von ihnen schon ein Leben gelebt hatte, verstanden sie sich erstaunlich gut. Vielleicht lag es daran, dass sie beide tolerant geworden waren und nicht den Ehrgeiz hatten, den anderen zu erziehen. Wenn man älter wird, begreift man irgendwann, dass man einen Menschen nicht wirklich ändern kann. Und wenn man klug ist, beherzigt man das und konzentriert sich auf die Eigenschaften, die einem am anderen gefallen, und geht mit einer gewissen Großmut über die anderen Dinge hinweg.

An seinem Geburtstag war Giorgio mit Susanna auf den Epomeo gestiegen, und dort oben, im selben Restaurant, wo sie einst mit ihrem Mann gesessen hatte, hatte er ihre Hand genommen und gesagt: »Ssussanna, ich bin keine Bertold, ich bin nur Giorgio, aber ich liebe dich von ganzem Herzen. Lass uns zussammen glücklich sein. Bleibe hier bei mir auf Ischia. Du wirst es nicht bereuen.«

Da hatte Susann Siebenschön sich zum ersten Mal gewünscht, dass sie nicht so schrecklich deutsch wäre. »Giorgio, ich möchte auch gern mit dir zusammen sein, aber ich muss doch irgendwann auch mal wieder nach Hause zurück«, hatte sie gesagt.

»Aber was willste du in Deutschland? Es ist kalt und ungemütlich, die Leute arbeiten sich kaputt, und es regnet immer. Dolce Vita in Italien ist doch viel schöner.«

Susann musste lächeln. »Ja, es regnet tatsächlich oft, vor allem in Köln. Aber weißt du, was man in Köln sagt? Köln ist die schönste Stadt der Welt!« Susann seufzte und dachte an den Rhein, an dem sie schon als Kind entlangspaziert war, und an den Dom, den sie Giorgio unbedingt zeigen wollte. Und dann dachte sie an ihre weiße Katze, die schon viel zu lange nicht mehr auf der Dachterrasse in der Eichendorffstraße herumspaziert war.

»Und dann ist da natürlich noch Mimi«, sagte sie.

»Mimi? Wer iste diese Mimi?« Giorgio sah sie verständnislos an. Offenbar hatte er diesen Teil ihrer ersten Unterhaltung damals in seinem Laden völlig vergessen.

»Na, meine Katze, die mich sicher schon ganz schrecklich vermisst. Ich kann sie nicht noch länger bei der Nachbarin lassen, die auf sie aufpasst. Mitte Juli muss ich allerspätestens zurück sein. Warum kommst du nicht einfach mit, Giorgio? Du kannst auch bei mir wohnen. Ich habe zwar kein Haus, aber meine Wohnung ist groß genug für uns beide. Für uns drei«, setzte sie lächelnd hinzu, denn sie war sich sicher, dass Mimi diesen feinen Mann gleich in ihr Herz schließen würde.

Giorgios Miene verfinsterte sich, und er schüttelte bedauernd den Kopf. »Das iste leider unmöglich, *carissima*«, erklärte er verlegen.

Susann sah ihn erstaunt an. Gab es da etwas, was sie nicht wusste? Eine andere Frau vielleicht, die Giorgio ihr bisher verheimlicht hatte? War er vielleicht gar kein Witwer? Und lebte sein erwachsener Sohn, der in Neapel in einem Hotel arbeitete, gar nicht mit seiner Verlobten dort, wie er immer behauptet hatte, sondern mit seiner Mutter, die ihren Mann, wenn die Saison auf Ischia vorbei war, wieder zu Hause erwartete? Plötzlich schossen Susann alle Klischees durch den Kopf, die man italienischen Männern nachsagte.

»Aber warum, Giorgio? Warum ist das unmöglich? Deinen Laden betreibst du doch mehr zum Spaß, wenn ich es richtig verstanden habe. Du musst doch gar nicht mehr die ganze Zeit arbeiten.«

Giorgio Pasini wand sich unbehaglich auf seinem Stuhl.

»Nein, nein, es gehte nicht um meine Geschäft, das iste sowieso das halbe Jahr geslossen.«

»Was also ist es dann?«

Susann sah zu ihrem Erstaunen, wie ihr italienischer Freund über und über rot wurde.

»Ich kann nicht bei dir wohnen, Ssussanna – nicht, solange Mimi dort ist.« Er zögerte. »Es iste mir so dermaßen sehr peinlich, aber weißt du – ich habe eine Katzenallergie.«

Susann starrte Giorgio an und wusste nicht, ob sie lachen oder weinen sollte. So etwas nannte man wohl Ironie des Schicksals.

Und dann wurde ihr das Herz doch ein bisschen schwer.

19

Der Grund von Susann Siebenschöns Kummer lag unterdessen ganz friedlich auf dem Samtsofa im *Fräulein Paula* und öffnete nur kurz die Augen, als ein neuer Gast das Café betrat.

Henry Brenner, der heute sein Interview mit der Besitzerin des Cafés führen sollte, war überpünktlich – wie immer, wenn er einen Termin hatte. Pünktlichkeit ist die Höflichkeit der Könige, hatte seine Großmutter immer gesagt, was ziemlich schräg war, denn seine Oma war eine einfache Frau vom Land, die zeit ihres Lebens in der Eifel lebte und für alle kochte und für die ein Ausflug in die Domstadt schon das größtmögliche Abenteuer gewesen war.

Um Viertel vor neun hatte Henry auf dem Lenauplatz seine Zigarette ausgedrückt, die erste an diesem Tag, er machte wirklich Fortschritte, was seine kleine Sucht anging, und verkniff sich neuerdings das frühmorgendliche Lungenbrötchen zum Kaffee, was ihn wiederum etwas gereizt machte. Der Entzug des Nikotins forderte eben seinen Tribut. Vielleicht, so überlegte Brenner, sollte er diesen ganzen Spuk einfach beenden, weiterrauchen und es sich gut gehen lassen und dann eben etwas früher ins Gras beißen. Oder auch nicht. Es gab ja durchaus hoffnungsvolle Gegenbeispiele wie Winston Churchill oder Helmut Schmidt, die bis ins hohe Alter ganz friedlich vor sich hin gepafft hatten. *Dennoch*, warnte eine kleine Stimme in seinem Ohr, die ein bisschen wie seine frühere Freundin Tabea klang, *das unerfreuliche Ende deines Vaters sollte dir eine Warnung sein, Henry.* Tabea, die sich mit Leib und Seele den körperlichen Ertüchtigungen eines gewissen »Herrn Pilates«, wie sie immer sagte, verschrieben hatte, hielt nichts vom Rauchen. Inzwischen hatte sie ihr eigenes Studio in Rodenkirchen und hockte mit ihren neuen Freunden in diesen schicken gesunden Bistros, die wie Pilze aus dem Boden schossen, und aß gesunde Veggie-Burger oder Tofu-Curry mit extrem viel Ingwer und Koriander. Brenner hasste Ingwer, und er hasste auch Koriander. Das war so ein typisches Frauending, fand er. »Ingwer« riefen sie und verdrehten lustvoll die Augen. Ohne ihn. Und was den Koriander anging – da konnte man sich ja auch gleich ein Stück Seife in den Mund stecken. Ich meine, formulierte er im Geiste sein Plädoyer, könnte man sich auch nur im Entferntesten vorstellen, dass irgendwelche Leute von Bedeutung wie zum Beispiel Sartre oder Camus ihre Zigaretten wegen *Ingwer* und *Koriander* aufgegeben hätten? Eben. Und was war mit Hemingway, dem größten Aficionado von allen? Der alte *papa* hätte über so etwas doch nur gelacht und wäre zum Fischen rausgefahren oder in den Schreibturm auf seinem Anwesen in San Francisco de Paula gestiegen, um einen neuen nobelpreisverdächtigen Roman zu schreiben.

Eine Zigarette war eben eine Zigarette, so wie eine Rose eine Rose war. *Hahaha*, dachte Brenner. *Du bist echt witzig drauf heute Morgen, Henry.* Aber es nützte ja alles nichts – er musste jetzt zu dieser Katzenfrau, auf die er so überhaupt keine Lust hatte. Viel lieber hätte er eine wöchentliche

Kolumne zu dem Thema *Meine letzte Zigarette* geschrieben. Über einen Mann, der versucht, mit dem Rauchen aufzuhören. Das wäre mal interessant. Und wenn er genug Kolumnen zusammenhatte, konnte man ein Buch daraus machen. Das machten doch alle Journalisten heute so. Aber der blöde Burger hielt sich ja dran mit diesem Katzencafé. Brenner seufzte tief und schlenderte über den Lenauplatz, über den sich ein zartblauer Himmel wölbte. Er hob die Hand, als der Mann vom Kiosk, der draußen seine Zeitungen in den Ständern neu sortierte, ihn grüßte. Dann schaute er auf die Uhr. Fünf Minuten vor neun.

Showtime, dachte Brenner und näherte sich entschlossenen Schrittes dem kleinen Café, das am Anfang der Chamissostraße auf ihn wartete. *Bringen wir es hinter uns.*

Er warf einen Blick durch das Fenster, in dem eine getigerte Katze so reglos dalag, dass er sich einen Augenblick fragte, ob sie wohl ausgestopft war, dann drückte er gegen die Tür.

Als Erstes fiel ihm eine große weiße Katze auf, die auf einem altmodischen Sofa schlief und träge die Augen öffnete und dann wieder schloss. Obwohl das *Fräulein Paula* eigentlich erst um zehn Uhr aufmachte, waren schon zwei Tische besetzt. Ein älterer Herr war ganz in seine Zeitung vertieft, auf seinem Bauch ruhte eine kleine weiße Katze. Ein Typ mit einem affigen Dutt hockte an einem runden Tischchen in der Ecke, schnurlose Kopfhörer im Ohr, und tippte auf seinem MacBook herum. Vor ihm ein Chai Latte. Ein junger Mann mit feuerrotem Haar stand mit dem Rücken zur Tür und säuberte die Espressomaschine hinter dem Tresen. Ein weiteres Kätzchen schlief in einem der Bücherregale, seine Pfote hing entspannt über eine in die Jahre gekommene Dünndruck-Taschenbuchausgabe von Goethes *Gesammelten Werken* in Lindgrün. *1 Euro* stand auf einem Aufkleber, der etwas schief an dem Regalbrett befestigt war. Daneben gab es auch Aufkleber mit *2 Euro* und *3 Euro*.

Brenner zog die Augenbrauen hoch. Das war das seltsamste Antiquariat, das er je gesehen hatte. Neugierig ging er zu den Regalen hinüber, die nach abenteuerlichen Kriterien geordnet schienen. Es gab *Bücher für verzweifelte Liebende*, *Bücher mit Happy End*, *Bücher für Regentage* – dort hatte, warum auch immer, auch Johann Wolfgang von Goethe seine letzte Bestimmung gefunden – neben Romanen wie *Der große Regen* und *Der Regen, bevor er fällt*. In dem Regal, das mit *Bücher für Gartenfreunde* betitelt war, standen zwischen Ratgebern über den Anbau von Nachtschattengewächsen und Wildblumen in Privatgärten auch Bassanis *Gärten der Finzi-Contini* und eine uralte Ausgabe von Roderas Roman *Der Garten über dem Meer*. Und dann gab es da noch die Rubrik *Bücher für Fledermausforscher*.

Bücher für Fledermausforscher? Brenners Mundwinkel zuckten belustigt. Er trat einen Schritt zurück, und die kleine Bücherkatze blinzelte ihn schläfrig an. In was für einen Zoo war er denn hier geraten? Er grinste und schnüffelte dann ein wenig misstrauisch in der Luft herum. Doch statt des erwarteten Ammoniakgeruchs wehte ihm mit einem Mal der Duft von Zimt und frisch gebackenen Hefeteilchen entgegen.

Die Tür der Küche wurde aufgestoßen, und ein blondes Geschöpf mit einer Flut von hochgesteckten Haaren, die in der Auflösung begriffen waren, kam mit einem Blech voller frisch gebackener Zimtschnecken herein. Henry merkte, wie ihm das Wasser im Munde zusammenlief. Zimtschnecken! Das war sein Lieblingsgebäck als Kind gewesen, und der vertraute Geruch versetzte ihn für einen ungewohnt glücklichen Moment sofort in die Küche seiner Großmutter. Wohlwollend musterte er die hübsche Kuchenbäckerin, die jetzt das Blech auf dem Tresen abstellte. Vielleicht würde die Geschichte über das Café sich doch angenehmer gestalten, als er gedacht hatte. Auf jeden Fall würde er eine von diesen verführerisch duftenden Zimtschnecken essen, die die Küchenhilfe gerade in die Vitrine räumte. Dann blickte die junge Frau auf, und Henry Brenner traf fast der Schlag.

Diese hellblauen Augen, die ihn jetzt irritiert musterten, hatte er noch sehr gut in Erinnerung.

Die junge Frau runzelte die Stirn und kniff für einen Moment die Augen zusammen. Dann baute sie sich vor der Kuchentheke auf und verschränkte die Arme.

»Das glaub ich jetzt nicht – die Egobratze!«, sagte sie. »Sie können gleich wieder gehen – für Leute wie Sie ist hier kein Platz.«

Brenner schluckte, er griff an den Riemen seiner ledernen Umhängetasche, dann fing er sich wieder. »Nun, das haben ja glücklicherweise nicht Sie zu entscheiden.«

»Ach nein?« Sie lächelte maliziös. »Und ob ich das habe. Immerhin gehört mir dieses Café.«

»Wie ... Sie sind ... das *Fräulein Paula*?«, stotterte Brenner ganz verwirrt und wurde etwas blass um die Nase. Das sollte die *Crazy Cat Woman* sein?

»Ich bin Maxie Sommer, und wer sind Sie?«

»Henry Brenner vom *Kölner Stadt-Anzeiger*. Ich mache hier nur meinen Job.«

Auch die Besitzerin des Cafés wechselte nun die Gesichtsfarbe. Ihre Wangen verfärbten sich zu einem zarten Rosa. »Das ist jetzt ein Scherz, oder?«

Mit verschränkten Armen und feindseligem Blick stand Maxie Sommer vor Brenner und dachte wohl wie er an den unerfreulichen Zwischenfall im Park. Klar hatte er sie übelst verhöhnt und dann einfach stehen beziehungsweise sitzen gelassen. Er hatte sich damals ziemlich schlagfertig gefunden und war in der Erregung vielleicht ein bisschen übers Ziel hinausgeschossen. Brenner hatte seine Worte noch genau im Ohr. Aber diese Trulla war schließlich aus dem Gebüsch geschossen und einfach so in sein neues Peugeot-Rad gelaufen. Und meinte dann, ihn wild beschimpfen zu müssen.

Egal. Brenner schüttelte den Kopf und beschloss, das Ganze professionell anzugehen.

»Kein Scherz, Frau Sommer – schöner Name übrigens –, wir beide haben heute Morgen einen Interviewtermin.«

Sie ignorierte seine Schmeichelei und zog die Augenbrauen zusammen.

»Netter Versuch. Aber bevor ich *Ihnen* ein Interview gebe, müssen schon Ostern und Weihnachten auf einen Tag fallen«, erklärte sie schnippisch. »Arrogante Männer konnte ich noch nie ausstehen.«

Okay, die Kleine zeigte ihm jetzt, was eine Harke war. Aber er war schwierige Gesprächspartner gewöhnt. Er würde sich nicht provozieren lassen.

»Kommen Sie, Frau Sommer. Sie backen gute Kuchen, ich schreibe gute Artikel. Und wir können doch beide Geschäftliches vom Privaten trennen, oder?«

Sie starrte ihn weiter an.

»Na schön«, sagte sie kühl. »Aber vorher erwarte ich eine Entschuldigung von Ihnen. Das ist ja wohl das Mindeste.« Ihre blauen Augen glänzten wie zwei Eisschollen am Nordpol.

Diese Frau war offenbar völlig übergeschnappt.

»Das sehe ich anders«, entgegnete Brenner ruhig. »Es war ganz klar Ihre Schuld. Wenn Sie nicht gucken, wo Sie laufen, ist das nicht mein Problem.«

Allmählich erholte er sich von seiner Überraschung. Nun gut, es mochte ja sein, dass seine Vorurteile, was dieses *Katzencafé* anging, ein wenig voreilig gewesen waren. Das Café schien ganz gemütlich, und auch ein altes Weiblein, das von streunenden Katzen umgeben war und aus dem Kaffeesatz las, gab es hier nicht, das räumte er gerne ein. Aber wenn diese Frau so stur war, bitte! Er *musste* ja nicht über das *Fräulein Paula* schreiben. Ihre Entscheidung. Brenner rückte seine Kameratasche entschlossen zurecht. Diese Zimtschnecken allerdings dufteten einfach zu gut. Und diejenige, die sie gebacken hatte, war verdammt hübsch, selbst in ihrem Zorn. Wenn sie nur nicht so selbstgerecht wäre …

»Das ist wirklich un-glaub-lich«, entgegnete sie jetzt aufgebracht, und die beiden anderen Gäste hoben interessiert die Köpfe. »Was bilden Sie sich denn eigentlich ein, Herr Brenner?«

Auch der Rotschopf, der immer noch hinter der Theke

an der Espressomaschine herumklapperte, schien die Spannung, die in der Luft lag, zu spüren. Er hatte offenbar keine Ahnung, warum seine Chefin so sauer war, aber im Gegensatz zu dieser hatte er kapiert, dass ein Artikel in der Zeitung eine tolle Werbung für das Café sein würde.

»*Hello*, Herr Brenner!«, rief er erfreut. Henry erkannte gleich den englischen Akzent wieder. »Wir haben neulich am Telefon gesprochen und den Termin ausgemacht, erinnern Sie sich? Ich bin's … Anthony.«

Er war's, Anthony, und auf seinem roten T-Shirt stand die alte Shakespeare-Weisheit: *All's well that ends well.*

Brenner nickte unschlüssig.

»Wollen Sie sich nicht setzen, Herr Brenner?«, fragte Anthony beflissen. »Einen Kaffee vielleicht?« Er rüttelte schon an der Maschine. »Und eine *cinnamon roll*? Ganz frisch aus dem Ofen?« Er legte eine duftende Zimtschnecke auf einen Teller und eilte herbei. Wenigstens einer, der wusste, wie man mit Kulturschaffenden umging.

Gnädig nahm Henry den Teller entgegen.

»Nein, Herr Brenner will sich *nicht* setzen«, herrschte Maxie Sommer den jungen Mann an und riss Brenner den Teller mit der Zimtschnecke wieder aus der Hand. Ihre Augen sprühten Funken. »Sie glauben doch wohl nicht im Ernst, dass Sie auch noch Kuchen kriegen für Ihre Unverschämtheiten.«

Jetzt reichte es Brenner. Er hätte gern eine Zimtschnecke gehabt.

»Wissen Sie was, Sie können mich mal!«, rief er wütend und sah aus dem Augenwinkel, wie der blonde Mann mit dem MacBook verstört seinen Stöpsel aus dem Ohr zog und der alte Herr am Fenster verwundert die Zeitung sinken ließ. »Ich muss nicht über Ihr Café schreiben, wissen Sie? Es gibt noch genug andere Cafés in dieser Stadt, über die ich schreiben kann und die sich nach einem Bericht in unserer Zeitung die Finger lecken würden.«

»Dann *tun* Sie das doch, um Himmels willen! Ich habe Sie nicht gebeten herzukommen«, rief sie. »Wir können auf Ihr Gekritzel sehr gut verzichten.«

Sie stand da, hoch aufgerichtet, und schleuderte Blitze.

»*Mein Gekritzel?* Was denken Sie denn eigentlich, wer Sie sind? Die Königin von Saba, oder was? Das ist doch alles Bullshit hier. Sie und Ihre Zimtschnecken und dieses ganze beknackte Katzencafé. Was soll das überhaupt sein, ein *Katzencafé?* So was Blödes habe ich echt noch nie gehört. Und wo wir schon mal beim Thema sind – diese Bücherregale … sind ein Witz. Welcher Ignorant hat die zusammengestellt? Oder sollte ich besser *Ignorantin* sagen?«

Er ging zur Tür und drehte sich noch einmal um wie Inspektor Columbo in seinen besten Zeiten. »Ach, eine Frage hätte ich noch … halten Sie *Die Gärten der Finzi-Contini* tatsächlich für eine Anleitung zum Gärtnern? Oder ist Ihnen schon klar, dass dieser Roman von Bassani eines der bedeutendsten Werke der italienischen Literatur ist?«

Mit einer gewissen Genugtuung bemerkte Brenner, wie das Gesicht der jungen Cafébesitzerin sich tiefrot verfärbte. Sie starrte ihn sprachlos an. *Wunderbar!*

»Aber was rede ich da, den Katzen ist das sicher egal.« Henry Brenner zuckte lässig die Achseln und beschloss, noch eins draufzusetzen. »Und apropos … Ich frage mich schon die ganze Zeit: Wo pinkeln die Viecher eigentlich hin?« Er lächelte Maxie Sommer unschuldig an.

»Raus!«, schrie sie.

20

Susann Siebenschön hätte sicher gesagt, dass es ein schlechter Tag gewesen sei.

Aber Maxie kannte Frau Siebenschön nicht, und so fasste sie die Ereignisse dieses Dienstags, der bereits am Morgen so unheilvoll begonnen hatte, in ihren eigenen Worten zusammen:

»Was für ein absolut beschissener Tag!«

Sie saß an dem alten Küchentisch in ihrer Wohnung über dem Café, es war spät, Leonie war nach Hause gegangen. Auf dem Tisch standen zwei leere Gläser und eine Flasche Wein.

»Mach dir nichts draus. Glaub mir, du hast dir viel Ärger erspart. Am besten, du setzt einen Haken unter die Sache«, hatte ihre Freundin beim Abschied gesagt.

Maxie schenkte sich den Rest von dem portugiesischen Reserva ein, den Leonie mitgebracht hatte. Der Rotwein rollte ihr weich über die Zunge.

Erschöpft lehnte sie sich in ihrem Korbstuhl zurück. Das Leben brachte durchaus nicht immer Erfreuliches. Kaum passierten mal ein paar schöne Dinge und man hatte einen guten Lauf, drehte sich das Ganze, und plötzlich war alles wieder anders. Schlechter. Als ob da oben wirklich ein paar eifersüchtige Wesen wären, die einem das Glück neideten.

Sie musste an die Götter der Antike denken, über die sie während ihres Geschichtsstudiums mal ein Seminar gemacht hatte. Die Vorstellung, dass auf dem Olymp eine ziemlich durchgeknallte, um nicht zu sagen höchst dysfunktionale Großfamilie hauste, die zwar unsterblich war, aber längst nicht so gütig und am Wohl der Menschen interessiert wie der »liebe Gott«, zu dem sie als Kind so gerne gebetet hatte, hatte Maxie damals sehr bemerkenswert gefunden. Die griechischen Götter waren wie die Menschen, nur hatte ihr Handeln mehr Durchschlagskraft, und in die Zukunft sehen konnten sie auch. Manche jedenfalls. Wie Kassandra, die das Unheil stets kommen sah, aber der hatte dann ja auch nie einer geglaubt. Die Götter des Olymps waren oft genug zerstritten, ziemlich missgünstig, auf ihren Vorteil bedacht, äußerst manipulativ, wenn es um die Durchsetzung ihrer eigenen Interessen ging – da wurden auch gerne mal ein paar Erdbewohner zum verlängerten Arm gemacht und ganze Kriege angezettelt –, sie verliebten sich, sie betrogen sich, und am Ende gab es Rache und Untergang und ausgestochene Augen. Die Überbringer einer schlechten Nachricht wurden kurzerhand für diese verantwortlich und um einen Kopf kürzer gemacht.

Auch Maxie war nicht eben erfreut gewesen, als Leonie schließlich mit ihrer Neuigkeit herausgerückt war, die diesem unglückseligen Dienstag die Krone aufsetzte. Sie hatte die Nerven verloren und ihre Freundin angeschrien, die auch nichts für diesen ganzen Mist konnte. Dann hatte sie sich entschuldigt.

Maxie trank noch einen Schluck Wein. Nach all der Aufregung, die der Tag mit sich gebracht hatte, fühlte sie sich mit einem Mal ganz leer.

Erst dieser unverschämte Journalist, der es von Anfang an darauf angelegt hatte, sie zu provozieren. Leider hatte sie sich hinreißen lassen und war dermaßen laut geworden, dass selbst der schwerhörige Herr Franzen jedes Wort mitbekommen hatte. Nachdem sie Henry Brenner aus dem Café geworfen hatte, war der alte Herr zu ihr gekommen, hatte gesagt: »Kindchen, Sie dürfen sich doch nicht so aufregen, das ist ganz, ganz schlecht für den Blutdruck«, und dann etwas verstört seinen Kaffee bezahlt. Auch Flo hatte gemeint, sie hätte überreagiert, so übel sei der Typ vom *Stadt-Anzeiger* doch gar nicht gewesen.

»Du kapierst auch gar nichts, was?«, hatte sie erwidert. »Dieser Typ, der gar nicht so übel ist, wie du sagst, hat mich mit seinem Rennrad im Park fast umgenietet und ist dann einfach weggefahren.«

»Das sieht er offenbar anders, Engelchen«, hatte Flo in seiner entspannten Art gesagt. »Man muss immer beide Seiten hören.«

»Was bist du? Ein beknackter Oberschiedsrichter oder mein Freund?«, hatte sie entgegnet.

Florian hatte etwas verlegen in seinem Chai Latte gerührt. »Dein Freund natürlich«, hatte er gemurmelt, aber offenbar war ihm seine aufgebrachte Freundin dann doch etwas zu anstrengend geworden. Etwas halbherzig hatte er Maxies Tirade über das Journalistenpack, das sich immer für was Besseres hielt, über sich ergehen lassen und sich kurz darauf mit den Worten, er müsse jetzt wirklich mit seiner Arbeit weiterkommen, verabschiedet. Nicht ohne sich vorher noch ein großes Stück von dem Zitronenkuchen mitgeben zu lassen.

»Wir sehen uns nachher, Engelchen – das heißt, wir sehen uns morgen. Heute Abend bin ich mit einem Kommilitonen verabredet, da wird's spät.« Er drückte Maxie einen flüchtigen Kuss auf die Wange. »Und reg dich nicht so auf, der Schreiberling kommt schon wieder.« Offenbar glaubte er, dass ihre Existenz von diesem Journalisten abhinge. »Das ist ein Profi, weißt du? So eine Story wird der sich nicht durch die Lappen gehen lassen.«

»Der kommt nicht wieder«, hatte Anthony gesagt und bedauernd den Kopf geschüttelt. »Schade, ein Artikel hätte uns gutgetan. Warum hast du ihn nicht einfach seinen Job machen lassen, Maxie? Manchmal hast du dich echt nicht im Griff.«

»Hallo? Seid ihr alle verrückt geworden? Das Café läuft auch so ganz hervorragend«, hatte sie gesagt und war in der Küche verschwunden.

Warum gaben ihr alle das Gefühl, dass sie die Sache vermasselt hatte? Warum sah keiner, wie unmöglich dieser Journalist war? Bei dem Gedanken an Brenners höhnische Bemerkung über diese Finzi-Contini-Gärten und ihre Ignoranz schoss Maxie wieder das Blut in die Wangen. Das hatte sie fast noch mehr geärgert als die Sache mit dem Katzenpipi. Mit dieser Frage wollte er ihr nur noch mal eine reinwürgen, ganz klar. Aber klar war auch, dass das Café trotz der kleinen Katzenschar peinlich sauber gehalten wurde. Die Katzentoiletten standen in einer Nische im Flur hinter einer Zimmerpflanze, die Fressnäpfe waren ordentlich neben dem Klettergerüst aufgestellt, das in einer Ecke des Cafés aufragte. Jeden Morgen um sechs kam Frau Gonzales, ihre portugiesische Putzfrau, um nicht nur den alten Steinfußboden des Cafés zu schrubben, sondern auch alle anderen Flächen zu reinigen und zu desinfizieren und die Polster gründlich abzusaugen. Auf den Tischen und in der Küche hatten die Katzen sowieso nichts verloren.

Maxie beschloss, einen Marmorkuchen zu backen, um sich wieder etwas zu beruhigen.

Während sie Eier und Zucker in einer großen Schüssel mit dem Mixer zu einer schaumigen Masse schlug und dann Butterstückchen und etwas Milch hinzufügte, dachte sie, dass es wirklich ausgesprochenes Pech war, dass ausgerechnet dieser Idiot aus dem Park der Journalist sein musste, mit dem sie einen Termin hatte. Ohne seinen Helm hatte sie ihn, wie er da stand mit seinem dunkelblonden Haarschopf und der braunen Wildlederjacke und sich die Bücher anschaute, zunächst gar nicht erkannt. Im ersten Moment war ihr dieser Mann, der am Regal lehnte, sogar ganz sympathisch vorgekommen.

Erst als er sie einigermaßen entsetzt anstarrte mit seinen hellen Augen, war bei ihr der Groschen gefallen. Und dann waren einfach alle Sicherungen durchgebrannt. Brenners süffisantes Lächeln hatte sie zur Weißglut gebracht. Und jetzt gab es eben kein Interview. Anthony hatte schon recht, es *war* schade. Jammerschade sogar. Sie wusste selbst, dass ein Artikel in der Zeitung immer hilfreich fürs Geschäft war, sie war ja nicht blöd. Und der *Stadt-Anzeiger* war auch nicht irgendein Blättchen, den las in Köln nun wirklich jeder.

Seufzend siebte Maxie das Mehl in die Schüssel.

Die ersten Abrechnungen hatten gezeigt, dass ihr Café zwar inzwischen auf einem guten Weg war, aber von einem florierenden Unternehmen konnte noch keine Rede sein. Zwar hielten sich die Kosten für Lebensmittel und Getränke in Grenzen, doch mit der monatlichen Pacht, Anthonys Minijob, der Putzfrau, die auf Lohnsteuerkarte arbeitete, und der Steuerberaterin, die sie sich leistete, kam schon einiges zusammen. In der Regel brauchte man ein gutes Jahr, um sehen zu können, ob sich so ein kleiner Laden wirklich rechnete und am Schluss etwas hängen blieb, das wusste sie noch aus ihren zwei Semestern BWL. Und jetzt fingen bald die Sommerferien an, da würden viele Gäste wegbleiben, die in den Urlaub fuhren. Nicht nur bei den Zeitungen gab es ein Sommerloch.

Maxie fing an, die Hälfte des Teigs mit dunklem Kakaopulver zu verrühren, dann gab sie alles in eine Gugelhupfform und fuhr vorsichtig mit einer Gabel, die sie um sich selbst drehte, einmal rund herum durch die süße Masse, um die Marmorierung zu erzeugen.

Ach, was soll's, dachte sie. *Das Kind ist in den Brunnen gefallen, und Henry Brenner kann dahin gehen, wo der Pfeffer wächst.* Sie grinste mit einer gewissen Genugtuung, als sie daran dachte, wie sie ihm den Teller mit der Zimtschnecke wieder aus der Hand gerissen hatte. Brenner hatte geschaut wie ein kleiner Junge, dem man sein Lieblingsspielzeug wegnimmt.

Maxie spülte die Mixerstäbe ab und nahm sich vor, keinen weiteren Gedanken an das morgendliche Intermezzo zu verschwenden. Sie neigte nicht dazu, einer verlorenen Sache hinterherzutrauern. Das machte alles nur noch schlimmer.

Als sie die Kuchenform wenig später in den Ofen schob, war ihre gute Laune schon wieder zurückgekehrt. Sie hatte ein eigenes Café, sie hatte einen gutaussehenden Freund, der ihr aufregende Nächte bereitete und bald seinen Master in Umweltwissenschaften machen würde, sie hatte eine gute Freundin, sie hatte Mimi, die ihr ein paar süße Katzen beschert hatte, und jede Menge wohlwollende Gäste.

Sie strich sich eine blonde Strähne aus dem Gesicht und ging ins Café zurück.

»Alles wieder gut, Chefin?«, fragte Anthony.

Maxie nickte und strich sich die Hände an der Schürze ab. »Alles wieder gut.«

Sie lächelte und wusste nicht, dass sich der blöde Spruch vom Unglück, das selten allein kommt, an diesem Tag bewahrheiten würde.

Am Nachmittag war eine frühere Kollegin ins Café gekommen. Ariane Lindner hatte mit Maxie zusammen bei *Backfrisch* auf der Venloer Straße gearbeitet. Sie war eine kleine, rundliche Person, mit einer dunklen Kurzhaarfrisur und Ponyfransen, die ihr tief in die Stirn fielen und ihre Kulleraugen betonten. Anders als Maxie ging Ariane völlig in ihrer Arbeit bei *Backfrisch* auf. Sie hatte schon bei *Backfrisch* gearbeitet, als Maxie dort anfing, und sie liebte ihre Arbeit und die Kunden, die morgens Schlange standen, um sich ihre Brötchen oder Rosinenweckchen zu holen. Je mehr los war, umso besser. Unermüdlich füllte Ariane die Brot- und

Kuchentheke wieder auf. Sie liebte sogar den Streuselkuchen, der – wie Maxie fand – einfach nur süß und staubig
schmeckte und bereits nach ein paar Stunden schon ganz
trocken war.

Doch Ariane war auch immer ein bisschen eifersüchtig
auf die zwei Jahre jüngere Maxie gewesen. Ihr Chef hatte
die große blonde Studentin eindeutig favorisiert und ihr später, als sie dann begann, Vollzeit in der Bäckerei zu arbeiten, sogar einen Posten als Filialleiterin in Aussicht gestellt.
Manchmal hatten die beiden Frauen mit einem Kaffee und
einem belegten Brötchen die Mittagspause zusammen verbracht, aber so richtig warm war Maxie mit Ariane nie geworden. Obwohl ihre Kollegin immer freundlich war und es
bei der Zusammenarbeit hinter der Theke nie Probleme gegeben hatte, sah Maxie doch den Argwohn in ihren dunklen
Augen, wann immer der Chef mit seinen Mitarbeiterinnen
herumscherzte. Maxie war wesentlich schlagfertiger als Ariane, sie ließ sich nichts gefallen, machte keine Überstunden,
und auch das nahm die ältere Kollegin ihr irgendwie krumm.

Der eigentliche Grund ihrer Eifersucht aber war wohl ein
privater. Ariane hatte sich ein bisschen in Stefan Kürten verguckt, sie war morgens die Erste, die die vorgebackenen Brötchen in den Aufbackautomaten schob, und die Letzte, die
abends die Bäckerei verließ. Sie zwitscherte ihrem Chef die
Ohren voll, wann immer er auftauchte, doch Stefan Kürten
bekam von all dem nichts mit, oder er wollte es nicht mitbekommen, und kaprizierte sich stattdessen auf die freche Maxie, die sowieso nicht vorhatte, bei *Backfrisch* zu bleiben.

Als Maxie nach dem Tod ihrer Tante dann in der Bäckerei

kündigte, um ihr eigenes Café aufzumachen, hatte Ariane nur gemeint, ob sie sich da nicht ein bisschen viel vorgenommen hätte. »So viel Erfahrung hast du doch gar nicht«, hatte sie gesagt. »Bist du dir sicher, dass dieses Viertel noch ein Café verträgt?« Maxie hatte eine gewisse Missgunst aus ihren Worten herausgehört. Und trotzdem war Ariane Lindner natürlich froh, dass die unliebsame Kollegin, die so viel Aufmerksamkeit auf sich zog, endlich ging. Am Tag ihrer Verabschiedung, als sie nach der Arbeit alle zusammen noch in den *Bieresel* gegangen waren, um ein paar Kölsch zu trinken, hatte sie die Erleichterung in Ariane Lindners Augen gesehen. Vor allem als Kürten, der Maxies Ausscheiden sehr bedauert hatte, zu vorgerückter Stunde ganz leutselig den Arm um Ariane legte und meinte, er sei nur froh, dass ihm wenigstens Frau Lindner treu bliebe. An diesen Worten hatte Ariane sich wohl festgeklammert, doch aus dem Posten in der eigenen Filiale war trotzdem nichts geworden, und auch Stefan Kürten war nach wie vor nicht interessiert an seiner engagiertesten Kraft, sondern umflatterte jetzt neue Mitarbeiterinnen.

Maxie war also ziemlich überrascht, als die frühere Kollegin im *Tante Paula* auftauchte und alles mit argwöhnischem Blick musterte.

»Na, wie läuft's denn so?«, hatte sie Maxie gefragt und einen Cappuccino und ein Glas Mineralwasser bestellt. »Ich war in der Nähe und dachte, ich schau mir deinen Laden mal an.«

»Danke, ich kann nicht klagen«, hatte Maxie gesagt.

An diesem Nachmittag war nicht viel los im Café. Herr

Franzen war noch einmal zurückgekommen, drei Freundinnen saßen plaudernd am Tisch vor dem Sofa. In der Ecke hatte ein Herr mittleren Alters im Anzug und mit himmelblauer Krawatte Platz genommen, den sie hier noch nie gesehen hatte. Er hatte sich interessiert im Café umgeschaut, und sie hatte ein paar freundliche Worte mit ihm gewechselt, als sie ihm einen Filterkaffee und ein großes Stück Marmorkuchen brachte. Dann war er mit Herrn Franzen, der am Nebentisch saß, ins Gespräch gekommen.

Der freundliche Herr im Anzug bemerkte, dass Maxie zu ihm hinüberschaute, und machte ihr ein Zeichen, dass er zahlen wollte. Sie nickte. Wenn man ein Café betrieb, war es wichtig, alles im Blick zu haben, damit die Gäste sich gut betreut fühlten.

»Dann hast du es wohl nicht bereut, von *Backfrisch* weggegangen zu sein?«, fragte Ariane lauernd.

»Nein, überhaupt nicht. Ich bin jeden Tag froh, dass ich mein eigenes Café habe.« Maxie sah sie arglos an. »Und du? Arbeitest du immer noch auf der Venloer Straße?«

Ariane hatte etwas schief gelächelt. »Bis jetzt ja. Aber ich hoffe, dass ich bald meine eigene Filiale bekomme.«

»Das hoffe ich auch für dich«, sagte Maxie und konnte leider nicht verhindern, dass ihre Stimme etwas zweifelnd klang.

Ariane hatte es wohl auch bemerkt. Sie runzelte die Stirn, dann schaute sie sich um.

»Und du hast jetzt also ein *Katzencafé*«, stellte sie fest, und es klang ein bisschen abfällig.

»Na ja, zunächst war es ein Büchercafé. Die Katzen sind erst später dazugekommen. Aber das ist eine andere Geschichte«, meinte Maxie.

»Aha … tja. Freut mich für dich, dass es so gut läuft. Obwohl … im Moment scheinen hier ja mehr Katzen zu sein als Gäste.« Sie konnte das Sticheln einfach nicht lassen.

»Nun, das ist nicht immer so«, entgegnete Maxie. »Normalerweise ist hier mehr los. Viele Leute kommen sogar wegen der Katzen.«

»Ach ja?« Ariane zog die Augenbrauen hoch. »Also … ich weiß nicht.« Sie schubste mit dem Schuh vorsichtig eine der kleinen Katzen beiseite, die gerade an ihrem Stuhl entlangstrich. »Ich finde ja, dass man Essen und Tiere voneinander trennen sollte. Das ist doch irgendwie total unhygienisch.«

»Keine Sorge, wir halten das schon auseinander«, meinte Maxie. Sie merkte, dass sie keine Lust mehr hatte, sich diesem seltsamen Gespräch auszusetzen. »Möchtest du ein Stück Kuchen? Ich habe einen leckeren Stachelbeerbaiser.«

Ariane Lindner nickte gnädig. Bei Kuchen sagte sie nie nein.

Maxie kassierte bei dem freundlichen Herrn ab, der ihren Kuchen lobte und ihr ein großzügiges Trinkgeld gab. Sie bedankte sich und erklärte, dass alle Kuchen des Cafés aus dem Rezeptbuch ihrer Lieblingstante stammten, die eben Paula geheißen hätte.

Wenig später hatte er das Café verlassen, und sie hatte Ariane den Kuchen gebracht.

Ariane hatte eine Weile in dem Stachelbeerbaiser herumgestochert und schließlich die Gabel beiseitegelegt.

»Igitt, da ist ja ein Katzenhaar drin«, rief sie angewidert

aus, und einige Gäste schauten auf.

Maxie war sofort zu ihrem Tisch geeilt. Ihr brach fast der Schweiß aus. Das hatte gerade noch gefehlt.

Sie warf einen kurzen Blick auf den Teller und schüttelte dann erleichtert den Kopf. »Aber das ist doch kein Katzenhaar«, hatte sie lächelnd erklärt. Sie hatte die Gabel genommen und das Fädchen, das, wie man unschwer erkennen konnte, von einer Stachelbeere stammte, die offenbar nicht sauber abgezupft worden war, an den Tellerrand geschoben. »Das ist von der Stachelbeere.«

»Nein«, hatte Ariane gesagt und böse gelächelt. »Das ist ein *Katzenhaar*.« Ihre Stimme war ganz laut geworden.

Maxie hätte ihr am liebsten den Hals umgedreht. Warum machte die Lindner ein solches Theater? Wie es aussah, hatte sie ein Riesenproblem damit, dass Maxie mit ihrem Café gut zurechtkam.

»Ariane, du spinnst«, hatte sie gesagt und den Teller an sich genommen. »Das ist *kein* Katzenhaar, und das weißt du ganz genau. Am besten du gehst jetzt, der Kuchen geht aufs Haus.«

Ariane Lindner hatte sich ihre Handtasche geschnappt und war unter ein paar unschönen Verwünschungen und mit den Worten, dass Katzen in einem Café eben nichts verloren hätten, hinausgerauscht. Maxie hatte ihr kopfschüttelnd nachgesehen. Solche Anwürfe konnten geschäftsschädigend sein. Besorgt ließ sie ihren Blick über die Tische schweifen. Doch die anderen Gäste hatten ihre Unterhaltungen wieder aufgenommen. Es war, als ob nichts gewesen wäre.

Nach diesem unangenehmen Auftritt ihrer ehemaligen

Kollegin war Maxie froh, als sie ihr Café am Abend zusperren konnte. Beim Aufräumen hatte sie noch ein zerdrücktes Päckchen *Gauloises* gefunden, in dem noch ein paar Zigaretten steckten. Die waren sicher von diesem Brenner, der jedes Klischee eines Reporters zu erfüllen schien – Lederjacke, Zigaretten, die Haarlocke, die er sich immer wieder mit einer eiligen Bewegung nach hinten strich. Wahrscheinlich trank er noch jede Menge Kaffee und kam sich ganz intellektuell vor, während er seine Artikel in den Computer hackte.

Sie nahm das blaue Päckchen und entsorgte es im Mülleimer.

Als sie ins Café zurückkam, stand Leonie draußen vor dem Fenster. Sie klopfte gegen die Scheibe, und in der Hand hielt sie eine Flasche Wein.

»Können wir in Ruhe sprechen?«, fragte sie, als Maxie ihr aufmachte, und Maxie sah ihre Freundin erstaunt an, die etwas verlegen vor ihr stand.

»Ja, natürlich. Lass uns nach oben gehen. Flo ist heute Abend nicht da, wir sind ganz ungestört.«

»Also«, sagte Maxie, nachdem sie sich an den Küchentisch gesetzt hatten. »Wo drückt der Schuh?«

Leonie schaute nach unten auf ihre Hände, die ausgestreckt auf der Tischplatte lagen. Sie druckste ein wenig herum. Dann holte sie tief Luft, und Maxie hoffte, dass es nichts Schlimmes war, was sie zu erzählen hatte. Ihr Bedarf an kleinen und größeren Katastrophen war für diesen Tag gedeckt.

»Ich … muss dir etwas sagen, Maxie.« Leonie sah sie unbehaglich an. »Ich denke, du solltest das wissen.«

Sie biss sich auf die Unterlippe. »Ich weiß nur nicht, wie ich es dir sagen soll. Es ist wegen … wegen …« Sie brach ab und wurde ganz blass.

»Meine Güte, Leonie, was ist denn nur los?« Maxie griff nach der Hand ihrer Freundin. Plötzlich kamen ihr ganz furchtbare Dinge in den Sinn. »Warst du beim Arzt? Hast du eine schlechte Diagnose, oder was?«

Leonie schüttelte den Kopf und lächelte verlegen. »Nein, nein, keine Krankheit. Es … geht um einen Mann. Ach, Maxie … Ich habe den ganzen Tag überlegt, ob ich es dir sagen soll. Aber du musst es einfach wissen, finde ich.«

Wovon redete sie da? Dass Leonie sich in diesen Felmy verguckt hatte, hatte Maxie doch schon längst bemerkt. Seit der dramatischen Suchaktion sprach ihre Freundin auffallend oft von dem zurückhaltenden Mann, der im Belgischen Viertel wohnte. Allerdings war Felmy offenbar dermaßen zurückhaltend, dass er sich seit dem Abend, als sie Emma im Baumhaus gefunden hatten, nie mehr bei Leonie gemeldet hatte. Oder seine Ex-Frau hielt ihn weiter in Atem.

Maxie lehnte sich erleichtert zurück. Offenbar wollte Leonie etwas von Paul Felmy erzählen. Vielleicht war Bewegung in die Sache gekommen.

»Geht es um Paul?«, fragte sie.

»Äh … nein. Um Florian.«

Maxie runzelte die Stirn. Was war mit Florian?

»Was ist denn mit ihm?«, fragte sie.

Leonie hatte sich unbehaglich auf dem Stuhl gewunden. Und dann war sie schließlich mit der Sprache herausgerückt.

Florian war ihr am Tag zuvor, Maxie hatte da noch im Café gearbeitet, bis zum Eiscafé *Liliana* nachgegangen. Sie hatte sich gerade draußen an einen der Tische gesetzt, um einen Erdbeerbecher zu essen, als er plötzlich auftauchte, sie mit selbstgewisser Miene angrinste und fragte, ob er sich dazusetzen dürfte. Leonie war ein wenig überrascht gewesen, aber sie hatte nicht unhöflich sein wollen. »Bitte«, hatte sie gesagt.

Florian hatte sich neben ihr niedergelassen und eine Erdbeere von ihrem Becher genascht. Und dann hatte er sie unmissverständlich angebaggert.

Maxie lachte und warf ihrer Freundin, die überall Unrat witterte, einen amüsierten Blick zu.

»Ach, Leonie, du weißt doch, wie Flo ist, er macht nun mal gern Komplimente. Da hast du sicher etwas missverstanden.« Bestimmt hatte ihre Freundin die Sache falsch interpretiert. Und doch spürte Maxie, wie der Zweifel für einen Augenblick seine klebrige Hand nach ihr ausstreckte.

Sie sah, wie Leonie sich aufsetzte.

»Maxie, ich habe nichts falsch verstanden. Ich kann ein Kompliment durchaus von einem eindeutigen Angebot unterscheiden. Florian saß da und sagte mir, er würde von mir träumen, seit er mich das erste Mal im Café gesehen hätte. Er warte schon seit Wochen auf diese Gelegenheit. Und dann hat er mich gefragt, ob wir uns nicht einen schönen Abend machen wollten.«

»Das glaube ich einfach nicht!«, sagte Maxie. Sie saß da wie vom Donner gerührt.

»Ja, ich habe es auch kaum geglaubt. Ich habe deinen netten Freund gefragt, ob er noch alle Tassen im Schrank hat.

Du bist doch mit Maxie zusammen, habe ich gesagt, und da meinte er nur, du seist ja ein nettes Mädchen, aber nicht ...« Leonie stockte.

»Aber nicht ...?«, wiederholte Maxie. »Jetzt sag schon, was er gesagt hat!«

» ... aber nicht mit einer Frau wie mir zu vergleichen. Ich hätte doch eine ganz andere Klasse. Und außerdem würde das eine das andere ja nicht ausschließen.«

Maxie merkte, wie ihr die Luft wegblieb. Das konnte doch alles nicht wahr sein!

»Das ist ja echt das Letzte! Das Allerletzte! Bin ich denn nur noch von Idioten umzingelt?«, schrie sie aufgebracht und spürte, wie das Adrenalin ihr nun schon zum dritten Mal an diesem Tag durch die Adern rauschte. Wenn das so weiterging, würde sie noch der Schlag treffen.

»Tut mir echt leid, Maxie«, sagte Leonie betreten. »Aber ich habe dich immer gewarnt. Diesem Kerl ist nicht zu trauen. Der findet sich selbst am tollsten. Sei froh, dass er es bei mir versucht hat und nicht bei einer anderen. Ich sag dir wenigstens die Wahrheit.«

Maxie starrte ihre Freundin an, die in ihrem makellosen Kleid mit dem zarten Rosenmuster vor ihr saß und mal so eben alles kaputtmachte – abgesehen davon, dass sie sowieso eine ganz andere *Klasse* hatte als sie selbst.

Ihr verwundetes Herz bäumte sich auf, und mit einem Mal richtete sich ihr ganzer Zorn gegen die verdutzte Leonie.

»Soll ich dir mal was sagen, meine Liebe? Ich glaube dir kein Wort! Du mochtest Florian noch nie, du hast von Anfang an gegen ihn Stimmung gemacht. Warum, weiß ich nicht, wahrscheinlich bist du einfach sauer, weil dich alle Männer immer betrogen haben. Und jetzt denkst du dir solche haarsträubenden Geschichten aus, um Flo und mich auseinanderzubringen. Ich bin seine Traumfrau, das hat er mir gestern noch gesagt, kapiert? Du lügst dir das doch alles nur zusammen! Ich … ich hasse dich!« Sie schluchzte auf und ließ den Kopf in die Hände sinken.

»Maxie … *Maxie!*« Leonie war aufgesprungen und hielt sie in den Armen. »Bitte! Sag so was nicht, ich bin doch deine Freundin. Ja, es stimmt, ich mochte Florian nie besonders, aber wenn du glücklich mit ihm wärst, würde ich doch nicht versuchen, euch auseinanderzubringen.« Sie hielt Maxie ihr Smartphone hin. »Hier. Ich lüge nicht. Florian wollte mich heute Abend zum Essen einladen. In seine Wohnung. Und das alles tut mir wahnsinnig leid. Aber soll ich dir so etwas denn wirklich verschweigen?«

Tränenblind starrte Maxie auf das Display.

Meine Schöne, ich halte den Abend heute für dich frei und wenn du willst, die ganze Nacht. Ich habe einen Imbiss für uns vorbereitet, der Champagner ist kaltgestellt, komm zu mir, ich erwarte dich, und dann schauen wir, wohin uns Lust und Liebe führen …

»Und mir hat er gesagt, er würde sich mit einem Kommilitonen treffen«, sagte Maxie. »So ein Arschloch.« Mit einem Mal war ihr Zorn verraucht.

Leonie nickte.

»Der kann was erleben. Wenn er sich noch mal im Café

blicken lässt, werfe ich ihn eigenhändig raus.«

»Genau.«

»Entschuldige, dass ich dich so angeschrien habe. Das ging eigentlich an eine ganz andere Adresse.« Maxie sah ihre Freundin zerknirscht an. »Und … Leonie? Es war gut, dass du es mir erzählt hast. Ich hoffe dieser Mistkerl ersäuft in seinem Schaumwein.«

»Das wohl kaum.« Leonie lächelte verhalten. »Glaub mir, ich hätte dir lieber etwas Schöneres erzählt. Es ist nicht ganz so prickelnd, wenn man die Überbringerin schlechter Nachrichten sein muss.«

»Ich weiß«, sagte Maxie. »In anderen Zeiten hätte man dich für so eine miese Nachricht auch geköpft.«

Leonie lachte. »Da kann ich ja froh sein, dass ich heute lebe.«

»Ja, du kannst froh sein, dass du überhaupt noch lebst. Dieser Tag war wirklich unsäglich.«

Am Ende hatten sie die Flasche Portada Reserva geköpft, irgendein Kopf musste ja rollen.

Nachdem Leonie gegangen war, saß Maxie noch eine Weile allein am Küchentisch bei dem letzten Glas Wein, das die Flasche hergab. Sie hatte keine Lust, in ihr Bett zu gehen, wo noch das Schlafshirt von Florian lag. Sie hatte keine Lust, wieder allein zu sein. Schließlich ging sie nach unten ins Café zu ihren Katzen und streckte sich auf Tante Paulas blauem Sofa aus. Es war groß genug, dass sie komfortabel darauf liegen konnte. Wie aus dem Nichts tauchte ein heller Schatten auf. Mimi kam auf leisen Pfoten zu ihr herüber. Sie sah sie aus ihren schillernden Augen an, als wisse sie über alles Bescheid. Dann sprang sie mit einem geschmeidigen Satz zu ihr aufs Sofa. Sie kletterte auf Maxie, streckte sich aus, sah sie hingebungsvoll an und tippte immer wieder ganz sanft mit der Pfote gegen ihr Kinn.

»Ach, Mimi«, sagte Maxie gerührt und streichelte über ihr weiches Fell. »Warum ist alles immer nur so kompliziert? Kann man nicht einfach mal glücklich sein?«

Mimi schnurrte zufrieden. Auf solche Fragen hatte sie keine Antwort, denn Katzenglück ist sehr viel einfacher als Menschenglück.

Maxie lag da und starrte an die Decke. Nachdem die Sache mit Flo heraus war und die beiden Freundinnen sich unter dem Einfluss des Rotweins gütlich darauf geeinigt hatten, dass man einen solch miesen Typ am besten sofort vergaß, hatte Leonie ihr das Herz ausgeschüttet und ihr von dem »existenziellen Moment« erzählt, den sie mit Paul Felmy geteilt hatte, und dass Emmas Vater ihr seit jenem Abend nicht mehr aus dem Kopf ging. Doch Leonie hätte nie einfach so bei Felmy angerufen. Sie nahm an, dass er auch so jede Menge Probleme hatte. Vielleicht zu viele Probleme für eine junge Halbfranzösin, die schon einige schlechte Erfahrungen mit Männern gemacht hatte, die auf zu vielen Hochzeiten tanzten.

Maxie verschränkte nachdenklich die Arme hinter dem Kopf. Dass sie mit Florian einen »existenziellen Moment« geteilt hätte, konnte sie nun nicht gerade behaupten. Sie bezweifelte, ob es im Leben dieses scheinheiligen Schmarotzers, der sein gutes Aussehen geschickt einzusetzen wusste und es sich wochenlang auf ihre Kosten im Café hatte gutgehen lassen, überhaupt Momente von Bedeutung gab. Für den war ja offenbar alles austauschbar. Sogar die eigene Freundin. Einen Moment lang malte Maxie sich aus, wie sie den ahnungslosen Florian am nächsten Tag zur Schnecke machen würde, wenn er ins Café kam. Dann überlegte sie, ihn sofort anzurufen und ihn gleich am Telefon zur Rede zu stellen. Schließlich entschied sie sich dagegen. Dieser Mann war es nicht wert, dass sie sich länger als nötig mit ihm befasste. Er würde ihr doch nur irgendwelche Lügen und Ausreden auftischen, versuchen, sie mit Schmeicheleien zu besänftigen, und am Ende vielleicht ganz erstaunt bemerken, dass er nie gedacht hätte, dass sie eine solche Spießerin sei.

Maxie griff entschlossen nach ihrem Smartphone. Sie würde ihn kurzerhand mit einer SMS aus ihrem Leben werfen. Mehr Aufmerksamkeit hatte er nicht verdient. Sollte er seine vielen Cappuccinos und Chai Lattes doch in Zukunft auf dem Mond trinken! Sie würde ab sofort jedenfalls nicht mehr zur Verfügung stehen.

Florian Gerber, du bist wirklich das Letzte, schrieb sie. *Meine Freundin Leonie war gerade bei mir und hat mir alles erzählt. Mit der brauchst du weder heute Abend noch sonst irgendwann rechnen. Und mit mir auch nicht. Komm bloß nicht auf die Idee, noch ein einziges Mal bei mir im Café aufzukreuzen, da hast du nämlich ab sofort Hausverbot. Ich würde dich hochkant rausschmeißen, mitsamt deinem blöden MacBook. Ach ja, und noch etwas. Tut mir echt leid, dass ich nicht deine Klasse bin, aber weißt du was? Du bist auch nicht meine Klasse. Du bist einfach nur eine miese kleine Wanze, die auf Kosten anderer lebt. Maxie.*

Sie schickte die Nachricht ab, ohne sie noch einmal zu lesen. Dann löschte sie Florians Kontakt und blockierte seine Nummer in ihrem Handy. *Alles wieder auf Anfang,* dachte Maxie, als sie die leichte Wolldecke hochzog, die am Fußende des Sofas lag, und endlich in den Schlaf glitt. Die Katze schnurrte leise neben ihr. Immerhin hatte sie Mimi. Die süße, treue Mimi.

Aber wie lange noch?

21

Auch für Henry Brenner hatte sich der Tag nicht gerade erfreulich entwickelt.

Nachdem ihm die hysterische Cafébesitzerin nicht nur das Interview, sondern auch die Zimtschnecke verweigert hatte, war er noch ein wenig durch die Straßen gelaufen. Nicht mal einen Kaffee hatte ihm die blöde Schnepfe angeboten. Obwohl dieser junge Prinz-Harry-Verschnitt schon dabei gewesen war, einen zu machen.

Der Tag fing nicht gut an. Brenners Magen knurrte, und er kaufte sich in der nächsten Bäckerei einen Kaffee und ein pappiges Brötchen mit Schinken. Er klappte es auf und sortierte die welken Salatblätter aus. Er hatte noch nie verstanden, was Salat auf einem belegten Brötchen zu suchen hatte. Wahrscheinlich sollte das *gesund* sein. Alles musste heute gesund sein, das hatten die sogar in dieser Filiale von *Backfrisch* begriffen.

Eine dickliche Verkäuferin mit einem netten Lächeln reichte ihm den Kaffee über die Theke. Brenner biss in sein Brötchen und trank den Kaffee, der immerhin ganz passabel war. Dann ging er weiter Richtung Straßenbahn und tastete seine Lederjacke nach den Zigaretten ab. Wo war jetzt das verdammte Päckchen wieder? Oder hatte er das in diesem *Katzencafé* liegen lassen?

Mittags war es dann zu einem Zusammenstoß mit dem Lokalchef gekommen. Robert Burger, in den Brenner auf dem Weg zu den Redaktionsräumen quasi reingelaufen war, war sauer gewesen, weil Brenner ohne die versprochene Geschichte zurückkam.

Brenner hatte mit den Augen gerollt und beschwichtigend die Hände gehoben.

»Meine Güte, Herr Burger, Ihr Engagement in allen Ehren, aber diese Sache ist doch eh was für den Stehsatz.«

»Ach ja? Und wieso?«, hatte der Lokalchef gesagt und seine himmelblaue Krawatte zurechtgerückt.

»Weil – glauben Sie mir, das ist nichts. Ich *war* ja heute Morgen da, aber die Besitzerin des Cafés ist eine männerhassende Paranoikerin. Die wollte kein Interview mit mir machen, die ist total durchgeknallt.« Er zuckte mit den Schultern. »Hat mich blöd angemacht und gesagt, bevor sie mir ein Interview gibt, müssten schon Ostern und Weihnachten auf einen Tag fallen. Da bin ich dann eben wieder gegangen.«

Henry Brenner schaute wie ein Lamm.

Robert Burger hatte eine Augenbraue hochgezogen und seinen Reporter scharf über den Rand seiner goldenen Brille angeschaut.

»Wie, da sind Sie eben wieder gegangen? Was soll das heißen, Brenner, Sie hatten doch einen Termin mit der Dame? Sie kommen mir ein bisschen unprofessionell vor.«

Brenner hatte schwer an sich halten müssen, um darauf nicht die passende Antwort zu geben. Aber er musste vorsichtig sein. Warum die Männerhasserin aus dem Katzencafé ihm kein Interview geben wollte, musste sein Chef nun nicht unbedingt erfahren.

»Tut mir leid«, lenkte er ein. »Aber ich fürchte, da ist wirklich nichts zu machen. Vielleicht, wenn Sie eine Frau schicken, fragen Sie doch mal Katja Sieger, die hat vielleicht mehr Glück!«

Zu seinem Pech, und weil das Leben manchmal die aberwitzigsten Zufälle produziert, hatte sein Chef am selben Tag in der Nähe des Lenauplatzes einen Arzttermin. Und als Burger befreit aus dem Untersuchungszimmer des Internisten kam, der ihm versichert hatte, dass seine Beschwerden von zu reichhaltigem Essen kamen und rein gar nichts mit seiner Bauchspeicheldrüse zu tun hätten, die zart und schön sei wie die eines Neugeborenen, war er auf dem Rückweg zu seinem Auto, der ihn just durch die Chamissostraße führte, am *Fräulein Paula* vorbeigekommen. Ebenjenem Café, in dem, wie sein Redakteur ihm beteuert hatte, eine militante Emanze das Zepter schwang, die mit Männern kein Interview zu führen bereit war.

Neugierig betrat Burger das Café. Er wäre ja nicht Journalist geworden, hätte er nicht über ein gesundes Maß an Neugier verfügt. Er rückte sich seine Krawatte zurecht und suchte sich einen Tisch neben einem älteren Herrn, der dort friedlich mit einer Katze saß und Zeitung las.

Was redete Brenner da? Eine reines Frauencafé war das jedenfalls nicht.

Burger setzte sich und wurde gleich aufs Freundlichste begrüßt und bewirtet. Der Marmorkuchen hatte genau den richtigen Anteil an Schokolade – Burger mochte es überhaupt nicht, wenn ein Marmorkuchen über zu wenig Schokoladenanteil verfügte –, und die junge Frau, die ihn an seinen Tisch brachte, hatte genau dasselbe herzliche Lachen wie seine Lieblingstochter Friederike. Die Katzen waren entzückend, und er war mit dem älteren Herrn ins Gespräch gekommen, der ihm von mörderischen Renovierungsarbeiten in seinem Haus erzählte, die sich nun schon seit Wochen hinzogen. Und von seiner Einsamkeit. Dieses Café, so versicherte der alte Herr, der ein bisschen schwerhörig zu sein schien, habe ihm sozusagen das Leben gerettet, und er überlege, eins der Kätzchen zu adoptieren, vielleicht Aphrodite, die hätte sich ihn sozusagen ausgesucht. Er zeigte auf die kleine weiße Katze. »So ein kleines Lebewesen ändert doch wirklich alles«, meinte er sinnig.

Wenn das keine Geschichte war! Burger war selbst schon ganz ergriffen. In diesem hübschen Café menschelte es gewaltig, fand er und winkte der reizenden Kaffeehausbesitzerin zu, die hier offenbar alles selbst machte, einschließlich der Kuchen, wirklich eine bemerkenswerte junge Frau. Sie brachte ihm die Rechnung, und er zahlte. Er würde ein ernstes Wort mit Brenner reden müssen. Das war *Insubordination*.

Als er am nächsten Tag wieder in die Redaktion kam, knöpfte Robert Burger sich seinen Lokalreporter vor.

»Ich weiß nicht, was in Sie gefahren ist, Brenner. Dieses Café bietet eine tolle Geschichte, und die Besitzerin ist ganz reizend.«

»Aber …«

Burger hob die Hand. »Nein, sparen Sie sich Ihre Ausreden. Für solche Scherze habe ich keine Zeit. Ich erwarte, dass Sie mir eine Story liefern. Mit ein paar aussagekräftigen Fotos. Und zwar *pronto*, wenn das nicht zu viel verlangt ist. Sonst können Sie demnächst bei der *Bäckerblume* weiterschreiben, kapiert?«

Die *Bäckerblume* war natürlich keine Option für einen angehenden Egon Erwin Kisch.

Henry Brenner nickte stumm, als Burger ihn jetzt auf dem Treppenabsatz stehen ließ und in sein Büro marschierte. Er sah wirklich nicht so aus, als sei er zum Scherzen aufgelegt. Manchmal konnte sich sein Chef echt in Kleinigkeiten verbeißen. Wenn er Widerstand witterte, lief er zur Hochform auf, das war so ein Machtding. In Wirklichkeit war dieser Artikel doch so überflüssig wie ein Kropf.

Missmutig trat Brenner ans Fenster und überlegte, ob es nicht doch eine Möglichkeit gab, aus dieser Nummer rauszukommen. Burger schien ja geradezu versessen auf dieses blöde Café. Wahrscheinlich weil er sich von hübschen blonden Frauen immer einlullen ließ, das sah man ja schon an der Sieger.

Katja Sieger war vorbeigekommen, als der Chef ihn auf dem Flur zusammengestaucht hatte, und hatte natürlich sofort ihren Schritt verlangsamt, um möglichst viel mitzubekommen. Im Zeitlupentempo war sie in Richtung Getränkeautomaten weitergestöckelt.

Jetzt kam sie zurück.

»Na, gibt's Ärger?«, fragte sie scheinheilig.

»Nö, wieso?«, gab Brenner ebenso scheinheilig zurück.

»Ich dachte nur ...« Sie stand vor ihm in einem grün karierten, ärmellosen Etui-Minikleid, aus dem ihre langen, schlanken Arme und Beine ragten. In der Hand hielt sie so eine teure Angebermappe aus orangefarbenem Leder, und die blonden Haare fielen in perfekten Wellen über ihre Schultern.

»Zerbrechen Sie sich mal nicht Ihr hübsches Köpfchen«, sagte er herablassend. »Sie werden ja hier fürs Schreiben bezahlt.« Sie brauchte einen Moment, bis der Groschen fiel, dann schnappte sie empört nach Luft und stöckelte davon.

Brenner grinste in sich hinein. Er kam sich vor wie in einer guten alten Doris-Day-Komödie. Doch sein eigentliches Problem hatte er damit nicht gelöst. Maxie Sommer war nicht auf den Mund gefallen. Die war eine harte Nuss, auch wenn der Chef sie *ganz reizend* fand. Mit den Sprüchen eines alten weißen Mannes konnte man der Catwoman nicht kommen, die würde sofort ihre Krallen ausfahren. Wenn die merkte, dass er was von ihr wollte, würde sie triumphieren.

Seufzend ging Brenner zum Aufzug und fuhr nach unten. Das würde ein Gang nach Canossa werden. Vor dem Verlagsgebäude zündete er sich erst mal eine Zigarette an. Während er den Rauch in die Luft blies und sich allmählich wieder etwas entspannte, redete er sich ein, dass alles eigentlich ganz einfach war. Er musste nur seine Strategie ändern. Bleib nett und freundlich, stell deine Fragen und lass dich von der kleinen Kratzbürste nicht provozieren, beschwor er sich. Komm, Henry, das ist doch kein Ding für einen gestandenen Journalisten wie dich. Du bist gut. Du bist sogar sehr gut.

Er drückte die Zigarette aus, und als er seinem Chef am frühen Abend noch mal über den Weg lief und dieser scherzhaft mit dem Zeigefinger in seine Richtung wackelte und rief: »Brenner? Ich verlasse mich auf Sie!«, lachte er nur und rief zurück: »Keine Sorge, der Artikel ist schon so gut wie geschrieben.«

Am nächsten Morgen stand Henry Brenner wieder um kurz vor neun vor dem kleinen Café in der Chamissostraße. *Und täglich grüßt das Murmeltier*, schoss es ihm durch den Kopf. Er spähte durch das Fenster. Diesmal gab es noch keine frühen Gäste. Der Rotschopf an der Kaffeemaschine nahm irgendwas vom Tresen und verschwand damit in der Küche. Catwoman war nirgendwo zu sehen.

Brenner drückte die Klinke herunter und betrat vorsichtig das Café. Sofort schlug ihm der Duft nach Vanille, Zimt und Hefe entgegen. Er setzte sich an einen Tisch in der hintersten Ecke und verschanzte sich erst mal hinter der Zeitung. Er überflog einen Artikel über die Geschichte des Neptunbads, den er selbst geschrieben hatte. Er fand ihn gar nicht so übel. Dann spürte er ein Kratzen an seinem Schuh. Ein Tigerkätzchen hatte seinen Schnürsenkel entdeckt und spielte daran herum. Alles war friedlich. Noch.

Minuten später wurde die Küchentür aufgestoßen, und Maxie Sommer kam mit einem Tablett voller Zimtschnecken herein. Schwungvoll setzte sie es auf der Theke ab und blickte auf. Erst dann entdeckte sie den ersten Gast. Ihr blauen Augen wurden ganz hell.

Henry hatte ein Déjà-vu. Die Frau an der Theke offenbar auch.

Er ließ die Arme sinken und starrte sie zerknirscht über den Rand der Zeitung an.

Sie verschränkte die Arme und lehnte sich gegen den Tresen.

»Ach nee, wen haben wir denn da?«

»Ich bin nur wegen der Zimtschnecken wiedergekommen.« Brenner versuchte ein Lächeln.

»Das ist ja wahnsinnig interessant. Sonst noch was?«

»Das mit der Katzenpisse war nicht so gemeint.« Er gab sich einen Ruck. »Dafür möchte ich mich entschuldigen.«

»Aha.« Sie verzog keine Miene.

»Tja … also. Dann hätten wir das ja geklärt. Haben Sie denn jetzt vielleicht Zeit für ein Interview?«

»Ich fürchte, nein.«

Brenner verdrehte die Augen. Innerlich natürlich. Die »reizende junge Frau« machte sich echt schwierig, er hatte nichts anderes erwartet. Impulskontrolle, Henry, befahl er sich. Impulskontrolle!

Er lächelte gewinnend. »Aber warum? Hier ist doch noch gar nichts los.«

»Hier ist jede Menge los«, entgegnete sie mürrisch und blieb am Tresen stehen, ohne sich zu rühren.

Erst jetzt bemerkte Brenner die Schatten unter ihren Augen. Offenbar hatte die Besitzerin des Cafés schlecht geschlafen. Maxie Sommer sah ein bisschen fertig aus.

»Gibt's Probleme?«, fragte er. Das war gar nicht Teil seiner Strategie gewesen, es war ihm einfach so rausgerutscht.

»Warum? Wollen *Sie* mir etwa helfen? Oder ist das bloß die Berufsneugier?«

»Beides vielleicht? Hören Sie, ich bin nicht so schlimm, wie ich aussehe.«

Sie musterte ihn wie den bösen Wolf, der Kreide gefressen hat.

»Sie *sehen* nicht schlimm aus, Herr Brenner. Sie *sind* es nur«, erklärte sie und grinste frech.

»Ich weiß.« Er grinste zurück. »Heißt das, ich bekomme mein Interview?«

Er sah, wie sie schwankte.

In diesem Moment tauchte der Engländer hinter ihr auf. Er erfasste die Lage mit einem Blick.

»Oh, Mister Brenner! Sie sind zuruckgekommen. *That's wonderful*«, rief er erfreut. »Dann gibt es jetzt doch noch eine Geschichte über unsere schöne Cat-Café?« Anthonys rote Haare leuchteten wie eine Karotte und auf seinem pinkfarbenen T-Shirt stand *I'm a sex-bomb.*

Brenners Mundwinkel zuckten. Der Junge hatte Humor. »Sieht ganz so aus«, sagte er. »Es sei denn, die Chefin wirft mich wieder raus.«

»*Oh, no, no!*« Anthony wirbelte zu seiner Chefin herum. Er schob die widerstrebende Maxie zu Brenners Tisch hinüber und drückte sie auf einen freien Stuhl. »Die Chefin gibt Ihnen sehr gern ein Interview. Möchten Sie einen Kaffee? Eine Zimtschnecke?«

»Also schön«, sagte Maxie gnädig. Sie saß auf dem Thonetstuhl und wippte ungeduldig mit dem Fuß. »Eine Viertelstunde, mehr nicht. Ich habe alle Hände voll zu tun, wie Sie sehen.«

Brenner nickte und zückte seinen Block. Er sah nichts dergleichen, aber egal. Er war der coolste Hai im Karpfenteich. Er würde diesem spröden Geschöpf jetzt seine Fragen stellen, und dann gute Nacht, Marie! Doch als Anthony ihm Sekunden später eine frische Zimtschnecke unter die Nase hielt, konnte er nicht anders. Er nahm das Gebäck begierig vom Teller und biss hinein.

»Woah, die sind ja himmlisch«, rief er kauend und vergaß für einen Augenblick sämtliche Vorbehalte. »Die schmecken genauso wie die Zimtschnecken, die meine Oma aus der Eifel mir als Kind immer gemacht hat.«

»Soso.« Maxie lächelte verhalten. »Ihre Oma.« Offenbar war sie erstaunt darüber, dass so ein Monster wie er eine Oma hatte oder überhaupt menschliche Regungen zeigte.

»Ja, meine Oma«, bekräftigte er und zückte seinen Stift.

»Sie heißen also Maxie Sommer«, begann er. »*Maximiliane*, nehme ich an.« Er grinste, und sie wurde rot.

»Na, Sie heißen ja sicher auch nicht wirklich Henry«, konterte sie. »Ich wette, in Ihrem Pass steht Heinrich.«

Henry, der tatsächlich Heinrich hieß, nämlich nach dem Mann seiner Oma aus der Eifel, presste die Lippen aufeinander und nickte.

»Genau. Wie in *Heinrich mir graut vor dir*. Oder wie in *Heinrich der Achte*«, sagte er. »Und meine heimliche Passion ist es, jungen Frauen im Park aufzulauern und sie mit dem Fahrrad umzunieten.«

Er sah, wie sie sich ein Lachen verkniff. »Sie hätten wirklich besser aufpassen können, Herr Brenner«, meinte sie dann streng. »Ich habe immer noch einen riesigen blauen Fleck am … am …«

»Am Hintern«, ergänzte er. »Keine Sorge, das kommt nicht in den Artikel.« Seine Augen funkelten belustigt. Für einen kurzen Augenblick gestattete er sich die Vision eines entzückenden Hinterns, der blau und grün war wie das Meer an der Côte d'Azur.

Sie sah ihn aufmerksam an.

»He, werden Sie nicht frech, ja?« Konnte sie Gedanken lesen? »Dafür hätte ich Schmerzensgeld verlangen können. Es war nämlich Ihre Schuld.«

So wurde das nie was mit dem Artikel. Brenner beschloss, die Schuldfrage nicht weiter zu diskutieren. Er schwieg. Der Klügere gibt nach. Zumindest in den kleinen Dingen.

»Ja«, sagte er nur. »Die Umstände unseres ersten Zusammentreffens waren nicht gerade glücklich, da gebe ich Ihnen recht.«

Sie schien besänftigt.

»Aber nun erzählen Sie mir doch mal, wieso Ihr Café *Fräulein Paula* heißt. Das ist ja ein eher ungewöhnlicher Name für ein Café.«

Maxies Augen nahmen einen sanften Schimmer an.

»Paula war meine Lieblingstante«, sagte sie. »Sie war nie verheiratet und legte immer großen Wert darauf, mit *Fräulein* angeredet zu werden.« Maxie lächelte. »Das ist natürlich lange her. Trotzdem war meine Tante auf ihre Art sehr emanzipiert, sie war einfach eine unglaubliche Person. Ohne sie würde es mein Café gar nicht geben.« Sie sah zu den Regalen hinüber. »Von ihr stammen auch die ganzen Bücher hier.«

»Aha.« Brenner hörte aufmerksam zu und machte sich ab und zu eine Notiz. »Und die Katzen sind auch von Ihrer Tante? Oder war das Ihr Konzept für das Café?«

»Weder noch, die Katzen kamen erst später. Die sind von meiner Freundin Leonie beziehungsweise eigentlich von der Nachbarin meiner Freundin, die in Urlaub gefahren ist und nicht wiederkam ... Also, erst war es nur Mimi ... aber dann bekam die plötzlich Junge ...«

Er versuchte ihren Ausführungen zu folgen.

»Ich meine ... das war alles nicht geplant, wissen Sie, aber ja, auf diese Weise ist aus meinem Café ein Katzencafé geworden«, schloss sie und legte sich die Hand vor den Mund. »Ach herrje ... ich weiß gar nicht, ob ich Ihnen das überhaupt erzählen darf?«

Sie sah ihn erschrocken an, und er setzte sich interessiert auf.

Gab es da irgendwelche Geheimnisse?

»Frau Sommer, Sie können mir erst mal alles erzählen. Wir nehmen am Ende nur das in den Artikel auf, womit Sie einverstanden sind, okay?«

»Okay.« Sie schien erleichtert. »Das mit der Nachbarin streichen wir besser wieder. Da ist ja noch nichts geklärt.« Sie seufzte tief und schaute mit einem Mal ganz besorgt.

Henry nickte mitfühlend, obwohl er nicht genau verstand, worum es ging.

Von nun an verlief das Interview ganz friedlich. Maxie erzählte ihm, wie sie immer schon davon geträumt hatte, ein eigenes Café zu eröffnen. Und dass ihre Tante, Fräulein Paula

Witzel, ihr dann das nötige Startkapital hinterlassen hatte. Sie erzählte von den Anfangsschwierigkeiten und von den Kuchenrezepten, die alle von ihrer Tante stammten. Von dem Tag, als eine weiße Katze namens Mimi zu ihr gekommen war, und von dem Tag, als sie die Jungen im Kleiderschrank entdeckt hatte. Von den Menschen, die ins Café kamen, und den Geschichten, die sich hier abgespielt hatten. Von der Suche nach einem unglücklichen kleinen Mädchen, das am Ende eine Katze namens Lavendel behalten durfte. Und von einem alten, einsamen Herrn, der hier täglich seine Zeitung las und bald auch eins der Kätzchen mit zu sich nach Hause nehmen würde. Von Anthony, dem Studenten aus Manchester, der ihr stundenweise aushalf und immer diese lustigen Motto-T-Shirts trug. Von den Tagen, die früh am Morgen begannen, damit sie die ganze Arbeit bewältigte. Und davon, welch großes Glück es für sie war, ein Café wie dieses führen zu können.

»Und das machen Sie alles mehr oder weniger allein? Da bleibt ja nicht gerade viel Zeit fürs Privatleben«, meinte Henry, dessen Block sich immer mehr gefüllt hatte.

Maxie schaute mit einem Mal ein wenig seltsam, oder kam ihm das nur so vor?

»Das Privatleben ist erst mal gestrichen«, erklärte sie dann so entschieden, dass er sich jede weitere Frage verkniff. Es hätte ihn schon interessiert, ob Maxie Sommer einen Freund oder Mann hatte. Aus reiner Berufsneugier natürlich.

»Das ist aber schade«, meinte er nur.

»Ich habe ja mein Café«, entgegnete sie. »Und Mimi natürlich.«

Als ob sie verstanden hätte, dass von ihr die Rede war, kam die weiße Katze an den Tisch und fing an, ihm schnurrend um die Beine zu streichen. Henry beugte sich hinunter und streichelte Mimi, die ihn mit ihren grünen Augen so durchdringend anstarrte, dass ihm etwas unheimlich zumute wurde.

»Sie mögen Katzen?« Maxie zog erstaunt die Augenbrauen hoch.

Brenner nickte. Dann musste er plötzlich niesen.

»Nicht wenn sie in Hundertschaften und in Verbindung mit buckligen alten Frauen auftauchen, die aus dem Kaffeesatz lesen«, meinte er grinsend. »Aber ansonsten … ja.«

»Was für alte, bucklige Frauen?«, fragte Maxie, während Brenner wieder nieste. »He, was ist los mit Ihnen? Haben Sie eine Katzenallergie?«

Brenner schüttelte den Kopf. »Nein, eigentlich nicht«, krächzte er.

»Hier wird auch jeden Morgen geputzt und gesaugt«, versicherte ihm die Cafébesitzerin und ging mit einem Mal in Verteidigungsstellung.

»Bleiben die Katzen denn Tag und Nacht hier im Café?«, fragte Brenner.

»Ja, warum denn nicht? Sie haben hier ja alles, was sie brauchen. Sogar einen privaten Innenhof.«

»Und eigene Katzentoiletten«, spottete er.

»Ja, genau.«

Als er sich nach eineinhalb Stunden verabschiedete, saßen bereits die ersten Gäste im Café. Henry Brenner streifte noch einmal an den Regalen entlang. Inzwischen wusste er ja nicht nur, wie die Katzen ins Café gekommen waren, sondern auch, was es mit den bunt zusammengewürfelten Büchern auf sich hatte.

»Darf ich mir eins aussuchen?«, fragte er. »Ich zahle natürlich dafür.«

Er zog mit zielsicherem Griff ein schmales Bändchen aus dem Regal *Bücher mit Happy End* heraus und hielt es Maxie hin.

Sie schaute überrascht auf den Titel. Dann sah sie ihn ganz merkwürdig an.

»Warum denn gerade dieses Buch?«, fragte sie.

»Keine Ahnung.« Er starrte auf das altmodisch gezeichnete Cover, das eine junge Frau im Ballkleid zeigte. »*Tipsys sonderliche Liebesgeschichte.* Das klingt irgendwie ... originell.« Er lächelte. »Finden Sie nicht? Also, was bin ich Ihnen schuldig?«

»Gar nichts, Herr Brenner. Dieses Buch schenke ich Ihnen.« Sie lächelte mysteriös. »Aber nur, wenn Sie mir bei Gelegenheit verraten, wie es Ihnen gefallen hat.«

»Das mache ich, versprochen«, hatte er erklärt. »Ich weiß ja jetzt, wo ich Sie finde.«

Maxie war niemand, der an Zeichen glaubte. Als dieser Journalist sich ein Buch hatte aussuchen wollen, war sie sich sicher gewesen, dass es ein Werk aus der Kategorie *Für kluge Köpfe* sein würde. Doch erstaunlicherweise griff Brenner zu einem Roman aus dem Regal *Bücher mit Happy End.* Und auch wenn sie kein Mensch war, der Dingen, die passierten, ständig eine besondere Bedeutung beimaß, hatte Maxie es schon bemerkenswert gefunden, dass seine Wahl ausgerechnet auf eines der Lieblingsbücher ihrer Tante gefallen war. Paula Witzel hatte sich irgendwann damit abgefunden, dass ihre Nichte keine große Leserin war. Dennoch hatte sie manchmal, wenn Maxie wieder einmal einen Nachmittag bei ihr verbrachte, auf dieses Buch verwiesen und gesagt, dass Maxie es doch einmal lesen sollte. »Dieses Büchlein begleitet mich schon mein ganzes Leben«, hatte sie gesagt. »Ich habe es als junges Mädchen gelesen und lese es immer wieder gerne. Es ist so herrlich altmodisch und absolut liebenswert, und die Heldin würde dir gut gefallen, das weiß ich. Versprich mir, dass du es irgendwann liest. Immerhin ist es das Lieblingsbuch deiner alten Patentante, schon allein deshalb sollte es dich interessieren.«

Maxie hatte es ihr lachend versprochen. Und ihr Versprechen dann doch nicht gehalten. Sie war immer so mit dem Leben beschäftigt, dass ihr zum Lesen die Zeit fehlte.

Mit nachdenklichem Blick schaute Maximiliane Sommer Henry Brenner nach, der eigentlich Heinrich hieß. Sie lächelte. So übel war der gar nicht. Vielleicht ein bisschen eitel und von sich eingenommen. Aber das, was er über seine Oma und die Zimtschnecken gesagt hatte, war irgendwie nett gewesen. Da war für einen Moment etwas ganz Anrührendes aufgeblitzt hinter der schnoddrigen Art.

Maxie ging ins Café zurück und räumte seinen Teller ab. Immerhin hatte Brenner endlich zugegeben, dass er an dem Zusammenstoß im Park schuld war. Und ihr dann mit leuchtenden Augen von dem neuen Peugeot-Rad erzählt, das er an diesem Morgen zum ersten Mal ausprobiert hatte.

»Ein Glück, dass Sie das nicht geschrottet haben, bei dem Tempo, mit dem Sie aus dem Gebüsch geschossen sind«, hatte er gewitzelt. »Ich?!«, hatte sie in gespielter Empörung ausgerufen. »Sie haben doch wohl eher *mich* geschrottet.« Er hatte sie angeschaut und gelacht.

»Falls wir je zusammenkämen, wovon ich nicht ausgehe, wäre diese Park-Story ein echter Knaller, was? Wie in diesen Filmen, wo ein Paar auf einem Sofa sitzt und beide erzählen sollen, wie sie sich kennengelernt haben. Und beide haben ihre ganz eigene Version von der Geschichte.«

»Sie meinen, wie in *Mr. und Mrs. Smith*?«

»Na ja, ich hoffe doch, dass wir uns nicht gegenseitig *umbringen* wollen, oder?« Er zwinkerte. »Lassen Sie uns Frieden schließen, wenigstens für den Moment. Sie brauchen eine schöne Geschichte über Ihr Café, und ich … ich brauche unbedingt noch eine von diesen Zimtschnecken.«

Das Interview war gut gelaufen. Direkt angenehm. Dieser Brenner konnte recht witzig sein, und sie war ja nun auch nicht auf den Mund gefallen. Der Schlagabtausch hatte ihr Spaß gemacht. Am Ende war er im Café herumgegangen und hatte noch ein paar Fotos geschossen. Sie und Anthony an der Theke. Das blaue Rezeptbuch von Tante Paula. Mimi und ihr Nachwuchs auf dem Samtsofa. Konrad Franzen, wie er vor einem großen Stück Apfelkuchen mit Schlagsahne saß.

Maxie war gespannt, was Brenner über das Café schreiben würde. »Wann kommt denn der Artikel?«, hatte sie gefragt. Und Brenner hatte erwidert: »Den bringen wir gleich morgen, spätestens übermorgen.« Er habe die Story schon genau im Kopf, er müsse sie nur noch in den Computer hacken.

Und dass er auf jeden Fall ein hohes Lied auf Tante Paulas Zimtschnecken singen würde. Auch von denen hatte er ein Foto gemacht. Und dann noch eins von Maxie vor der großen Schiefertafel neben dem Fenster, auf der in ihrer schön geschwungenen Schrift die *Kuchen des Tages* standen.

Anschließend war der Mann vom *Stadt-Anzeiger* gut gelaunt abgezogen. Trotzdem blieb Maxie misstrauisch. Brenners Bemerkung über die Katzentoiletten hatte sie irritiert. Sie traute diesem Mann alles zu – auch einen süffisanten Verriss über das *Katzencafé*.

22

In der folgenden Woche ging Maxie jeden Morgen als Erstes zum Kiosk, um sich den *Kölner Stadt-Anzeiger* zu kaufen. Noch auf dem Lenauplatz blätterte sie den Lokalteil durch, auf der Suche nach Henry Brenners Artikel. Und ging dann mit enttäuschter Miene in ihr Café zurück.

»Wieder nichts?«, fragte Anthony.

»Nö.« Maxie schüttelte den Kopf und legte die Zeitung auf die Theke. »Ich verstehe das irgendwie nicht. Erst war er so versessen auf das Interview, und jetzt passiert nichts.«

Anthony nahm die Zeitung und überflog die Seiten.

»*Strange*«, meinte er dann. »Er war doch so begeistert von dem Café.«

»Offenbar isst dieser Mann nicht nur gerne Zimtschnecken, er scheint auch selbst eine ziemliche Schnecke zu sein«, erklärte Maxie verdrossen. Dann ging sie in die Küche, um Tante Paulas *Versunkenen Apfelkuchen mit Walnüssen* zu backen. Während sie den Rührteig zubereitete, die Äpfel viertelte und deren Oberfläche mit einem Messer mehrfach einritzte, dachte sie, dass das mal wieder typisch war. Erst die große Welle machen und sich den Bauch mit ihrem Kuchen vollschlagen, und dann … Ebbe. Wahrscheinlich hatte Brenner inzwischen aufregendere Geschichten aufgespürt. Dabei hatte er ihr doch gesagt, die Story sei schon so gut wie geschrieben. Gerade jetzt hätte sie ein bisschen Werbung gebrauchen können. Die Ferien hatten angefangen, und im *Fräulein Paula* war es bereits am Wochenende merklich leerer geworden. Ein bisschen beleidigend fand sie es schon, dass sie so gar nichts von dem Journalisten hörte. Irgendwie hatte sie ein ungutes Gefühl.

»Nun sei mal nicht so ungeduldig«, meinte Leonie, als sie am Vormittag im *Fräulein Paula* vorbeikam. Sie genoss ihren ersten schulfreien Tag und war im Gegensatz zu sonst recht entspannt. »Pardon, dass ich das so sage, aber die Geschichte über dein Café ist sicher nicht die Top-News des Tages.«

»Das weiß ich selbst«, entgegnete Maxie leicht verschnupft. »Aber es geht ja auch nicht um den Aufmacher auf der ersten Seite. Und die anderen Geschichten, die im Lokalteil stehen, finde ich nun auch nicht gerade spannender.«

»Und wenn du einfach mal in der Redaktion anrufst und nachhörst?«

Maxie reichte ihrer Freundin einen Milchkaffee über den Tresen. »Bist du verrückt? Das mache ich auf keinen Fall. Ich laufe diesem Mann doch nicht hinterher.«

»Nein, du läufst ihn nur *um*.« Leonie kicherte. »Halt doch morgens im Park einfach mal nach deinem rasenden Reporter Ausschau, vielleicht begegnet ihr euch wieder, und dann kannst du ihn gleich auf den Artikel ansprechen.«

Die Tatsache, dass der Journalist und der Radfahrer aus dem Park ein und dieselbe Person waren, hatte ihre Freundin sehr amüsiert. »Wenn das mal kein Zeichen ist«, hatte sie gesagt und bedeutungsvoll mit den Augen gerollt. »Ich glaube aber nicht an Zeichen«, hatte Maxie entgegnet.

»Meine Güte, Leonie, du warst auch schon mal witziger, weißt du?«, sagte Maxie jetzt. »Am besten, ich vergesse den Artikel. Ich glaube, da kommt nichts mehr.«

»*You wait, take tea*«, mischte sich Anthony ein.

»Ja, warten wir's doch einfach ab«, sagte Leonie.

Maxie blickte ihre Freundin an. »Und du? Wartest du auch noch? Oder hat Herr Felmy inzwischen die Güte besessen, sich mal bei dir zu melden?«

Leonie rührte angelegentlich in ihrem Kaffee. »Leider nein.«

»Und … rufst du ihn an?«

»Nein.«

»*Nein?*« Maxie grinste und stupste Leonie an. »Ich dachte, ihr hättet so einen existenziellen Moment miteinander geteilt.« Sie malte ein paar Anführungszeichen in die Luft.

»Tja, keine Ahnung. Vielleicht habe ich mir da auch nur was eingebildet.« Leonie schaute verlegen. »Wahrscheinlich ist er zu beschäftigt.«

»Zu beschäftigt, um sich mal bei dir zu bedanken?« Maxie zog die Augenbrauen hoch. »Du hast dich ganz schön eingebracht an dem Abend.«

»Ja, aber das habe ich gemacht, weil ich das so wollte. Und natürlich auch wegen Emma. Nicht, damit sich irgendjemand bei mir bedankt. Außerdem …«

»Außerdem?«

»Außerdem weiß ich nicht, ob ein geschiedener Mann, der noch immer dermaßen unter der Fuchtel seiner Ex-Frau steht, überhaupt das Richtige ist. Ich habe noch mal nachgedacht. Das wird mir alles viel zu kompliziert. Und Paul

Felmy sieht das sicher ähnlich.« Leonie lächelte, aber Maxie sah die Enttäuschung in den Augen ihrer Freundin.

»Oha. Du wirfst aber schnell die Flinte ins Korn. Was ist los, meine Liebe? Das ganze Leben ist kompliziert. Nur der Tod ist es nicht. Kennst du nicht die Worte des berühmten Alexis Sorbas? *Life is trouble. Only death is not?* Wollen wir tanzen?« Maxie breitete die Arme aus und fing an, mit den Fingern zu schnipsen und die ersten Takte des Sirtaki zu summen.

Leonie musste lachen. »Nein, wollen wir nicht. Jetzt hör auf, die Gäste gucken schon.«

»Na und? Die tanzen sicher gerne mit«, meinte Maxie. »Das ist hier ein fröhliches Café.« Sie ließ die Arme wieder sinken. »Also, ich finde immer, bei komplizierten Sachen wird die Geschichte doch erst interessant. Alles andere ist langweilig.« Sie nickte einer Frau zu, die mit ihrer kleinen Tochter an einem der Tische saß und bezahlen wollte. »Komme sofort«, rief sie und tänzelte durch das Café. Sie kassierte ab und nahm an einem anderen Tisch eine Bestellung entgegen.

»Und wie geht's Emma?«, fragte sie, als sie wieder zurückkam.

»Oh, die ist ganz glücklich mit ihrer kleinen Katze. In den letzten Schultagen hat sie von nichts anderem mehr geredet.« Leonie lächelte. »Wie es aussieht, gibt es immerhin für Emma und Lavendel ein Happy End.«

»Und für Herrn Franzen und Aphrodite.«

»Und für Florian und seinen Bleistift.« Leonies Augen glitzerten.

Dass hinter diesen großen, sanften Rehaugen eine gehörige Portion Schalk lauerte, überraschte Maxie immer wieder aufs Neue. Sie grinste. Der Gedanke an Florian machte ihr seltsamerweise kaum noch etwas aus. Sie ärgerte sich nur, dass sie auf einen solchen Blender reingefallen war.

»Hör mir bloß auf mit dem«, sagte sie.

»Hast du eigentlich noch mal was von ihm gehört?«

Maxie schüttelte den Kopf. »Meine Abschieds-SMS hat ihm offenbar gar nicht gefallen.«

Leonie wiegte bedenklich ihren Kopf. »Das mit der miesen kleinen Wanze war aber auch ziemlich hart.« Sie trank ihren Kaffee aus und setzte die Tasse ab. »Hätte von mir sein können«, meinte sie dann.

Kurze Zeit später verabschiedete sich Leonie mit den Worten, dass sie jetzt ins Belgische Viertel fahre, um ein bisschen zu shoppen. Dort gebe es einen ganz tollen kleinen Laden, der auch französische Marken führe. »Jetzt habe ich endlich mal unter der Woche Zeit für so etwas«, seufzte Leonie glücklich. »Ich brauche dringend ein paar neue Schuhe.«

»Ist nicht wahr«, entgegnete Maxie augenzwinkernd.

»Doch, im Ernst, du erinnerst dich wohl noch, dass Mimi meine schönen roten Schuhe komplett ruiniert hat. Da muss jetzt endlich ein Ersatz her.«

»Na dann, viel Glück«, sagte Maxie, die wie immer ihre braunen Birkenstock-Sandalen trug.

Leonie nickte. »Dass du in diesen flachen Tretern keine Plattfüße bekommst«, meinte sie staunend. »Na, immerhin ist es das *One-Buckle*-Modell mit der Goldschnalle. Wo hast du denn die ergattert? Die waren im letzten Jahr doch überall ausverkauft.«

»Tja ... immerhin«, wiederholte Maxie, die gar nicht gewusst hatte, was sie da für kostbares Schuhwerk an Land gezogen hatte, als sie die Sandalen im Vorübergehen aus dem Regal nahm und kaufte.

Sie umarmten sich zum Abschied, und Leonie schlug vor, dass man sich am Abend im *Wackes* treffen sollte, um mit Flammkuchen und Edelzwicker auf den Beginn der Sommerferien anzustoßen. »Sechs Wochen Freiheit«, sagte Leonie. »Ich kann's kaum fassen!«

Und dann war sie endgültig verschwunden, und ihr himmelblauer Sommerrock bauschte sich hinter ihr auf wie eine kleine Wolke.

Maxie sah ihr lächelnd nach. Sie freute sich auf den Freundinnenabend im *Wackes*.

Doch als sie ihr Café zusperrte, nach der Post schaute und im Vorübergehen eilig ein hellgraues Kuvert aufriss, das im Briefkasten gesteckt hatte, verschlug es ihr fast den Atem.

23

Leonie hatte einen sehr beschwingten Nachmittag gehabt. Sie war durch das Belgische Viertel geschlendert, hatte sich bei *Simon und Rinoldi* ein wunderschönes Sommerkleid aus Baumwollbatist gekauft, zartblau mit kleinen klatschmohnfarbenen Blumen, dazu eine passende Strickjacke und für Maxie eine Duftkerze. Sie hatte draußen vor dem *Cafedel* in der Sonne gesessen, unter lichten Bäumen, durch deren Blätter ein paar Strahlen flirrend aufs Trottoir fielen, und einen Milchkaffee getrunken, der ausgezeichnet gewesen war, kräftig und doch nicht bitter, der Besitzer des winzigen Cafés lächelte ihr zu, und sie lächelte zurück. Es war Sommer, und das Leben war plötzlich ganz leicht. All die kleinen Geschäfte hier machten ihr gute Laune. Es gab so viel zu sehen und zu entdecken. Sie zahlte und schlenderte weiter. Am Brüsseler Platz palaverten ein paar schwarze Jugendliche mit dicken Goldketten und hörten Rap aus ihren Boxen, einige Taxifahrer lehnten träge an ihren Wagen und warteten auf Kundschaft, zwei Mädchen in kurzen Shorts saßen auf den Stufen von Sankt Michael und schleckten ein Eis. Leonie betrachtete sich in einer Schaufensterscheibe, die ihre zierliche Gestalt widerspiegelte, und bewunderte die liebevoll arrangierten Blumen, die in leichten Drahtregalen vor einem zauberhaften Blumenlädchen standen. Sie kam an einem Schuhladen vorbei, in dessen Auslage sie zu ihrer großen Freude ein paar tomatenrote Spangenschuhe entdeckte, die ihr schon beim bloßen Anschauen gute Laune machten. Wenig später gehörten die Schuhe ihr.

Die Sonne schien noch warm, als Leonie sich auf den Weg zum *Wackes* machte. Das Restaurant lag auf der anderen Seite des Rings, der die Viertel voneinander teilte.

Während sie mit ihren hübschen Papiertüten die Brabanter Straße entlangging, entdeckte sie ein paar Meter vor sich plötzlich einen großen dunkelhaarigen Mann im Anzug. Es war Paul Felmy, der gerade seine Kanzlei verlassen hatte. Leonies Herz machte einen freudigen Satz. Unwillkürlich beschleunigte sie ihre Schritte und wollte gerade nach ihm rufen, als Felmy an der Straßenecke anhielt und eine rothaarige Frau auf ihn zukam, hinter ihr hüpfte ein Mädchen den Bürgersteig entlang. Sie hörte Emmas helle Stimme und sah, dass die Felmys über irgendetwas diskutierten, aber was es war, konnte sie leider nicht verstehen.

Vielleicht besser so. Leonie setzte sich ihre Sonnenbrille auf und wechselte auf die andere Straßenseite. Sie wollte keinesfalls stören. Offenbar hatten Herr und Frau Felmy sich ja noch jede Menge zu erzählen.

Während sie den Ring überquerte und dann die belebte Ehrenstraße hochging, an der sich Geschäfte und Cafés aneinanderreihten, musste sie ihrer Freundin recht geben. Paul Felmy hätte sich wirklich mal bei ihr melden können, so wie er es versprochen hatte. Als sie sich nach der aufregenden Suche voneinander verabschiedet hatten und er sie mit einem langen Blick angeschaut und ihr die Hand gedrückt hatte, bevor sie aus seinem Wagen stieg, hatte sie das Gefühl gehabt, dass etwas passiert war. Aber sie hatte sich offenbar getäuscht.

Das Leben ist eben kein Roman, dachte sie und ärgerte sich ein bisschen über sich selbst. Vielleicht neigte sie dazu, immer mehr in Situationen hineinzuinterpretieren, als diese eigentlich hergaben. Immerhin hatte sie der Versuchung widerstanden, Emma in der Schule nach ihrem Vater auszufragen. Aber Emma redete sowieso nur noch von ihrer Katze. Die einzige Information, die das Mädchen ihr selbst gegeben hatte, war, dass sie erst einmal nicht wegfahren würden in den Ferien, weil ihre Mama noch im Lande war.

Leonie bog in die Benesisstraße ein, und dann stand sie auch schon vor dem elsässischen Restaurant, benannt nach seinem Besitzer Romain Wack. Er machte die besten Flammkuchen der Stadt, fand Leonie, und die Kartoffel-Vinaigrette zum Feldsalat, der in rustikalen Keramikschüsseln gereicht wurde, war ein Gedicht.

Sie spähte durch die Fenster in das kleine Lokal mit den rot-weiß karierten Tischdecken, das bereits voll besetzt war, und merkte, wie sie Appetit bekam.

Maxie saß schon an einem der Tische an der Wand und wartete. Leonie winkte ihrer Freundin zu, bahnte sich einen Weg durch das Restaurant und schwenkte ihre Taschen. »Fette Beute!«, rief sie und ließ sich auf den Stuhl sinken. »Ich habe sogar ein paar rote Schuhe gefunden!«

»Toll«, sagte Maxie ohne jeden Enthusiasmus. Erst jetzt bemerkte Leonie den düsteren Blick der Freundin.

»Maxie?! Ist was passiert?«

»Das kann man wohl sagen.« Maxie zog ein Schreiben auf Ökopapier hervor und knallte es auf den Tisch.

Leonie runzelte die Stirn. Ökopapier verhieß nichts Gutes. Das waren entweder Strafzettel oder Steuerbescheide, auf jeden Fall irgendwelche unangenehmen offiziellen Briefe. Sie musterte den Stempel der Stadt Köln.

»Was ist das? Ein Steuerbescheid? Musst du was nachzahlen?«

Maxie schnaubte. »Schlimmer! Irgend so ein Arschloch hat mich beim Gesundheitsamt angeschwärzt. Wegen der Katzen im Café und mangelnder Hygiene. Die wollen jetzt kommen und kontrollieren. Dann kann ich den Laden erst mal zumachen. Das hat mir gerade noch gefehlt.«

»Ach du meine Güte, Maxie!« Leonie zog den Brief von der Behörde zu sich und überflog ihn. Sie schüttelte fassungslos den Kopf. »Das ist ja schrecklich. Wer tut denn so was?«

»Jemand, der mir schaden will, nehme ich mal an. Das ist so unfair. Mein Café ist wirklich sauber, da kann man vom Boden essen.« Maxie wurde rot vor Zorn.

Der *patron* kam mit freundlicher Miene an den Tisch, er hatte Leonie gleich wiedererkannt, sie war schon des Öfteren mit Freunden oder Kollegen hier gewesen. Einmal hatte sie in einem der oberen Stockwerke ihren Geburtstag gefeiert, ein unvergesslicher Abend, an dem sie alle das *Menu surprise* gegessen hatten.

»Möchten die Damen schon mal etwas Wein?«, fragte er höflich.

Sie bestellten, und wenig später hatten sie ein Krüglein mit einem leichten Edelzwicker und zwei Gläser vor sich stehen.

»Ich bin erledigt«, stöhnte Maxie, nachdem der Chef des Hauses wieder in der Küche verschwunden war. »Wenn das irgendwelche Gäste mitbekommen, kann das total geschäftsschädigend sein.«

»Aber die werden doch gar nichts finden.«

»Das sagst du so, irgendetwas finden die doch immer«, knurrte Maxie. »Das ist wie bei den Steuerprüfern. Die wollen sich ja auch nicht umsonst die Arbeit machen. Da muss am Ende was bei rauskommen.«

»Unsinn, dein Café ist top geführt, du musst dir überhaupt keine Sorgen machen. Natürlich ist so ein Vorwurf sehr unangenehm, aber völlig aus der Luft gegriffen. Ich habe jedenfalls noch keine Kakerlaken bei dir gesehen.«

Sie wollte Maxie zum Lachen bringen, aber die Freundin schaute nur ganz düster drein.

»Ja, sehr witzig.«

Leonie schwieg einen Moment. Dann schüttelte sie ein wenig ratlos den Kopf.

»Also, ich verstehe das alles gar nicht. Ich meine – alle Gäste fühlen sich wohl in deinem Café und loben deine Kuchen. Auch wenn die mir persönlich, wie du weißt, ein bisschen zu reichhaltig sind. Und die Stücke sind viel zu groß. Du könntest doppelt so viel verdienen.«

»Es ist wegen der Katzen«, meinte Maxie.

»Aber auch die finden doch alle total niedlich. Oder hat sich da schon mal jemand beschwert?«

Maxie überlegte, während der *patron* den ersten Flammkuchen mit dem Schafskäse servierte und eine große Schüssel Feldsalat auf den Tisch stellte.

»*Bon appetit*«, sagte er.

»*Merci.*« Leonie schenkte Monsieur Wack ein zauberhaftes Lächeln. Sie hatte einmal ernsthaft in Erwägung gezogen, einen dieser Kochkurse zu machen, die er anbot. Doch dann hatte sie entschieden, dass es so viel netter war, essen zu gehen, als selbst am Herd zu stehen.

Als Leonie nach Köln gezogen war, hatte ein Verehrer sie mal in den *Wackes* eingeladen. Auf diese Weise hatte sie das kleine Lokal in dem bemalten, schmalen Haus in der Benesisstraße überhaupt erst kennengelernt. Doch am Ende war die elsässische Küche dann doch sehr viel interessanter gewesen als der selbstmitleidige Psychologe, der ihr stundenlang etwas von seiner Ex-Freundin vorgeheult hatte.

Leonie schnitt sich ein Stück Flammkuchen ab, pustete darauf und schob es sich dann mit einer anmutigen Bewegung in den Mund. »Köstlich wie immer«, erklärte sie und trank einen Schluck von dem frischen Wein.

Maxie saß da und hatte den Flammkuchen auf dem Holzbrett noch nicht angerührt.

»Nun iss mal«, sagte Leonie, »besser wird der nicht! Ich lade dich heute ein, meine Karte ist eh schon heiß gelaufen.« Sie tat Maxie etwas von dem Salat in ein Schälchen. Vielleicht sollte sie ihrer Freundin mal so einen Kochkurs schenken, dann könnte die elsässisch für sie kochen.

Zögernd säbelte Maxie an ihrem Flammkuchen herum, dann legte sie das Besteck zur Seite.

»Vielleicht war es meine Ex-Kollegin«, meinte sie nachdenklich.

»Was für eine Ex-Kollegin?«

»Na, die von *Backfrisch*. Ariane Lindner.« Maxie runzelte die Stirn. »Ich habe mich eh schon gewundert, warum die in mein Café kommt. Die konnte mich noch nie ausstehen, weil der Chef von *Backfrisch* mir mehr zugetraut hat als ihr.« Maxie klopfte mit der Gabel auf ihren Teller. »Jedenfalls saß die blöde Schnepfe neulich da und fragte mich aus, wie alles liefe in meinem *Katzencafé*. Und später hat sie dann lautstark herumtrompetet, dass sie ein Katzenhaar in ihrem Kuchenstück gefunden hätte. Das war richtig unangenehm.«

Maxie erzählte Leonie von dem Zwischenfall, an den sie sich noch gut erinnerte. Schließlich war das ja ihr Pechtag gewesen – in jeder Hinsicht. »Aber mit der Lindner habe ich doch gar keine Verträge mehr. Ich meine, den Chef hat sie ja jetzt für sich allein.« Maxie grinste und aß nun doch etwas von dem Flammkuchen.

»Vielleicht gönnt sie dir den Erfolg nicht«, überlegte Leonie. »Missgunst wäre doch ein ganz starkes Motiv.«

»Welchen Erfolg? So fantastisch läuft das Café nun auch nicht, dass ich jetzt schon behaupten könnte, es sei eine Goldgrube.«

»Das sehe ich anders. Dafür, dass du dein Café erst so kurze Zeit hast, läuft es doch sensationell gut. Vor allem ist es ein sehr charmantes Café. Und wenn erst mal der tolle Bericht im *Stadt-Anzeiger* kommt ...«

»Ach, hör mir bloß damit auf, du redest schon wie Anthony.« Maxie spießte unwirsch ein weiteres Stück Flammkuchen auf die Gabel. »Im Übrigen hat dieser Schmalspurjournalist sich ja offenbar doch nicht dazu durchringen können, etwas über das *Fräulein Paula* zu schreiben. Ich hätte mich gar nicht so ins Zeug legen müssen.«

»Na, sooo ins Zeug gelegt hast du dich nun nicht, wenn man hört, was Anthony erzählt.«

»Ach ja? Was erzählt Anthony denn? Der hätte diesem eingebildeten Typ ja am liebsten die Füße geküsst. *Einen Kaffee, Herr Brenner, eine Zimtschnecke vielleicht? Bitte setzen Sie sich doch. Ja, ich hole Ihnen das Rezeptbuch gern aus dem Regal, bitte sehr, bitte gleich.* Und dann kommt … gar nichts. Aber ich bin mir nicht sicher, ob sein Artikel mir überhaupt gefallen hätte.« Maxie stocherte wütend in ihrem Feldsalat herum, und Leonie zog die Augenbrauen zusammen. »So süffisant wie der ist, findet er mein Café doch bestenfalls skurril.« Sie stocherte weiter. »Der geht ins *Le Moissonnier*, verstehst du?«

»Bitte, Maxie! Herr Wack denkt noch, es schmeckt dir nicht.«

»Ach, Herr Wack, Herr Wack«, murmelte Maxie gereizt.

»Meine liebe Freundin, du könntest dir einfach mal angewöhnen, ein bisschen taktvoller mit den Leuten umzugehen.« Leonie sah Maxie tadelnd an. »Sicher, dass du diesem Journalisten nicht doch noch irgendetwas um die Ohren gehauen hast, was ihn nicht so amüsiert hat?«

»Im Gegenteil«, entgegnete Maxie empört. »Er hat noch ein Buch abgestaubt und ist ganz fröhlich losgezogen. Und taktlos war er und nicht ich – immerhin hat *er* mich doch gefragt, wo meine Katzen eigentlich hinpissen, und sich über die Katzenklos mokiert.«

Sie kaute mit verdrossener Miene und schob den Teller von sich weg.

Dann lehnte sie sich zurück und schlug plötzlich mit der flachen Hand auf den Tisch.

»Ich wusste, dass etwas an der Sache faul ist!«, rief sie aus. Leonie sah überrascht auf. »Was meinst du?«

»Verstehst du nicht? Es war dieser Brenner. Es ist kein Zufall, dass sein Artikel nie erschienen ist. Das hatte er nämlich gar nicht vor. Der wollte nur bei mir rumschnüffeln und hat mich dann beim Gesundheitsamt angezeigt.« Maxie nickte. Sie war kurz davor zu explodieren. »Na, den werde ich zur Schnecke machen«, erklärte sie mit Todesblick.

»Maxie, du spinnst. Das war doch niemals dieser Brenner. Ich meine, der ist Journalist beim *Stadt-Anzeiger*. Warum sollte er so was machen?« Leonie hielt die neue Theorie ihrer Freundin für ziemlich aberwitzig. Sie tippte eher auf die neidische Ex-Kollegin. Oder es war jemand ganz anders.

»Keine Ahnung. Um mir eins auszuwischen wahrscheinlich«, fauchte Maxie. »Der Typ kann keine Kritik vertragen. Das habe ich gleich gemerkt. Immerhin habe ich ihn ja auch ziemlich derbe beschimpft wegen der Sache im Park, du erinnerst dich? Da wollte er sich vielleicht rächen. Ihn hat doch sowieso nur interessiert, dass seinem heiligen Rennrad nichts passiert ist. Das hättest du mal hören sollen.«

»*Mon Dieu*, Maxie! Kannst du nicht mal eine andere Platte auflegen? Die Sache im Park war doch schon Geschichte, als dieser Brenner bei dir auftauchte. Hör auf, dich in solche Fantasien reinzusteigern, bitte! Du klingst echt paranoid, was diesen Mann angeht. Glaub mir, der war's nicht. Du irrst dich gewaltig.«

»Und ich glaube, dass ich total richtigliege. Sonst hätte ich schon längst was von ihm gehört. Oder sein Artikel wäre erschienen. Warum ist sein Artikel nicht erschienen, kannst du mir das vielleicht mal erklären?«

Maxie starrte sie triumphierend an, während der Küchenchef ein neues Holzbrett mit einem Flammkuchen auf dem Tisch platzierte. »*Voilà*«, sagte er und rieb sich zufrieden die Hände. »Diesmal mit Speckstreifen und Rahm. Lassen Sie es sich schmecken!«

Leonie nickte ihm dankbar zu. »Das sieht großartig aus!«

Der *patron* entfernte sich mit geschmeidigen Schritten.

»Also ... *warum?*«, wiederholte Maxie stur.

Leonie schwieg. Dann zuckte sie mit den Schultern. »Tja ... keine Ahnung. Da kann es doch tausend Gründe geben. Brenner hat seine Unterlagen verloren, oder die Geschichte wurde verschoben, oder er ist vom Rad gestürzt und hat sich die Hand gebrochen.«

Maxie nickte grimmig. »Genau. Oder die Außerirdischen haben ihn entführt.«

24

Henry Brenner ließ den Zeigefinger einen Moment über der Tastatur schweben und setzte dann zufrieden einen Punkt hinter den letzten Satz. Er saß in der Redaktion. Natürlich hatten die Außerirdischen ihn nicht entführt. Er war auch nicht vom Rad gestürzt oder hatte gar das Interesse an der Geschichte über das Katzencafé oder dessen Besitzerin verloren. Das schon gar nicht. Dennoch gab es einen Grund, warum der Artikel über das kleine Café am Lenauplatz noch nicht erschienen war.

Eine Sommergrippe hatte Brenner niedergestreckt, gleich nach dem Treffen mit der Chefin des *Fräulein Paula*. Bereits im Café hatte er immerzu niesen müssen. Das hätte ihn warnen müssen, denn er hatte nie irgendwelche Allergien. Dann kam das Kratzen im Hals. Die Zigaretten schmeckten ihm nicht mehr, das war kein gutes Zeichen.

Am nächsten Morgen war er mit hämmernden Kopfschmerzen aufgewacht, und seine gesamte Muskulatur hatte sich angefühlt, als hätte sie jemand mit dem Fleischerhaken langgezogen. Sein Kopf war glühend heiß, das Fieberthermometer zeigte 39,2. Henry konnte sich nicht erinnern, wann er das letzte Mal Fieber gehabt hatte. Er hatte in der Redaktion angerufen und sich entschuldigt. Dann war er wieder ins Bett getaumelt. Er versank in einem Dämmer, der nur durch gelegentliche Gänge in die Küche unterbrochen wurde, wo er auf wackeligen Beinen dastand und sich Tee kochte oder Zwieback und Bananen holte. Ein paar Gläser Hühnersuppe hatte er auch noch gefunden. Hühnersuppe war gut, die hatte seine Oma aus der Eifel immer gekocht, wenn jemand krank war. Im Bad fand er noch eine Schachtel Halsschmerztabletten, und er schluckte zwei Ibuprofen. Anschließend sank er wieder ins Bett und ergab sich fiebrigen Träumen, in denen eine weiße Katze und eine junge blonde Frau eine Rolle spielten. Die Frau roch nach Zimt und hatte schöne Hände. Sie löste mit einer einzigen Bewegung ihr langes Haar und lächelte ihn verliebt an. Spätestens da wusste er, dass er im Fieberwahn war. Auf seinem Nachttisch lag Else Hueck-Dehios *Tipsys sonderliche Liebesgeschichte*, drei Euro. Warum gerade dieses schmale Bändchen in die teuerste Preiskategorie des seltsamen Antiquariats gefallen war, wusste er nicht. Er tastete nach dem Buch und las ein paar Zeilen. *Herzerwärmend*, dachte er noch. Dann schlief er wieder ein.

So war es mehr oder weniger die ganze Woche gegangen. Tage und Nächte glitten ineinander über, immerhin wurden die Kopfschmerzen allmählich besser.

Irgendwann kam die Putzhilfe, die einen Schlüssel zu seiner Wohnung hatte. Sie war sehr erstaunt, als sie Brenner im Bett vorfand, umgeben von Teebechern, Zwieback und Schalen mit eingetrockneten Suppenresten.

»Oh Gott, Herr Brenner!«, meinte Elena. »Da hat's Sie aber ganz schön erwischt, was?«

Henry nickte erschöpft und zog die Decke hoch, weil ihm gerade mal wieder kalt war. So ging das schon die ganze Zeit, heiß-kalt-heiß-kalt, sein Körper konnte sich einfach nicht entscheiden.

Elena lüftete, schüttelte die Kissen auf und räumte vorsichtig um sein Bett herum. Glücklicherweise war sie keine von diesen lärmenden Krachmaschinen, die jeden Handgriff mit Aplomb verrichteten, sei es, weil sie es nicht anders konnten, sei es, weil sie unter Beweis stellen wollten, dass sie wie verrückt arbeiteten. Da Henry Brenner meistens nicht zu Hause war, wenn seine Putzhilfe kam, hatte er sich um die Art und Weise, wie sie seine Wohnung reinigte, auch nie groß Gedanken gemacht. Jetzt blinzelte er schläfrig und sah Elena mit dem Staubtuch durchs Zimmer schweben wie eine Ballerina. Anmutig sammelte sie Teller und Becher ein und stellte ihm eine Flasche Sprudel und ein frisches Glas auf den Nachttisch. Dann zog sie die Tür leise zu und putzte die Wohnung. Henry hörte beruhigendes Klappern aus der Küche, während er weiterdämmerte. Kurz bevor Elena ging, kam sie mit einem Teller Kartoffelpüree und Apfelmus an sein Bett. Er nahm ein paar Löffel von dem Püree, und das Apfelmus rutschte angenehm kühl durch seine Kehle. Dankbar lehnte er sich zurück in die Kissen und schlief nach ein paar Minuten wieder ein.

Als er später in die Küche ging, standen auf der Anrichte zwei Packungen Kartoffelpüree und mehrere Gläser Apfelmus. Damit hatte er sich den Rest der Woche ernährt. Das Leben konnte so einfach sein.

Am Wochenende war es ihm schon wieder besser gegangen. Er fühlte sich noch ein bisschen schwach auf den Beinen, aber zugleich seltsam friedlich und ausgeruht. *Kranken-*

gewinn, sinnierte Henry. Ab und zu war es schön, mal seine Ruhe zu haben. Er las den Roman von Else Hueck-Dehio aus, dachte an Maximiliane Sommer und träumte von frischen Zimtschnecken. Oder umgekehrt.

Seit gestern war er wieder zurück in der Redaktion. Und nachdem er sich durch eine Flut von E-Mails gearbeitet hatte, hatte er nun endlich den Artikel über das *Fräulein Paula* geschrieben. Die Story war richtig gut geworden, fand Henry. Und das fand auch sein Chef, dem er nach der Mittagspause auf dem Flur begegnete.

»Schöne Geschichte, Brenner«, rief Burger und nickte ihm zu. »Offenbar war's mit der männerhassenden Paranoikerin ja dann doch nicht so übel.« Er zwinkerte hinter seiner Goldrandbrille.

Henry zuckte die Achseln. »Ach, es war erträglich«, meinte er in gespieltem Gleichmut.

»Soso«, war alles, was Burger sagte.

Als Henry wieder am Schreibtisch saß, klingelte sein Telefon.

»Eine Frau Sommer«, meinte die Rezeptionistin von der Zentrale. »Ich stell mal durch.«

Das war ja Gedankenübertragung. Henry lehnte sich angenehm überrascht in seinem Sessel zurück.

»Henry Brenner«, meldete er sich und begann kleine Dreiecke auf einen Block zu malen.

»Hier ist Maxie Sommer. Die Frau aus dem Katzencafé. Sie erinnern sich vielleicht noch dunkel an mich?« Ihre Stimme klang irgendwie … feindselig. Seltsam. Vielleicht bildete er sich das aber auch nur ein.

»Aber natürlich erinnere ich mich an Sie«, erklärte Henry wohlgemut. »Ich habe gerade ...«

Weiter kam er nicht.

»Wissen Sie was, Henry Brenner? Sie sind wirklich das Letzte!«, fauchte es durch den Hörer.

»Äh ... wie jetzt?« Henry setzte sich verdutzt auf. Was war der denn für eine Laus über die Leber gelaufen? Meinte sie tatsächlich ihn? »Was ist denn jetzt schon wieder los? Haben Sie schlecht geschlafen, oder was?«

»Ja, das habe ich in der Tat.« Es klang, als sei er dafür verantwortlich.

»Und daran bin *ich* schuld?« Er zog die Augenbrauen hoch. Die Kuchenbäckerin war hübsch, aber wirklich ziemlich durchgeknallt. Eine Verrückte. Schade. Beim letzten Mal hatte er sie eigentlich ganz süß gefunden. Sehr süß sogar. Um nicht zu sagen unwiderstehlich. Doch für schwärmerische Gedanken blieb jetzt keine Zeit.

»Ja, daran sind *Sie* schuld, Henry Brenner, nun tun Sie nicht so ahnungslos, das macht es nur noch schlimmer.«

Sie legte eine dramatische Pause ein, und er sah wieder die Königin von Saba vor sich – hoch aufgerichtet und mit verschränkten Armen.

»Aha«, sagte Henry. Er hatte keine Ahnung, wovon sie sprach. »Darf ich bitte erfahren, was man mir vorwirft?« Ein Gedanke schoss ihm durch den Kopf, der absurd und verlockend zugleich war. Zu verlockend, um ihn nicht auszusprechen.

»Nun sagen Sie nicht, Sie konnten nicht schlafen, weil Sie immerzu an mich denken müssen«, meinte er übermütig.

Er hörte, wie sie einen wütenden Laut ausstieß.

»Zu viel der Ehre, Herr Brenner, zu viel der Ehre«, erklärte sie, und dann ergoss sich ein Schwall des Zorns über ihn, der ihn unwillkürlich den Kopf einziehen ließ. »Dass Sie sich über mein kleines Café lustig machen – geschenkt. Dass Ihr blöder Artikel immer noch nicht erschienen ist und wohl auch nie erscheinen wird – geschenkt. Was kann man schon von so einem schmierigen Journalisten wie Ihnen erwarten? Sie kreisen ja eh nur um sich selbst. Aber dass Sie mir das Gesundheitsamt auf den Hals gehetzt haben, das verzeihe ich Ihnen nie!«

Henry war für einen Moment sprachlos. Das passierte ihm wirklich selten. Diese Frau war total irre.

»Das Gesundheitsamt?«, stammelte er. »Ich habe keine Ahnung, wovon Sie sprechen.«

»Ach, kommen Sie, Herr Brenner! Wer hat sich denn die ganze Zeit über die Katzenklos lustig gemacht? Und überhaupt über mein Café? Ich verstehe zwar nicht, wie man so gemein sein kann, aber wahrscheinlich ist das die Retourkutsche, weil ich Sie zur Schnecke gemacht habe und Ihr Macho-Ego das einfach nicht ertragen hat. Und ich hatte gedacht, ich hatte gedacht …«

»Stopp!«, rief Henry, und damit entging ihm, was Maxie Sommer sonst noch gedacht hatte. »Schluss, aus, Ende. Jetzt rede ich, und Sie halten mal die Klappe, Verehrteste! Ich weiß nicht, *wer* Ihnen da Ärger machen möchte, aber ich bin es jedenfalls nicht. Das schwöre ich. Beim Leben meiner Oma in der Eifel«, setzte er mit Nachdruck hinzu.

Er hörte, wie sie die Luft einsog.

»Ja, aber …« Sie verstummte verwirrt. Das mit der Oma war ein starkes Argument. Er spürte, wie sie einen Augenblick schwankte.

»Und warum haben Sie den Artikel nicht geschrieben?«, fragte sie dann aufsässig.

Henry verdrehte die Augen. Dieses Weib brachte ihn wirklich auf die Palme.

»Weil ich krank war, vielleicht? Sommergrippe. Schon mal davon gehört?« Henry hustete zur Bekräftigung ein paar Mal in den Hörer.

»Und das soll ich jetzt glauben?« Meine Güte, die Kleine war wirklich stur wie ein Esel.

»Meine liebe Frau Sommer, das können Sie jetzt glauben oder auch nicht, Sie glauben ja eh, was Sie wollen. Ich kann nur sagen, dass ich erst gestern wieder in die Redaktion zurückgekommen bin. Und das Erste, was ich getan habe, war, die Geschichte über Ihr blödes Café zu schreiben.«

»Über *mein blödes Café?*«

»Genau«, entgegnete Henry. »Kaufen Sie sich doch morgen die Zeitung, wenn Sie mir nicht glauben. Und jetzt entschuldigen Sie mich bitte. Ich weiß ja nicht, was Sie so den ganzen Tag treiben, ich habe jedenfalls keine Zeit für solche völlig aberwitzigen Diskussionen.«

»Sie können mich mal«, rief sie erbost.

»Ja, Sie mich auch.«

Er hängte ein.

Eine Minute später zündete er sich eine Zigarette an und rauchte aus dem Fenster seines Büros. Eigentlich war das

Rauchen in den Redaktionsräumen verboten. Egal. Henry Brenner war aufgeregt wie lange nicht mehr. Er bereute es schon fast, den Artikel geschrieben zu haben. Der war viel zu nett für diese unverschämte Person. Ihre blauen Augen, ihr Lachen, ihre Zimtschnecken – das alles hatte ihm den Kopf verdreht, doch die Wirklichkeit sah anders aus. Diese Tortentante war eine TM, eine Trouble-Makerin, ganz klar. Wo die aufkreuzte, gab es Ärger. Von Anfang an hatte sie etwas an sich gehabt, das ihn provozierte. Mit untrüglichem Gespür drückte sie seine roten Knöpfe, und er ging jedes Mal hoch wie eine Rakete.

Henry nahm einen tiefen Zug und stieß den Rauch in die Luft. Allmählich wurde er wieder ruhiger. Seit dem Interview hatte er immer wieder an die hübsche Cafébesitzerin gedacht, mit der man so herrlich streiten konnte. Mit so einer Frau würde es niemals langweilig werden. Als er am Morgen den Artikel geschrieben hatte und noch einmal die Fotos anschaute, bekam er richtig gute Laune. Eigentlich hatte er sich vorgenommen, bald wieder ins *Fräulein Paula* zu gehen.

Maxie Sommer würde außer sich vor Freude sein über die Hymne, die er auf ihr Café geschrieben hatte, es konnte gar nicht anders sein. Sie würde ihn zu Kaffee und Kuchen einladen, und dann würden sie über den Roman sprechen, den sie ihm geschenkt hatte – mit einem bedeutungsvollen Lächeln, wie ihm schien.

Henry Brenner seufzte. So hatte er sich das vorgestellt, doch nun war alles Geschichte. Maxie Sommer war sauer auf ihn. Völlig zu Unrecht natürlich. Wie immer.

Er hörte Schritte auf dem Flur, schnippte die Zigarette nach draußen und schloss rasch das Fenster.

Der Lokalchef kam herein. Er blieb vor Henrys Schreibtisch stehen und kniff die Augen zusammen.

»Haben Sie etwa hier drinnen geraucht, Brenner?«

Henry schüttelte den Kopf. Er setzte seinen *Leopard-mit-Häschenblick* auf. »Nein, natürlich nicht.«

»Verarschen Sie mich nicht, Brenner.«

»Nein, wirklich, ich glaube, das kommt von draußen«, beeilte Henry sich zu versichern. »Ich hatte gerade das Fenster auf. Draußen riecht es irgendwie verbrannt, das ist mir auch schon aufgefallen.« Er starrte besorgt aus dem Fenster, als ob dort ein Waldbrand tobte. Dann sah er Burger wieder an. »Außerdem versuche ich mir doch gerade das Rauchen abzugewöhnen.« Er lächelte gewinnend. »Sie haben mir noch gar nicht gesagt, wie Sie meine Idee finden, eine Kolumne über einen frischgebackenen Nichtraucher zu schreiben. *Meine letzte Zigarette.* Was halten Sie davon?«

Burger schüttelte den Kopf. »Wie viele letzte Zigaretten wollen Sie denn noch rauchen?«, meinte er nur.

»Oh, viele, sonst kommen ja nicht genug Kolumnen zusammen, damit man dann am Ende ein Buch daraus machen kann.« Henry grinste. »Sie sehen, ich gebe alles für dieses Blatt. Selbst meine Gesundheit.« Meine Güte, er witzelte hier herum, dabei war ihm gar nicht so lustig zumute.

Burger ging nicht darauf ein. Offenbar fand er die Idee mit der Nichtraucher-Kolumne nicht ganz so großartig.

»Wenn Sie Ihre Gesundheit ruinieren möchten, ist das Ihre Sache, Brenner«, sagte er. »Aber nicht in den Büroräumen, wenn ich bitten darf. Und jetzt Spaß beiseite.« Der Chef ließ sich mit einer eleganten Bewegung auf der Schreibtischkante nieder und lupfte die Hosenbeine seines leichten Anzugs über dem Knie. »Hören Sie, Brenner, ich habe einen Hinweis bekommen. Missstände in einer Seniorenresidenz in Marienburg. Der Sache sollten Sie mal nachgehen.« Burger erläuterte ihm kurz, worum es ging. In einem Altenheim war Salmonellenbefall festgestellt worden. Offenbar war das Essen verdorben. Die Heimleitung hatte viel zu spät reagiert und versucht, die Sache unter den Teppich zu kehren. Das Gesundheitsamt war aufmerksam geworden.

Während Henry Brenner seinem Chef zuhörte, kam ihm plötzlich eine Idee.

»Sagen Sie mal, Herr Burger, haben Sie einen guten Draht zum Gesundheitsamt?«

Burger nickte. »Natürlich, ich habe überall meine Gewährsleute. In meiner Position muss man extrem gut vernetzt sein. Warum fragen Sie?«

Henry überlegte.

»Könnte Ihre ... äh ... Kontaktperson vielleicht etwas für mich herausfinden? Ich meine, eher so undercover?«

»Sie reden wie James Bond, Brenner. Worum geht's denn?« Der Lokalchef sah ihn aufmerksam an.

Henry lehnte sich lächelnd zurück. Er wusste zwar nicht, wer das Katzencafé beim Gesundheitsamt angezeigt hatte. Aber eines wusste er genau: Wenn sein Chef davon erfuhr, dass die »reizende junge Frau«, die so grandiose Kuchen backte, in Schwierigkeiten geraten war, würde er alle Hebel in Bewegung setzen.

Eine Stunde später hielt Henry Brenner einen Zettel in der Hand, auf dem der Name des Denunzianten stand. Den Namen hatte er noch nie gehört. Henry holte tief Luft, dann griff er zum Hörer und rief im *Fräulein Paula* an.

Nach dem dritten Klingeln wurde abgehoben. Der Engländer war am Telefon. Als er Brenners Namen hörte, begrüßte er ihn überschwänglich.

»Oh, *hello*, Mister Brenner. Schön, von Sie zu hören«, sagte er. »Wie geht es Ihnen? Wir warten hier alle schon ganz ungeduldig auf Ihren Artikel.«

»Ich weiß«, sagte Henry. »Ich war krank. Aber morgen ist die Geschichte drin.«

»Oh, *that's wonderful!*«, rief Anthony und klapperte an der Espressomaschine herum.

»Sagen Sie, ist die Chefin da?«, fragte Henry. »Ich muss dringend mit ihr sprechen.«

Er hörte leises Getuschel, dann wurde der Hörer weitergereicht, und Maxie Sommer meldete sich. Ihre Stimme klang kühl.

»Was gibt's? Können Sie mich nicht einfach mal in Ruhe lassen, Herr Brenner?«

Durchatmen, durchatmen, befahl er sich.

»Nichts lieber als das. Aber ich wollte Ihren ungeheuerlichen Vorwurf doch nicht auf mir sitzen lassen. Dass Sie so etwas von mir denken, macht mich ganz betroffen.«

»Mir kommen gleich die Tränen«, sagte sie, und ein eisiger Hauch wehte ihn durch den Hörer an.

Sie schwiegen.

»Ja … und? Geht die Geschichte noch weiter?«, fragte sie schließlich. »Oder war's das schon? Ich habe nicht bis zur nächsten Jahrhundertwende Zeit, Herr Brenner.«

Er ließ sich nicht provozieren.

»Nein, das war's natürlich *nicht*«, entgegnete er. »Es gibt Neuigkeiten in dieser Sache, deswegen rufe ich Sie ja an.«

»Ach ja? Welche Neuigkeiten denn?«

Jetzt hatte er sie am Haken.

»Nun ja, was soll ich sagen … Ich habe meine exzellenten Verbindungen zum Gesundheitsamt ein bisschen spielen lassen …«, erklärte er in jovialem Ton.

Zugegebenermaßen waren es Burgers exzellente Verbindungen, aber er hatte schließlich die Idee gehabt. »Ich weiß jetzt, wer sich beim Gesundheitsamt über Sie beschwert hat.«

»Was?!« Sie konnte ihre Überraschung nicht verbergen.

Er legte eine kleine Kunstpause ein.

»Jetzt spannen Sie mich nicht so auf die Folter. Wer ist es?«, rief sie ungeduldig.

»Sagt Ihnen der Name Florian Gerber etwas?«

Sie stieß eine Verwünschung aus.

»Und ob der mir was sagt. Diese miese kleine Ratte!«, stieß sie empört aus.

»Genau.« Henry nickte. Es war schön, dass sich der Unmut der zornigen Schönen zur Abwechslung mal auf einen anderen Mann richtete.

»Und?«, fragte er.

»Das war mein Ex-Freund. Den mache ich kalt«, erklärte sie. »So ein Miststück!«

»Tja, Augen auf bei der Partnerwahl, sage ich immer«, gab Henry zurück. »Aber was ich eigentlich meinte, war: Hab' ich es einmal recht gemacht, Mylady, verdien' ich einmal Euren Dank?«

»Reden Sie nicht so geschwollen daher, Herr Brenner. Das ist doch sowieso nicht auf Ihrem Mist gewachsen, oder?« Sie klang belustigt. »Aber ja: Danke! DANKE! In Großbuchstaben.«

»Schiller, *Maria Stuart*«, gab er zurück. »Und ich nehme Ihren Dank untertänigst an.« Er lächelte zufrieden. »Übrigens – was das Gesundheitsamt angeht, da müssen Sie nichts mehr befürchten. Das habe ich geregelt, da kommt nichts mehr. Die waren mir noch was schuldig. Sie wissen schon …« Henry summte die ersten Takte der Filmmusik aus *Der Pate*. »Es ist immer gut, die richtigen Leute zu kennen.«

Robert Burger hatte sich den entsprechenden Sachbearbeiter mit aller Entschiedenheit vorgeknöpft, und am Ende hatte man gemeinsam beschlossen, die Sache mit der Anzeige nicht weiter zu verfolgen.

»Sie sind ein alter Angeber«, sagte Maxie Sommer. Aber sie klang doch sehr erleichtert.

»Alt ist nicht ganz korrekt«, erwiderte er. »Aber das sehe ich Ihnen nach.«

Einen Moment herrschte Schweigen in der Leitung.

»Tut mir echt leid, dass ich Sie verdächtigt habe«, meinte sie verlegen. »Ich fürchte, das war eine Schnapsidee.«

»Gut erkannt.« Henry beschloss, einen Vorstoß zu wagen. »Und – haben Sie vielleicht eine etwas bessere Idee, wie Sie das wiedergutmachen wollen?«

Sie überlegte einen Moment.

»Zimtschnecke?«, fragte sie dann.

»Klingt gut.«

»Samstagnachmittag?«

»Passt perfekt.«

25

Henry Brenners Story erschien als Aufmacher im Lokalteil.

»Café mit Katzen bezaubert alle Gäste – im ›Fräulein Paula‹ in Neuehrenfeld fühlt man sich wie zu Hause«, zitierte Anthony stolz. Er hatte es nicht abwarten können und war als Erster am Kiosk gewesen, um die Zeitung zu kaufen. Gleich drei Exemplare des *Kölner Stadt-Anzeigers* hatte er mitgebracht. *»Yeah!«*, rief er jetzt enthusiastisch aus. »Die Headline ist schon mal *awesome!«*

Anthony stützte sich auf die Theke und las den Artikel laut vor, während Maxie vor Freude ganz rot wurde und Leonie andächtig neben Mimi auf dem Sofa saß und den Worten des Engländers lauschte.

Es war noch früh am Morgen, aber die Geschichte über das Katzencafé war jetzt schon das Ereignis des Tages. Der Reporter hatte sich selbst übertroffen. Sein Artikel war eine wahre Hymne auf das kleine Café am Lenauplatz – auf die fabelhaften selbstgebackenen Kuchen, auf die niedlichen Katzen, das »höchst originell« sortierte Bücherantiquariat, in dem er selbst, Henry Brenner, einen kleinen Schatz gefunden habe, auf die gemütlichen alten Möbel, auf Tante Paula und ihr blaues Rezeptbuch, vor allem aber auf die reizende Maxie Sommer, die ihr charmantes Café mit leichter Hand führte, eine Art Heroin der Arbeit, die ihren Traum von der Selbstständigkeit mit viel Herzblut und Engagement verwirklicht hatte und für jeden Gast ein gutes Wort fand.

Es folgten kurz skizziert ein paar anrührende Geschichten, die sich im *Fräulein Paula* zugetragen hatten. Dass der alte Herr Franzen dank einer kleinen Katze namens Aphrodite seine Lebensfreude wiedergefunden hatte, wurde ebenso erwähnt wie ein kleines Mädchen, das ein Kätzchen namens Lavendel bekommen hatte.

Auch Mimi fand besondere Erwähnung. In die weiße Katze habe Maxie Sommer sich auf den ersten Blick verliebt. Die Begegnung sei schicksalhaft gewesen und habe ihrem Café Glück gebracht, und als Mimi überraschenderweise Junge bekam, sei das Café eben zum Katzencafé geworden und habe für viele Gäste eine nahezu therapeutische Wirkung, hieß es weiter.

»In den Bücherregalen zu stöbern, in einem bequemen Sessel zu sitzen, eine Katze zu streicheln, exzellenten Kaffee zu trinken und dazu eine frische Zimtschnecke zu essen, die einem die bezaubernde Cafébesitzerin mit dem herzlichen Lächeln an den Tisch bringt – das ist, selbst an Tagen, an denen alles schiefzulaufen scheint, das pure Glück.«

Anthony ließ die Zeitung sinken und schaute Maxie bewundernd an. »Wow!«, sagte er. »*Die bezaubernde Cafébesitzerin mit dem herzlichen Lächeln* – das bist du! *Good Lord*, da hat sich dieser Journalist aber echt ins Zeug gelegt. Das ist ein Superbesprechung! Dein Café wird übergeschwemmt werden von die Leute.«

»*Quelle gloire énorme*«, sagte Leonie und nickte Maxie mit einem wohlwollend-spöttischen Lächeln zu. »Hast du diesem Journalisten Drogen in den Kaffee getan? Oder gibt es ein aphrodisierendes Kuchenrezept von deiner Tante, das wir noch nicht kennen? Ich dachte, dieser Mann sei so unausstehlich? Das ist ja die reinste Liebeserklärung.«

Maxie sagte gar nichts. Ihr Herz klopfte ganz schnell, und die Freude erfasste sie wie eine riesige Woge und wirbelte ihre Gedanken durcheinander. Sie hatte diesem Henry Brenner ja einiges zugetraut, aber nicht einen solchen Artikel, in dem die Superlative sich nur so überschlugen.

»Und die Fotos sind auch sehr gut geworden. Also … ich finde das hier am besten.« Anthony vertiefte sich wieder in die aufgeschlagene Zeitung und deutete auf das Foto, das Maxie und ihn vor dem Tresen zeigte. Auf dem Bild trug er sein T-Shirt mit der Aufschrift *I'm a sex-bomb*, er hatte einen Arm um Maxie gelegt, die er um zwei Köpfe überragte, und blickte mit einem gewinnenden Lächeln in die Kamera. Zufrieden betrachtete er sein Konterfei. »Jetzt weiß jeder in Köln, was für eine verführische jonge Engländer hier arbeitet. Gut, dass ich an dem Tag das richtige T-Shirt anhatte.«

Er grinste breit, und Leonie lachte. Dann wandte sie sich an ihre verstummte Freundin.

»Was ist los, Maxie? Hat es dir die Sprache verschlagen? Diesen Artikel kannst du dir einrahmen und im Café aufhängen.«

Maxie lächelte leicht benommen und schaute ihre beiden Freunde an. »Also, ich muss schon sagen, ich bin vollkommen überwältigt«, meinte sie dann.

Die letzten Tage waren ein Wechselbad der Gefühle gewesen, dachte Maxie, als sie am Samstag in der Küche stand und ein Blech mit Zimtschnecken in den Ofen schob. Die Hitze schlug ihr entgegen und wirbelte ein paar ihrer blonden Haarsträhnen auf. Maxie strich sie nachlässig zurück. Das Café war gut besetzt – wie an jedem der letzten Tage seit dem Erscheinen des Artikels. Sie hatte sogar eine weitere Aushilfe engagiert, Lisa, eine Abiturientin, die gerade einen Ferienjob suchte und schon Erfahrungen im Service hatte. Anthonys Schwärmerei für seine ruhmreiche Chefin hatte sich auf das schlaksige Mädchen mit der altmodischen Zopffrisur verlagert, sobald diese sich im Café vorgestellt hatte. »*She is very British*«, hatte er Maxie zugeraunt und ihr anerkennend zugezwinkert. Nun herrschte vorne im Café eine heitere Atmosphäre. Worte und Blicke flogen hin und her, und Lisa machte ihre Sache wirklich sehr gut.

Mit einem Lächeln richtete Maxie sich auf und fasste sich dann mit der Hand ins Kreuz. Sie streckte sich seufzend. Sie hatte echt geschuftet in diesen letzten Tagen. Aber jetzt schienen alle Dinge sich zum Guten zu wenden.

Maxie nahm den feuchten Spüllappen und wischte nachdenklich über die mehlbestäubte Anrichte in der Küche. Es war schon erstaunlich, was in einer Woche alles passieren konnte. Erst dieser betrügerische Florian, auf den sie hereingefallen war, dann der Schreck, als der Brief vom Gesundheitsamt kam, ihr wutentbrannter Anruf bei Brenner, für den sie sich jetzt noch schämte, die Erleichterung, als sie hörte, dass die Sache mit dem Gesundheitsamt vom Tisch war. Ihr Zorn darüber, dass Florian sich auf so niederträchtige Art und Weise zu rächen versucht hatte. Ihr aufgeregter Anruf bei Leonie, um dieser von der neuesten Schandtat des »Bleistiftmannes« zu erzählen. Und dann dieses Glücksgefühl, als Anthony den Artikel vorlas.

Anthony hatte den Zeitungsausschnitt noch am selben Tag eingerahmt und über dem blauen Sofa aufgehängt. »Doch, doch, das ist wichtig für die *publicity*«, hatte er gesagt, als Maxie protestierte. Doch nachdem alle gegangen waren, hatte sie noch eine Weile sinnend davorgestanden und war sehr, sehr stolz gewesen.

Der erste Artikel über ihr Café, ein Meilenstein. Nun gut, der *Kölner Stadt-Anzeiger* war nicht der *Guide Michelin*, aber trotzdem. Und Henry Brenner hatte sich nicht nur als Helfer in der Not erwiesen, sondern sie mit dieser Eloge wirklich überrascht. Das, was er über sie und ihr Café geschrieben hatte, hatte Maxie gefreut und gleichzeitig zutiefst verwirrt. Sah er sie wirklich so positiv? Oder war das einfach nur das typische Journalistengeschwafel? Ein wenig beschämt dachte sie an ihre vorschnellen Unterstellungen, die sich am Ende als Irrtum erwiesen hatten. Andererseits hatte dieser Mann sie die ganze Zeit über provoziert und keine Gelegenheit ausgelassen, sich über sie lustig zu machen. Das zumindest hatte sie sich ja wohl nicht eingebildet.

Sie wusste gar nicht, wie sie mit Brenners neuem Gutmenschentum umgehen sollte. Irgendwie passte es ihr nicht, in seiner Schuld zu stehen. *Nicht mal mit einer blöden Zimtschnecke*, dachte sie trotzig. Dann musste sie über sich selbst lachen. Das war kindisch. Dennoch sah sie ihrem Treffen mit gemischten Gefühlen entgegen. Vermutlich erwartete Brenner jetzt große Dankbarkeitsbezeugungen von ihr und würde den Macker raushängen lassen. Vielleicht aber auch nicht. Zu ihrem großen Erstaunen bemerkte sie, dass die Aussicht, den smarten Journalisten, der sie so in Rage bringen konnte wie kein Zweiter und doch so nette Dinge über sie geschrieben hatte, bald wiederzusehen, ihr ein äußerst angenehmes Kribbeln bereitete.

»Es bleibt spannend«, hatte sie gemurmelt, als sie abends die Tür zum Café abschloss.

An diesem so besonderen Tag hatte sie ihrer Freundin Leonie spontan vorgeschlagen, nach der Arbeit ins *Bagatelle* zu gehen, wo man draußen sitzen und bei französischen Tapas und gutem Wein den Sommer genießen konnte.

Doch der Abend sollte noch eine weitere Überraschung für sie bereithalten.

Als die beiden Freundinnen die Straße entlangschlenderten und am *Café Soleil* vorbeikamen, war Leonie mit einem Mal stehen geblieben und ein paar Schritte zurückgegangen.

»Nun schau mal, wen wir da haben«, hatte sie gesagt und auf die große Fensterscheibe des Cafés gedeutet, wo um diese Uhrzeit nur noch ein einsamer Gast saß.

Maxie schaute zum Café hinüber und runzelte die Stirn.

Ein blonder Mann mit einem Dutt, in dem ein Bleistift steckte, lümmelte lässig an einem Tisch am Fenster. Sein silbernes MacBook war aufgeklappt, und er flachste gerade mit einer dunkelhaarigen Kellnerin herum, der er tiefe Blicke zuwarf.

Die junge Bedienung strich ihre Locken zurück und lachte geschmeichelt.

Maxie atmete tief durch. Eigentlich hatte sie dem Rat ihrer Freundin Leonie folgen wollen, die meinte, es wäre das Beste, die Sache mit dem Gesundheitsamt auf sich beruhen zu lassen und keine weiteren Energien auf den unsäglichen Typ zu verschwenden. Doch nun schob sie angriffslustig den Kopf nach vorn, und ihre Augen wurden zu Dolchen, die sich in den Mann hinter der Scheibe bohrten, der ahnungslos weiter Süßholz raspelte.

»Jetzt bist du fällig, Florian Gerber«, murmelte sie, doch Leonie hielt sie zurück.

»Nein, bitte, lass mich«, sagte sie und lächelte ihr komplizenhaft zu.

Sie betraten zusammen das Café und gingen mit zielstrebigen Schritten auf den Tisch am Fenster zu.

Florian hob den Kopf, und seine Augen weiteten sich erschrocken.

»Na, das ist ja mal eine Überraschung«, sagte Leonie. Ihre Stimme klang gefährlich. Sie zog die Augenbrauen hoch und sah auf Florian herab. »Da sitzt doch tatsächlich unser alter Freund Florian Gerber. Oder sollte ich besser sagen: Da sitzt die miese kleine Ratte, die aus verletzter Eitelkeit das fabelhafte Café meiner Freundin beim Gesundheitsamt angeschwärzt hat? Was wirklich nicht sehr nett war, zumal die miese kleine Ratte dort wochenlang auf ihre Kosten gegessen und getrunken hat.« Sie taxierte Florian mit besorgtem Blick. »Tja, ich fürchte, es sieht ganz, ganz schlecht für dich aus. Denunzianten mag nun wirklich keiner.«

Maxie staunte nicht schlecht. Ihre Freundin hätte Gamaschen-Colombo aus *Manche mögen's heiß* alle Ehre gemacht.

Die dunkelhaarige Kellnerin sah überrascht von den beiden feindselig dreinblickenden Frauen zu dem jungen Mann, der mit einem Mal ganz blass geworden war.

»Aber es wird dich freuen zu hören, dass der Schuss ins Leere ging – wie das so ist bei Männern, die mit Platzpatronen schießen. Das Gesundheitsamt hat eine Untersuchung für unnötig befunden. Stattdessen ist ein ganz formidabler Artikel über das *Fräulein Paula* erschienen.« Leonie zog ihr Exemplar des *Stadt-Anzeigers* aus der Tasche, schlug die entsprechende Seite auf und legte sie vor Florian auf den Tisch, der inzwischen dunkelrot angelaufen war. »Viel Spaß beim Lesen! Und tja ... wirklich zu schade, dass du nicht mehr in den Genuss all dieser wunderbaren Kuchen kommen wirst.«

Dann wandte sie sich der Kellnerin zu.

»Ach, übrigens – dieser Mann baggert alle Frauen an, aber das haben Sie sicher schon bemerkt. Er hält sich nämlich für unwiderstehlich.« Leonie seufzte bedauernd und schüttelte den Kopf. »Bei uns im Café hat er inzwischen Hausverbot. Es ging leider nicht anders, die weiblichen Gäste fühlten sich irgendwann belästigt.« Sie zuckte die Achseln.

»Also wirklich ...«, protestierte Florian. »Das ist, das ist ...«

»Das ist die Wahrheit«, mischte sich Maxie ein und starrte ihn kampflustig an.

»Komm, Maxie, lass uns gehen«, meinte Leonie. »Es ist alles gesagt.« Sie warf einen letzten Blick auf den blonden

Masterstudenten, der wie ein begossener Pudel auf seinem Stuhl saß. »Weißt du, was mich schon immer an dir gestört hat, Floooori? Diese wirklich total beknackte Frisur. Du gestattest?«

Mit einer anmutigen Bewegung zog sie den Bleistift aus Florians Haaren und brach ihn mitten entzwei.

»Vielleicht solltest du mal über eine neue Frisur nachdenken.«

Florian war zu verdutzt, um zu reagieren. Er schaute Leonie entgeistert an und strich sich einigermaßen verwirrt über seine lange Mähne.

Leonie hatte sich bei Maxie untergehakt, und die beiden Freundinnen waren wie die Königinnen aus dem Café hinausspaziert.

Auf der Straße hatten sie sich ausgeschüttet vor Lachen.

»Hast du sein blödes Gesicht gesehen?«, hatte Leonie gerufen. »Der saß da wie Piksieben und konnte es einfach nicht fassen, dass er schon wieder aufgeflogen ist.«

»Frauenpower«, hatte Maxie gesagt und die Faust nach oben gereckt.

Als sie jetzt in der Küche ihres Cafés stand und das Blech mit dem duftenden Gebäck aus dem Ofen zog, grinste Maxie unwillkürlich bei dem Gedanken an diese sicherlich letzte Begegnung mit dem Bleistiftmann. Florian Gerber war endgültig Geschichte.

Sie warf einen prüfenden Blick in den rahmenlosen Spiegel, der neben der Küchentür hing, und steckte sich eine Haarsträhne fest. Heute würde Henry Brenner kommen und seine Wiedergutmachungs-Zimtschnecke einfordern. Maxie lächelte sich aufgeregt im Spiegel zu, band ihre Schürze neu und zog das taillierte Pünktchenkleid zurecht, das sie an diesem Tag trug. Und mit einem Mal fand sie sich genauso bezaubernd, wie der Journalist es in seinem Artikel beschrieben hatte.

Henry Brenner war gekommen. Und nachdem er sein Lieblingsgebäck und seinen Kaffee bekommen hatte, nicht mehr gegangen. Er saß im Innenhof des Cafés, rauchte und vertrieb sich die Zeit damit, Maxie hinterherzuschauen, die alle Hände voll zu tun hatte. Auch am frühen Abend waren noch so viele Gäste da, dass sie bisher noch nicht dazu gekommen waren, mehr als ein paar Floskeln zu wechseln.

Als der Reporter gegen halb fünf endlich im Café aufgetaucht war, hatte Maxie, die hinter der Theke stand und gerade mit einem großen Messer Stücke von dem Apfelkuchen mit Walnüssen abschnitt, ihn gleich bemerkt. Das war nicht verwunderlich, denn sie hatte den ganzen Nachmittag über immer wieder erwartungsvoll durch die große Scheibe gespäht, wo Tiramisu sich auf der Fensterbank in einem Sonnenfleck rekelte und sich die schwarz-weißen Pfoten leckte.

Henry Brenner kam durch die Tür und blickte sich suchend um, dann sah er Maxie und bahnte sich seinen Weg durch das vollbesetzte Café. Sie hatte ihm freudig zugewinkt. Doch als er am Tresen ankam, standen sie sich in plötzlicher Befangenheit gegenüber. Nachdem sie sich schon so viele wortgewaltige Duelle geliefert hatten, war dieses doch eher einvernehmliche Treffen fast wie das Betreten eines unbekannten Planeten, den man mit der gebührenden Vorsicht erkundete.

Brenner hatte die Hände in die Hosentaschen gesteckt und Maxie verlegen angelächelt.

»Da bin ich also«, hatte er gesagt.

»Da sind Sie also«, hatte Maxie wiederholt und sich gefragt, warum ihr nichts Intelligenteres einfiel. Der Blick aus Brenners Augen irritierte sie. Sie sah, wie er die Brauen hochzog und amüsiert auf das riesige Kuchenmesser schaute, das sie immer noch in der Hand hielt. »Oje, Sie wollen mich doch wohl nicht umbringen? Das können Sie getrost weglegen, ich komme in friedlicher Absicht.«

»Das … was? Ach so.« Maxie lächelte, legte das Messer beiseite und strich mit den Händen über ihre Schürze. Neben ihr bereitete Anthony unter lautem Getöse zwei Milchkaffee zu, während Lisa vor der Theke stand, das Kinn in die Hand gestützt, und jeden Handgriff des Engländers mit verträumtem Blick verfolgte.

»Nein, nein, keine Sorge«, sagte Maxie. »Sie kommen hier lebend raus, versprochen.«

»Da bin ich sehr erleichtert«, entgegnete Brenner. »Bei Ihnen weiß man ja nie.«

»Aber nicht, bevor Sie Ihre Zimtschnecke bekommen haben. Das war doch der Deal.«

»Richtig, Sie stehen ja noch in meiner Schuld«, meinte er und zwinkerte ihr zu. »Da sage ich natürlich nicht nein. Ich gestehe es nur ungern, aber ich bin süchtig nach Ihren Zimtschnecken.«

Sie bemerkte, wie sein Blick über ihr Pünktchenkleid glitt, das unter der Schürze hervorlugte.

»Oh, hallo Pünktchen!«, sagte er. »Heute mal im Kleid?« Er grinste anerkennend. »Sie haben sich ja so besonders hübsch gemacht. Etwa für mich?«

»Das hätten Sie wohl gern«, gab Maxie zurück und spürte, wie ihre Wangen heiß wurden. Sie freute sich, dass Brenner das Kleid bemerkt hatte, und gleichzeitig ärgerte es sie. »Bilden Sie sich bloß nichts ein.«

Er hatte sich seine unvermeidliche Locke aus der Stirn gestrichen und auf seine jungenhafte Art ganz unschuldig dreingeschaut. »Würde ich nie tun. Sie kennen mich doch.«

»Eben, ich kenne Sie«, hatte Maxie spöttisch geseufzt. »Wollen Sie sich draußen in den Hof setzen? Da ist gerade ein Tisch frei geworden.«

Wenig später hatte sie ihm einen Kaffee und die Zimtschnecke gebracht.

Henry Brenner saß an einem runden Bistrotisch neben dem Hortensienbusch und spielte gerade mit einem kleinen Tigerkätzchen, das gar nicht mehr von seiner Seite weichen wollte.

»Wie heißt die Kleine?«, fragte er, als Maxie Tasse und Teller vor ihm abstellte.

»Es ist ein Kater«, sagte sie. »Und sein Name ist Neruda.«

»*Neruda?* Wie Pablo Neruda?«, fragte Brenner, und seine Mundwinkel zuckten. »Ein ziemlich ambitionierter Name für so einen kleinen Kater. Dichtet er denn auch?«

Maxie tat, als ob sie überlegen müsste. »Wenn, dann heimlich. Aber was den Namen angeht, da müssen Sie sich bei meiner Freundin Leonie beschweren, die ihn ausgesucht hat. Ich bin hier nicht die Literatin, wie Sie ja schon mal so treffend bemerkt haben. Ich backe nur den Kuchen.«

»Immer noch böse?«, fragte er.

Maxie stemmte die Hände in die Seiten. »Ja, was dachten Sie denn?«, sagte sie. »Sie haben mich eine Ignorantin genannt. Aber nachdem Sie einen so schönen Artikel über mein Café geschrieben haben, verzeihe ich Ihnen.«

Die ganze Zeit schon hatte sie überlegt, wie sie das mit dem Artikel anbringen könnte, ohne vor Dankbarkeit Kniefälle vor dem Journalisten machen zu müssen. Jetzt war es heraus.

Henry Brenner streichelte über Nerudas glänzendes Fell und blickte sie unter seiner Stirnlocke an.

»Freut mich, dass Ihnen meine Story gefallen hat«, sagte er.

»Ja, hat sie«, entgegnete Maxie rasch und spürte, wie sie schon wieder rot wurde. »Anthony hat den Artikel gleich ausgeschnitten und aufgehängt.«

»Habe ich schon gesehen.« Brenner nickte. »Über dem Sofa.« Der bekam aber auch wirklich alles mit.

»Tja, offenbar lesen doch mehr Leute den Lokalteil, als man so denkt«, erklärte Maxie obenhin. »Sie sehen ja selbst, was hier los ist. So, ich muss weitermachen. Wenn Sie noch etwas wollen, melden Sie sich. Ich weiß auch nicht, wieso, aber ich habe heute meinen großzügigen Tag.«

Brenner nickte erfreut und hob die Zimtschnecke vom Teller.

»Das werde ich brutal ausnutzen«, meinte er, als Maxie sich zum Gehen wandte. »Und über die andere Geschichte reden wir später.«

»Welche andere Geschichte?«

»Na, das Buch, das Sie mir geschenkt haben.« Er klopfte auf die braune Ledertasche, die er auf den freien Stuhl neben sich gestellt hatte. »*Tipsys sonderliche Liebesgeschichte.* Ich hab's gelesen, wie versprochen. Sie wollten doch wissen, wie es mir gefallen hat. Erinnern Sie sich nicht mehr?«

Maxie sah ihn überrascht an. Natürlich erinnerte sie sich an das Lieblingsbuch ihrer Tante, das Henry Brenner aus dem Regal *Bücher mit Happy End* gezogen hatte. Dass er daran noch gedacht hatte! Sie warf ihm ein Lächeln zu, als sie jetzt über das bemooste Kopfsteinpflaster des Innenhofs ging und ein paar Tische abräumte.

»Später«, rief sie, bevor sie im Inneren des Cafés verschwand.

Später saßen sie bei einem Glas Wein an dem runden grünen Metalltischchen, das in einer Ecke des Innenhofs stand. Als um kurz nach sechs der letzte Gast gegangen war, hatte Maxie ihre Schürze abgelegt, eine Flasche Chardonnay aufgemacht und war mit zwei Gläsern in ihrem sommerlichen Kleid auf Henry Brenner zugeschwebt, der ihr mit bewundernden Blicken entgegensah.

»Was ist?«, sagte Maxie verlegen. »Jetzt hören Sie schon auf, mich anzustarren wie das achte Weltwunder.«

»Verzeihung, aber Sie sehen wirklich ganz zauberhaft aus heute Abend. Sie sollten öfter Kleider tragen. Sie haben die Figur dazu, wenn ich das mal so sagen darf.«

»Schon gut.« Maxie zupfte angelegentlich an dem Saum ihres Pünktchenkleids herum und schlug dann die langen gebräunten Beine übereinander. Ihre Füße, die in blauen Ballerinas steckten, wippten. Dass Brenner mit einem Mal so freundlich war, machte sie ganz nervös.

»Mögen Sie keine Komplimente?« Er sah sie lächelnd an.

»Kommt drauf an.« Wie immer, wenn sie verlegen war, fasste sie sich an den Hinterkopf und überprüfte mit tastenden Fingern, ob das Haarband, das ihre Frisur zusammenhielt, noch richtig saß. Komplimente waren eine zweischneidige Sache, fand sie. Sie waren schön, und gleichzeitig machten sie einen wehrlos.

Wieder bemerkte sie seinen Blick und sah das feine Lächeln, das seine Lippen umspielte. Sie setzte sich auf.

»Was ist heute eigentlich los mit Ihnen, Henry Brenner?«

»Nichts«, versicherte er und fuhr sich mit den Fingern über den Mund.

»Nichts?«

Er nickte und schaute wie ein Lamm.

»Und was haben Sie dann gerade gedacht?«

»Nichts.«

»Ich glaube Ihnen kein Wort. Man denkt nicht nichts. Was haben Sie gerade gedacht?«

»Na ja ... Ich habe mich nur gefragt ...«

»Ja?«

»... wie Sie wohl aussehen, wenn Sie Ihr Haar lösen?«

Seine Mundwinkel zuckten, und sie konnte nicht sagen, ob er das im Ernst meinte oder ob er sie einfach nur aufzog.

»Also wirklich, Herr Brenner, mir scheint, Sie haben noch Fieber. *Mein Haar lösen?* Soll das ein Witz sein? In was für einem Film sind Sie denn unterwegs?«

»Würden Sie Ihr Haar für mich aufmachen?«, fragte er, und seine Augen funkelten mutwillig.

»Natürlich *nicht*, Sie Macho!« Maxie musste mit einem Mal lachen.

»Schade.« Brenner ließ sich seufzend auf seinem Stuhl zurückfallen. »Na ja, den Versuch war's wert.« Er nahm sein Weinglas und prostete ihr zu.

»Trinken wir auf das Katzencafé«, sagte er. »Und darauf, dass ich seine so überaus charmante Besitzerin kennenlernen durfte«, setzte er galant hinzu.

»Nun … dazu hätte es mein Café nicht gebraucht«, entgegnete Maxie. »Wir hatten ja bereits im Park das Vergnügen.«

»Ach, kommen Sie – Sie wollen doch jetzt nicht im Ernst wieder *damit* anfangen?« Er verdrehte die Augen und reckte die Hände wie zum Gebet in die Höhe.

Maxie grinste. »Nein, nicht im Ernst«, sagte sie dann. Sie tranken den Wein und sahen zu Mimi hinüber, die anmutig durch den Innenhof turnte, bevor sie sich unter der alten Holzbank an der efeuberankten Mauer niederließ. Die Luft war mild, und der Duft von Heliotrop wehte zu ihnen herüber.

»Jedenfalls freut es mich, dass mein Artikel dazu beigetragen hat, Ihr Café ein bisschen bekannter zu machen«, meinte Brenner. »Ich persönlich mag es sehr gern.«

»Sie meinen, wegen der Kuchen?«

»Nicht nur.« Er lächelte.

Maxie verschränkte ihre Finger.

»Sagen Sie, stimmt denn alles, was Sie geschrieben haben?«

»Jedes Wort. Aber was genau meinen Sie?«

»Ich meine, was Sie über mich geschrieben haben? Das …
das mit der bezaubernden Cafébesitzerin und dem puren
Glück. Finden Sie das wirklich?«

Er lachte leise. »Ich dachte mir, dass Ihnen das gefallen
würde.«

»Also haben Sie es nur deswegen geschrieben?« Maxie
spürte einen leisen Stich der Enttäuschung.

»Wäre es Ihnen denn wichtig, was ich über Sie denke?« Er
lehnte sich auf dem Stuhl zurück und blickte in den Himmel, an dem ein paar pfirsichfarbene Wölkchen standen. Es
war ganz still im Innenhof. Ein Vogel zwitscherte in der Birke, und Mimi hob interessiert den Blick.

»Wirklich lauschig haben Sie es hier. Wenn das nicht die
perfekte Kulisse für eine Romanze ist.« Er kräuselte die Lippen.

»Müssen Sie immer spotten, Brenner?«

»Ich spotte nicht. Jedenfalls nicht immer.« Er trank einen
Schluck und sah sie über das Glas hinweg einen Augenblick
zu lange an, und sie spürte, wie ihr Herz schneller schlug.

»Wollen Sie damit andeuten, dass Sie in den tiefsten Tiefen Ihrer abgebrühten Journalistenseele ein Romantiker
sind?«

Brenner lächelte versonnen. »Könnte sein. Es käme auf
den Versuch an.« Er beugte sich zu seiner Tasche vor und
zog das Buch heraus, das aus dem Regal ihres Cafés stammte. »Dieser Roman hier ist jedenfalls sehr romantisch und
herzerwärmend – das sage ich ohne jede Ironie –, und im
Übrigen passt er gut zu Ihrem Pünktchenkleid.«

»Wieso?«

»Weil der Name der Heldin Tipsy ist und dieses Wort in Estland, wo die Geschichte angesiedelt ist, Pünktchen heißt.«

»Und was ist mit dieser Tipsy?« Maxie wurde neugierig.

Brenner lächelte. »Tipsy ist ein junges Mädchen, die jüngste Schwester von mehreren Brüdern, sie kann reiten, sie ist sehr ungeduldig und ein rechter Wildfang, wie man damals gesagt hat.« Er legte den Kopf schief und schaute Maxie an. »Irgendwie hat mich diese Tipsy an Sie erinnert. Obwohl das Ganze um die Jahrhundertwende auf einem Gutshof in Estland spielt.«

»Und weiter?«

Er sah sie überrascht an. »Wieso interessiert es Sie eigentlich so, was in dem Buch steht?«

»Weil es das Lieblingsbuch meiner Tante gewesen ist.« Jetzt hatte sie es doch gesagt.

Brenner zog die Augenbrauen hoch. »Und da haben Sie es nicht mal selbst gelesen? Die paar Seiten? Ich meine – Sie *können* doch lesen, oder?«

»Natürlich kann ich lesen«, entgegnete sie gereizt. Dieser Mann schaffte es doch immer wieder, sie in Wallung zu bringen. »Aber ich bin irgendwie nie dazu gekommen.«

»Wie jetzt? Das habe ich im Fieberwahn in einer knappen Stunde ausgelesen.«

»Schon klar, Sie sind ja auch ein Held.«

»Es ist eine entzückende Geschichte. Da haben Sie etwas verpasst.«

»Ja, ich weiß, das hat Tante Paula auch immer gesagt.«

»Ihre Tante hatte recht. Sie sollten es lesen.« Er ließ nicht locker.

Maxie spürte, wie ihr heiß wurde.

»Meine Güte, können Sie mal aufhören, mich zu belehren? Erzählen Sie mir lieber endlich, was in dem Buch drinsteht. Was ist denn nun die sonderliche Liebesgeschichte dieser Tipsy?«

Henry Brenner schüttelte den Kopf.

»Nein.«

»Was nein?«

»Ich werde es Ihnen nicht erzählen, aber ...« Er hob die Hand. »Nein, nein, warten Sie! Ich habe eine bessere Idee.« Brenner nahm das Büchlein und schlug es auf. »Ich lese Ihnen die Geschichte einfach vor. Dieser Abend ist perfekt dafür, und es wäre zu schade, wenn Sie auch nur ein Wort verpassen.« Er schaute sie bedeutungsvoll an. »Das wäre sicher auch im Sinne Ihrer alten Tante.«

»Lassen Sie meine Tante aus dem Spiel.«

Brenner nickte. Dann begann er zu lesen.

»*Tipsy war kein Kanarienvogel. Sie war auch kein junger Wachtelhund mit langem Behang, der sich wie Seide anfühlen konnte, wenn man ihn bürstete. Sie war kein Fohlen und kein Kätzchen ...*«

»Ha! Tipsy wäre in der Tat ein besserer Name für eine Katze«, unterbrach Maxie und lehnte sich auf ihrem Stuhl zurück. Brenner ließ sich nicht beirren. Er las weiter, und seine angenehme Stimme führte Maxie weit, weit weg in eine zauberhafte alte Zeit, die ihr wie ein Märchen erschien.

»Sie war ein junges Mädchen, das noch vor der Jahrhundert-wende auf einem estländischen Gut heranwuchs ...«

Und so erfuhr Maxie Sommer am Ende doch noch die ganze Geschichte von Tipsy, der Lieblingsheldin von Fräulein Paula Witzel, einer jungen Frau, der auf der Hochzeit ihrer Freundin ein peinliches Missgeschick widerfährt. Denn als Tipsy nach dem glanzvollen Ball, an dem zu ihrem Leidwesen auch »Bodo, das Ekel«, ein arroganter Graf aus der Nachbarschaft, teilnimmt, bemerkt, dass sie ihr Tagebuch in einem entlegenen Winkel des Schlosses vergessen hat, steht sie mitten in der Nacht auf, um es zu holen. Sie schlüpft aus dem Bett, das sie mit ihrer Tante teilt, verlässt das Gästezimmer, findet schließlich das Tagebuch und irrt sich auf dem Rückweg in der Tür. Und plötzlich liegt sie neben dem Grafen, der erwacht und absolut hingerissen ist von diesem nächtlichen Besuch. Und natürlich stellt sich am Ende heraus, dass Bodo, das Ekel, gar kein Ekel ist, sondern der Mann, dem Tipsy ihr Herz schenken wird ...

Brenners Stimme war heiser geworden. Als die Dämmerung hereinbrach, hatte Maxie ein Windlicht entzündet, in dessen Schein er weiterlesen konnte. Sie betrachtete sein gut geschnittenes Profil, dessen Umrisse zunehmend verschwammen, und träumte sich in die Geschichte, die er vorlas. Immer wieder blitzte auch der Gedanke an ihre Tante auf. Ob die mit dem Fledermausforscher wohl auch solch eine sonderliche Liebesgeschichte erlebt hatte? Lächelnd stellte sich Maxie einen Fledermauskongress vor, wo Türen vertauscht und Herzen zueinander gefunden hatten.

Nachdem Henry Brenner den letzten Satz gelesen hatte, klappte er das Büchlein zu und sah Maxie an. Es war dunkel geworden, das Windlicht auf dem Tisch flackerte, und ein blasser Mond tauchte den Innenhof in ein unwirkliches Licht.

»Was für ein wunderbares kleines Buch«, meinte sie gedankenverloren. »Jetzt bin ich doch sehr froh, dass ich es ganz kenne. Danke, dass Sie mir das vorgelesen haben.«

Sie saßen eine Weile schweigend da. Keiner wollte den Zauber zerstören, der sich auf alles gelegt hatte: auf den kleinen Hof, die schlanke Birke, die Hortensienbüsche, in denen es leise raschelte, auf die Katzen, deren Augen im Dunkeln leuchteten, und auf sie selbst.

»Ist es nicht sonderbar, dass ich gerade die Lieblingsgeschichte Ihrer Tante aus dem Regal gezogen habe?«, fragte Henry nach einer Weile.

Maxie nickte. Sie hatte an jenem Morgen ja dasselbe gedacht.

»Ja, sehr sonderbar«, sagte sie und fragte sich einen unsinnigen Moment lang, ob es doch so etwas wie Zeichen gab.

»Und wie geht es mit unserer Geschichte weiter, Maxie?«, fragte Henry leise und tastete nach ihrer Hand.

»Du meinst, ob die reizende Maxie und der arrogante Journalist sich am Ende doch noch kriegen – so wie Tipsy und ihr Graf?«, entgegnete sie scherzhaft, aber ihr Herz hämmerte so laut, dass sie sich sicher war, dass Henry es hören konnte.

»Ja, genau so.« Er beugte sich zu ihr und strich ihr mit einer zärtlichen Bewegung eine Haarsträhne hinters Ohr.

»Warte!« Sie hätte später nicht sagen können, warum sie es tat. Sie fasste nach oben, löste mit einem einzigen Griff ihr Haar und lächelte ihn unverwandt an, während eine Flut goldener Wellen sich über ihre Schultern ergoss. Sie sah, wie seine Augen sich weiteten. Tiefblaue Augen, in die Maxie meinte, kopfüber hineinstürzen zu müssen wie in ein Meer.

»Wow!«, sagte er.

Und dann sagte er lange Zeit nichts mehr.

Maxie wusste nichts davon, dass Henry Brenner sie in den fiebrigen Träumen seiner Sommergrippe genau so vor sich gesehen hatte. Sie wusste nur, dass sie ihn küssen wollte, so impulsiv und wild und herzlich, wie es ihre Art war.

Und während sie sich küssten und Henry sie so stürmisch in die Arme zog, dass der Metalltisch ins Schwanken geriet und das kleine Buch aus dem *Happy-End-Regal* unbemerkt auf den Boden fiel, ging Maxi der erstaunliche Gedanke durch den Kopf, dass das Leben und das Lesen manchmal gar nicht so weit auseinanderlagen.

26

Mit einer gewissen Schwermut hatte Susann Siebenschön ihre letzten Einkäufe gemacht. Am Vormittag war sie noch einmal mit dem Bus von Ischia Porto nach Forio gefahren, ihrem alten Lieblingsort, während Giorgio in die entgegengesetzte Richtung nach Ischia Ponte ging, um seinen Antiquitätenladen zu öffnen. In dem wunderschönen Keramikgeschäft am Ortsausgang von Forio hatte sie die handbemalten Kacheln, Schalen und Vasen bewundert und sich eine Weile mit dem Besitzer unterhalten. Ganz verträumt war sie durch den Laden gegangen, hatte dieses und jenes in die Hand genommen und bedauernd wieder zurückgestellt. Vieles hatte sie entzückt, doch ihr Koffer war auch so schon schwer genug, und es war ja sicher nicht das letzte Mal, dass sie nach Ischia kam. Schließlich hatte sie sich eine Schale mit blauen Vögeln für ihre Küche ausgesucht und eine bemalte Kachel mit einer weißen Katze, die sie Leonie schenken wollte. Zusammen mit dem Bettelarmband, das sie damals in Giorgios Geschäft ausgesucht hatte und das nun schon so viele Wochen in einem Kästchen in ihrem Koffer lag.

Sie war die Hauptstraße zurückgebummelt, hatte in einem der Souvenirläden zwei hübsch verzierte Fläschchen Limoncello gekauft, den Likör, der auf Ischia gern getrunken wurde, vier große Zitronenseifen und drei Beutelchen der runden Zitronenbonbons, die mit Brausepulver gefüllt waren und irgendwann beim Lutschen angenehm krachend im Mund zerplatzten. In der *Pasticceria Calise*, einer kleinen Bar und zugleich der besten Konditorei der Insel, hatte sie einen Caffè getrunken und ein herrliches Haselnusseis gegessen und sich, bevor sie ging, eine *torta al limone* einpacken lassen, die sie mit ihren Freundinnen verspeisen wollte, wenn sie wieder in Köln war.

Susann seufzte tief, als sie jetzt zum Hafen hinunterspazierte, wo Giorgio sie um zwei Uhr abholen wollte. Sie setzte sich auf die Terrasse einer kleinen Bar, bestellte einen Aperol Sour und sah nachdenklich auf die schaukelnden Boote. Sie erinnerte sich noch gut, als sie nach ihrer Ankunft auf Ischia zum ersten Mal hier gesessen hatte, das erste Mal nach vielen Jahren – allein, ohne Bertold, mit all den Erinnerungen, die sie ein bisschen melancholisch gestimmt hatten, aber doch auch glücklich, wieder hier zu sein.

Manche Orte hatten ihren eigenen Zauber und eine Vertrautheit, die selbst dann noch anhielt, wenn die Menschen auf dem Weg durchs Leben verlorengegangen waren.

Das Meer, die Palmen, die Gerüche und Farben, die Häuschen, die sich in die sanften Hügel des Epomeos duckten, die Freundlichkeit, die stets in der Luft zu hängen schien, die ganze malerische Schönheit dieser Insel – all das hatte ihre Lebensgeister wieder geweckt.

Sie trank einen Schluck von dem kühlen Aperitiv, der nach Sommer schmeckte und nach Orangen, und konnte es immer noch nicht fassen, was seit jenem Tag Anfang Mai alles passiert war.

Der eigentliche Grund ihrer Reise, von der sie damals glaubte, sie wäre ihre letzte, hatte sich wundersam in Luft aufgelöst. Susann hatte sich schon oft das verblüffte Gesicht von Dr. Kugelmann vorgestellt, wenn sie ihm erzählen würde, dass ihre Hüfte ihr keine Schmerzen mehr bereitete, ja dass sie sogar auf den Epomeo gestiegen war. Das allerdings würde sie nicht mehr wiederholen, denn auf den letzten Metern, die sie gar nicht mehr so steil in Erinnerung gehabt hatte, war sie doch ziemlich außer Atem geraten, und man musste ja nicht übertreiben mit dreiundsiebzig Jahren. Der Epomeo sah auch von unten sehr schön aus, fand Susann. Man konnte seine Gedanken auf den Gipfel fliegen lassen. Trotzdem war sie froh, dass sie noch einmal dort oben gewesen war. Sie hatte sich mit einem zärtlichen Gedanken von Bertold verabschiedet, und dann hatte Giorgio ihr seine Liebe erklärt.

Dass sie Giorgio Pasini getroffen hatte, hatte alles verändert. Am Anfang war es vielleicht nur ein Flirt gewesen, aufregend und schön, unbeschwerte Tage an der Seite eines galanten Italieners, der sie umwarb und zum Lachen brachte und ihr das Gefühl gab, einzigartig zu sein. Doch bald schon schlug ihr altes Herz mit einem Mal schneller, machte Purzelbäume vor Glück, flog am Himmel entlang, die Leichtigkeit war in ihr Leben zurückgekehrt und dann auf leisen Füßen auch die Liebe. Sie hatte Giorgios Hand genommen und gewusst, dass sie sie nicht mehr loslassen wollte. Doch zwischen Ischia und Köln lagen weit über tausend Kilometer, jeder von ihnen hatte ein Zuhause, das er nicht aufgeben wollte, Susann hatte eine Katze, und Giorgio hatte eine Katzenallergie. Das war wirklich Pech und verkomplizierte alles. In ihren Träumen, wo alles möglich war, hatte Susann sich vorgestellt, wie sie die Monate zwischen Ischia und Köln aufteilen könnten – wenn die Saison auf Ischia vorbei war, würden sie in Köln wohnen und im Frühling dann wieder auf der Insel. Oder, wenn Giorgio eines Tages seinen kleinen Laden nicht mehr führen wollte, auch umgekehrt.

Susann nahm ihr Glas, in dem sich die Sonne spiegelte. Was hätte ihre beste Freundin ihr wohl geraten? Lo hätte sicher gesagt: »Mal im Ernst, Susann, wenn ich mich zu entscheiden hätte zwischen einem Mann und einer Katze, wäre meine Entscheidung aber klar.«

Aber Mimi war ja nicht irgendeine Katze. Mimi war in den dunkelsten Stunden an Susanns Seite gewesen. Sie konnte dieses liebe schnurrende Wesen doch nicht einfach so weggeben. Andererseits war Giorgio auch nicht irgendein Mann. Er war der Mann, den sie liebte und mit dem sie ihre Zukunft teilen wollte. Und das war ein großes Glück, mit dem sie auf ihre alten Tage nicht mehr gerechnet hatte.

Susann trank ihren Aperol aus. Es hatte keinen Sinn, den Kopf in den Sand zu stecken. Sie musste sich etwas überlegen. Ihre ganze Hoffnung ruhte auf einer dunkelhaarigen Person mit Baskenmütze, die, wie es schien, ganz vernarrt in Mimi war. Leonie wäre die Einzige gewesen, bei der sich Susann Siebenschön ein neues Zuhause für Mimi hätte vorstellen können. Doch diese Sache war heikel und erforderte ein persönliches Gespräch, und bevor nichts geklärt war, wollte sie Giorgio auch keine falschen Hoffnungen machen.

Sie musste zurück nach Köln, es ging wirklich nicht anders, doch der bevorstehende Abschied fiel ihr mit jeder Minute schwerer.

Morgen würde sie die Fähre von Ischia Porto nach Neapel nehmen und dann das Flugzeug besteigen, das sie zurückbrachte nach Deutschland, in ihre Kölner Wohnung und zu Mimi.

Die Tickets lagen auf dem Koffer, der fast fertig gepackt war und den Giorgio mit bekümmerten Blicken umkreiste, wenn er das Schlafzimmer seines Hauses betrat.

Bis zum Schluss hatte er versucht, sie zu überreden, auf Ischia zu bleiben, für immer oder wenigstens für eine Weile noch, doch irgendwann hatte Susann traurig den Kopf geschüttelt.

»Nein, Giorgio. Ich muss jetzt erst mal wieder nach Hause, ich bin schon so lange fort – und außerdem kann ich Leonie die Betreuung von Mimi nun wirklich nicht mehr länger zumuten. Sie hat inzwischen Ferien, und selbst wenn es möglich wäre, wäre es doch wieder nur ein Hinauszögern. Ich muss überlegen, wie es weitergeht – mit Mimi, mit meiner Wohnung, mit allem. Wir müssen eine langfristige Lösung finden, verstehst du?«

»Aber was soll das sein – eine langefristige Lösung?«, hatte Giorgio verzweifelt gefragt. »Das klingt, als ob du lange nichte wiederkommst. Das halte ich nicht aus.«

»Vertrau mir einfach. Man muss die Sachen regeln. Ich finde schon einen Weg.«

Susann war ganz zuversichtlich gewesen, doch als sie jetzt Giorgios kleines rotes Auto sah, das die Uferpromenade entlangbrauste und vor der Villa Carolina hielt, wo sie sich verabredet hatten, zog sich ihr Herz ängstlich zusammen.

Am Abend waren sie auf Susanns Wunsch noch einmal auf das Castello Aragonese gegangen. Sie waren die schmalen ockerfarbenen Steintreppen, die von dem Café, das man mit dem Aufzug erreichen konnte, weiter nach oben führten, hochgestiegen, vorbei an Orangensträuchern und Olivenhainen, und hatten sich ganz oben auf die Terrasse gesetzt, von der aus man bis zum Vesuv schauen konnte, der sich in zartem Blau in der Ferne erhob. Sie hatten ischiatischen Rotwein und etwas zu essen bestellt und die Teller dann doch kaum angerührt.

»Ich kann es einfach nicht fassen, dass du morgen weg bist, Sussanna«, sagte Giorgio. Er starrte über das glitzernde Meer nach Neapel hinüber und wischte sich verstohlen eine Träne aus dem Augenwinkel.

Susann war auch zum Heulen zumute, aber sie versuchte Zuversicht zu verbreiten. »Wir sehen uns doch wieder, Giorgio.«

»Ja, aber wann iste das?«

»Bald. Ich muss einfach erst mal ein paar Sachen klären, versteh das doch bitte.«

Giorgio schüttelte den Kopf, und seine Augen wurden ganz dunkel vor Kummer. »Ich weiß nicht, Sussanna. Wenn du erste mal wieder zu Hause bist, wirste du mich vergessen.«

»Aber Giorgio, wie sollte ich dich denn vergessen? Ich liebe dich doch.«

Sie nahm seine Hand und drückte sie zärtlich.

»Die Liebe iste aber zerbrechlich«, beharrte Giorgio. »Vor allem in die Alter, wo alles so mühsam wird. Jetzt auf Ischia du liebste mich, aber wenn du in Colonia bist, mit deine Freunde und deine Mimi und deinem Rhein und deinem Dom, dann wird dein Giorgio weit weg sein, und immer weiter weg, bis er am Ende nur noch eine kleine Punkte in der Ferne ist und unsere *amore* eine schöne Erinnerung.«

»Das wird niemals so sein, Giorgio. Du bist meine letzte große Liebe, und ich will dich nicht nur als schöne Erinnerung. Erinnerungen habe ich genug gehabt all die letzten Jahre.« Susann sah Giorgio fest in die Augen. »Es mag ja sein, dass im Alter alles beschwerlicher wird, aber wenn man noch mal ein solches Glück hat wie wir beide, wäre es doch eine Riesendummheit, das aufzugeben. Es gibt ein Wiedersehen, Giorgio, das verspreche ich dir.«

Zum Abschied hatte er ihr ein Foulard von *Dolce & Gabbana* geschenkt. »Damit du nicht frierst ... in die kalte Deutschland.«

Susann hatte sich gerührt bedankt und sich das kostbare Tuch mit dem zauberhaften Majolika-Muster in Gelb und Blau noch auf der Terrasse des Castels um die Schultern gelegt.

Und als Gorgio sie am nächsten Morgen zur Fähre brachte, hatte er ihr noch in der letzten Sekunde, nach der allerletzten Umarmung ein kleines Schmuckkästchen in die Hand gedrückt.

»Vergiss mich nicht, Ssussanna!«, hatte er mit belegter Stimme gesagt. »Ruf mich an, wenn du in Colonia bist.«

»Wir sehen uns bald«, hatte sie gesagt, und dann hatte sie sich mit Tränen in den Augen umgedreht und war auf die Fähre gegangen. Sie hatten einander zugewinkt, bis Giorgio kleiner und kleiner wurde und am Ende nur noch ein winziger Punkt war, der ganz verloren vor den bunten Häuschen von Ischia Porto stand.

Als sie sich in der Kabine auf ihren Platz am Fenster setzte und das Schiff stampfend Fahrt aufnahm, öffnete Susann die kleine Schachtel. In einem dunkelblauen Samtkissen steckte ein goldener Reif mit einem alten Rubin. Susann steckte sich den Ring an den Finger. Er passte wie angegossen.

27

Heute Abend würde die Scharade also endgültig auffliegen. Im *Pane e Cioccolata*, dort, wo alles angefangen hatte.

Leonie starrte in den von türkisfarbenen Blüten und Blättern umrankten venezianischen Spiegel, der in ihrer Diele hing – ein Geschenk von Papa, das er seiner vierzehnjährigen Tochter aus Venedig mitgebracht hatte, als sie noch alle in Paris wohnten. »Du bist ja jetzt schon eine junge Dame«, hatte er augenzwinkernd erklärt, und Mama hatte nachsichtig gelächelt. Leonie war zutiefst beeindruckt gewesen von dieser filigranen Kostbarkeit. Tatsächlich hatte der Spiegel sie im Laufe ihres Lebens durch alle ihre Wohnungen begleitet.

Sie zog sich die Lippen nach und schaute sich in die Augen. *Braune Augen sind gefährlich, aber in der Liebe ehrlich,* dachte sie. Und dann dachte sie, warum sie so einen Unsinn dachte. *In der Liebe magst du ja immer ehrlich gewesen sein, aber was ist mit Frau Siebenschön?* Leonie versuchte die kleine hartnäckige Stimme in ihrem Kopf zu vertreiben. Sie nahm die Bürste und fuhr sich mit energischen Strichen durch ihr Haar. Wie es aussah, war die Stunde der Wahrheit gekommen. Endgültig. Gleich würde sie ihrer Nachbarin erklären müssen, dass ihre geliebte Mimi *erstens* schon lange nicht mehr bei ihr wohnte, sondern *zweitens* in einem Café lebte – zusammen mit ihrem Nachwuchs übrigens –, und dass ihre

Freundin ihr *drittens* die Ohren vollheulte, weil sie Mimi einfach nicht mehr hergeben wollte.

»Bitte, Leonie, du *musst* deine Frau Siebenschön einfach dazu bringen, dass Mimi bei mir bleiben darf – sie kann ja immer ins Café kommen und Mimi sehen, und von mir aus kann sie auch bis zum Ende ihrer Tage ihren Kaffee im *Fräulein Paula* umsonst trinken. Das wäre doch ein fairer Deal ...«

»Ich weiß nicht recht, Maxie«, hatte Leonie zögernd entgegnet. »Du hast doch schon die anderen Katzen, reicht das denn nicht?«

»Nein. Die anderen Kätzchen würde ich zur Not verschenken – bis auf Tiramisu vielleicht, aber nicht Mimi! Mimi soll bleiben. Ich hänge wirklich an ihr.«

Leonie hatte seufzend die Augenbrauen hochgezogen, als sie sah, wie Maxies Augen plötzlich verräterisch schimmerten. Sie würde doch jetzt nicht anfangen zu weinen?

»Meine Güte, Maxie, jetzt mach kein Drama draus. Es ist eine *Katze*!« Beinahe hätte sie »nur eine Katze« gesagt. Sicher war Mimi ganz reizend, wenn sie nicht gerade Vorhänge herunterriss, Rotweinflaschen umstieß oder Schuhe und Möbel ruinierte, aber diese Untaten hatte sie ja offenbar nur in Leonies Wohnung begangen. Bei ihrer Freundin war Mimi vom ersten Augenblick an friedlich gewesen.

Maxie hatte sie vorwurfsvoll angestarrt. »Was weißt du schon? Du machst dir eben nichts aus Katzen. Du bist völlig unsensibel, was das angeht.«

»So kann man das jetzt auch nicht sagen. Ich mag Katzen, ich mag auch Mimi – aber eben nicht so gerne in einer Zweizimmerwohnung ohne Balkon.« Sie sah, wie Maxies Miene sich zunehmend verdüsterte. »Also schön, ich werde es versuchen, ich muss Frau Siebenschön ja eh alles beichten. Aber bedenke bitte, dass die alte Dame mindestens genauso an ihrem Tier hängt wie du.«

Leonie legte die Bürste zur Seite, und während sie sich im Spiegel betrachtete, der ein rosiges Gesicht mit glänzenden Augen zeigte, musste sie wieder an den Tag vor einer Woche denken, als Susann Siebenschön sich so überraschend bei ihr gemeldet hatte. In den letzten Wochen hatte die alte Dame ihr nämlich nur noch sehr sporadisch ihre Textnachrichten geschickt. Es war Samstagabend, und Leonie war gerade dabei gewesen, den Tisch zu decken. Sie hatte *Coq au vin* nach dem Rezept von Mama zubereitet – eine Großtat, die Leonie höchstens einmal im Jahr vollbrachte. Der Crémant de Limoux war kalt gestellt, das Baguette aufgeschnitten, und als sie das Körbchen mit den knusprigen Brotscheiben und den Teller mit der gesalzenen Butter gerade ins Wohnzimmer trug, hatte plötzlich ihr Handy geklingelt.

Als sie Susann Siebenschöns Namen auf dem Display sah, war ihr vor Schreck fast der Hörer aus der Hand gerutscht. Dass ihre Nachbarin *anrief* – Frau Siebenschön gehörte noch zu der Generation, die Ferngespräche um jeden Preis vermied, weil das in ihrer Jugend mal Unsummen gekostet hatte –, war kein gutes Zeichen. Es konnte nur bedeuten, dass ihre Nachbarin wieder zurückkommen würde. Und genau so war es dann auch gewesen.

Susann Siebenschön hatte ihre Ankunft in Köln für den kommenden Samstag angekündigt. Definitiv. Sie klang sehr aufgeregt.

»Wir könnten uns doch abends um halb acht beim Italiener treffen«, hatte sie in den Hörer geschrien, »um unser Wiedersehen zu feiern. Nach all den Wochen. Wie geht es Mimi? Ach, meine liebe Leonie, wenn Sie wüssten, was alles passiert ist … es ist so viel passiert, meine Güte, ich habe das Gefühl, mein ganzes Leben steht derzeit kopf …« Hier hatte die ältere Dame kurz gestockt, was Maxie, der das Herz selbst bis zum Halse schlug, nur am Rande wahrnahm. Irgendwie hatte sie die Tatsache, dass ihre unternehmungslustige Nachbarin ihren Urlaub nicht auf ewig verlängern würde, in den letzten Wochen erfolgreich verdrängt.

»Wir werden uns viel zu erzählen haben«, erklärte Frau Siebenschön atemlos.

Da hatte sie allerdings recht. Leonie wurde schon jetzt ganz schlecht bei dem Gedanken an diverse Enthüllungen.

»Mimi geht es ganz prima«, hatte sie gesagt. »Dann fliegen Sie mal schön vorsichtig, Frau Siebenschön. Wir sehen uns nächsten Samstag. Ich freue mich.«

Nach diesem Telefonat hatte Leonie sich einigermaßen entsetzt auf dem Sofa niedergelassen. Sie musste sich beruhigen, bevor Paul Felmy kam. Sie wollte jetzt nicht an die »Stunde der Wahrheit« denken, nicht an Frau Siebenschöns empörte Reaktion, nicht an Mimi, die bei Maxie war. Nicht an diesem kostbaren Abend, der nur Paul und ihr gehören sollte. Sie ging zum Tisch und goss sich ein Glas Rotwein ein.

Es ist so viel passiert, hatte Susann Siebenschön gesagt, die sich auf ihrer letzten Reise offensichtlich auch noch ein letztes Mal unsterblich verliebt hatte. Leonie trank einen

Schluck Wein und lehnte sich zurück. *Warum auch nicht?*, dachte sie großzügig. Vielleicht würde ihr das Hochgefühl der alten Dame mildernde Umstände beim großen Katzensitterbetrug bescheren. Immerhin lebte Mimi ja noch, sie war nicht weggelaufen, es ging ihr gut, bald würde sie wieder auf ihrer geliebten Dachterrasse herumspazieren, und Maxie musste sich eben mit den anderen Katzen begnügen.

Nachdenklich ließ Leonie den Rotwein in ihrem Glas kreisen. Nicht nur im fernen Ischia, auch im sommerlichen Köln war viel passiert. Auch ihr Leben hatte sich grundstürzend verändert. Seit kurzem war sie mit einem von den netten Männern zusammen. Einem Anwalt mit ernsten braunen Augen, dem nichts ferner lag, als sie zu betrügen. Das zumindest würde Frau Siebenschön freuen.

Leonies Herz begann wieder schneller zu schlagen, diesmal jedoch voller Vorfreude. Sie warf einen raschen Blick auf ihre Armbanduhr, wo der Minutenzeiger gerade vorrückte. Und wenn ein Minutenzeiger gerade vorrückt, wenn man zufällig auf eine Uhr schaut, begegnet man dem Menschen, den man liebt. Das hatte jedenfalls Mama immer gesagt, die von ihrem zukünftigen Mann unter der alten Standuhr am Ende der Königsallee angesprochen worden war, als sie dort auf einen ganz anderen Verehrer wartete, der sich an diesem Tag verspätet hatte.

»Ich hoffe, ich bin nicht zu spät«, hatte auch Paul Felmy gesagt, als er vor zwei Wochen plötzlich eines Mittags mit Emma vor ihrer Tür stand – mit einem Blumenstrauß, der so riesig war, dass Leonies Wangen sich vor Freude zartrosa färbten.

»Oh«, hatte sie gehaucht. »Was für eine Überraschung! Aber zu spät für was?«

»Na ja …« Paul Felmy hatte sie einigermaßen verlegen angesehen. »Es hat ja wirklich ungebührlich lange gedauert, aber ich wollte mich endlich bedanken … für alles«, hatte er gesagt und war auch ganz rot geworden. »Wenn es nicht passt, sagen Sie es einfach, aber hätten Sie vielleicht Lust, mit mir und Emma …«

Und bevor Paul Felmy seinen Satz noch zu Ende bringen konnte, hatte Leonie schon ja gesagt.

Sie waren zusammen in ein Bistro in der Landmannstraße gegangen, wo man draußen sitzen konnte. Emma hatte ununterbrochen von Lavendel erzählt und von ihrer Mutter, die inzwischen wieder abgereist war. An dieser Stelle hatte Paul Felmy Leonie einen bedeutungsvollen Blick zugeworfen, so, als wolle er später noch einmal in Ruhe mit ihr darüber sprechen.

Emma genoss es offensichtlich, mit ihrem Vater und ihrer geliebten Frau Bo-mar-schä zusammen im Restaurant zu sitzen. Sie hörte gar nicht auf zu plappern und erzählte mit hochroten Wangen von ihrer bevorstehenden Reiterwoche auf einem Ponyhof in der Eifel.

»Ich fahre zusammen mit Maja hin«, erklärte sie glücklich und rutschte aufgeregt auf ihrem Stuhl herum.

»Na, das ist ja großartig!«, sagte Leonie.

»Und Sie … fahren Sie auch in Urlaub?«, hatte Paul Felmy gefragt, als Emma auf der Toilette verschwunden war.

»Ich weiß noch nicht so recht«, hatte Leonie geantwortet. »Meine beste Freundin hat sich gerade verliebt.« Sie verdrehte die Augen. »Die hat jetzt eher weniger Zeit für mich.« Sie tupfte sich mit der Serviette den Mund ab. »Ich könnte nach Südfrankreich fahren, zu meinem Vater. Der mietet jedes Jahr ein großes Haus in Ramatuelle und sagt immer, dass ich mit meiner Mutter doch auch kommen soll.«

»Ramatuelle, das kenne ich«, meinte Felmy. »Da war ich auch mal ... herrliche Gegend.«

»Ja gewiss. Aber mein Vater hat vor ein paar Jahren noch einmal geheiratet und mit seiner neuen Frau zwei weitere Kinder bekommen, und ... ach, ich weiß auch nicht.« Sie brach ab. »Verzeihen Sie, ich wollte Sie nicht mit meiner chaotischen Großfamilie belästigen.«

»Aber das tun Sie nicht«, rief Paul Felmy. »Meine Familienverhältnisse sind ja nun auch nicht gerade ... weniger chaotisch.« Er räusperte sich. »Wie Sie selbst mitbekommen haben.«

»Oh ja.« Leonie verzog den Mundwinkel und lächelte. Sie sahen sich einen Moment an, und jeder dachte wohl an den furiosen Auftritt der rothaarigen Frau im Katzencafé.

»Wissen Sie, ich wäre schon längst bei Ihnen vorbeigekommen, aber ich musste ...«, Paul Felmy überlegte, wie er es formulieren sollte, »erst ein paar Dinge klären. Mit meiner Ex-Frau ist es nicht immer einfach.«

»Ja, das kann ich mir lebhaft vorstellen«, sagte Leonie. »Und? Haben Sie denn nun alles klären können, Paul?«

Paul Felmy nickte. »Ich denke, ja.« Er schien zu zögern. »Leonie, dass Sie damals die ganze Zeit bei mir waren, an diesem schrecklichen Abend, als wir nach Emma gesucht haben, das … das hat mir viel bedeutet. Ich wollte Ihnen das schon die ganze Zeit sagen, aber ich wollte nicht zu Ihnen kommen, bevor ich nicht … bevor ich nicht …«

»Mit der Vergangenheit abgeschlossen habe?«, ergänzte Leonie leise.

Er nickte erleichtert. »Ich weiß, es klingt jetzt komisch, aber als wir damals im Regen in diesem Baumhaus saßen, mit Emma in der Mitte, da hatte ich plötzlich das Gefühl …«

Weiter kam er nicht, denn in diesem Moment kam Emma auf den Tisch zugehüpft.

Doch Leonie glaubte auch so zu wissen, was Paul Felmy hatte sagen wollen.

»Das klingt überhaupt nicht komisch«, erwiderte sie rasch. »Ich hatte nämlich dasselbe Gefühl.«

Er sah sie an, und in seinen Augen lag plötzlich ein Leuchten.

»Was für ein Gefühl?«, fragte Emma, die den letzten Satz aufgeschnappt hatte.

»Sei nicht so neugierig, Emma«, wies Paul Felmy sie lachend zurecht.

»Dein Vater und ich haben das Gefühl, dass es Zeit ist, dass wir uns duzen«, meinte Leonie lächelnd.

»Höchste Zeit«, sagte Paul und lächelte auch.

Seit jenem Mittagessen hatten sie sich immer wieder gesehen. Auch ohne Emma, die inzwischen auf ihrem Ponyhof in der Eifel war. Sie waren durch den Park spaziert, in dem sie das Mädchen damals so verzweifelt gesucht hatten, und als sie an der Schaukel vorbeikamen, hatte Paul den Kopf geschüttelt und gefragt: »Weißt du noch?«

»Natürlich«, hatte Leonie gesagt und sich auf die Schaukel gesetzt. Sie hatte sich mit den Füßen spielerisch abgestoßen und angefangen, ein wenig zu schaukeln, das hatte sie seit ihrer Kindheit nicht mehr gemacht. Mehr und mehr Schwung hatte sie aufgenommen, und dann hatte sie wie früher gerufen: »Achtung, jetzt springe ich ab!«

Sie war in der weichen Sandmulde gelandet und hintenübergekippt. Und Paul, der sie hatte hochziehen wollen, verlor das Gleichgewicht und landete neben ihr. Sie hatten im Sand gelegen und ausgelassen gelacht wie zwei Schüler, der Himmel über ihnen war ganz weit und blau. Und dann hatte Paul sich zu ihr gedreht, sich auf den Ellbogen gestützt und sie angesehen, mit fragendem Blick. Sie hatte zu ihm hochgeschaut und gelächelt. Eine Sekunde später hatte er sie geküsst.

Sie waren im Eiscafé *Liliana* gewesen und hatten festgestellt, dass sie die gleichen Lieblingssorten mochten. Paul hatte sie eines Abends in die *Wolkenburg* ausgeführt und von seinen früheren Urlauben in Frankreich geschwärmt – sein Französisch war ganz passabel für einen Deutschen, fand Leonie. An einem anderen Tag war sie ins Belgische Viertel geradelt, hatte ihn in der Kanzlei abgeholt und war mit ihm in einen Biergarten im Stadtpark gegangen, wo man unter alten Kastanienbäumen saß, in denen Kugellampen hingen wie kleine Monde. Dass sie ihn damals in der Brabanter Straße mit seiner Ex-Frau gesehen hatte, hatte Leonie ihm nicht erzählt. Wohl aber, wie es dazu gekommen war, dass die ihr anvertraute Mimi bei Maxie gelandet war. Und wie aus dem Café ein Katzencafé geworden war.

Paul hatte Tränen gelacht, als Leonie ihm von all den Streichen berichtete, mit denen Mimi sie zur Verzweiflung getrieben hatte. »Oh mein Gott, das ist *so* komisch«, hatte er ausgerufen. »Also, das hätte ich auch nicht ausgehalten.«

Schon nach kurzer Zeit hatte Leonie herausgefunden, dass der stille Paul durchaus Humor hatte. »Ein schweigsamer Kölner – gibt es das denn überhaupt?«, hatte sie gewitzelt. Aber sie mochte seine ruhige Art, denn wenn er etwas sagte, hatte es Hand und Fuß.

Paul war der Meinung, dass das größte Unglück zwischen den Menschen daher rührte, dass alle sich einfach zu wichtig nahmen. Als Anwalt kannte er sich da sicher aus.

»Es wird viel zu viel geredet«, hatte er zu ihr gesagt, als er sie spät am Abend wieder nach Hause brachte. Er war mit ausgestiegen und hatte ihr die Beifahrertür geöffnet. Und wie sie da so unter den Bäumen auf der Straße standen, hatte Leonie wieder an jenen gewittrigen Abend denken müssen, als sie seinem dunkelblauen Saab so sehnsüchtig hinterhergeblickt hatte.

»Was denkst du?«, hatte er gefragt und sie in die Arme gezogen.

»Nichts«, hatte sie gesagt.

»Ich glaube dir kein Wort.« Seine Lippen streiften flüchtig ihr Ohr, und Leonie lief eine Gänsehaut über den Rücken.

»Willst du wissen, was *ich* denke?«, fragte er dann und sah sie lange an. Sie tasteten einander mit den Augen ab, mit Pupillen, die so riesig waren wie Wagenräder.

»Ja«, flüsterte sie. Ihr Herz schlug wie verrückt, weil sie wusste, sie wusste es einfach, dass sie sich mitten in einem existenziellen Moment befand.

»Ich liebe dich«, sagte er.

Ohne ein Wort hatte sie ihn bei der Hand genommen, und mit schlafwandlerischer Sicherheit war er ihr gefolgt – in das dunkle Treppenhaus, in die kleine, aufgeräumte Wohnung, in ihr französisches Bett.

Am nächsten Abend war sie nach der Arbeit mit in seine Wohnung gekommen, die doppelt so groß war wie die ihre und über einen Balkon verfügte, von dem aus man in einen verwinkelten, weitläufigen Hinterhof schaute, an den die Backsteinmauern anderer Gebäude grenzten. Sie hatten auf einer breiten Bank mit weichen Kissen gesessen, Wein getrunken und zugeschaut, wie die Lichter in den gegenüberliegenden Häusern nach und nach angingen und die ganze Welt plötzlich aussah wie ein riesiges beleuchtetes Aquarium, das durch die Nacht schwebte.

Weit nach Mitternacht hatten sie plötzlich furchtbaren Hunger bekommen, und Paul hatte Spaghetti mit rotem Pesto für sie gekocht, die sie gleich im Bett aßen.

Und am Morgen darauf hatte Leonie gesagt: »Ich koche heute Abend etwas für uns.«

Und das war, auch wenn Paul Felmy das natürlich nicht wissen konnte – aufgrund ihrer französischen Gene hielt er sie wahrscheinlich für die größte Köchin aller Zeiten –, ein großer Liebesbeweis.

Es war Samstagabend gewesen, ein herrliches Wochenende lag vor ihnen, bevor Emma am Montag aus den Ferien zurückkommen würde. Leonie ging zum Tisch und zündete eine Kerze an. Sie versuchte, den Gedanken an Frau Siebenschöns drohende Rückkehr zu vertreiben.

Wenig später hatte Paul geklingelt, mit einem Rosenstrauß in der Hand. Hatte den schön gedeckten Tisch mit dem provenzalischen Geschirr und den bunten Gläsern bewundert und gemeint, es würde schon im ganzen Treppenhaus so köstlich duften. Sie hatte die Rosen dankend entgegengenommen und etwas zerstreut gelächelt, was ihm nicht entgangen war.

»He, was ist los? Gibt es ein Problem?«, hatte er gefragt.

»Nicht jetzt. Aber bald, fürchte ich«, hatte sie geantwortet.

»Mit uns?« Er hatte sie beunruhigt angesehen. »Ist es, weil Emma übermorgen wiederkommt?«

»Nein, nein«, hatte Leonie rasch versichert. »Nicht wegen Emma. Es ist nur so, dass meine Nachbarin eben angerufen hat. Sie kommt in einer Woche wieder und will Mimi zurückhaben. Jetzt fliegt die ganze Chose auf, und ich bin die Übeltäterin.«

»*In dubio pro reo*«, hatte Paul gesagt und amüsiert die Augenbrauen hochgezogen. »Ich könnte mich als Verteidiger anbieten.«

»Danke, aber ich fürchte, da muss ich allein durch.«

Und nun war die Stunde der Wahrheit gekommen. Leonie warf einen letzten Blick in den Spiegel. Es war kurz vor halb acht. In wenigen Minuten würde sie Susann Siebenschön gegenübersitzen. Vielleicht hätte sie Pauls Angebot doch annehmen sollen. »Bringen wir es hinter uns!«, sagte sie zu ihrem Spiegelbild. Dann nahm sie ihre Handtasche und zog die Wohnungstür hinter sich zu, um die wenigen Schritte zum *Pane e Cioccolata* zu gehen.

28

Susann Siebenschön sah umwerfend aus. Sie saß auf der mit bunten Lämpchen dekorierten Terrasse und plauderte mit dem Kellner. Leonie hatte sie bereits unter der roten Markise, die die Terrasse einhüllte und die bunten Lichter verschwimmen ließ, erspäht, als sie die Straße überquerte.

Einen Moment blieb sie am Eingang stehen und schaute zu der dunkelhaarigen Frau hinüber, die wie eine Künstlerin wirkte mit ihren rotgeschminkten Lippen und dem prächtigen gelb-blauen Majolika-Tuch, das sie um ihre Schultern drapiert hatte.

Die kräftigen Farben passsten gut zu ihrer sonnengebräunten Haut. Susann Siebenschöns Augen strahlten, und der müde Glanz regnerischer Apriltage war gänzlich verschwunden. Und als sie sich jetzt aufrichtete und Leonie zuwinkte, hatte sie eine deutlich schlankere Silhouette als damals.

Leonie war so überrascht, dass sie die unangenehme Wahrheit, die sie gleich verkünden musste, für einen Augenblick vergaß.

»Hallo, Frau Siebenschön! Sie sehen ja fantastisch aus! Ich habe Sie kaum erkannt.«

Die beiden Frauen begrüßten sich mit einem Wangenküsschen.

»Hallo, meine liebe Leonie!« Susann Siebenschön lächelte, und ihr Blick glitt wohlgefällig über das rote Spaghettiträgerkleid und die schaukelnden Perlenohrringe, die Leonie an diesem Abend angelegt hatte.

»Das Kompliment kann ich zurückgeben. Sie sehen ja wirklich strahlend schön aus. Was ist passiert?«

Leonie setzte sich. »Oh, eine ganze Menge«, erklärte sie unbestimmt und stellte ihre Handtasche auf den Stuhl neben sich. »Aber wie geht es Ihnen? Hatten Sie eine gute Reise? Wie schön, dass Sie wieder zurück sind.«

Susann Siebenschön ließ sich nicht ablenken. Sie beugte sich zu Leonie vor und musterte sie mit prüfendem Blick. Dann lehnte sie sich zurück und lächelte im Bewusstsein von dreiundsiebzig Jahren Lebenserfahrung.

»Sie sind verliebt, das sehe ich Ihnen an.«

Leonie lachte verlegen. »Also, das …« Sie nestelte an ihrer Serviette herum. »Ja, da haben Sie wohl recht«, gab sie schließlich freimütig zu. »Stellen Sie sich vor, ich habe tatsächlich einen netten Mann kennengelernt. Wie Sie es damals prophezeit haben. Ein geschiedener Anwalt mit einer kleinen Tochter, die zufällig eine meiner Schülerinnen ist.«

»Aber das ist ja wunderbar, meine Liebe! Das klingt sehr seriös. Ein Anwalt.« Sie nickte zufrieden. »Und wie ich sehe, scheint er Ihnen sehr gutzutun.«

Der Kellner kam an den Tisch und brachte die Karten. Sie suchten sich beide eine Pasta aus, und Frau Siebenschön bestellte eine Flasche Prosecco.

»Auf die Liebe!«, erklärte sie wenig später und schwenkte ihr Glas. »Und auf uns, natürlich.«

»Auf die Liebe!«, wiederholte Leonie, und die Gläser stießen klingend aneinander. Sie nahm einen großen Schluck.

Und dann noch einen. Es konnte nicht schaden, sich ein bisschen Mut anzutrinken.

Auch Frau Siebenschön trank den eisgekühlten Sekt wie Limonade.

»Hmmm … das tut gut«, sagte sie. »Bertold hat ja nie was von der ›Puffbrause‹ gehalten, wie er es immer nannte, aber so ein Gläschen Spumante hat doch etwas sehr Inspirierendes und macht immer gute Laune, finden Sie nicht?«

Leonie nickte. Sie dachte kurz an Mimi und fragte sich, wie lange die gute Laune ihrer Nachbarin wohl noch anhalten würde. Sie beschloss, mit der großen Beichte bis nach dem Essen zu warten. Man musste sich die Stimmung ja nicht gleich verderben.

»Tja, was soll ich sagen?«, fuhr Frau Siebenschön fort und senkte ein wenig die Stimme. »Die Liebe hat ja auch mich ereilt … Ausgerechnet auf Ischia.« Sie schaute Leonie selig an, doch in ihren Augen lag ein Zögern.

»Ja, ich weiß«, sagte Leonie. »Der Fischer mit dem Boot.«

»Welcher Fischer?« Susann Siebenschön blickte erstaunt.

»Oh, aber … Hatten Sie denn nicht geschrieben, Sie hätten sich in einen Fischer verliebt?«

»Nein, nein, da haben Sie etwas missverstanden.« Susann Siebenschön lachte irritiert. »Giorgio hat zwar ein Boot, das stimmt, aber er ist doch kein *Fischer*. Ihm gehört ein ganz wunderbares Antiquitätengeschäft in Ischia Ponte.«

Wie zum Beweis hielt sie Leonie ihre Hand hin, an der ein kostbarer Rubinring funkelte.

»Oh!«, sagte Leonie wieder und kam sich ziemlich dumm vor. »Der ist wirklich sehr schön.«

»Ja.« Ein Schatten huschte über Frau Siebenschöns Gesicht. »Den hat Giorgio mir zum Abschied geschenkt.« Sie seufzte und sah mit einem Mal etwas bekümmert aus.

Leonie schwieg diskret. Sie wollte sich nicht in die Liebesangelegenheiten ihrer Nachbarin einmischen, aber dann, als Frau Siebenschön so gar nichts mehr sagte, fragte sie doch nach.

»Heißt das ... Sie werden sich nicht mehr sehen? Oder kommt Giorgio Sie bald besuchen?«

»Na ja, das kommt drauf an ...« Susann Siebenschön trank noch einen Schluck Prosecco. »Darüber wollte ich ja gerne mit Ihnen reden.«

»Mit mir?« Leonie war überrascht. Was hatte sie mit dem italienischen Liebhaber ihrer Nachbarin zu tun? Wollte Frau Siebenschön vielleicht ihren Rat in dieser Sache? Mit Italienern kannte sie sich nicht aus ...

»Ja, ja, meine Liebe, aber darüber sprechen wir später.« Susann Siebenschön winkte ab. Sie hatte sich wieder gefangen und schenkte ihr ein strahlendes Lächeln. »Nun bekommen Sie erst einmal etwas von mir. Ein kleiner Dank dafür, dass Sie sich so wunderbar um meine Mimi gekümmert haben.« Sie kramte aufgeregt in ihrem großen Stoffbeutel und zog zwei Päckchen hervor. Ein großes und ein kleines. »Hier. Ich hoffe, dass Ihnen beides gefällt.«

Leonie wand sich verlegen auf ihrem Stuhl. »Ach, Frau Siebenschön, das wäre doch nicht nötig gewesen«, leierte sie die älteste aller Höflichkeitsfloskeln herunter. »Ich ... ich habe doch gar nichts gemacht«, setzte sie wahrheitsgemäß hinzu.

»Sagen Sie das nicht! Sie haben Mimi so viele Wochen bei sich gehabt, das vergesse ich Ihnen nie. Und natürlich werde ich Ihnen alle Auslagen erstatten.«

Leonie schaute betreten auf die Tischdecke, was Susann Siebenschön offenbar als falsche Bescheidenheit auslegte. »Ja ... also ... ich ...«, stammelte sie. *Nun sag's ihr schon, du Feigling!*

»Nun machen Sie schon auf!«, sagte Frau Siebenschön.

Mit schlechtem Gewissen öffnete Leonie das kleinere der beiden Päckchen, auf dem ein goldenes Etikett mit der Aufschrift *Antichità Pasini* klebte. Aus einem dunkelblauen Samtbeutelchen zog sie ein altes goldenes Bettelarmband hervor, an dem verzierte Herzen in unterschiedlichen Größen hingen. Sie war sprachlos.

»Gefällt es Ihnen?«, fragte Susann Siebenschön.

»Es ist wunderschön«, sagte Leonie. »Aber das kann ich nicht ...«

»Schschsch«, machte Frau Siebenschön. »Natürlich können Sie. Legen Sie es an. Warten Sie, ich helfe Ihnen.«

Leonie saß da wie betäubt. Die Situation wurde immer schlimmer. Frau Siebenschön würde außer sich sein. Zu Recht. Jetzt bereute sie es, dass sie nicht sofort die Wahrheit gesagt hatte.

»Und jetzt das andere«, befahl Susann Siebenschön.

Zögernd griff Leonie nach dem größeren Päckchen, das schwer in ihrer Hand lag. Sie wickelte das hübsche Geschenkpapier ab und starrte auf eine handbemalte azurblaue Kachel, auf der eine weiße Katze zu sehen war, die sich wohlig rekelte.

»Oh, wie schön, danke«, hauchte sie.

»Sieht sie nicht aus wie Mimi?«, sagte Frau Siebenschön. »Sicher fällt es Ihnen nicht leicht, sie wieder herzugeben, was?« Sie sah Leonie ganz merkwürdig an, so prüfend irgendwie, und Leonie hatte mit einem Mal das Gefühl, dass die alte Dame vielleicht alles schon längst wusste.

»Ja … na ja …«, stotterte sie. »Mimi ist schon eine ganz besondere Katze.« Sie fragte sich, wann ihre Nachbarin nach der Übergabe fragen würde. Seltsamerweise hatten sie darüber noch gar nicht gesprochen

Die Pasta kam, eine kleine Gnadenfrist.

Susann Siebenschön wickelte die Spaghetti mit Meeresfrüchten um ihre Gabel und schwärmte von Procida, Positano – und natürlich von Giorgio Pasini.

»Das ist nicht nur so ein kleiner Urlaubsflirt, verstehen Sie? Ich glaube, ich habe da jemanden gefunden, mit dem ich alt werden möchte … noch etwas älter, meine ich. Ich liebe meine Mimi, aber ein Mann ist eben doch etwas anderes als eine Katze«, setzte sie hinzu.

Leonie nickte. Das verstand sie gut. Sie freute sich für Susann Siebenschön, aber immer wenn der Name Mimi fiel, krampfte sich ihr Magen zusammen.

»Das freut mich wirklich sehr für Sie, Frau Siebenschön.« Sie merkte selbst, dass sie wie ein Automat klang.

Frau Siebenschön schien nichts zu bemerken.

»Ach, wissen Sie was, meine Liebe? Hören wir auf mit dem blöden Sie – sag einfach Susann zu mir! Wir sind doch Freundinnen. Und außerdem hätte ich ohne deine Hilfe meinen Giorgio gar nicht richtig kennenlernen können. Und das wäre doch jammerschade gewesen.« Susann hob wieder ihr Glas. »Auf die beste Katzensitterin Kölns! Ich wette, Mimi ist inzwischen ganz verliebt in dich.« Sie lächelte. Kam es ihr nur so vor, oder lag da etwas Lauerndes in Susanns Blick?

Leonie hob ebenfalls ihr Glas und erwiderte das Lächeln. Ihre neue Freundin würde gleich explodieren. Entschlossen stellte sie ihr Glas auf den Tisch.

»Wir sollten über Mimi reden«, sagte Susann da auch schon.

»Ja, das sollten wir«, entgegnete Leonie und umklammerte ihr Glas so fest, dass es fast zerbrach.

Es entstand eine unbehagliche Pause.

»Ich muss dir etwas sagen!«, platzte Leonie schließlich heraus.

Susann sah sie überrascht an. »Ich dir doch auch, Leonie ... ich dir doch auch.«

Sie waren die letzten Gäste, die das *Pane e Cioccolata* verließen. Der Kellner winkte den beiden leicht beschwipsten Damen hinterher, der Signora und der Signorina, die den ganzen Abend so angeregt miteinander geplaudert hatten und nun Arm in Arm aus dem Restaurant wankten.

Wie Leonie befürchtet hatte, war Susann Siebenschön zunächst völlig entgeistert gewesen, als sie erfuhr, dass Mimi schon nach wenigen Tagen ihr Domizil in der Ottostraße verlassen hatte.

»Was? Das glaube ich ja nicht! Mimi war all die Wochen gar nicht bei dir? Aber all die Nachrichten und die Fotos ... ich verstehe nicht ...«, hatte sie verwirrt gestammelt.

Leonie hatte ihr die Sache mit den Fotos erklärt und war sich ziemlich schäbig vorgekommen. Eine alte Frau so an der Nase herumzuführen!

»Also war das *alles* gelogen?« Susann Siebenschön hatte erzürnt die Stirn gerunzelt.

»Nun ja, nicht alles«, hatte Leonie kleinlaut gesagt. »Mimi ging es die ganze Zeit über sehr gut. Sie war ja bei meiner Freundin, und die ist wirklich ganz vernarrt in sie. Und als Mimi dann Junge bekommen hat ...«

»Mimi hat *was*?« Susann Siebenschön fiel von einer Ohnmacht in die nächste.

Und dann hatte Leonie ihr die ganze Geschichte erzählt – von den kleinen Katzen im Schrank, vom Katzencafé, von dem Artikel in der Zeitung und davon, dass ihre Freundin todunglücklich wäre bei dem Gedanken, dass sie Mimi nun wieder hergeben sollte.

»Die ganze Sache ist irgendwann einfach aus dem Ruder gelaufen«, sagte Leonie, als sie ans Ende kam. »Am Anfang habe ich gemerkt, dass ich überhaupt nicht mit Mimi klarkam. Sie wollte nicht in meiner kleinen Wohnung eingesperrt sein und hat sich aufgeführt wie eine Furie. Und ich wollte dir den Urlaub nicht verderben. Deswegen habe ich nichts erzählt, sondern nach einer anderen Lösung gesucht. Aber je länger du weggeblieben bist, desto schwieriger wurde es, die Wahrheit zu sagen. Ich wollte dir das alles wenigstens persönlich erklären, obwohl es die ganze Sache natürlich auch nicht besser macht. Es tut mir so leid, Susann.«

Susann Siebenschön hatte sich auf ihrem Stuhl zurückgelehnt. Sie schien zu überlegen.

»Und deine Freundin? Wie ist die so?«, wollte sie wissen.

»Maxie? Die ist die Beste. Sie hat ein goldenes Herz. Sie liebt Mimi. Und Mimi liebt sie auch, wenn ich das mal so sagen darf, ohne dich zu verletzen. Deine Katze fühlt sich sehr wohl im Katzencafé. Sie ist da schon so etwas wie eine kleine Berühmtheit.«

Frau Siebenschön schwieg.

»Und wo ist Mimi jetzt?«, fragte sie, ohne eine Miene zu verziehen.

Leonie sank das Herz. Sie hätte sich natürlich denken können, dass Susann nicht bereit sein würde, auf Mimi zu verzichten.

»Na ja, jetzt ist sie noch bei Maxie. Aber ich kann sie gleich morgen früh holen und dir in die Eichendorffstraße bringen.«

Susann Siebenschön lächelte.

»Ich glaube, ich habe eine bessere Idee«, sagte sie dann. »Weißt du, Leonie, ich muss dir nämlich auch etwas sagen.«

Am nächsten Morgen, der ein Sonntagmorgen war, rief Susann Siebenschön Giorgio Pasini an, um ihm zu erzählen, dass sie ein neues Zuhause für Mimi gefunden hatte. Und dass ihr geliebter Antiquitätenhändler sich so bald als möglich ins Flugzeug setzen und zu ihr kommen sollte, weil sie ihn schon jetzt schrecklich vermisste.

Maxie bekam einen Anruf von ihrer Freundin, der sie ausgesprochen glücklich machte.

»Mimi bleibt hier«, jubelte sie und tanzte durchs Schlafzimmer, in das die ersten Sonnenstrahlen fielen. »Ist das nicht wundervoll?« Sie nahm die weiße Katze auf den Arm, die soeben hereinspaziert war, und streichelte sie zärtlich.

»Ja, ganz wundervoll«, brummte Henry Brenner schläfrig. »Ich sehe schon, ich bekomme starke Konkurrenz.«

Leonie wachte mit einem ziemlichen Kater auf, doch sie war froh und erleichtert darüber, dass sich am Ende alles so wundersam gefügt hatte. Nachdem sie Maxie die frohe Botschaft überbracht hatte, verbrachte sie einen sonnigen Tag mit Paul und Emma, und als ihr Vater am Abend anrief und davon schwärmte, wie schön es in Ramatuelle sei und dass nur sie noch fehlen würde zu seinem Glück, sagte sie:

»Weißt du was, Papa? Ich hab's mir überlegt. Ich komme doch. Kann ich jemanden mitbringen?«

HAPPY END IM KATZENCAFÉ
EIN EPILOG

Am Ende des Sommers hatte sich im Katzencafé eine muntere Truppe versammelt. Es war ein sonniger Tag, und an der Tür des *Fräulein Paula* hing ein Schild mit der Aufschrift *Heute wegen privater Feier geschlossen.*

Mimi thronte auf dem blauen Samtsofa wie eine Königin und hatte die Menschen ihres kleinen Reiches fest im Blick.

An einem der Tische saß Susann Siebenschön, an deren tiefe Stimme sie sich noch dunkel erinnerte. Ebenso wie an die große Dachterrasse mit dem Olivenbaum und den Mimosenbüschen, auf der sie eines Abends nach einem äußerst waghalsigen Sprung vom Dach des Nachbarhauses gelandet war.

Die alte Dame war in den letzten Wochen oft ins Café gekommen. Dann hatte sie sich immer zu Mimi gesetzt und sie gestreichelt. Sie hatte ein bisschen geseufzt und irgendetwas von einem Mann und einer Katzenallergie erzählt. Jetzt lachte sie gerade und drückte die Hand eines gut gekleideten älteren Herrn, der hinter ihr stand und mit einem Mal heftig zu niesen begann. Er konnte gar nicht mehr aufhören damit und bekam ganz rote Augen. Schließlich murmelte er »*Scusi*« und verschwand eilig im Innenhof.

»Giorgio, du Ärmster, ich komme gleich«, rief Susann Siebenschön.

Leonie, auf deren Kopfkissen sich Mimi für wenige Tage einen Platz erobert hatte und die immer so angenehm nach Schneewittchenrosen roch, saß Arm in Arm mit einem dunkelhaarigen Mann auf der Fensterbank. Zu ihren Füßen spielte ein Mädchen mit einem getigerten Kätzchen. Neruda strich am Tresen vorbei, und Tiramisu schlief in den Regalen.

Die Küchentür schwang auf, und Maxie, der strahlende Mittelpunkt des Cafés und Mimis ganz große Liebe, kam mit einem Schokoladenkuchen herein. An ihrem Finger glänzte ein goldener Verlobungsring. Unter vielen »Aaahs« und »Ooohs« wurde der Kuchen auf die Teller verteilt, während Anthony die nächste Flasche Sekt köpfte und die Gläser erneut füllte.

Ein schlanker Mann mit einer dunkelblonden Stirnlocke umarmte Maxie von hinten und drückte ihr einen Kuss in den Nacken.

»Wenn ich dich mal heirate, dann nur wegen deiner Katzen«, erklärte er übermütig.

»Und ich dachte wegen meiner Zimtschnecken«, sagte Maxie lächelnd.

Alles war harmonisch und schön, so wie Mimi es am liebsten mochte in ihrem kleinen Reich. Sie blinzelte und spürte mit einem Mal Leonies Blick auf sich ruhen. Die junge Frau mit den großen braunen Augen hatte den Kopf schief gelegt und sah sie über den Raum hinweg aufmerksam an.

Und obwohl Leonie sich von allen am wenigsten auskannte mit Katzen, hatte sie plötzlich eine Eingebung.

»Schaut mal, wie hoheitsvoll Mimi guckt. Man könnte meinen, der ganze Laden hier gehört ihr.«

Alle lachten, und Mimi rollte sich zufrieden zusammen und legte den Kopf auf ihre Pfoten. Denn genau so war es.

Das war ihr Café.

Aber was wussten schon die Menschen?

AN MEINE LESERINNEN
UND LESER

Ich habe selbst eine Katze, die mir viel Freude bereitet, auch wenn sie leider jede Tür aufbekommt. Als ich dieses Buch zu schreiben begann, war die Idee zu zeigen, wie sich das Leben von drei sehr unterschiedlichen Frauen durch eine Katze verändert.

Auch wenn es mittlerweile in vielen Städten ausgewiesene *Katzencafés* gibt, ist der Umstand, dass aus dem Buchcafé meiner Heldin Maxie ein Katzencafé wird, doch eher dem Zufall zu verdanken – beziehungsweise einem unbekannten Kater, mit dem sich Mimi in einer Mondscheinnacht eingelassen hat –, und ich hatte kein bestimmtes Café als Vorlage im Sinn.

Natürlich wäre es schön, wenn man einfach so ins *Fräulein Paula* gehen könnte, um dort Kaffee zu trinken, Katzen zu streicheln, in einem alten Buch zu lesen oder die guten Kuchen von Tante Paula zu genießen. Doch dieses kleine Café unweit des Lenauplatzes ist ein Produkt meiner Fantasie – ebenso wie alle Heldinnen und Helden meines Romans. Auch wenn es den *Kölner Stadt-Anzeiger*, den ich jeden Morgen aus dem Briefkasten ziehe, natürlich ebenso gibt wie viele Cafés und Restaurants, die in diesem Buch erwähnt werden. Ich hoffe inständig, dass in der Redaktion kein Herr Burger oder Herr Brenner arbeitet – wenn doch, wäre dies einer von den unglaublichen Zufällen, die uns das Leben manchmal beschert, und bitte – Sie sind nicht gemeint!

Die Kuchenrezepte hingegen gibt es wirklich, und ich habe die besten davon im Anhang dieses Buches aufgeschrieben, damit man gleich nach der Lektüre mit dem Backen anfangen kann, wenn man es denn möchte.

Während ich meinen Roman schrieb, ist mir aufgefallen, dass es tatsächlich viele kleine Cafés in Köln und sicher auch anderswo gibt, die, wie das *Fräulein Paula*, »Tanten«, »Omas« oder auch »Fräuleins« im Namen tragen. Ich mag die Vorstellung, dass diese Cafés vielleicht auch nach Lieblingstanten, nach wunderbaren Omas oder reizenden altmodischen Fräuleins benannt wurden – um diese zu ehren und an sie zu erinnern. Denn die Erinnerung an geliebte Menschen ist etwas sehr Kostbares, und ganz besonders schön ist es, wenn man manche Erinnerungen weitergeben kann.

Es war ein großes Glück für mich, diesen Roman zu schreiben, auch wenn – und vielleicht gerade weil – er in Zeiten entstanden ist, die für uns alle extrem schwierig waren. Die Geschichte um drei Frauen und eine weiße Katze hat mich oft zum Lachen gebracht, mich vom Land, wo die Zitronen blühen, träumen lassen und mir jene Leichtigkeit zurückgegeben, die man braucht, um den Alltag zu meistern.

Anders als im wirklichen Leben hat man als Autorin ja alle Fäden in der Hand, und so habe ich meinen Heldinnen das zugedacht, was sich jeder von uns wohl insgeheim wünscht und was ich auch Ihnen von Herzen wünsche: ein Happy End.

DIE LECKERSTEN KUCHEN
AUS TANTE PAULAS
BLAUEM REZEPTBUCH

MARMORKUCHEN MIT GUTER BUTTER

Man nehme:
- 200 bis 250 Gramm gute Butter
- 150 Gramm Zucker
- 3 bis 4 Eier
- Eine Prise Salz
- Ein Päckchen Vanillezucker
- 375 Gramm Mehl
- 125 Gramm Speisestärke (Mondamin)
- 1 Päckchen Backpulver
- 1/8 Liter Milch

Für den Schokoladenteig zusätzlich:
- 100 Gramm Zucker
- 50 Gramm dunklen Kakao
- Ein paar Tropfen Bittermandelöl
- 1 bis 2 Esslöffel Milch

Butter, Zucker und Eier schaumig schlagen. Dann die Prise Salz, den Vanillezucker, das Mehl, die Speisestärke, das Backpulver und die Milch hinzufügen und alles zu einem zähfließenden Teig verrühren.

Die Hälfte des Teigs in eine andere Schüssel füllen und Zucker, Kakao, Bittermandelöl und Milch hinzugeben und alles verrühren.

In eine gefettete Gugelhupfform zunächst den hellen Teig geben, darüber dann den Schokoladenteig.

Mit einer Gabel in den Teig stechen und diese mit kreisenden Bewegungen (man dreht die Gabel um sich selbst) eine Runde durch die Form ziehen.

Den Kuchen bei 190 Grad 50 bis 60 Minuten backen.

Etwas auskühlen lassen. Dann auf einen Teller stürzen und mit Puderzucker bestreuen.

VERSUNKENER APFELKUCHEN MIT WALNÜSSEN

Man nehme:
- 125 Gramm Butter
- 125 Gramm Zucker
- 2 Eier
- 250 Gramm Mehl
- 1 Päckchen Vanillezucker
- ½ Päckchen Backpulver
- 1 Kilo säuerliche Äpfel
- Walnüsse zum Belegen
- Einen Schuss Rum

Butter, Zucker und Eier schaumig schlagen. Mehl, Vanillezucker und Backpulver hinzufügen. Alles zu einem Rührteig verarbeiten und diesen in eine gefettete Springform geben.

Die Äpfel schälen, vierteln und die Viertel auf der oberen Seite mit einem Küchenmesser längs einritzen. Die Apfelstücke dann in den Teig drücken. Walnüsse darüber geben und auch leicht eindrücken.

Bei 200 Grad 35 bis 45 Minuten backen. Der Kuchen ist fertig, wenn man mit einem Messer hineinsticht und kein Teig daran hängenbleibt.

Wenn die Walnüsse braun werden, bevor der Kuchen gar ist, mit Alufolie abdecken.

Nach dem Abkühlen aus der Springform nehmen und mit Puderzucker bestäuben.

MIRABELLENKUCHEN MIT VANILLECREME

Man nehme:
· 150 Gramm Butter
· 1 Eigelb
· 25 Gramm Zucker
· 2 Esslöffel Wasser
· 250 Gramm Mehl

Für den Belag:
· Ein Glas Mirabellen
  (oder 700 Gramm frische
  Mirabellen, diese müssen
  vorher entsteint werden!)
· 200 Gramm Crème fraîche
· 4 Eier
· 75 Gramm Zucker
· Saft von einer halben Zitrone
· 75 Gramm Zucker
· 2 Päckchen Vanillezucker
· ½ Päckchen
  Vanillepuddingpulver

Mehl, Butter, Eigelb, Wasser und Zucker verkneten und den Mürbeteig 30 Minuten im Kühlschrank kaltstellen. Den ausgefetteten Boden und Rand einer Springform mit dem Teig auslegen. Den Teigboden mehrfach mit einer Gabel einstechen.

Bei 220 Grad zwanzig Minuten vorbacken. Den Kuchen herausnehmen und die Mirabellen auf dem Tortenboden verteilen.

Crème fraîche, Eier, Zucker, Vanillezucker und Zitronensaft miteinander verquirlen und über die Mirabellen gießen.

Bei 190 Grad ca. 40 Minuten backen. Die Masse auf dem Teig sollte gestockt haben.

Den Kuchen auskühlen lassen, aus der Springform herausnehmen und mit Puderzucker bestäuben.

STACHELBEERKUCHEN MIT BAISERHAUBE

Man nehme:
- 100 Gramm Butter
- 150 Gramm Zucker
- Eine Prise Salz
- 200 Gramm Mehl
- 2 Teelöffel Speisestärke
- 3 Esslöffel kaltes Wasser
- 3 Eiweiß
- 700 Gramm Stachelbeeren

Das Mehl mit der weichen Butter, einer Prise Salz und drei Esslöffeln kaltem Wasser verkneten. Den Teig 30 Minuten lang im Kühlschrank kalt stellen.

Inzwischen die Stachelbeeren waschen und putzen.

Den eingefetteten Boden und Rand einer Springform mit dem Teig auslegen. Den Teigboden mehrfach mit einer Gabel einstechen. Bei 220 Grad zwanzig Minuten vorbacken.

Den Kuchen herausnehmen und mit den Stachelbeeren belegen. 100 Gramm Zucker mit der Speisestärke vermischen und über die Stachelbeeren geben.

Wieder in den Backofen geben und zwanzig Minuten weiterbacken.

Das Eiweiß mit dem restlichen Zucker steif schlagen. Über den Stachelbeeren verteilen. Im Backofen bei 250 Grad noch etwa zehn Minuten backen.

ZITRONENKUCHEN MIT SAFRAN

Man nehme:
· 200 Gramm Mehl
· 230 Gramm Zucker
· 200 Gramm saure Sahne
· 120 Gramm zerlassene Butter
· 3 Eier
· 1 Prise Salz
· ½ Päckchen Backpulver
· 2 Päckchen Vanillezucker
· 1 große Biozitrone
· 1 Päckchen Safranfäden

Den Backofen auf 180 Grad vorheizen.

Die Zitrone abreiben und den Abrieb mit dem Zucker in einer Schüssel vermischen. Zitronensaft, Vanillezucker, saure Sahne und Eier dazugeben und alles verquirlen.

Das Mehl mit Backpulver, Safran und der Prise Salz in einer Schüssel vermischen. Dann die Zitronenmischung dazugeben und alles verrühren. Die geschmolzene Butter vorsichtig unterheben und den Teig in eine mit Backpapier ausgeschlagene Kastenform geben.

Die Oberfläche mit 2 Esslöffeln Zucker bestreuen.

Bei 180 Grad 50–60 Minuten lang backen.

Den Kuchen mit frischer Schlagsahne servieren.

ZIMTSCHNECKEN MIT ROSINEN

Man nehme:
· 500 Gramm Mehl
· 30 Gramm frische Hefe
· 40 Gramm Zucker
· 1 Ei
· 1 Prise Salz
· 1/8 Liter Milch
· 40 Gramm Butter

Für den Belag:
· 100 Gramm zerlassene Butter
· 100 Gramm Zucker
· 2 gestrichene Esslöffel Zimt
· Rosinen zum Bestreuen nach Belieben

Für die Glasur:
· 150 Gramm Puderzucker
· Saft einer Zitrone

Das Mehl zu einem Berg aufschichten. In die Mitte eine Kuhle drücken. Dort Hefe (zerbröseln), den Zucker und zwei Esslöffel lauwarmes Wasser hinzugeben und miteinander vermischen. Die Butter in kleinen Stücken außen auf dem Mehl verteilen.

Wenn die Hefe gegangen ist, alles zusammen mit dem Ei und der Milch und der Prise Salz zu einem Teig verkneten. Den Teig in eine mit einem Handtuch abgedeckte Schüssel tun und zwanzig Minuten in den warmen Backofen (50 Grad) geben.

Den aufgegangenen Teig noch einmal mit Mehl bestäuben und gut durchkneten. Dann zu einer quadratischen Fläche ausrollen und mit der zerlassenen Butter bestreichen. Den Zucker und den Zimt vermischen und ebenfalls auf dem Teig verstreuen. Nach Belieben Rosinen hinzugeben.

Dann den Teig vorsichtig zu einer Rolle formen. Von der Rolle dreifingerbreite Stücke abschneiden und die Stücke mit der Schnittkante nach oben auf ein gefettetes Backblech setzen.

Bei 200 Grad ca. zwanzig Minuten backen.

Die fertigen Schnecken mit Zuckerglasur bestreichen. Dazu den Puderzucker mit dem Zitronensaft mischen.

Unsere Leseempfehlung

464 Seiten
Auch als E-Book
erhältlich

Die große weite Welt muss es für die Ärztin Ina gar nicht sein. Nach dem Studium zog sie zurück in ihre alte Heimat an der Küste – zurück zu einem Mann, von dem sie dachte, er wäre ihre Zukunft. Doch der Mann ist längst Vergangenheit, und die Stelle im Husumer Krankenhaus ist Ina auch los. Kurzerhand folgt sie einem Jugendtraum und zieht nach Hamburg, wo sie in einer kleinen Laube am Alsterfleet unterschlüpft. Dort blüht Ina wieder auf und erkennt: Nur, wenn sie auf ihr Herz hört, kann aus alten Träumen etwas ganz Neues entstehen ...

goldmann-verlag.de

 GOLDMANN

Unsere Leseempfehlung

Meike Werkmeister

ÜBER DEM MEER TANZT DAS LICHT

Roman

GOLDMANN

416 Seiten
Auch als E-Book
erhältlich

Maria hat die halbe Welt bereist, nie ein Abenteuer ausgelassen. Dass sie schließlich auf der kleinen Insel Norderney
landet, wäre ihr im Traum nicht eingefallen. Doch da ist
sie nun – und sie ist glücklich. Maria liebt ihr kleines
Strandcafé. Noch mehr liebt sie ihre Familie, die Töch-
ter Morlen und Hannah. Und Simon, Hannahs Vater. Ihr
Leben ist randvoll, für Probleme bleibt da keine Zeit. Bis
Simon aus dem gemeinsamen Alltag ausbricht und mit
Hannah verreist. Plötzlich hat Maria wieder Zeit. Und mit
der Zeit kommen die Fragen. Steckt in ihr noch die alte
Abenteurerin? Ist sie eine andere geworden? Und wenn
ja –wo gehört sie wirklich hin?

goldmann-verlag.de

 GOLDMANN

Unserc Leseempfehlung

320 Seiten
Auch als E-Book
erhältlich

Eigentlich ist Anni glücklich. Mit ihrem Freund Thies lebt sie in einem hübschen Bremer Häuschen, sie arbeitet als Game-Designerin und in ihrer Freizeit entwirft sie Poster- und Postkartenmotive. Doch dann will ihr Chef, dass sie das neue Büro in Berlin leitet. Und Thies will auf einmal heiraten. Nur Anni weiß nicht mehr, was sie will. Da meldet sich ihre Jugendfreundin Maria aus Norderney, und Anni beschließt spontan, eine Auszeit zu nehmen. 6 Wochen Sand und Wind, Sterne und Meer. Danach sieht sicher alles anders aus. Wie anders, das hätte Anni sich allerdings nicht träumen lassen ...

goldmann-verlag.de

 GOLDMANN

Unsere Leseempfehlung

S O F I A
L U N D B E R G
Ein halbes Herz

ROMAN

GOLDMANN

416 Seiten
Auch als E-Book
erhältlich

Ihre Kamera ist ihr Schutzwall gegen die Welt – denn obwohl
die schwedische Fotografin Elin Boals eine glänzende Karriere in New York absolviert, lebt sie privat sehr zurückgezogen.
Sogar ihre eigene Familie hält Elin gekonnt auf Abstand. Doch
dann erhält sie völlig unerwartet einen Brief aus ihrer Heimat
Gotland, und längst verdrängte Erinnerungen brechen mit
aller Macht über sie herein. Denn Elin hütet ein tragisches
Geheimnis – eine tiefe Schuld, die sie damals dazu trieb, die
Insel für immer zu verlassen. Und nun spürt sie, dass sie an
den Ort ihrer Kindheit zurückkehren muss, wenn sie jemals
wirklich glücklich werden will …

goldmann-verlag.de

 GOLDMANN